ZETA

1.ª edición: noviembre 2011

Consell de Cent, 425-427 - 08009 Barcelona (España)
www.edicionesb.com

Printed in Spain
ISBN: 978-84-9872-571-1
Depósito legal: B. 31.056-2011

Impreso por LIBERDÚPLEX, S.L.U.
Ctra. BV 2249 Km 7,4 Polígono Torrentfondo
08791 - Sant Llorenç d'Hortons (Barcelona)

La Roldana

PILAR DE ARÍSTEGUI

ZETA

El sabio aprende de sus derrotas.
El necio no se recupera de su primera victoria.

A Pilar y Carlos, mis hijos, que me abrieron la puerta a un mundo apasionante y desconocido.

A todas aquellas mujeres que no se dejaron vencer.

AGRADECIMIENTOS

A S. A. R. doña María da Gloria de Orleans-Braganza y al duque de Segorbe, por abrirme las puertas de la antigua Casa de Pilatos y descubrirme la asombrosa restauración de las Casas de la Judería.

A la Fundación Casa Ducal de Medinaceli y a su director, Juan Manuel Albendea Solís, por su amable disposición a facilitarme información valiosa.

Al profesor Fernando de Artacho, por su generosa atención e inolvidable recorrido de la Hermandad de la Santa Caridad.

A Micaela Valdés, por su maravillosa hospitalidad en Sevilla.

Al equipo de Ediciones B, a Verónica Fajardo por atenderme siempre con suave tenacidad, a Elena Abril por su minuciosa asistencia, a Lucía Luengo y Carmen Romero por su entusiasmo, y a todos aquellos que han colaborado en la publicación de esta historia.

A Ricardo Artola, por seguir creyendo en mí.

A Pilar, mi hija, y Niccoló, su marido, por su apoyo y ánimo.

BREVE RAZÓN DE UNA OBRA: LA ROLDANA

«La Historia —decía el duque de Saint-Simon— es un género totalmente diverso de otras ramas del saber. Bien que todos los acontecimientos, tanto generales como privados, que la componen sean causa uno del otro, y que todo esté unido por encadenamiento tan singular..., la ruptura de un eslabón haría faltar, o por lo menos cambiar, el acontecimiento que le sucede.»

Es mi ferviente deseo que así sea en este libro, donde querría aunar el respeto por la veracidad de los hechos y el rigor narrativo; evitando, así mismo, la rigidez que produce una mera concatenación de sucesos y hazañas.

En el proceso de búsqueda de documentos, he encontrado que al gozo de leer a diversos autores, se une el interés por conocer las diferentes teorías que nos muestran a los personajes que originaron los hechos:

Sus odios y sus amores; sus principios o sus resentimientos; los resortes misteriosos del comportamiento; aquello que los impulsó a actuar como lo hicieron.

Todos los personajes de un relato son importantes. Pienso que las acciones determinantes de la historia son ejecutadas, sí, por un líder. Pero para lograr los grandes hechos de la historia se necesita el esfuerzo coordinado de un equipo. Este esfuerzo, unido a la genialidad individual, es el que mueve montañas.

Es por tanto el amplio abanico de personajes y sus actuaciones lo que nos traerá el aroma de una época.

Luisa Roldán es un personaje apasionado y apasionante, vibrante protagonista de nuestra esplendorosa cultura. Los hechos de esta historia son más reales, fascinantes y poderosos que la más imaginativa de las leyendas.

Desearía inspirar curiosidad por un personaje, hacer que lo conozca el gran público. Como dijo mi amigo y admirado académico de la Historia Hugo O'Donnell: «El objetivo de la novela histórica es que provoque el interés que luego podrá ampliar el historiador.»

Es esencial el conocimiento de nuestra historia: nuestro pasado, el esfuerzo de unas mujeres que abrieron caminos de libertad por los que transitamos las generaciones de hoy.

«Quienes no pueden recordar el pasado están condenados a repetirlo», decía el filósofo español Jorge Santayana.

Forma parte Luisa de esa pléyade de mujeres luchadoras que han abierto sendas cerradas para el género femenino, hasta que ellas se esforzaron en derribar sus barreras. La figura de la Roldana me atrajo con poderoso influjo hace muchos años, porque percibí en ella a una innovadora. Además de su talento, tan real como concretos sus logros, me impresionó su valor, el coraje del que tuvo que hacer gala para aspirar a aquello que estaba vedado a la mujer. Simplemente por el hecho de serlo.

Para obtener el ansiado puesto de Escultora de Cámara, hubo de conservar el corazón joven; luchar, perder y levantarse de nuevo; no aceptar irremediablemente las reglas, lo establecido, todo aquello que apartaba a la mujer de su crecimiento como persona.

¿Pensaba ella en la parábola de los talentos y en el mandato divino que nos conmina a desarrollarlos?

Me entusiasma la obra de la Roldana, la pasión que infunde a su escultura, tanto en sus seres dolientes, como *La Macarena* o el *Eccehomo*, como cuando son dinámicos y enérgicos, como el *San Miguel* o los *Ángeles lampareros*; o la ternura de sus belenes o de la *Divina Pastora con su Niño Quitapenas*.

En su fatigoso caminar, la Roldana recorre la senda del tesón y la determinación hasta que logra su objetivo: ver reconocido su talento al ser nombrada escultora de cámara por Carlos II, el último de los Austrias. Un rey venido de la refinada corte de Versalles, Felipe V, la confirmará en dicho cargo. Y todo esto lo resuelve sumida en el dolor de perder a cuatro de sus seis hijos; zarandeada por los conflictos de un matrimonio equivocado; asediada por las carencias que produce la bancarrota que asuela el país y que incide en los pagos de su remuneración.

Los acontecimientos históricos que se suceden a su alrededor marcan su existencia, primero en su fastuosa Sevilla natal; luego en la luminosa y próspera Cádiz; para continuar en Madrid, en una época fascinante, de drásticos cambios que producen profundas alteraciones en el devenir de los pueblos.

Se ha especulado con sus cambios de humor, sugiriendo una posible ciclotimia. No me parece justo, pues tuvo Luisa una vida de continuo batallar. En los periodos en que creyó sucumbir, se pertrechó con la voluntad de vivir, alzándose de nuevo, empezando, renaciendo otra vez. Yo observo en la Roldana tesón para sacar fuerzas de flaqueza, toda vez que su responsabilidad era grande.

La familia dependía de ella.

Luisa nunca estuvo en Rusia; por tanto, la historia de amor que les voy a contar no pudo producirse en la realidad. Pero siempre me he preguntado cuál habría sido su evolución si hubiera conocido otras costumbres, otras culturas, otras formas diversas de expresar su arte. Me he tomado la licencia de hacerla conocer la Francia que asciende como el astro sol y que dominará la escena hispana; y Rusia, que comienza en ese momento a despertar de su aislamiento para abrirse a Europa y al progreso.

Creo que a la cultura rusa nos une un sutil hilo conductor. Es una cultura apasionada y dinámica; es oriente y occidente.

Debo decir que mi fascinación por Rusia y mi inclinación por la dulce Francia, que tiene orígenes familiares, fueron determinantes para esta narración.

Es mi deseo contarles la vida de una mujer pionera, española, que rompió con las ataduras de la costumbre; que batalló por sus sueños, conservando intacta su dignidad. Quiero así rendir un homenaje a esta singular artista que consiguió vivir en libertad.

Pido a los lectores su benevolencia con esta narración, y si he conseguido transmitirles mi entusiasmo por esta excepcional mujer y escultora de talento, habré logrado el objetivo de estos años de trabajo y búsqueda apasionada.

PILAR DE ARÍSTEGUI

Prólogo

LA NOSTALGIA

Madrid
1704

La luz entraba tenue desde el alféizar de la ventana, y acariciaba mis manos entumecidas por el trabajo y el frío del invierno. Las miré con detenimiento. Eran manos que mucho sabían de modelar el barro y tallar la madera, manos que no habían permanecido ociosas; y eran también manos usadas por el tiempo, ya que la vejez poco a poco iba enseñoreándose de mi cuerpo. Habían pasado muchos años y la vida me había proporcionado pesares, esfuerzos continuados, ocasiones interesantes, emociones intensas y muchas alegrías.

Si hubiera podido... Si hubiera podido, ¿habría cambiado aquella vida por otra más tranquila y reposada?

No, cierto es que no.

Mi existencia había sido plena y daba gracias a Dios por haberme donado todo aquello que para mí era importante.

En primer lugar, mis hijos, tan amados; luego, mis esculturas. Los hijos eran carne de mi cuerpo, las esculturas, sangre de mi trabajo.

No cambiaría mi existencia, pero sí habría modificado algunas decisiones, ahora que conozco las trampas de la vida; no dejaría que la compasión nublara mi juicio, como me había sucedido. En esta época de mi existencia sé que es inútil entregar generosidad y ayuda a quien no puede reconocerlas ni apreciarlas; sé cuán estéril es dar a quien se ofende por recibir. Pero en mi joven mente, con la inexperiencia de los años mozos, esos pensamientos mezquinos no tenían lugar en mi corazón.

Al sentir la angustia originada por los recuerdos agarrotando mi ser, me levanté con presteza para abrir la ventana. Deseaba que el fresco aire de febrero limpiara los tristes pensamientos que mi mente albergaba.

Hube de sentarme de nuevo, pues mis cansadas piernas anhelaban el reposo. Aspiré con fruición la brisa que llegaba del río.

En ese instante, el canto solitario de un oboe se elevaba hacia mi estancia, envolviendo mi alma de recuerdos felices...

Me traía memorias de tiempos pasados, escenas del hogar bullicioso en mi Sevilla natal, la fastuosa ciudad que coronaban propios y extraños como urbe principal, segunda tan sólo a Roma. Sus paseos poblados de hermosas casas, henchidas de honroso pasado árabe y romano, enriquecidas por el Renacimiento; los jardines esplendorosos, restallantes de especies exóticas llegadas de Indias; el ambiente creador que reinaba en talleres, palacios, conventos y hasta en las propias calles y mercados; la atmósfera de energía que dominaba el puerto, receptor de maravillas mil, desconocidas y ambicionadas en toda Europa. Y luego... Luego del coraje, de las luchas y penas, de mi largo viaje y...

De él.

¿Quedará noticia de mi insólita lucha, de la batalla de una mujer por ser reconocida en el arte?

¿Narrará alguien estas penalidades, este esfuerzo sin tregua, esta guerra sin paz, esta mi historia hermosa e inverosímil, el amor truncado, la pasión, la gloria que han conformado mi vida?

LIBRO I

EL RECUERDO
(1654-1690)

Y fueron dadas a la mujer las dos alas del águila grande, para que volara...

SAN JUAN, *Apocalipsis: 12*

1

SEVILLA
1668-1669

> Ciudad que a Tebas en grandeza iguala,
> A Roma en letras y armas preferida,
> Del árbol poderoso guarnecida,
> En competencia de Neptuno y Palas.
>
> LOPE DE VEGA, *El Ruiseñor de Sevilla*

La alegría de vivir se palpaba en cada rincón y en cada esquina de esta ciudad amada por el sol. Lejos quedaba aquella terrible peste de 1649 que diezmó la población. Tras la paz con Francia, podían sus habitantes encarar con optimismo el futuro.

En la radiante mañana de marzo, parecía que el paraíso terrenal había resuelto asentarse en esta villa andaluza. Conventos, casas, palacios y cabildos competían en sus jardines repletos de aromas palpitantes, colores decididos y sabores de tierras lejanas. El Guadalquivir había servido de transmisor para hacer llegar a Sevilla todas aquellas maravillas que arribaban de Indias. Tras la concesión en 1495 de la cédula real, el monopolio comercial de Ultramar a favor de Sevilla, Cádiz y Sanlúcar de Barrameda había convertido la primera en el destino de novedades y magnificencias traídas de allende los mares.

Más tarde, en 1503, Sevilla había adquirido nueva importancia al fundarse la Casa de Contratación, que centralizaba todo aquel comercio en su próspero puerto. Especias hasta entonces desconocidas comenzaron a arribar a sus orillas en barcos cargados de tesoros, que los sevillanos atendían con impaciencia y con el asombro pintado en sus semblantes. Desde ese puerto partían los exóticos prodigios a la corte de Madrid, e inmediatamente eran enviados a las principales ciudades de Europa. A aquellas primeras plantas que trajera Colón siguieron otras muchas de significativo valor ornamental o terapéutico.

El gran galeno Nicolás Monardes pudo descubrir en el siglo XVI grandes poderes en una extraña planta, la Exogonium, que resultó ser un magnífico depurativo. Llegó de manos de un franciscano, plantada en un pequeño barril, como anuncio de lo que había de venir. Tanto la batata como el pimiento habían sido traídos por el Almirante, y eran ya productos de uso habitual en la alimentación europea.

Notorio era el jardín del que fuera cosmógrafo mayor de Indias Rodrigo Zamorano, que consiguió reunir un notable número de plantas ornamentales. Su obra *Historia medicinal de las cosas que se traen de nuestras Indias Occidentales que sirven en Medicina* todavía se estudiaba como eficaz tratado de dicha ciencia.

Zamorano, junto con su amigo Simón de Tovar, prestigioso escritor, médico y astrónomo, organizó un jardín botánico repleto de plantas medicinales de gran utilidad para los ciudadanos. Ambos eran luminarias que enriquecían Sevilla con su saber y conocimiento.

De la herencia árabe, y también romana, los jardines y patios habían recibido la cultura del agua y los goces que ésta proporciona con los deliciosos murmullos de fuentes y acequias, que atraían numerosos pájaros que deleitaban el oído con sus armoniosos cantos. Sevilla era una villa sensual.

Mecida por el suave calor de marzo, aguzaba todos los sentidos: el oído con la musicalidad acuática y los trinos de las aves; la vista con la contemplación de las obras de arte, la belleza de las mujeres y la vegetación densa y variada; el olfato en sus perfumes variados, tanto frescos como opulentos; el gusto con el sabor de los frutos de la tierra; y el tacto por las sedas y linos venidos de allende, todo aquello tan placentero que el amor comporta. Amor que se complacía en noches cálidas, repletas de aromas que ascendían de la tierra húmeda. La esencia penetrante del jazmín se unía y enredaba con la obsesiva y sensual del galán de noche.

¡Y qué decir de las artes! En numerosos talleres trabajaban con afán escultores afamados, que ayudados por estofadores, encarnadores, doradores y pintores creaban espléndidas obras de arte que adornaban las gloriosas catedrales y los conventos, engalanando así mismo palacios y cabildos. Por doquier se sentía una frenética creación, un ansia, un frenesí de arte y excelencia; una pasión por la obra bien hecha que convirtió Sevilla en una ciudad fascinante y una de las más importantes de la cristiandad. Los talleres ora de escultura, ora de pintura se afanaban a un ritmo trepidante para producir la más bella imaginería o los cuadros más preciados del mundo civilizado. La Escuela Sevillana derramaba su genio en los pinceles, formas y colores de Velázquez, Zurbarán, Valdés Leal y Herrera *El Mozo*.

Entre los pintores, destacaba también el señor don Bartolomé Murillo, que pintaba tanto Vírgenes Purísimas de inimitable espiritualidad, como escenas de la vida cotidiana de esa ciudad que él tanto amaba, confiriendo tal realismo a los personajes de ficción, que se rumoreaba que algunos de sus admiradores mantenían conversaciones con los seres por él pintados. El genio de Diego Velázquez había ya alcanzado las fronteras europeas, y las colecciones de los reyes de España eran admiradas y ambicionadas por doquier.

La antigua potencia naval y el comercio con las Indias que originaba la prosperidad de los puertos andaluces atraían aún personajes de todos los confines de Europa.

En ese ambiente solar, dedicado a las artes y el comercio, se multiplicaban las tertulias, al amparo de los aromáticos naranjos al mediodía y del benigno clima en las noches perfumadas. En casa de Pedro Roldán, uno de los artistas más respetados de Andalucía, charlaban en animada conversación don Bartolomé Murillo, Valdés Leal y Simón de Pineda.

Teresa de Mena-Ortega, la mujer de Pedro, vigilaba que no faltara el buen vino, creando una atmósfera distendida, interesante y tranquila. Sin embargo, una pregunta del anfitrión iba a mudar el sereno rumbo de la reunión.

—Señor Valdés —comenzó—, ¿cómo ha encontrado vuestra merced la situación en Madrid?

—Bien sabéis, Pedro, de la inquietud que allí reina. El Rey es muy mozo y su salud, precaria.

—Sí, sí —añadió Murillo—. Pero dicen que la reina doña Mariana ha nombrado primer ministro a un jesuita de preclaro talento.

—Sí, su confesor, el padre Nithard. Mas no se os oculta —siguió Valdés— las graves dificultades económicas que padecemos y la enemistad de Francia, que origina cuantiosos reveses. Se me antoja que el buen jesuita no sea tan capaz como las circunstancias requieren.

—Ea, ea —animó Roldán—. ¡Arriba los corazones! Mañana gozaremos de un grandioso espectáculo, la prometedora visita del embajador ruso. Vivas expectativas rodean esta misión, en los integrantes de la Casa del Océano.

—Ved que afirman —intervino don Bartolomé— que ha de ser beneficiosa para el comercio y las artes de esta villa. Aseguran que Rusia es un inmenso país, que recién se asoma a Europa.

De forma inesperada se oyó la voz de Teresa:

—¡Luisa, ¿qué haces aquí?! ¡Y escuchando las conversaciones de los mayores! ¡Vete a la cama! Y sin armar bulla, ¿eh?, como os gusta a ti y a tu hermana. ¡Ea!

La niña curiosa, que quería oír y conocer todos los secretos del fascinante mundo de los adultos, se fue a acostar a regañadientes.

Quedaron pesarosos los tres amigos ante las tribulaciones presentes: falta de gobierno y sobre todo incapacidad para reconocer los problemas, y mucho menos para poner remedio. Atrás quedaban los tiempos en los que la Flota de Indias, ejemplo del buen comercio, era escoltada por la Armada, que era comandada por un capitán y un almirante. De Sevilla salía la imponente escuadra con sus navíos de aviso, que tenían la misión de protegerla durante su permanencia en Dominica. De ahí se dividía la flota en dos: la de Nueva España partía hacia San Juan de Ulúa, y la de Tierra Firme continuaría hasta Cartagena de Indias, la hermosa, fortificada y marinera villa de Nueva Granada. Felipe II, al acabar la construcción de dicha ciudad, se quejaba de su elevado coste diciendo con ironía «que era tal el precio, que se extrañaba de no poder atisbarla desde El Escorial».

Embajada del príncipe Potemkin

De las lejanas tierras heladas de Rusia, había llegado el año anterior a Madrid una embajada presidida por Pedro Potemkin. Los contactos hasta entonces habían sido esporádicos, pero, en esos momentos, Rusia deseaba estrechar las relaciones diplomáticas y comerciales con España e incorporarlos en su intendencia, con sus territorios allende los mares.

Los sevillanos aguardaban con impaciencia la llegada de esta embajada, cuya comitiva sería sin duda espectacular. Así fue. El benigno clima de esta venturosa ciudad regalaba a sus habitantes un fulgurante día de marzo, y los ciudadanos se echaron a la calle para ver pasar a aquellos seres extraordinarios, famosos ya por su fuerza, vitalidad, lujosas galas y largueza en los regalos. Se arremolinaban los vecinos en grupos compactos que se deshacían en cuanto alguien daba la voz de alerta, corriendo en la dirección indicada por algún enterado. Comentaban con alegre anticipación e ingeniosos chascarrillos la altura y gallardía de los hombres o la curiosidad que sentían por conocer a las mujeres. En esto comenzó a dejarse sentir una música como de guitarras, pero con un tinte oriental, a veces entusiasta, otras nostálgica y melancólica.

Por fin pudieron avistar los inquietos espectadores a los primeros músicos que abrían la comitiva; vestían largas túnicas con cíngulos de brillantes colores en la cintura, y se tocaban con unos altos gorros cónicos que les daban un aspecto imponente. Los seguían unos hombres barbados de feroz expresión, ataviados con vestes bermellón vibrante adornadas con alamares de seda negra; en la cabeza, a pesar del clima benigno de aquel marzo, unos sombreros bordeados de sedosa piel, e iban calzados con botas de cuero claro.

Apareció por fin el embajador flanqueado por dos columnas de caballeros, todos con ropas de riqueza inusitada. Pedro Potemkin, con un atuendo principesco, deslumbró al personal, preparado para disfrutar de lo más exótico que había de contemplar Sevilla: montaba un caballo alazán de largas crines que flotaban al viento, y el embajador se engalanaba con una túnica de damasco rojo bordada en arabescos de oro, ceñida por un cinturón de precioso metal del cual pendía una espada labrada con arte extremo; sobre las espaldas, a la moda rusa, un tabardo* sin mangas, de increíble seda dorada con aplicaciones de leopardo alrededor del cuello, el ropón estaba orlado, todo él, de arriba abajo, de oscuras cibelinas.** Ahí el embajador tuvo un gesto que los sevillanos agradecieron con una ruidosa aclamación.

Paró el cortejo y, bajando de su caballo, saludó a la multitud con expresivas muestras de afecto. Estaba claro, comenzaba ya su misión de acercamiento y amistad entre los dos pueblos. Plantado sobre sus botas de ante negro, resultaba un poderoso gigante, impresión que acentuaba su gorro de damasco bordeado de piel. La mirada era penetrante y, a pesar de la sonrisa que esbozaba de continuo, sus largas y pobladas barbas le daban una apariencia amenazadora. Entre la multitud, una joven imaginativa y observadora llamada Luisa se había escapado de casa para poder contemplar esa cabalgata que sería fabulosa, según había oído la noche anterior. Miraba con el asombro grabado en sus pupilas la escena, que no olvidaría jamás.

Se proponía Potemkin permanecer unos días en Sevilla, donde se alojaría en el palacio de Dueñas y mantendría conversacio-

* Tabardo: ropón blasonado que usaban antiguamente los heraldos y reyes de armas.

** *Retrato de Pedro Ivanowitz Potemkin, embajador de Rusia,* de Juan Carreño de Miranda. Museo del Prado, Madrid.

nes con las autoridades locales para tratar de obtener su objetivo, el comercio con las Indias. Venía de Cádiz, donde fue recibido por el duque de Medinaceli y el gobernador de la plaza, Martín de Zayas. Este puerto gozaba de una floreciente actividad que le había llevado a casi doblar su población en los últimos años.*

Después del más que oportuno saludo, continuó la comitiva hacia su destino y, al traspasar las arcadas de estilo mudéjar, descabalgaron, siendo recibidos por su anfitrión, el duque de Alba, y por el conde de Humanes, que les ofrecieron inmediato descanso. Pero Potemkin solicitó tomar el refrigerio que les habían preparado en el jardín del palacio de Dueñas, del que tantas bondades había escuchado. La templanza del marzo sevillano adornaba el vergel de jazmines olorosos, jugosas plantas de acanto y esbeltas palmeras que seguían cimbreantes el ritmo de la brisa; el agua de las fuentes desgranaba su acuática melodía, acompañada por un trinar de pájaros que parecía había de continuar hasta la consumación de los siglos. Al hombre del norte le pareció un milagro toda aquella exuberancia, recordando que en su tierra la nieve aún cubría los campos con su fría belleza.

—¡San Nicolás me asista! ¡Qué hermosura de jardín! Es el paraíso terrenal. Cierto estoy de que gozaréis de esta sabia mansión con asiduidad.

—Señor embajador, infinita es mi desdicha, ya que mis obligaciones no me permiten gozar de esta dulzura tanto cuanto quisiera. Mas os invito a complaceros en la hospitalidad de esta vuestra casa el tiempo que estiméis oportuno.

—Agradezco vuestra generosidad, pero he de entretenerme aquí por un breve periodo, pues he de partir a Madrid, donde continuaré la misión que me ocupa.

Conversaron sin prisa sobre la situación del florecimiento de las artes en Andalucía, su arquitectura, brillante mestizaje de estilos; y del asunto que el embajador tenía presente, el comercio de Indias.

* *Las embajadas rusas a la corte de Carlos II*, Francisco Fernández Izquierdo.

—Excelencia —enfatizó el ruso—, se abre un periodo de excelentes relaciones entre nuestras naciones. Admirador soy de vuestro talento, y es mi parecer que el ser intrínseco de nuestros pueblos late al unísono; apasionados sois y vuestro genio artístico asombrará al mundo. Hemos de entendernos y arrinconar nuestra pasada lejanía. Una nueva Rusia os espera.

Al día siguiente aguardaban las autoridades al embajador y su comitiva en la Casa de Contratación, que regulaba y organizaba todo el comercio con Indias. Al inicio estaba asentada en las Reales Atarazanas, mas con las crecidas del río, sufría inundaciones que estropeaban con demasiada frecuencia las provisiones y pertrechos que allí se almacenaban, y que eran destinados a servir a la flota. Recorrieron los rusos la ciudad, envueltos en los intensos perfumes y seguidos por la curiosidad de sus gentes. Llegaron a la puerta del Alcázar, donde en la Sala de los Almirantes tenía su sede la Casa del Océano, como la llamara en su tiempo Pedro Mártir de Anglería. Allí los recibió con muestras de cortesía el presidente, haciéndoles pasar al Salón de Embajadores.

Los arcos de herradura dejaban entrever las estancias que se sucedían en una variada y cambiante armonía. Las yeserías de intrincado desarrollo brillaban a la luz de la mañana; los arabescos se repetían unos detrás de otros en creciente fantasía; los azulejos del zócalo recorrían la pared en espejismos sin fin; y los ricos mármoles de las columnas resplandecían como piedras preciosas. La simbiosis entre el arte oriental y el hispano complació vivamente a la embajada, que encontró en estas salas reminiscencias de su tierra, de profunda influencia bizantina.

—Bienvenido seáis, señor embajador. Sevilla os acoge, a vos y a vuestro séquito, con ilimitado placer.

—El Zar se sirve mandarme para que nuestros dos pueblos alcancen amistad profunda, y para que, mudando el rumbo de nuestras relaciones, convenga a la prosperidad de ambos.

—Así será para ventura de nuestros reinos.

Y sin más preámbulos el presidente inició la visita. Quedaron los visitantes asombrados, en primer lugar, por la racional organización que presidía los quehaceres de la institución. En segundo lugar, admiraron el fecundo centro de estudios de geografía e historia, ciencia y etnografía; luego observaron con atención la rigurosa escuela de navegantes, con los consiguientes nombramientos que allí se producían y el considerable archivo. Potemkin preguntó:

—Y ¿cómo resolvéis los litigios y porfías? ¿También en esta sede?

—Al inicio concentramos aquí toda la actividad, pero más adelante, en 1543, se separó y la jurisdicción civil pasó a la Casa de los Mercaderes. Años más tarde, nuestro señor Felipe II mandó construir al insigne Juan de Herrera el magnífico edificio entre la catedral y el Alcázar que ahora visitaremos.

Y así diciendo salieron al jardín que tanto asombraba a los venidos del frío norte. En efecto, el sol tibio, la suave brisa y el penetrante aroma de los mirtos, junto con el murmullo del agua de las fuentes, invitaban al descanso, a la conversación serena y a gozar de la vida.

—¡Ah! —musitó el embajador—, bien quisiera que mi embajada fuera para siempre. Aquí. ¡En Sevilla!

El taller de Roldán
mayo de 1669

En la plazuela de Valderrama se encontraba una casa con un bello patio lleno de aromáticos naranjos, y, a un lado, el taller donde tantas veces se introdujera una niña silenciosa para no hacerse notar, y así poder conseguir fragmentos de distintos materiales, con los cuales elaboraba sus propios juguetes.

Feliz había sido la vida de Luisa entre su bulliciosa familia: su padre, Pedro, escultor de merecido prestigio, había obtenido la autorización de estofar y dorar, de manera que la calidad de sus imágenes superaba la de cualquier otro. Su madre, Teresa de Mena, cuidaba con atención y esmero esa numerosa prole que llenaba de alegría el gran caserón. Se oyó súbito una voz imperiosa:

—¡Francisca, ve de inmediato! Es mediada la mañana y tu hermana trabaja sola, mientras tú te solazas en el patio.

A regañadientes, Francisca se dirigía con parsimonia hacia el taller donde se realizaban las imágenes más hermosas de Sevilla. Es una brillante mañana de mayo, el aire viene cargado de aromas de azahar, tan sensual e incitante, y de los dulces jazmines. El verde de las hojas de los naranjos refulge a la luz del mediodía inspirando a la joven estofadora el color de un manto o una túnica para Nuestra Señora.

¡Pero es tan maravilloso ese patio de su casa! ¡Tan cuajado de colores, olores y sensaciones! Y Francisca quiere disfrutar y entrar a trabajar le cuesta.

—¡Hay que ver! —suspira Francisca—. Que no pueda una buena cristiana gozar y loar a Dios en las bellezas por Él creadas.

—¡Calla, calla, deslenguada! —responde su madre conteniendo la risa—. No comprometas a Nuestro Señor con tu pereza.

Entró a la estancia y vio a Luisa absorta, con los brazos cruzados bajo el pecho, observando una hermosa talla. Era una plácida imagen de la Virgen, que compondría uno de los nacimientos que les habían encomendado. Francisca miró a su hermana: parecía estar iluminada por un intenso fuego interior que le hacía crear esas delicadas figuras dotadas de vida y movimiento. A pesar de ser mayor que Luisa, ésta estaba siempre dispuesta al trabajo antes que ella, lo cual le había valido numerosas regañinas. La juventud de ambas contaba ya con la experiencia almacenada en años de convivir con el arte.

Se acercó con lentitud para no sobresaltarla y, abrazándola, le dijo cariñosa:

—Hermana, parece que te recreas en la labor. ¡Qué diligente y dispuesta eres!

Absorta, le respondió:

—Mira, Francisca, mira con atención esta imagen. Si cambio un poco la expresión de su sonrisa, parecerá que la ternura con que lo observa tiene un tinte de preocupación que a veces hemos creído ver en nuestra madre, cuando alguno de nosotros estaba indispuesto. Los colores han de ser también más sutiles... Que nada perturbe esa tenue armonía entre madre e hijo. ¿Sabes, Francisca?, creo que gozamos de una ventura muy grande. Tenemos esta familia, con tantos hermanos que de bulla que hacen tiembla el misterio, pero que animarían a un moribundo; padre nos quiere y nos enseña un oficio de inagotable interés; madre es dulce y tierna, y logra siempre lo mejor para nosotros... —Y luego, decidida—: Venga, hermana, basta de charla. ¡Hay que entregar este nacimiento! Prepara tus mejores pigmentos, y que el estofado y el dorado sean perfectos.

Estaban ambas en diligente complicidad cuando entró su padre y, al contemplar el espléndido retablo, anunció:

—Hijas, habéis de ganar fama si creáis tallas tan primorosas. Luisa, traigo buenas nuevas. —Y tras observar un instante el efecto de sus palabras, continuó—: He estado conversando con don Bartolomé Murillo, y ha consentido en tomarte como alumna. Es una oportunidad sin par.

—Padre..., ¿don Bartolomé? ¿El artista al que venera Sevilla entera? ¿Me acepta como pupila?

Y comenzó a dar caricias y mimos a Pedro, agradeciéndole de corazón la oportunidad que le brindaba.

—Quita, quita, zalamera. Escucha. Allí aprenderás el sólido dibujo y el hábil escorzo; cómo dar vida a la madera más recia mediante el color y conceder movimiento a la materia inerte. Además encontrarás ahí a tu amiga Luisa Valdés. ¡No se puede pedir más!

Y como ella continuaba con sus carantoñas, ordenó:

—¡Vamos, vamos, niñas! ¡Que vuestra madre nos aguarda para almorzar!

Unos días más tarde, se encaminaron padre e hija hacia el taller de Murillo. Estaba situado en la calle de San Jerónimo, en la parroquia de San Bartolomé; era muy amplio y dos grandes ventanas dejaban entrar una luz tamizada y sinuosa. El pintor estaba en el centro de la estancia, los pinceles en la mano, observando la obra recién acabada. Don Bartolomé se conservaba erguido, y parecía aún brioso; la cabellera lustrosa reposaba sobre los hombros; la ancha frente daba origen a una nariz potente que equilibraba unos labios sensuales coronados por un fino mostacho; la expresión de su mirada denotaba serenidad y todo en él rezumaba armonía. Al oírlos entrar se volvió con cálido ademán de bienvenida:

—¡Pedro, Luisa, dichosos los ojos!

—Aquí te traigo a mi hija para que aprenda del mejor artista de Sevilla. Verás, hija, cómo se puede transmitir a través de la pintura la fe cristiana y las ideas católicas, contribuyendo así a esa valerosa Contrarreforma que inspira los más nobles pensamientos de Europa. De esta manera, servirás al Señor y al mismo tiempo al arte.

Pero Luisa no escuchaba, absorta delante del caballete. El cuadro recién pintado lucía con sus colores frescos y luminosos, en una gradación de sutiles pinceladas que tamizaban la luz en diversos planos. En el lienzo, dos mocitos en actitud vivaz y golosa daban vida a una escena cotidiana, llena de calor humano y ternura juvenil; eran dos niños callejeros que compartían amigablemente su tesoro: un cesto de uvas y un melón que, abriendo sus entrañas en un súbito fulgor, brillaba con tal realismo que Luisa inició un movimiento de su mano hacia el cuadro.* Se detuvo cuando el olor a pintura fresca le advirtió del error que iba a cometer.

—¡Es un reto a la realidad, maestro! —pronunció con admiración Luisa—. ¡Qué expresión tan veraz! ¡Qué semblante tan hermoso el del chiquillo de la derecha! ¡Con qué deleite mira a su compañero de andanzas, que goza ya con anticipación del frescor de las uvas!

—Luisa, te conozco desde que eras niña. Sé de tu seriedad y dedicación. Tu padre tampoco ha escatimado los elogios hacia tu talento. Aquí serás bien recibida. Y quiero que recuerdes siem-

* *Niños comiendo melón y uvas.* Alte Pinakothek, Munich.

pre lo que te voy a decir: es gran favor conocer tu vocación y tener talento para ello. Cuando vengan las dificultades no abandones. El tesoro de tu arte lo merece.

Caballo cartujano

Las márgenes del Guadalquivir, de ameno paseo, proporcionaban la excusa a los jóvenes para comenzar el galanteo que requería toda relación en su inicio. Los caballeros se desplazaban despacio, luciendo los hermosos ejemplares de equinos que cuidaban y engalanaban con esmero a la moda de Andalucía. Caballos cartujanos de airosa estampa hacían honor a su antiguo linaje de equinos de raza andaluza. Habían sido cuidados, cruzados y protegidos durante más de novecientos años por pacientes monjes de la Cartuja de Jerez de la Frontera.

Viendo disminuir la yeguada, se hizo efectiva la prohibición de venta de yeguas al extranjero, cuidando así su permanencia.

Las damas eran graciosas y se movían con ese duende tan propio de la mujer del sur. Una de ellas, la más joven, pertenecía a la casa de Medinaceli, y era por matrimonio condesa de Melgar. Vestía, de acuerdo con su rango y condición, un atuendo de fino paño que consistía en una saya roja y un jubón ajustado de amplias mangas en un tono ocre muy claro, ribeteado todo él de un fino cordón de seda bermeja. Su amiga era alta y escasa de carnes, pero con una sonrisa amable. Parecía muy interesada en la conversación, mientras las dos se dejaban llevar por caballos de sólidas patas y poderosas grupas.

El equino de la duquesa de Medinaceli lucía un brillante pelo castaño, con la melena trenzada con cintas de seda roja que se deslizaban sobre su cabeza. Contrastaba ésta con las riendas y tarabitas,* en cuero claro, rematadas en ondas que ribeteaban hermosos bronces dorados, así como la gualdrapa, que terminaba en

* Tarabitas: palo pequeño al extremo de la cincha, por donde pasa la correa o cordel para apretarla y ajustarla.

largos flecos de oro. El animal estaba atento a cualquier indicación de su ama mientras ella conversaba.

La otra señora acariciaba con frecuencia el cuello de su montura, como si quisiera calmar su temperamento demasiado fogoso. Era una potra de finas patas y cabeza erguida, y debía de ser aún muy joven; tenía un bello manto tordo, en el que destacaban los arreos de piel rojiza, trabajados con esmero en cincelados bronces. Ella vestía un elegante terciopelo verde oscuro, con el jubón ribeteado de cinta marfil. Las dos componían una fina estampa, y los caballeros que a su lado pasaban las saludaban con grandes muestras de cortesía.

En eso aparecieron unos señores que incitaban las miradas de los presentes, pues montaban los más bellos ejemplares que se veían en Sevilla. Eran dos caballos árabes, puro nervio y alta la testuz; uno era blanco, y el otro, negro azabache; los dos se adornaban del pecho a la grupa con unas cinchas de color bermellón; las sillas de montar habían sido realizadas con el mayor esmero por sabios talabarteros* que se daban cita en la villa. Era un espectáculo que nadie quería perderse. Cuando llegaron a la altura de las damas se saludaron afectuosos y comenzaron amable coloquio. Uno de ellos era el conde de Melgar, pariente de la duquesa, que habría de obtener cargos de relevancia en los reinos itálicos.

El río brillaba con luz de plata, y en sus aguas se reflejaban galeones, galeras y un sinfín de navíos cuyas velas, unas henchidas de viento, otras en el proceso de arriar o desplegar, producían suaves quejidos de música marinera, mientras los mástiles se manifestaban con una bronca melodía de órgano antiguo. Pequeñas falúas y bateles transportaban desde los embarcaderos a los buques frutas, toneles de agua o vino y toda clase de bastimentos necesarios para la navegación oceánica o para la de cabotaje. En lontananza se alzaba la monumental catedral, de la que emergía la esbelta Giralda, antiguo minarete, que anunciaba a los marineros la cercanía de su adorada Sevilla.

* Talabartero: artesano del cuero que hacía talabartes (cinturones con tiros donde se colgaba la espada), sillas de montar y otros correajes.

Era una hermosa tarde de finales de octubre de 1668, y cuando más amable parecía la vida, y los sevillanos se entretenían en corteses requiebros paseando a la vera del río, el vigía que se apostaba en la esbelta Torre del Oro anunció la llegada de una nave. Un galeón de Indias se acercaba majestuoso, causando intriga y expectación entre las numerosas personas que paseaban por la orilla. Habían ya retirado la pesada cadena que cruzaba el río de lado a lado y que tenía como misión defender la ciudad de visitantes indeseados. Una vez finalizadas las maniobras de atraque, una súbita conmoción recorrió a la concurrencia como una serpiente de temor. Los cuchicheos incrédulos fueron sustituidos por exclamaciones de indignación a medida que las noticias se propagaban entre la multitud. El capitán del barco narraba con aire sombrío las noticias al piloto mayor y al contador de la Casa de Contratación, que aguardaban ansiosos la llegada de la flota.

—Habréis de creerme si os digo que me cuesta ser portador de estas malas nuevas. Las ciudades de Puerto Príncipe y Portobelo han sido cruelmente saqueadas por el feroz pirata Henry Morgan. Este bellaco se confabuló con sus secuaces para, por sorpresa, organizar un despiadado ataque por tierra, ya que la defensa por mar se había redoblado. Se tomaron estas previsiones pues acababan de arribar algunas naves de la Flota de Tierra Firme cargadas de riquezas y bastimentos para la feria anual que se celebraría en los días siguientes.

—Decid, capitán —interrumpió un caballero—, ¿qué les ha sucedido a la guarnición y al gobernador?

—Tened paciencia, señor —continuó el capitán—. Los centinelas de la guardia de noche, alertas y ojo avizor, dieron raudos la voz de alarma, pero eran muchos los atacantes, y éstos, en su audacia y encono, lograron entrar en el castillo de San Jerónimo, tomando muchos rehenes, que tanto el virrey de Nueva España como don Agustín de Bracamonte se afanan en liberar, bien por las armas, bien por rescate.

La reacción no se hizo esperar; las mujeres se hacían cruces pensando en parientes o amigos que podían estar entre los capturados. El conde de Melgar se apresuró a tomar noticias del alguacil y, una vez que hubo escuchado con suma atención, despidiéndose de las damas, espoleó su montura seguido por su amigo. El capitán corrió raudo a narrar al capitán de Costas y Galeras las sombrías noticias.

Entre la multitud estaba un hombre sereno que con gesto turbado rumiaba sus pensamientos: «Cualquier día de éstos, esos malditos piratas ingleses se atreverán a llegar a nuestros puertos, como ya hicieron en el pasado, sembrando el dolor y la destrucción. Esta ciudad bendecida por este suave clima, y con arte hasta en los empedrados de las calles, es una presa demasiado codiciada como para que permanezcamos libres de esos miserables corsarios.»

Se trataba de Pedro Roldán, el escultor de reconocida fama y antiguo profesor de la Academia de Sevilla, fundada en 1660, que vivía con su familia en la apacible casa de la plazuela de Valderrama.

Casa de Pilatos

Al mismo tiempo, en la Casa de Pilatos se observaba una conmoción inusual. El duque de Alcalá de los Gazules, atareado en su misión en las costas de Cádiz como general de la Mar Océana y Costas de Andalucía, había ordenado que prepararan palacio, jardines y vituallas para la inminente llegada de su padre, el duque de Medinaceli. Un numeroso cortejo acompañaba a este último, y los sevillanos lo esperaban con expectación, ya que sabían de la magnificencia de su comitiva.

La bella dama que se paseaba por la orilla del Guadalquivir esperaba con ansia la llegada de su esposo. Era el duque hombre culto, que había recibido de sus mayores el gusto por la Antigüedad romana y griega, cuidando de ornar con esculturas y dinteles labrados el esplendor de su palacio de Pilatos.

Este curioso nombre se debía a don Fadrique Enríquez, marqués de Tarifa, quien, tras una peregrinación a los Santos Lugares, comprobó que de su palacio sevillano a un montículo de las afueras mediaba la misma distancia que de Jerusalén al Gólgota. Decidió repetir el vía crucis eligiendo su casa como la estación de la visita a Pilatos.

Junto al duque de Medinaceli cabalgaba el conde de Melgar, quien, al oír las noticias de Indias, se había apresurado a ir a su encuentro, ya que esas malas nuevas eran causa de alarma y precisaban de soluciones contra la creciente osadía de los ingleses. Halló al duque acompañado por numeroso séquito. Llegados al palacio, atravesaron el triunfal portal renacentista de labrado mármol genovés y entraron en el característico apeadero.*

Pasaron, tras descabalgar, al Salón del Pretorio, magnífico en su conjunción de estilos: árabe en sus yeserías y celosías, de figuras geométricas, que impulsaban a la mente a viajes sin fronteras; sevillano en sus azulejos de cenefas intrincadas; e italianizante en sus mármoles, dando origen al mestizaje arquitectónico más notable de su época, realizado por alarifes** moros y cristianos, hermanados por el arte.

En esa estancia los aguardaba la condesa y su madre, con la felicidad pintada en el rostro. Estaban aún en las efusiones del reencuentro cuando irrumpió un joven: era Luis Francisco, el hijo de los duques. El encuentro entre padre e hijo fue afectuoso, y sin demora subieron la magnífica escalera asimétrica, recubierta por entero de azulejos de la más bella factura, en azules, ocres y verdes sobre un resplandeciente blanco. Coronaba la escalera una singular cúpula de media naranja destellante de oro y con los escudos de la familia. Entraron en el Salón de los Frescos, donde estaba preparado un refrigerio para los viajeros.

—Malas nuevas hube de daros —dijo Melgar—. Si no buscamos remedio a la codicia de los piratas ingleses, nuestros puertos estarán de nuevo en peligro, y no habremos de aguardar en demasía para que veamos nuestra Sevilla asediada por esos demonios.

* Apeadero: zaguán amplio que da acceso a la zona noble en las casas andaluzas.

** Alarife: maestro u oficial de albañilería.

—Bien decís —contestó Medinaceli—, es situación porfiada. Mas remedio tiene nuestra afrenta. El marqués de Mancera, virrey de Nueva España, cuando hubo de hacerse cargo de su gobernación, halló aquel inmenso territorio indefenso ante los feroces ataques de Morgan y Davis. ¡Malditos sean éstos y todos los corsarios! Asolaron, digo, estos satanes la hermosa fortaleza de San Agustín de la Florida, sembrando destrucción y miseria por donde pasaban.

—Creo recordar que Mancera acompañó a su padre cuando era éste virrey del Perú, ¿no es así? —preguntó la duquesa.

—En lo cierto estáis. Antonio de Toledo había sufrido en carne propia los desmanes de esos filibusteros, que convertían la navegación de la mar en aquellos confines en temible empresa. Lo primero que hizo nuestro Mancera fue sustituir los pesados y lentos galeones por naves ligeras y bien artilladas, que acudían con presteza a perseguir y castigar a los autores de tamaños desafueros.

—A mi entender, no pudo ser alcanzadiza la tarea —sentenció Melgar—, pues son numerosos en las Antillas y el Caribe los refugios y escondrijos con los que cuentan esos desalmados.

—Ésa es mi intención al referiros la estrategia del virrey. Es menester que cercenemos de raíz la audacia de los ingleses, organizando de nuevo, como ya se hizo en el pasado siglo, la defensa de nuestros puertos con una flota pertrechada con armas ligeras de largo alcance y naves prontas a la acción.

—¿De dónde vendrán los caudales para semejante empresa? —preguntó Melgar—. Vos bien sabéis de la penuria que asuela nuestros reinos.

—Ardua demanda me hacéis; mas habremos de resolverlo, pues la seguridad y la paz de este solar dependen de nuestra industria y afán.

2

SAN FERNANDO
abril 1670 - mayo 1671

Corría el año 1670, y la población se preparaba para una de sus fechas más importantes, la conmemoración de la Pasión del Señor. Luisa y Carmen, su prima, se acercaron a contemplar diversos lugares de la catedral, que era siempre enseñanza y fuente de inspiración para los artistas hispalenses. Esta sede era uno de los lugares más animados de la ciudad. En su entorno, en las mismas gradas exteriores, se confundían hombres de leyes que aconsejaban a sus defendidos, ciegos que cantaban sus romances de amores y aventuras, vendedores de todo tipo y condición, pícaros en busca de caudales fáciles, y lindas muchachas que tan sólo deseaban encontrar marido. Alguna dama de alcurnia pasaba veloz acompañada de su dueña, retornando al hogar tras la misa matinal.

El bullicio y la alegría que reinaban en los peldaños y en las plazas adyacentes habían inspirado a uno de los más insignes escritores, don Miguel de Cervantes, su divertida novela *Rinconete y Cortadillo,* que narraba con especial énfasis las aventuras y desventuras de aquellos que osaban acercarse a ese lugar sin estar bien avisados. Las dos jóvenes se vieron asediadas por extraños personajes: uno les ofrecía un filtro para encandilar a amores imposibles; otro, un perfume venido de exóticas tierras, rutilantes sedas, abalorios varios; por último, un charlatán les brindaba conseja de buena ley.

Consiguieron traspasar la multitud y entraron en la inmensidad de la iglesia, y, tras efectuar la genuflexión de respeto, quedaron una vez más embobadas por el palmeral que, en su fuga hacia el techo, formaban las treinta y seis columnas de las naves. Se dirigieron a la capilla de San Pedro, donde Luisa deseaba volver a estudiar los hermosísimos cuadros que Zurbarán y sus discípulos habían elaborado sobre la vida del primer papa. Le entusiasmaban los fulgurantes blancos que empleaba el maestro, la serena belleza de la Inmaculada que se elevaba hacia el cielo en un revuelo de esplendores, y sentía predilección por aquel santo tan humano que lloraba su arrepentimiento con lágrimas de sentida contrición.

Encomendose a él y atravesaron la grandiosa nave porque Luisa quería ver de nuevo la capilla de Scalas, con su retablo renacentista, un triunfo del talento que labró sus mármoles y jaspes. Tomó la escultora sus apuntes, redactó sus notas, y cuando hubo acabado, se dirigieron a la entrada, admirándolo todo. Al salir, el aroma del azahar, tan penetrante, tan característico de su ciudad, las envolvió en un manto de perfume sensual, y Luisa aspiró con fruición aquel regalo de la naturaleza. A su lado, Carmencita dio un respingo:

—¡Luisa, hija! Que un hombre nos lleva siguiendo desde que entramos en la iglesia...

—Qué cosas dices, prima. ¿Para qué iba a perder el tiempo yendo detrás de nosotras?

—¡Míralo, míralo! ¿No es Luis Antonio, del taller de tu padre?

—Vamos, vamos, novelera. Que eres una novelera. Al trabajo, que eso es real y no de libro de caballerías.

Y zanjando así la cuestión, regresaron a casa.

Escondido en un portal, el muchacho seguía en la distancia a su amada. No había conseguido ésta librarse de la compañía de su prima, como a él le había prometido, y no habían podido encontrarse a solas. Por la noche, a la luz de un candil, escribió sus frases de amor.

A la mañana siguiente, ordenando sus útiles para ponerse al trabajo, Luisa halló la nota. Era de Luis Antonio. Le confesaba su anhelo de verla, su amor sincero y todo un torrente de bellas palabras que hicieron palpitar su corazón más deprisa.

—¿Qué lees, hija? —preguntó Roldán—. Parece interesarte mucho.

—Sí, padre. Son anotaciones mías, de pigmentos y mezclas que deseo experimentar. —Y añadió—: No se lo muestro. Prefiero que cuando ya lo consiga, sea una sorpresa para usted.

«¿Por qué he mentido?», se preguntó.

Había sido una reacción instintiva. Dudaba de que a su padre fuera a complacerle el atrevimiento de Luis Antonio.

¿Qué podía hacer?

Jueves Santo

El Jueves Santo hizo honor a la tradición. Relucía más que el sol, y con ese amable clima, se acercaron a la Hermandad del Prendimiento para hacer la visita a este paso, que narraba con extremo realismo el dolor de la Virgen. Allí estaba la imagen, iluminada por el fulgor de cientos de velas blancas que se alzaban como fervientes plegarias de los fieles consumidos por el fuego del amor; nubes de albas flores rodeaban a la Virgen, envolviéndola en el aroma de la aflicción compartida. Vestida estaba María por magnífico manto y capa negros como el sufrimiento, pero bordados de oro como símbolo de resurrección. El rostro de Nuestra Señora mostraba los ojos bajos por la pena y la mirada perdida en el infinito de la divinidad, padeciendo, pero comprendiendo y aceptando. Era una visión celestial, emocionante, hecha del talento artístico y el sentimiento humano ante el dolor del Salvador y de su Madre.

Pensaba Luisa que era apasionante poder expresar el dolor o el gozo en las imágenes salidas de sus manos de artista; tener a su alcance transmitir una emoción que diera vibrante pálpito a seres cuyas vidas no abandonarían jamás la rutina. En la noche brillaba la luz de mil candelas; la oración de los peregrinos era un murmullo que acompañaba a Cristo en emocionada comitiva.

Sevilla entera celebraba desde el año 1521 la piadosa tradición del vía crucis a la Cruz del Campo que los sevillanos se encargaban de rememorar con esa simbiosis de gozo y compasión que es una de sus características.*

Canonización

Sevilla estaba conmocionada. Años atrás, en 1668, Fernando III, el gran rey, había sido beatificado. Hoy, 3 de marzo de 1671, había llegado la noticia de su canonización. Además de ser una fiesta de alto contenido religioso, también entrañaba significado político, ya que se glorificaba a un antepasado de Carlos II, por tanto, a la monarquía. Todas las ciudades de España se aprestaron a preparar dignamente el acontecimiento. Pero Sevilla, con gran tradición de efímeros** y otras festividades, tenía razones sobradas para echar la casa por la ventana. Era «su santo», aquel que les había librado de la opresión.

«¡¡Santo el rey Fernando!!», repetían unos a otros en calles y plazas. El natural bullicio de Sevilla, la animación y el dinamismo que se concentraban en torno a la Torre del Oro en los días de arribo de las naves de Indias, se desparramaba ahora por toda la ciudad en alborozado griterío. Las mujeres elegían sus mejores galas para salir a la calle a celebrar la fastuosa noticia. Ésta había llegado por la mañana, mientras el cabildo eclesiástico deliberaba asuntos de la comunidad. Al recibirla, suspendieron la reunión para poder comunicar a las expectantes gentes de Sevilla la extraordinaria nueva, y antes que a nadie, al regidor y su cabildo. Don Ambrosio Ignacio de Spínola, entusiasmado, tuvo la idea de encargar una escultura del nuevo santo.

* Hoy en día se puede asistir a esa antigua tradición la noche del Viernes Santo en los lugares descritos.

** Efímeros: arquitecturas en madera o tela pintadas, usadas en el Barroco, para conmemorar hechos históricos tanto festivos como luctuosos; celebrar entradas triunfales o festividades religiosas.

—¿Quién creéis —preguntó a sus consejeros— podría crear la imagen más significativa, llena de vigor y santidad, que representara con magnificencia a Fernando III, ahora ya el Santo?

—El taller de Pedro Roldán ha producido obras de gran simbolismo y valor artístico —inició uno de los canónigos—. Sería menester conversar con él, y ver de encomendarle el encargo.

—¡Sea! —contestó don Ambrosio—. Id a su taller y demandadle el máximo cuidado en la elaboración de dicha talla. ¡Ha de ser única! Haced también que repiquen todas las campanas de la ciudad y que comuniquen la festiva alegría que nos embarga a toda la comarca. Organicemos, por último, una magna procesión que reúna a toda la buena gente de esta villa.

Así se hizo. Desfiló por toda la capital una majestuosa comitiva presidida por el prelado, a quien seguían los ministros de las respectivas iglesias portando las cruces de sus parroquias; los prebendados revestidos de pluviales de restallante blancura; y a continuación el cabildo seglar con su brillante séquito de ministros de vara y maceros, precedidos todos por sonoros clarines. Las niñas, ataviadas con trajes de fiesta, llevaban cestos repletos de pétalos de fragantes rosas que, derramados al paso de la procesión, formaban esplendorosa alfombra en todos los tonos de rojo.

Si Sevilla es ya de por sí una hermosura, aquella mañana todo se había conjugado para hacer la celebración inolvidable. Las esencias de las flores y el azahar; el cuidado cortejo, con sus vestimentas de ricas sedas; los alguaciles y maceros, con sus penachos de plumas; el pueblo hispalense, que había seleccionado primorosas galas para la ocasión; la vibrante música de tambores, trompetas y campanas; y un sol luciente que acompañaba radioso el solemne día. Las gentes más variadas habían decidido participar en el desfile sacro; y estaban también los Roldán, padre e hija, disfrutando de la gloria merecida que la obra que había de salir de su taller les proporcionaría...

—¡Luisa, hija, ven presta! El cabildo ha rechazado la escultura que nos encargaron. Reclaman que no es expresiva, que sus facciones no reflejan el alma y la energía de nuestro santo. No quiero ni pensar en lo que puede suceder si se conoce la noticia. ¡Qué descrédito! Hija, me voy a reposar, que bien necesitado estoy de sosiego. ¿Podrías estudiar la talla, por si se te alcanza la manera de mudar su expresión?

Sabía muy bien Luisa que podía ésta resultar una situación peligrosa. Un encargo de la Catedral significaba honor y prestigio, y más aún si la ocasión era la canonización del rey Fernando. El rechazo era un desastre. Había que frenar el efecto de contagio, una reacción en cadena que, una vez conocida, haría que la ciudad perdiera el interés por las obras de su taller.

Al día siguiente, Luisa pidió a su padre que le trajera la imagen a casa. Durante toda la jornada trabajó ella en la pequeña estancia junto al patio. El aroma del azahar, el zumbido de las abejas buscando el espliego y el murmullo de la fuente entraban a oleadas por las ventanas, provocando en la escultora intensas emociones de euforia que estimulaban su imaginación. Se encontraba Luisa en una efervescencia creativa que no le daba pausa alguna, haciéndole trabajar como si la salvación del mundo dependiera de esa escultura, como si san Fernando con su poder fuera capaz de, una vez encarnado, aplacar una furia desconocida pero temible.

Se retiró a descansar con el alba y, unas horas después, continuó su agitada tarea. Había cambiado la posición de las piernas de la talla, pues estimaba que como las tenía mostraban un aire rígido y poco real. Pero donde puso toda la intensidad de su afán y la inspiración de su talento fue en la expresión del rostro del santo. El Rey tenía el gesto inmóvil e inexpresivo, todo lo contrario de lo que hubo de ser aquel monarca decidido. Retocaba aquí y allá con el cincel; un toque de gris en la coraza; una filigrana más intrincada en el oro de ésta... El resultado del serio empeño era notable.

Cuando Pedro entró en la sala, su gesto de asombro hizo reír a Luisa:

—Padre, parece que ha visto un alma en pena. ¡Dígame algo, que me tiene en ascuas!

—Hija —comenzó con parsimonia Roldán—, no puedo dar crédito. Has cambiado el ademán de san Fernando. Parece vivo y pronto a defender Sevilla. Esforzado trabajo el que has realizado.

En efecto, la madera, animada por las manos de la escultora, había cobrado auténtica vida y mostraba ahora la determinada faz y la firme postura del Rey: plantado en la tierra, la pierna derecha avanza con decisión y el torso acompaña el movimiento; el brazo izquierdo alza el cetro del poder y la mano derecha sostiene con fuerza la espada. Parece dispuesto a comenzar la conquista de Sevilla. Pero lo que de verdad resultaba singular era la cara: la ancha frente anuncia inteligencia; los ojos elevados hacia el cielo, como pidiendo el favor del Altísimo; las mejillas hundidas por penalidades pasadas en guerras y tribulaciones, y la mandíbula firme, muestran el recio carácter del personaje.

—¿Cómo has conseguido esta mudanza singular? —preguntó el padre.

—No ha sido muy difícil. Comencé por serrar las piernas que ostentaba y esculpí unas nuevas para dotarlas de movimiento y necesaria veracidad. Así mismo hice con la cabeza, e imaginé un rostro henchido de la voluntad de acatar los designios del Altísimo. No sé si he plasmado con acierto lo que la industria de mi mente tomó por bueno.

—¡Es excelente! Mandémosla presto. No demoremos su entrega. Que vean lo que puede el taller más cumplido de Sevilla.

Varios miembros del cabildo aguardaban la anunciada llegada de la efigie de san Fernando. No se mostraban muy entusiasmados, ya que la anterior talla de Pedro Roldán en nada los había complacido. Cuando el escultor descubrió con lentitud la imagen, aparecieron primero las piernas, decididas y bien torneadas; luego el torso en avanzado ademán, y por último, la expresiva faz de Fernando III.*

Una admirativa alabanza, y muy sincera, saludó el fin de la operación. Fue de inmediato admitida con la anuencia de todos los componentes del cabildo, y pagada con largueza. Era un triunfo difícil. Era obra de Luisa.

Día de fiesta

Amaneció Sevilla con la música incesante de sus campanas; unas se entrelazaban con las otras en invisibles guirnaldas, que transmitían por el aire las notas ora delicadas, ora fuertes y decididas. La buena gente se echó a la calle, inspirada por el fervor hacia el nuevo santo y la expectación animosa de un día de asueto.

El centro de la ciudad se había transformado por obra y gracia del ingenio de los artistas sevillanos en un gran teatro de múltiples escenarios. Simón de Pineda, Valdés Leal, Pedro Roldán y Bartolomé Murillo crearon marcos efímeros que narraban en alegorías y símbolos las gestas del Rey y la profunda devoción mariana que san Fernando introdujera en Sevilla, tras la toma de la ciudad. Cada institución, cada convento, en cada esquina se alzaba un altar, un efímero o una escultura perecedera levantada para la ocasión.

Dos de estos efímeros causaban admiración y sorpresa entre los espectadores. El primero era obra de Simón de Pineda y Valdés Leal: *El triunfo de san Fernando,* se llamaba, y reproducía un majestuoso arco sostenido por dos grandiosas columnas que se enroscaban hacia la cúpula, en un revuelo de oros y carmesí; rodeaban a su vez una vasta nave de iglesia que custodiaba un tabernáculo cincelado con el arte exquisito del que hacían gala los orfebres de aquella tierra.

* La imagen de san Fernando está en la Sacristía Mayor de la catedral de Sevilla.

El segundo, *Visión de san Fernando,* era la feliz creación de Murillo. Una capilla se alzaba a las alturas, desde donde una luz irisada se filtraba por las ventanas que se abrían bajo su cimborrio.* Un retablo de altos pináculos y pinturas de colores vibrantes referían el sueño que tuvo el Rey, y que le inspiró la estrategia, se decía, con la que habría de vencer al enemigo.

Desde las Sierpes, recorrió el cortejo de la plaza de san Francisco, las calles de Génova y las gradas, llegando por fin a la catedral, donde, en el centro de la capilla, se hallaba una imagen del santo Rey. Se trataba de la escultura que Luisa produjera con sus manos. Tras la frase del Prelado: «*Deus qui beatum Ferdinandum...*», estalló el júbilo de los presentes, que elevaron su gratitud por medio de bellos cánticos. La catedral era ya en sí un sueño ciclópeo hecho realidad, como habían diseñado los antiguos canónigos, que en 1401 anunciaron su propósito de esta manera: «Que se haga la iglesia tal o tan buena, que no haya otra igual; que cuando la vea terminada, la posteridad nos tenga por locos.»

La antigua mezquita se llenó de cánticos en alabanza al Señor, y en la inmensidad de las cinco naves la música se entrelazaba con las volutas de incienso, creando esa atmósfera mágica que ninguno de los presentes olvidaría jamás. Ya la noche venida, las calles y plazas estaban abarrotadas de gentes de la más variada condición. Los nobles paseaban en sus magníficos carruajes, tirados por espléndidos caballos adornados con la gracia que tienen en Sevilla: cintas y borlas de seda, y bandas de cuero repujado lucían sobre los lustrosos cuerpos de los equinos.

La Villa resplandecía como si fuera de día. Gracias a mil artilugios de luz, hachones, hogueras, velas y candelas, la fiesta continuaba entrada la oscuridad, y los alegres cantos que acompañaban a toda suerte de instrumentos terminaban en bailes envueltos en el opulento y penetrante aroma del azahar que incitaba a la pasión. Hermandades y cofradías, más galanas que nunca, y todos los habitantes de aquella villa singular que albergaba una

* Cimborrio: cúpula.

inmensa capacidad para la alegría y el gozo se unían en una misma pasión, la pasión de vivir.

Aquella pasión que llevaría a Luisa a realizar obras extraordinarias y a obtener un destino sin par. ¡Sevilla había de ser!

La Judería

Se había internado Luisa por las estrechas callejuelas del barrio de la Judería. Las casas, tan apretadas entre sí, dejaban pasar en sus resquicios una luz tamizada que producía una atmósfera misteriosa. Por otra parte, los geranios de un rojo restallante que cubrían las fachadas aligeraban el denso ambiente. Poco a poco fue apretando el paso. Observaba con placer los balcones de sólidas maderas, las paredes blancas dibujadas con las sombras que provocaba la claridad. En la dichosa contemplación, había ya casi olvidado el encargo que a este lugar la había traído.

Tenía que visitar la casa de un rico comerciante que deseaba unas imágenes.

Buscaba la casa que su padre le indicara, pero no era fácil, pues todas eran muy similares: blancas, con bellos miradores de madera y celosías en las ventanas; alguna parra trepaba diligente aquí y allá, creando con la repetición serena armonía.*

En esto se hallaba cuando oyó una voz que susurraba:

—¿Cómo has podido ordenar un belén? ¿Has olvidado acaso tan presto tu origen y tu raza?

—No, padre, no lo he olvidado. Pero habéis de entender que fiel cristiano soy, a la par que me enorgullezco de mi pueblo.

—¿Quieres decir que adoras a dos dioses a la vez? ¡Escándalo y vergüenza!

—No. No es escándalo ni vergüenza, es comprensión. Dios es uno, es bondad, es perdón. Creo en la omnipotencia de ese

* La rehabilitación de la Judería ha supuesto veinte años de trabajo, ideado y financiado por el duque de Segorbe. Es un conjunto de veintisiete casas que constituye casi un barrio histórico de la ciudad.

Dios, que nos ha de amar. Son los hombres los que le dan distintos nombres, mas Él es Uno.

Echó Luisa marcha atrás y entendió que había encontrado lo que buscaba. Volvió a recorrer el camino hacia aquella casa, produciendo todo el ruido que pudo con el fin de hacerse notar.

Las tranquilas frases del joven resonaron durante muchos años en su mente.

3

¡AY, EL AMOR! 1671-1678

Tras el episodio de la escultura del rey Fernando y su glorioso éxito, Pedro Roldán pidió a su hija que se incorporara al gran taller que tenía en la collación* de La Palma.

Corría el 1671 y de nuevo se consolidaba en los reinos la esperanza de prosperidad que había traído consigo la paz de Aquisgrán.** Ese mismo año fue de notable éxito para Luisa, pues comenzaba a difundirse por la ciudad el rumor de sus bondades artísticas.

Trabajaba en dicho taller un joven escultor, Luis Antonio de los Arcos, buena planta, hermosa la faz y labia certera para con las mujeres. Luisa quedó encandilada por sus gracias tanto físicas como, creía ella, espirituales. La estima, la admiración y el conocimiento que tenía Pedro Roldán del carácter de su hija habían hecho que intuyera desde el primer momento la impresión que este Luis Antonio había producido en Luisa. Y le disgustaba. Le disgustaba profundamente, pues consideraba a su hija una verdadera artista, dotada de un notable talento. Admiraba también su carácter decidido, pronto siempre a buscar soluciones a los problemas que a todos nos acechan; y gustaba de su alegría,

* Collación: espacio urbano que aglutinaba las viviendas en torno a iglesias y plazuelas.

** La firma de la paz de Aquisgrán de 1668 puso fin a la Guerra de Devolución, en la que Francia ataca los territorios españoles en los Países Bajos.

esa alegría serena y profunda con la que contribuía a sustentar la cohesión de la numerosa familia. Mas observaba con pesadumbre la propensión a la vehemencia que aparecía de reciente en el ánimo de ella, tendencia que, unida a una cierta testarudez, podía nublar el habitual buen juicio de su hija.

Hombre inusual, se maravillaba ante su genio artístico y la consideraba un ser extraordinario, al cual precedería siempre Luis Antonio por el mero hecho de ser varón, pese a su personalidad banal, según estimaba el bueno de Pedro. Y esto lo irritaba sobremanera. Creía adivinar las dificultades que ella conocería si se ligaba de por vida a ese hombre débil, fútil y sin coraje, y además, y esto era, al entender de Pedro, pecado sin posible absolución, Luis era un mediocre en el terreno artístico.

Mientras los dos fueran jóvenes, los pocos años taparían las carencias del galán, pero cuando la vida fuera aportando sus sinsabores, necesitaría la pareja aquellas otras cualidades que sostienen el entramado de la familia.

Luisa poseía ese andamiaje de determinación, tenacidad y entereza que requieren los caminos de la existencia y sus tortuosos avatares. Creía también el padre que su hija estaba dotada para la reflexión y sabría encontrar en su espíritu inteligente el modo de plantar cara a la vida. Además ella poseía talento. Podía intuir que Dios había concedido a esa chiquilla un don especial. La había observado con delectación cuando se introducía en el pequeño taller junto a la casa para apoderarse de algunos trozos de madera, un cincel y pinturas. Su intuición había sido ampliamente confirmada.

El éxito de la escultura del rey Fernando no había sido un mero episodio: era la evidencia de una premonición tan clara como el sol de su esplendorosa ciudad.

Ella era artista, tenía en sus manos el poder de crear, dirigidas éstas por una cabeza templada, que sabía comunicarse con la realidad y entrar en el verdadero ser de las cosas de este mundo.

¿Y esa persona admirable miraba con dulzura a ese Luis anodino, que ostentaba sólo una bella fachada?

«¡No lo consentiré! —se dijo firme—. He de estar atento, y

si Luisa sigue encandilada sin razón alguna, proveer para evitar el desastre.»

El taller de Murillo

Seguía acudiendo al trabajo con Murillo, y en ese momento se afanaba Luisa en la mezcla de unos pigmentos que el maestro le había descubierto en silencio, a la chita callando, como si entraran en un recinto secreto y misterioso. Le gustaba el trato de don Bartolomé. Creaba un ambiente de complicidad en el que ella se sentía única, donde los caminos del aprendizaje se le antojaban la aventura más intrépida a la que podía entregarse. Tenía que terminar los benditos colores que alegraban sus pupilas, pues habría de unirlos al inigualable brillo del oro.

Sus ojos mostraban la emoción, sus manos estaban prontas para iniciar el milagro de arrancar de la nada un personaje que había de conmover a quien lo observara. Se acercó Murillo y miró con interés el resultado de la labor de su pupila.

—Mucho es tu afán, Luisa, y así debe ser, porque el cuadro que tenemos aquí ha de inspirar profundos sentimientos.

En efecto, el boceto que había dibujado el maestro era una bella mujer con un aura divina, que se elevaba sobre las terrenas miserias en un revuelo de ligeros paños, ángeles infantiles y victoriosa sobre un dragoncillo con rostro de demonio.*

—Maestro, es ya para mí una gran satisfacción aprender al lado de vuestra merced. Os estoy agradecida, así mismo, por vuestra inclinación a mi persona y la paciencia que mostráis en la enseñanza.

—Luisa, para todo maestro es gratificante descubrir el talento. Ya te lo dije una vez; Dios te ha dado talento, no lo desaproveches. La pasión por el arte que te anima es un raro don. Te sostendrá en las épocas difíciles de la vida, que, por desgracia, no han de faltar.

* *Inmaculada.* Museo del Prado, Madrid.

—Enojoso es para mí pensar en tristes sucesos. La vida me parece ahora plena de retos extraordinarios.

—Luisa, me has de disculpar si trato un asunto que quizá no sea competencia del maestro, pero el afecto que a ti me une desde que eras una chiquilla a ello me obliga.

Luisa se puso alerta. Un cosquilleo desagradable recorrió su mente en unos segundos, advirtiéndole de que iba a oír algo que no deseaba escuchar.

—Mira, hija —prosiguió con dificultad don Bartolomé—, a un viejo, observador de la realidad cotidiana, no se le escapan algunas cosas. Percibo en ti una euforia que al principio atribuí al interés por aprender, propio de una mente despierta.

Ella intentó decir algo, afirmar que así era, pero él puso su mano con ternura sobre la de Luisa, pidiendo que le dejara continuar.

—He observado cómo Luis Antonio de los Arcos te ronda. He visto cómo te aguarda a la salida de este taller, escondido en la esquina, para intercambiar confidencias y robarte algún beso...

Ahí ella intervino:

—Maestro, somos jóvenes, el amor que nos une...

Esta vez fue él quien no la dejó acabar, y con autoridad siguió el hilo de su pensamiento:

—Luisa, te ruego que pienses lo que haces. Adornada estás de cualidades singulares. Puede ser tuyo un mundo que en el presente no lograrías abarcar. Da reposo a tus impulsos, da lugar a tu razón, no te precipites. Tengo en demasiada estima tu felicidad para no arriesgarme a tu enfado.

El fulgor de los ojos de Luisa probaba la intuición del maestro. Éste quedó apenado por la reacción de su alumna, pues comprobó en la mirada de ella la determinación que la animaba en todos sus actos. Tras unos saludos de cortesía, pero molesta por el cariz de la conversación, Luisa inició el retorno a casa.

Era un magnífico atardecer sevillano. La luz dorada se posaba sobre muros y jardines, ennobleciendo cada rincón. Árboles y toldos creaban densas sombras por donde se filtraban senderos de resplandor.

Andaba despacio, rumiando las palabras de aquel al que ella veneraba y que sin embargo le había demostrado no entender nada de la vida, del amor. Pasó delante del corral de comedias y el monasterio de la Encarnación, que tanto le gustaban, sin tan siquiera mirarlos. La embriaguez que ella sentía cada vez que las manos de Luis recorrían su piel, ese abandono, esa turbación eran vida palpitante. Una sonrisa asomó a sus labios cuando recordó cuán excitantes eran sus besos, la caricia en su rostro, sus dedos surcando sus cabellos. Tan ensimismada estaba, que se asustó cuando dos brazos potentes la empujaron hacia un pórtico. De seguido, sus besos comenzaron a cubrir su cara y sus labios, y un estremecimiento de placer recorrió todo su ser. Se abandonaba a esa pasión, que ella creía única y eterna.

—Te lo juro, Luis, ¡habrán de aceptar este amor!

La conversación

La llama de la ilusión confería a Luisa una luz especial. Había acudido a trabajar al taller como acostumbraba. Pero su padre notó en ella ese algo indefinido que otorga el amor, o aquello que algunos creen ser amor, y no pudo reprimir una violenta sacudida interior de alarma y decepción. La miró a la vez con ternura y recelo. Ella, que no era una belleza, estaba hermosa, en plenitud. Sus ojos color de uva que ha sido acariciada con largueza por el sol brillaban con extraña intensidad; su porte erguido, los brazos bien torneados, la noble cabeza aureolada por cabellos castaños que el verano tamizaba de rubio; la nariz recta y proporcionada; la boca que anunciaba amor y el mentón decidido que finalizaba la armonía del rostro hacían de su persona una hembra placentera.

Lucía así mismo esa cadencia tan femenina de las mujeres del sur, acompañada de una gestualidad vivaz y una voz melodiosa que cautivaba a todo aquel a quien ella dirigiera su atención. Y entonces Pedro sintió el frío del miedo, miedo de que todas esas cualidades fueran a estrellarse contra quien no supiera ni tan siquiera reconocerlas. Y examinó con temor la tensión y la alarma que producen la aparición de los propios demonios interiores, aquello que conocemos y que no queremos admitir porque nuestro fuero interno cree no ser capaz de evitarlo, y si sucedido, mucho menos superarlo.

«¡Ah, qué difícil la vida! Tengo una hija excepcional, pero... ¿sabrá elegir al hombre que pueda estimar tantas virtudes, valorarla y respetarla, y darle una existencia al menos reposada y tranquila?»

En estas tristes cavilaciones estaba cuando su hija se dirigió a él:

—Padre, el retablo de Santa Ana que habéis finalizado es la obra más hermosa que de vuestras manos salió jamás. ¡Cómo me complacería participar en asunto de tanta enjundia!

—Luisa, tienes capacidad para eso y para más. El aprendizaje con maestros como Simón de Pineda y el gran Valdés Leal será fundamental en tu desarrollo. El genio y el saber hacer de Valdés han conseguido una pintura y un dorado del retablo sin parangón en una ciudad como la nuestra, donde el talento bulle en efervescencia artística.

—Bien agradecería —retomó Luisa— que pudieras poner tu industria en mi favor para los trabajos que has de recomenzar en el retablo mayor del Hospital de la Caridad. Las fiestas en honor de san Fernando han sido memorables por su emoción y fasto, pero ya es tiempo de volver al sereno trabajo cotidiano.

Un breve silencio se deslizó entre padre e hija, como si ambos custodiaran una conversación importante pero que requiriera toda la habilidad y delicadeza para entablarla. Eran dos asuntos totalmente diversos: el padre preocupado por el interés de la hija hacia quien no lo merecía; y Luisa ambicionando trabajos de mayor calado.

Fue Pedro quien rompió el fuego:

—Hija de mi corazón, durante muchos años he observado tu carácter, tu forma de ser afectuosa y, al mismo tiempo, firme. Posees una decisión y una tenacidad que te harán alcanzar metas que ahora quizá ni imaginas. Pero yo he vivido ya muchos años, y sé reconocer la calidad humana, más aún si es en mi propia hija. Tienes otra magnífica cualidad, la generosidad; pero siendo tan importante esta virtud en el desarrollo de la vida, esconde un peligro cierto: entregarla a quien no sepa reconocerla, y lo que es peor, admitirla. Se da el caso de personas que, ofendidas por un don que necesitan aceptar, no perdonan jamás ésta tu ofrenda. Puede resultar inconcebible para ti ahora, pero lo que te digo tan veraz como el día es.

—Padre, sé de su mucho conocimiento, pero no puedo comprender que existan personas que recelen de una bondad.

—Sí, harto difícil es de creer, mas el género humano conoce los extremos, el amor y el odio; la generosidad y la mezquindad, aunque a ti ahora no se te alcance. Dios te ha otorgado un don excepcional, el talento artístico. Mucho quisiera hacerte reflexionar, tú que capaz eres de hacerlo, sobre este regalo extraordinario. He visto cómo insuflabas vida y sangre en la inerte madera; he observado cómo bajo tus manos comenzaba a palpitar el ser que se escondía en el maleable barro, y luego, ha recibido expresión, color, luz y movimiento, como de manera magistral hiciste con la talla de san Fernando. Era todo un reto y tú supiste culminarlo.

—Padre, sé cuán importante en la vida es el trabajo que se realiza con vocación, mas soy moza y el amor ha inundado mi vida.

—Dices bien. Será esa pasión como una catástrofe. Has de ser consciente de las posibilidades que se abren ante ti, valora las prendas que he visto depositadas en tu persona y que tu madre y yo hemos incentivado mediante la educación y el aprendizaje. Te hemos visto crecer y madurar en la espléndida persona en que te has convertido.

En ese momento, Luisa intentó comenzar una frase, pero su padre, con un gesto de ternura le pidió proseguir sus consideraciones.

—No malgastes ese caudal de hermosuras. No poses tus ojos en quien, simplemente por ser varón, puede dominar tu personalidad y ensombrecerla con la mediocridad de la suya.

Luisa acertó a iniciar:

—Pero padre...

Mas fue interrumpida de nuevo:

—¡Hija de mi alma!, si me equivoco, perdóname. No me complace el interés que veo desarrollas hacia Luis Antonio.

—Padre, yo deseaba hablarle de cosas bien diversas, pero ya que lo menciona, buen momento será para discutirlo. Cierta es la inclinación que tengo hacia Luis Antonio, hombre cabal y de buenas hechuras.

El semblante de Pedro se iba oscureciendo, y en su fuero interno se iniciaba una batalla entre el deseo de no herir a su hija y el pavor que le producía constatar la ceguera que originaba el amor. Pero Luisa continuó:

—Yo estimo mi trabajo, y era mi intención que sobre él conversáramos, pero... ¡padre, hay otras cosas en la vida! Deseo conocer el amor, deseo una familia... ¡He sido tan feliz en la nuestra!

A lo que Pedro respondió:

—Para lograr esa armonía conyugal, es menester que la educación corra pareja con la generosidad, y que las cualidades de ambos por ambos sean reconocidas y estimadas.

—Creo que yo también podría realizar lo que madre y usted han logrado. Sí, creo que amo a Luis Antonio y él a mí, y tal vez podríamos pensar en un futuro cercano en formalizar nuestra relación. Padre, ¡deme su bendición!

Lo que Pedro barruntaba se había hecho cruel realidad. No era una simple infatuación; era algo mucho más serio, que podía gestar funestos resultados en la existencia de su amada hija. Muy en contra de lo que la prudencia aconsejaba, estalló el padre con una fuerte ira tintada de miedo, producido por la confirmación de sus peores sospechas.

—¡Nunca, nunca tendrás mi bendición para unirte a ese hombre mediocre! Piensa en tu vida, piensa en lo que puedes obtener de ella, trabajos de mérito, un hombre que pueda estimarte en lo que vales, y que sepa crecer contigo y dejarte volar cuando tu talento te lleve a lo alto. ¡Valórate!

—Padre, no lo entendéis. Estoy enamorada, lo quiero y habréis de aceptarlo.

—Eres tú la que no comprendes. Eres tú la que no conoce aún que la vida es muy larga, que el compañero ha de ser alguien que considere tu dignidad, alguien que sepa que tu riqueza radica en aquellas cualidades del espíritu que no se ven, pero que serán las que sustenten el difícil entramado de la existencia; que ser galana es pasajera condición. Eres tú quien no conoce que a la natural pasión de la juventud debe seguir la mutua estima, la recíproca comprensión y la ternura, que es sentimiento que lima toda aspereza y borra todo desencuentro. Y ninguna de estas virtudes adorna a Luis Antonio.

—Sois cruel en la descripción del hombre al que amo. No lo conocéis como yo lo conozco.

—Yerras una vez más —continuó el padre—. Me percato de que nunca gozará del renombre que tú puedes conseguir. Es hombre limitado que tomará como agravio tu superioridad. Sufre así mismo de accesos de melancolía de los que ni él mismo conoce el origen, y que pueden ser fuente de preocupación y desconcierto en vuestra vida en común. Y todo esto lo sé a través del trato con él durante estos años. Si te casas con él, labrarás tu desgracia. Hija mía, no he de consentir semejante tropelía.

Y temeroso de decir aquello que su hija nunca pudiera olvidar, se fue a aliviar su tribulación con el trabajo, dejando a Luisa sumida en el mayor desconcierto.

A tu vera

Estaba perpleja. Sabía que su padre era hombre clarividente, y que el aprecio y el amor que hacia ella había siempre mostrado eran profundos. Recordaba también los consejos que don Bartolomé le había expresado con tanto afecto. Pero, al mismo tiempo, pensaba que esta vez podían estar ambos equivocados; que él no había percibido en Luis Antonio las cualidades que ella había sabido descubrir; que el hombre ya mayor que no sentía la urgencia de la pasión no podía entender su éxtasis de amor; que ella conseguiría curar las tristezas que alguna vez aparecían en el espíritu de su novio, y que ella creía tenían origen en su acusada sensibilidad; que juntos lograrían una vida de continuados trabajos en serena armonía, y que ella alcanzaría la felicidad con Luis Antonio. La mujer enamorada tenía la certeza de que así sería.

¿Por qué sentía entonces esa vaga angustia cuando recordaba las palabras de su padre? ¿Por qué Murillo le había insistido en que demorara su decisión? ¿Por qué había quedado grabada en su retina la triste y preocupada expresión de Pedro?

Apartó con firmeza esas ideas y corrió al Patín de las Damas* a la vera del río, donde la esperaba Luis. La margen del Guadalquivir era un incesante ir y venir de gentes, a pie al borde de la ribera y a caballo en el paseo que bordeaba sus anchurosas aguas. La brisa perfumada de la tarde acariciaba su atribulado ánimo; las ramas de los arbustos refrescaban su encendido rostro en su carrera para llegar al lugar de la cita. Algún galán a caballo la observaba con interés, pero ella sólo ansiaba encontrarse con su amado. Al fin, bajo los rumorosos álamos plateados, se abrazaron con la viva pasión de los enamorados, tan propia de la juventud; el intenso perfume del azahar, tan voluptuoso y concupiscente, los envolvió en invisible velo mientras intercambiaban ardientes besos, y entre lágrimas de Luisa y suspiros de él, se dieron promesa de matrimonio. Pero necesitaban testigos de su compromiso, y para ello, había Luis de pedirla en casamiento, en su casa, aprovechando que los padres de ella estuvieran ausentes.

Esa noche Luisa sintió la necesidad de explayarse con su prima Carmen y hacerle esas confidencias que no se atrevía a hacer ni a su hermana Francisca, tan cómplice y tan tierna, por temor a que ésta dejara traslucir algo a su perspicaz progenitor. Carmen era su otro yo, su confidente, la tierna amiga de la infancia,

* El Patín de las Damas era un paseo en dos niveles: junto al río bordeado de árboles, y el segundo sobre la muralla. Fue clausurado en el siglo XVIII.

clarividente con respecto a sus defectos, pero a la vez generosa y comprensiva; en resumen, el tesoro que todos ansiamos conservar. Su cuerpo menudo encerraba una energía sin límites que sólo los pequeños ojos negros delataban en toda su intensidad; la boca carnosa y la profunda mirada le daban un encanto no exento de malicia.

—¡Ay, Carmen!, qué goce y qué sufrimiento dan los amores. No hay quien lo entienda, chiquilla. Si supieras qué cálidos son sus besos... Siento como si nada en el mundo tuviera importancia cuando me tiene entre sus brazos.

—Luisa, mujer, no te reconozco. Tú siempre tan despierta y reflexiva. Escucha un poco a tu padre y entra en razón. El chico te gusta, a las claras se ve, pero si con él te desposas, piensa que es para toda la vida. Piénsalo bien.

—Carmencita de mi alma, no lo entiendes, ¿eres o no mi amiga?

—Claro como el sol es que mi amistad a ti me obliga, y por eso mismo te digo que has de pensar que tu padre te quiere más que a nada en el mundo, ¡ni dudarlo! ¿No será que algo de razón cumple darle?

—Ha de estar equivocado. Luis es el hombre de mi vida.

—Aguarda, mujer, y observa. Promete que aguardarás unos meses para tomar una decisión. Guárdate de la precipitación, corres el riesgo de errar el camino. ¡Por Dios y la Virgen te lo ruego! Parece que tienes fuego en el alma. Qué arrebato, niña.

—Pero, Carmen, ¿no te digo lo que hay? Que lo quiero, ¡ea!, que siento que mis sentidos todos se despiertan cuando él me besa... Mira, si el suave resbalar del agua por mis manos me produce tal placer, ¿cómo será la caricia ardiente del amado sobre mi piel en ansia? ¿Qué goces aún desconocidos me aguardan? ¿Qué placeres infinitos están aún escondidos en mi cuerpo de mujer?

—¡Calla, escandalosa! No parece el honesto proceder de muchacha decente. A veces tengo miedo de esa pasión que veo animarse en ti, como si surgiera de un recóndito ser que yo no conozco. Me asustas, Luisa, cuando se te pone la mirada de tormenta.

—He sido prudente y reflexiva, cierto es. Pero en el presente, me siento empujada por un aletear de vidas desconocidas, de pasiones por vivir y un mundo entero por descubrir. Te doy fe. Estoy cambiada.

—Luisa, por Dios bendito, serénate. Tú me has convencido para que a tu lado esté. Y aquí me tienes, en la labor que me es tan grata y para la que tienes tanto talento. Y que todo este alboroto no te haga abandonar tu trabajo.

—¡Eso jamás! —sentenció Luisa—. Es parte de mi vida.

La promesa
diciembre de 1671

Pasaron los meses, y como Luisa había prometido a su prima, aplazó una resolución que Luis la urgía a tomar.

Un buen día, apareció el alguacil mayor del Arzobispado, Juan Nieto se llamaba, a preguntarle si era cierto que había dado promesa de matrimonio a Luis. Fue ahí donde se enteraron Pedro y Teresa de que su hija, aprovechando la ausencia de ambos, había recibido unos días antes al ladino galán para formalizar dicha promesa. Había ocurrido el 15 de diciembre, y con Lorenzo de Ávila, respetado artista, como testigo. Ante la oposición de su padre, Luisa había decidido recurrir a esta estratagema para casarse con su amado. Tras llevarla a la presencia del juez Matías de los Reyes, éste determinó que Luisa fuera depositada en casa de Ávila para que pudieran desposarse los jóvenes. Las leyes defendían el derecho de los amantes.

Tamaño escándalo no podía sino afectar a toda la familia. La suerte estaba echada. Pedro ya no tenía capacidad para retenerla.

Cuando describieron a los entristecidos padres la boda de Luisa y cómo había trascurrido, el relato no hizo sino ahondar la herida producida por la decisión de su hija. El 18 de diciembre habían hecho ambos sus declaraciones de no haber contraído matrimonio previo, de haberse dado promesa de esponsales y que lo determinaban en plena libertad. Habían sido sus testigos Bartolomé Franco y Lorenzo de Ávila. Prosiguió su reseña Santiago Montoto, su amigo, ante el recrudecido dolor de Pedro, confirmando que el cura de la iglesia de San Marcos, don Juan Fernández Murillo, los había casado el 25 del mismo mes, en la colación de San Martín, siendo de nuevo testigos los antes citados y Tomás Díaz.

Luisa Andrea

Una nueva vida se abría ante Luisa, una vida que parecía sonreírle. Se habían instalado en una casa pequeña, llena de luz, con un patio de naranjos y una rumorosa fuente en el centro. El maestro Bartolomé Murillo la animaba, cada vez con más convicción, a dejar crecer su talento, a sustentarse en su saber, a indagar y aprender, a conocer las innumerables novedades que surgían de los talleres, o la inspiración que originaban los tesoros de Indias. El buen maestro había aceptado con resignación los hechos, y se dolía con su amigo Pedro de que hubiera sucedido lo que ambos barruntaban y no habían sido capaces de evitar. Nada le reprochó sobre su súbita boda, ni volvió a darle consejos sobre su vida, pero con creciente urgencia, como si le faltara el tiempo, la animaba a ver, conocer y acumular conocimientos.

Mas Luisa estaba radiante. Su temperamento apasionado le permitía gozar de su vida matrimonial, y para completar su dicha, un venturoso día, la comadrona le confirmó que estaba encinta. La alegría de los dos fue inmensa. Ella sentía como si todo por lo que habría de luchar alcanzara un sentido más hondo, un motivo para su batallar diario.

—¡Un hijo! —se decían—. Seguirá nuestros pasos, recibirá nuestro taller, que, con el correr del tiempo, ten por seguro, Luis Antonio, será el más famoso de Sevilla —soñaba Luisa.

Así transcurrieron los meses, en la ilusión de tener a ese hijo que se movía en sus entrañas. Nunca fueron más tiernas las expresiones de las imágenes de Nuestra Señora y del Niño Jesús que salían de las manos de Luisa. El amor presidía su vida, y parecía ella colmada de felicidad.

Pero en su fuero interno echaba de menos la estimulante actividad junto a su padre; la importancia y la excelencia de los encargos que recibía el taller de Pedro; la euforizante sensación del reto; la noble ambición de superarse cada día mediante el trabajo bien hecho; en una palabra: crecer, crecer en su profesión.

Llegó el día del nacimiento, y por fin pudo Luisa tener entre sus brazos el cuerpecito frágil de una preciosa niña, a la que llamaron Luisa Andrea.

Como era de esperar, este pequeño ser fue el ángel mediador en la trifulca originada con la rocambolesca boda de sus padres. La hábil intervención de Teresa había hecho el resto. El retorno del joven matrimonio al redil generó en Pedro dos sentimientos contrapuestos: emoción por la hija tan amada y ahora recuperada, que aportaba también su contribución a la calidad del trabajo en el taller; y así mismo, resquemor por la obligada presencia de Luis Antonio, autor del desaguisado, y su mediocre capacidad.

Pero iniciaron una andadura que produciría obras tan importantes como el *Cristo de la Exaltación.* En este periodo, su padre comenzó a animar a Luisa a que produjera obras de su sola autoría, y así fue como creó los cuatro *Ángeles pasionarios* de la Hermandad de la Exaltación.

Dada la relación que existía entre Pedro y Valdés Leal, que databa de la época en que el último dirigía la Academia y Roldán era profesor de dibujo, conservaban una buena amistad. Llegó Valdés un día al taller para conocer estos ángeles, incitada su curiosidad por su propia hija, que era amiga de Luisa. La fiel tocaya había ponderado a su padre la pasión, viveza y movimiento de estas bellas tallas.

El maestro Valdés quedó anonadado: cada ángel tenía una postura muy diversa; el primero elevaba su mano izquierda en actitud misericordiosa, la pierna derecha avanzaba hacia delante surgiendo de una túnica de elegantes pliegues; el segundo, con aire pensativo, se tocaba con el índice de su mano derecha la frente e iniciaba el camino apoyado sobre su pierna izquierda; el tercero, en un admirable escorzo, abandonaba su ser mirando hacia el cielo, al Todopoderoso; el cuarto, reflexivo, mostraba una atenta quietud custodiando el tesoro que tenían encomendado. Los colores sutiles, en la gama de los verdes apagados, luminoso marfil y varias tonalidades de rojo, se fundían en una espléndida armonía de dibujos de oro; los pliegues se abrían con delicadeza ante la decidida apostura de los ángeles; y en sus alas vibraba un misterio del espíritu que provocaba la más sentida emoción.

—Luisa —comenzó Valdés—, debo admitir que estoy conmovido. He visto mucha pintura y conocido a muchos escultores. En la Academia he visto mucha dedicación, alguna vez el talento, y excepcionalmente el genio. Has de estudiar, trabajar y esforzarte. Tienes talento; quizás algún día alcances el genio.

Y se fue casi sin despedirse, lo cual no extrañó a padre e hija, pues Valdés era conocido por su carácter altanero. Pero sus palabras habían complacido a Pedro sobremanera. La idea que él había acariciado desde hacía mucho tiempo se confirmaba de nuevo. La aptitud que él había creído observar en su hija crecía año tras año. El orgullo de ver la continuación de su taller no sólo asegurada sino tal vez mejorada lo llenó de satisfacción. La preocupación por su hija malcasada disminuía al comprobar que, pasara lo que pasase, ella podría salir adelante. Sus otras hijas y su hijo eran cariñosos, buenos ayudantes en el taller y en su profesión; felices en sus matrimonios, pero ninguno de ellos poseía esa pasión, ese fuego interior que podía llevar a Luisa a metas muy altas, a hacer realidad sueños inalcanzables.

Pero esa misma calidad, esas cualidades únicas le iban a provocar sufrimientos desdichados, pues aquel que iba a estar más tiempo a su lado, por situación y por edad, su marido, no estaba capacitado para comprenderla, y, temía, valorarla.

Sintió de nuevo un intenso frío en el alma y un paralizante sentido de impotencia. Un cálido abrazo lo sacó de sus penosas reflexiones.

—Padre, ¡cuánto debo a su generosidad y cuidado! Quiero aprenderlo todo. Quiero conocer todas las técnicas, quiero conocer la obra de aquel que engrandeció a Sevilla con su genio, el gran Velázquez. ¡Basta de cháchara! Me apresto al trabajo.

Su padre había realizado para el paso del *Cristo de la Exaltación* los relieves del canasto. Los cuatro ángeles de las esquinas y los dos ladrones se decía por la villa que eran autoría de Luisa, a pesar de que estaban firmados por su marido. Se percibía que las imágenes estaban cargadas de extraordinaria fuerza y expresividad, ambas condiciones presentes en la mano de Luisa. De manera casi imperceptible, se fue instalando en el marido el resentimiento que instiló el veneno de la competencia profesional. El superior talento de su mujer se le antojaba cada vez más insolente. Luisa no percibía la tormenta que se formaba sobre su casa, ocupada como estaba en sacar adelante un trabajo que la apasionaba y del que necesitaba provecho económico. Una nueva decisión de su mujer excitó sobremanera el malestar de Luis Antonio.

Al poco tiempo de cosechar el éxito del famoso paso, Pedro Roldán propuso a su hija una obra de importancia: una Dolorosa encargada por la Hermandad de los Panaderos.

La escultora sorprendió a su padre, proponiéndole firmar ella misma su obra.

—Padre, ¿no cree que es ya dada la hora de que ponga mi nombre en mi trabajo?

—Hija, justo me parece, pero has de contemplar que a día de hoy no ha sido ésa la costumbre.

—En algún momento la costumbre se ha de mudar —respondió ella—. El señor don Cristóbal Colón mucho penó para cambiar los conocimientos de la mar; don Diego de Velázquez modificó la visión de la pintura; la señora Sofonisba fue sutil maestra de la reina Isabel, todos ellos nos dieron ejemplo de valor para realizar cambios esforzados. Menor afán será conseguir la equidad en el reconocimiento. Cierta será la hora en la que lo habitual dé paso al mundo nuevo.

—Sí, sí, así es. Pero está en tu saber que en los talleres donde trabajan mujeres, firman sus obras los padres, hermanos o maridos.

—Algún día, esta injusticia habrá de terminar, padre.

La osadía

Cuando Luisa refirió esta conversación a su marido, éste reaccionó con asombro ante el atrevimiento de su mujer. Estaba escandalizado. Su fuero interno se rebelaba ante la parcialidad de su suegro, la injusticia de la que se consideraba víctima. Todo el atávico sentimiento de la superioridad masculina se agolpaba en su corazón bombeando sangre a su mente, que no lograba razonar. No sabía él que mayores males le aguardaban.

—Mal asunto es ir contra la costumbre —dijo conteniendo su disgusto—. La mujer debe quedar siempre protegida de ajena curiosidad, tras su marido, en los muros de su hogar.

—Mi padre, que es hombre cabal —apuntó ella queriendo tranquilizarlo—, ha dado su consentimiento. Dice que nuestro taller ganará encargos al contar con dos artistas reconocidos. ¡Tú y yo, qué contento! Desearía que tú también dieras tu venia.

Comprendió él que era ya una batalla perdida, que el prestigio del suegro avalaba la determinación, y no supo o no pudo defender su criterio. Por esto mismo el resquemor comenzó a anidar en su corazón.

Otro acontecimiento vino a perturbar la quietud de Luis Antonio: Pedro decidió incorporar a su hija a la creación de un importante encargo.

Corría el año 1673 y Pedro Roldán estaba satisfecho por la ingente labor que había rematado para la iglesia de la Hermandad de la Santa Caridad. Ahora habían de retocar la policromía. Luisa había colaborado con su padre en la ejecución de alguna de las obras, sobre todo en los dos alados *Ángeles lampareros.**

* No hay constancia de que participara en estas obras, pero se asemejan a otros ángeles que sí son de su mano.

Éstos estaban representados por dos hombres jóvenes y llenos de vitalidad que acababan de emprender el vuelo con el fin de ensalzar a su Señor, acompañándole para la eternidad con la luz de sus lámparas. En ambos, las piernas vigorosas en actitud ascendente; las alas desplegadas con intenso brío; el torso girado en su vuelo de gloria y los brazos sosteniendo con firmeza las luminosas lámparas confirmaron una vez más a Pedro el talento de su mejor ayudante, su hija.

En la jornada elegida para ir a visitar la Santa Caridad,* la expectación de Luisa crecía por momentos cuando hacia allí se encaminaron. Finalmente se adentraron en el barrio del Arenal. Sabía ella que lo que iba a contemplar era la certera crónica del arte de Sevilla. Los grandes entre los excelsos de esa ciudad, aquellos que representaban el talento insigne bendecido por las musas y alimentado por el buen hacer habían producido una joya de las artes.

Respiró hondo, dispuesta a internarse del brazo de su padre en el sanctasanctórum del Barroco. Unos años atrás, en 1645, el maestro de obras de la ciudad y del Arzobispado, Sánchez Falconete, había erigido una nueva iglesia para la antigua Hermandad y Cofradía de la Santísima Caridad y Entierro de los Pobres, con capilla y hospital, llamada de San Jorge, sita en la Resolana del Guadalquivir. Manifestaba así sus fines e intenciones. Tras el permiso real para ocupar una nave de las Atarazanas, Sánchez Falconete había elevado el nuevo edificio dos metros con el propósito de evitar el problema recurrente de las inundaciones, a causa de la cercanía del río.

Al finalizar la construcción, y a impulso del mecenas y hermano mayor don Miguel de Mañara, se había iniciado la decoración de la iglesia, creada también para enviar un mensaje certero: frente a la *«sola fides, sola scriptura»* de los luteranos, «la fe sin obras nada vale» de los católicos. Era la fuerza creadora de la reacción

* Hermandad de la Santa Caridad, Sevilla, comenzada en 1645, tras diversas paralizaciones por falta de recursos, se concluye en 1670. La arquitectura y escultura del retablo mayor, pinturas y otras tallas, se inician en 1670 y se acaban en 1675.

católica, que, unida a la del mecenas y sus artistas, engendraría el más esplendoroso ejemplo del Barroco sevillano. Dos años más tarde se había obtenido de la Real Casa la utilización de otra nave para hospital de pobres y enfermos, según las pautas reveladas por el hermano mayor en su *Discurso de la Verdad.* La impaciencia de Luisa era evidente para su padre; apenas se detuvo en la contemplación de los *Jeroglíficos de las postrimerías,* la aterradora visión de Valdés Leal, y se lanzó al interior del templo para conocer el resultado del trabajo en equipo de los mejores de su época.

Lo que se reveló a los ojos de Luisa la dejó atónita:

Una bóveda de cañón conducía la vista hacia el refulgente retablo. Simón de Pineda había realizado su obra magna. En ese triunfo del banco inferior, las columnas salomónicas se elevaban en sinuosa espiral, el cuerpo principal y el ático se aunaban en armonía y vitalidad sin límites. El dorado y las pinturas se debían al arte del excelso Valdés.

Pedro Roldán había conseguido en las esculturas del entierro insuflar vida a la muerte. Acompañando al Cristo exangüe, los personajes que rodeaban el cuerpo torturado de Jesús llevaban a cabo una de las obras de misericordia, y expresaban sus sentimientos de profundo dolor, esperanza en el más allá o el lancinante esfuerzo de enterrar a quien se ama. Detrás de las magistrales tallas, un calvario completaba el acontecimiento que se deseaba escenificar: tres cruces, una de ellas ya vacía, abandonada por el cuerpo yaciente, y las dos restantes con los ladrones que pendían aún de sus brazos de leño.

San Jorge y san Roque, este último protector de los enfermos, custodiaban desde las hornacinas laterales el misterio de Cristo. En el vértice del ático, reinaba la Caridad, flanqueada por dos imágenes que representaban las otras dos virtudes teologales, la Fe y la Esperanza. El brillo del oro, la intensidad de los colores, la tensión poética entre los diferentes volúmenes y formas, el poderío de la profunda simbología hicieron tal mella en el espíritu de Luisa, que se sintió al borde del desvanecimiento. Había de ser muy evidente la emoción de su hija, pues Pedro preguntó solícito:

—Luisa, ¿estás bien? Parece que vayas a perder el sentido.

Se complacía en constatar el efecto que en la sensibilidad de su hija producían la conjunción de las diversas artes y el soplo de genio inconmensurable que todos y cada uno de ellos habían logrado plasmar en esa obra maestra. Conocía él también que ella había aguardado semanas enteras para ver colocadas todas las tallas que se elaboraron en el taller. Así mismo valoraba Luisa el empeño de su padre en el trabajo que había realizado; se sentía orgullosa de él, emocionada al haber podido participar en esa iglesia que ya reconocían como única.

Quedó absorta largo tiempo, deleitándose con las distintas figuras, cada una con su expresión, señeras y conmovedoras. Y de sopetón la emoción fue tan viva, que las lágrimas se agolparon en sus ojos. Miró el padre preocupado a su hija, y volvió a preguntarle si se encontraba bien.

—Padre, no sufráis desconcierto. Es la más pura felicidad lo que origina mi llanto. Lágrimas son de contento, de admiración, de exaltación... Y de supremo orgullo al contemplar vuestra creación.

Ya de retirada se arrodilló reverente Luisa ante el *Cristo de la Caridad* que había su padre tallado durante largos días en el taller familiar. Las indicaciones que al respecto le diera don Miguel de Mañara habían resultado decisivas: «Antes de entrar Cristo en la Pasión, hizo oración, y a mí me vino el pensamiento de que sería ésta la forma como estaba. Y así lo mandé hacer, porque así lo discurrí.»

Tras la oración, los Roldán se detuvieron a gozar de las pinturas que Murillo había pergeñado para reforzar el mensaje de las obras de misericordia: *Abraham y los tres ángeles,* dar posada al peregrino; la *Curación del paralítico,* la asistencia a los enfermos; *San Pedro liberado por el ángel,* la excarcelación de los cautivos, y el *Regreso del hijo pródigo,* vestir al desnudo. Su antiguo profesor se había superado a sí mismo.*

* Estos cuatro cuadros fueron robados por al mariscal Soult durante la Guerra de Independencia, y se pueden ver ahora en los siguientes museos:

Ahora que Luisa había conocido lo que tanto ansiaba, podía detenerse en la mágica luz que se deslizaba por los dos amplios patios, separados por una galería porticada de esbeltas y numerosas columnas. En uno de ellos, la fuente octogonal era airosamente coronada por una escultura de la Caridad; la otra, por la Fe, a la vez que ambas escanciaban un murmullo de agua cantarina. Al salir contempló por último la fachada, reluciente en su blancura, sobre la que revoloteaba el brillante ocre de su frontón y sus volutas, que se encaramaban hasta el balcón flanqueado por unos azulejos blancos y azules que representaban a san Jorge y a Santiago, simbolizando ambos la lucha contra el mal. Remataban el conjunto tres escenas de las virtudes teologales: Fe, Esperanza y Caridad.

La indisposición de Luisa durante la visita tenía un motivo: está otra vez embarazada y dará a luz un precioso niño, al que llamarán Fernando, en recuerdo del santo que a ella diera tanta fama.

El rotundo éxito por la espiritual y contundente belleza de las imágenes de la Santa Caridad consiguió para el taller una lluvia de encargos de suma importancia: el *Misterio* de la Hermandad de la Santa Mortaja; el *Nazareno* de Alcalá de Guadaira; el *Niño Jesús* del Hospital del Pozo Santo; el *San Juan niño* del convento de la Encarnación de Sevilla, y un sinfín de obras que muchos ya presumían de manos de Luisa. La satisfacción de Pedro iba en progresión al buen nombre de su hija. Por desgracia, también el resquemor de su marido iba en aumento a medida que crecía la fama de la esposa.

Abraham y los tres ángeles, en la National Gallery of Canada (Ottawa); *Curación del paralítico,* en la National Gallery (Londres); *San Pedro liberado por el ángel,* en el Museo del Hermitage (San Petersburgo); *Regreso del hijo pródigo,* en la National Gallery of Art (Washington).

Llegó la Semana Santa, y tuvieron los Roldán la satisfacción de ver sus imágenes veneradas y reverenciadas por sus conciudadanos. La noche era suave y perfumada, como pueden ser las noches de la primavera sevillana. Las estrellas iniciaban su esplendente titilar, y la media luna destilaba su fría luz por las calles abarrotadas de fieles. Todos y cada uno habían contribuido con denuedo a que las calles fueran los espléndidos escenarios que requería el paso de las procesiones.

Una espada de dolor
julio de 1675

En el taller donde trabajaban, se producían entre marido y mujer roces que de momento eran menores:

—¿Qué te parece esta sombra en el manto? —preguntó.

—Nada singular hallo en esa imagen. —contestó displicente.

Calló Luisa, pero una frase de su padre recorrió su mente como un relámpago, y un escalofrío la atravesó.

Tras dura jornada, marchó a casa con el ansia de ver a sus queridos niños. Había corrido apresurada por la impaciencia, y ahora le faltaba el resuello. Encontró a María de la Cruz, la fiel sirvienta, con expresión inquieta.

—¿Qué sucede, María?

—Fernando está inapetente y creo que le ha subido ahora la temperatura. Vea vuestra merced.

En efecto, el niño, acalorado y somnoliento, no daba las habituales señales de alegría al verla. Llamaron al médico, mientras ella acunaba a su bebé y le ponía paños fríos por todo el cuerpecito, intentando contener la fiebre. Nunca olvidaría Luisa aquel mes de julio de 1675. Se fue poco a poco apagando aquel niño adorado, cuando contaba sólo un año de vida. La pena fue muy honda, el vacío dejado por la criatura la atraía con insana obsesión. Pero estaba la dulce Luisa Andrea; tenía que esmerarse en cuidarla, que no sucediera nunca más aquel horror.

Don Juan José
1677

Las noticias que llegaban de la capital del reino no eran alentadoras. El Rey, débil y de precaria salud, era dominado por las diversas tendencias que agitaban la corte. La privanza de Valenzuela, que gozaba de la confianza de la regente, generaba muchos descontentos. Este caballero, que había servido al duque del Infantado, virrey de Sicilia, había adquirido notable influencia sobre Mariana de Austria, que le concedió el título de marqués de Villasierra y acabó nombrándolo para el Consejo de Indias. Tras una breve estancia como capitán general en Granada, volvía a la corte con renovado poder, siendo entonces designado primer ministro.

Crecía, alentada por la precaria situación, la indignación de Juan José de Austria, hijo natural de Felipe IV y la actriz María Calderón, hombre de fuerte carácter y muy dotado para ponerse de relieve. Ejercía el cargo de vicario general de la Corona de Aragón, con sede en Zaragoza, donde se preocupó de cimentar el poder político que tanto ambicionaba. El descontento general y el suyo propio acabaron incitando a la población, y marchó desde Aragón acompañado por diez grandes de Castilla y lo más granado de la aristocracia aragonesa. Era el fin del valido Valenzuela. El 23 de enero de 1677, don Juan José fue recibido en triunfo en Madrid, como el salvador de la Patria, acompañado por un ejército de quince mil hombres e importantes personalidades del reino. Avanzó hasta el palacio del Buen Retiro, donde Carlos II lo recibió con afecto en el Salón de Reinos, lugar de preferencia de los reyes para las ceremonias de relieve.

El Rey parecía cansado, apenas podía permanecer erguido; los cabellos rubios y los ojos azules no conseguían equilibrar la fealdad del rostro largo, de prominente mandíbula de pronunciado movimiento ascendente. El rey de España, Nápoles, Sicilia y Cerdeña, duque de Milán, duque titular de Borgoña y soberano de los Países Bajos no estaba en condiciones de soportar una larga audiencia.

Sin embargo, la estancia, grandiosa, donde se desarrollaba el encuentro mostraba a los visitantes la gloria del monarca a través de las victorias narradas en sus muros, gracias al talento de los más insignes pintores. Antonio de Pereda había realizado un lienzo, *El socorro de Génova,* en una extraordinaria composición en diagonal, donde aparecía en el centro el marqués de Santa Cruz; a la derecha los valientes capitanes de su ejército, y a la izquierda los soldados italianos con las picas alabardas en ristre. Se escenificaba un despliegue que mostraba la fuerza de los ejércitos de un país poderoso.

La defensa de Cádiz, de Francisco de Zurbarán, rememoraba de manera magistral el auxilio a dicha ciudad llevado a cabo con empeño generoso e inteligente eficacia por Fernando de Girón, que, a pesar de estar enfermo y ser de edad madura, desde su sillón comandaba con gesto vigoroso al teniente maestre de campo y experimentado soldado Diego Ruiz. Un paisaje inundado de luz describía la hermosa bahía atacada por abigarrada flota.

Mas el cuadro que atraía todas las miradas, llenándose las pupilas de asombro, era *La rendición de Breda.* Nunca un lienzo había reunido la victoria y la derrota, el honor y la nobleza, la gloria y el poder, la dignidad y la clemencia con semejante grandeza. Era, sí, una batalla lo que se narraba en esa escena, pero era mucho más que eso, era la superioridad moral de un vencedor, que haría escribir a Calderón de la Barca una frase para la eternidad que pondría en boca del victorioso Ambrosio de Spínola, dirigiéndose al jefe de las tropas holandesas, Justino de Nassau, del que recibe las llaves de Breda: «Justino, yo las recibo, / y conozco que valiente / sois, que el valor del vencido / hace famoso al que vence.»

La diáfana atmósfera; el fornido bosque de picas a la derecha y reducido de alabardas de los adversarios; la expresión contenida o reverente, atenta o contrita de sus participantes; los sutiles tonos de rosas y azules, intensos ocres y sienas, brillantes blancos y escarlatas; los potentes escorzos de los caballos hacían de este lienzo una obra inigualable que ponía de relieve las mejores características del ser humano, y contribuía con el dominio de la pintura del genio a propagar la magnificencia de la monarquía, visión que distaba mucho de la realidad.*

En la pared de poniente, los retratos ecuestres de Felipe III y Margarita de Austria, y en la oriental, los de Felipe IV e Isabel de Borbón contribuían, junto con una serie de diez cuadros de Zurbarán, *Los trabajos de Hércules,* a la estrategia de loor y ensalzamiento de la realeza y, por consiguiente, del gobierno.

El Rey parecía satisfecho de recibirlos en este salón, que representaba con tanta omnipotencia la gloria del soberano; mas su aspecto doliente y enfermizo contrastaba con tan magna pompa. Su piel tan blanca hacía resaltar sus ojos azules, enmarcados por un pelo rubísimo; sus maneras corteses le daban un aire de bondad que era auténtico. Sólo la larga nariz, que caía hacia el labio superior, y un mentón ascendente rompían el equilibrio de este rostro.

Alrededor de Carlos II se situaban el duque de Alba, presidente del Consejo de Italia; los duques de Osuna, Medina Sidonia, Arcos y Gandía, y los condes de Benavente y Monterrey, antiguos propietarios de una de las fincas que ahora formaban el parque del palacio, todos ellos partidarios del nuevo primer ministro. Del otro lado, el duque de Medinaceli y el conde de Oropesa, afectos a Mariana de Austria, no parecían compartir el entusiasmo por don Juan José. El conde se había enfrentado al ambicioso hermano del Rey, pero a su manera, astuta y prudente. Sin embargo, Medinaceli, a pesar de no ser afecto a la causa del nuevo ministro, fue nombrado por don Juan José presidente del Consejo de Indias.

Vestían ropas de importancia, como correspondía a corte excelsa; los señores, terciopelos de Utrecht o de Génova, jubones acuchillados** y calzas de seda, algunos usaban casaca de ante con piel en el cuello; un caballero lucía la cruz de Santiago bordada en rojo en la negra capa. Una dama, la duquesa de Medina-

* Los tres cuadros descritos se pueden admirar en el Museo del Prado.

** Acuchillado: dicho de un vestido o de un calzado antiguos, con aberturas semejantes a cuchilladas, bajo las cuales se ve otra tela distinta.

celi, destacaba por su elegancia, con un corpiño de un verdiazul extraordinario, color de gema preciada; la falda de seda de un vivo bermellón y el manto de damasco oro, rematado por escarapelas de seda rojo y oro. El ambiente era grandioso, y sus personajes habían cuidado el entramado de la propaganda con esmero. Don Juan José había también preparado su aparición con celo: chaleco carmesí adornado por cuello de fino encaje, calzón de terciopelo siena oscuro, medias de color de la tierra y escarpines de hebilla. Una banda de general le cruzaba el pecho.

El soberano mostraba sumo contento con su presencia, y lo nombró de inmediato primer ministro. Los comienzos de este gobierno crearon muchas esperanzas y sin duda las intenciones eran buenas, ya que una de las primeras providencias consistió en presentar al Rey un edicto que don Juan consideró imprescindible. Leído el documento, Carlos II interrogó a su ministro con la mirada:

—Es, majestad, una denuncia contra la falta de limpieza de los ministros, en el que se amenaza a los infractores con aplicarles el más ejemplar escarmiento. Habremos de crear, bajo vuestro discernimiento y autorización, una Junta de Comercio y otra de Moneda. La inflación creciente y el sistema monetario desastroso empujan a estos reinos a una situación desesperada que habremos de remediar con nuestro mejor afán.

—Contáis con nuestra confianza y afecto. Remediad pues las dificultades —repuso fatigado el Rey.

Poco duró el entusiasmo y vigor del flamante don Juan, que se vio rodeado de ambiente hostil, al no haber conseguido colmar las expectativas en él depositadas. Unas fiebres acabaron con su salud, y moría en septiembre de 1679 siendo despedido por copla cruel:

Cuando se vio solitario
fue del pueblo amante tierno
pero en tomando gobierno
hizo todo lo contrario.

Dos nacimientos
1678

El recuerdo de Fernandito estaba siempre presente, pero los nacimientos de Fabiana dos años después y de María Josefa en 1677 llenaban su tiempo. La jornada había sido activa, de alegría y contento, compartiendo risas y juegos con sus hijas. Temprano, a la mañana siguiente, Luisa despertó con prontitud, disfrutando con la anticipación de tomar a su dulce hija en brazos. La alcoba estaba silenciosa en esas primeras horas de la amanecida. Se aproximó gozosa a darle el alimento, y con una intuición de algo funesto, encontró a su niña quieta, a su delicada María Josefa, inerte.

La tomó en sus brazos, alcanzó a ver el color ceniciento, los ojos entreabiertos y el pulso débil. El corazón de la madre comenzó a galopar intentando huir del pavor, del espanto de volver a sufrir la pena que ya la había torturado en ocasión anterior. Había creído enloquecer de dolor al perder a su primer hijo, a su adorado Fernando, hacía tan sólo tres años, y se encontraba de nuevo en los preliminares de una situación dolorosamente conocida. Comenzó a susurrar a su hija como si ésta pudiera oírla:

—Hija de mi vida, ¿qué tienes?

Y de repente, gritando:

—¡Favor, ayuda! ¡Luis, ve a por el médico! ¡Ve a por él! Estoy aterrada. Dios mío, otra vez no, no... Dios mío, no me aflijas de nuevo con la misma pena.

El marido acudió a los lamentos desgarradores de la madre, y quedó demudado cuando vio a la niña, que apenas respiraba. Él parecía no poder reaccionar y Luisa hubo de gritarle:

—¡Luis, venga, por Dios! Deprisa, ve. ¡Se nos muere!

4

LA MALCASADA
1678-1686

El estilo de la escultura de Luisa, tan innovador, con características tan propias de su obra, movimiento y naturalidad, adquirió mayor expresión, como si quisiera su autora plasmar toda la vida que a su alrededor observaba y que ahora le parecía aún más preciosa. Fue así que sus tallas entusiasmaron a toda Sevilla. Por doquier se hablaba del extraordinario empeño de esta escultora, que insuflaba vida a la madera y al humilde barro, y en cuyas imágenes la sangre palpitaba bajo la piel.

No eran piezas hieráticas que nada inspiraban a los feligreses; eran rotundos seres de carne y hueso, en los que se encarnaban la divinidad o la santidad que conmovían profundamente a los fieles, ayudándolos a sentir el misterio de la Encarnación, la Pasión y la Donación a los hombres de su Hijo por todo un Dios. Pero la excelencia que Luisa buscaba tenía un precio.

Las discusiones con su marido eran cada vez más frecuentes; cualquier disculpa era buena para recriminar su comportamiento; unas veces por una razón y otras por la contraria. El resentimiento aún débil pero constante de Luis Antonio afligía a Luisa en demasía. Malos eran los tiempos. Él apenas conseguía encargos propios, teniendo que contribuir a los que su esposa creaba.

Por otra parte, la tensión que ella sentía tras los duros acontecimientos y el peso de la responsabilidad al saberse proveedora del peculio familiar estaban minando su natural resistencia. Y para colmo de males, un nuevo elemento, la insidia, se había introducido en la ya atenazada vida de esta mujer. Una aprendiza del taller, Trini, joven pero poco agraciada, sin el menor atisbo de talento, había descubierto la oportunidad que nunca habría podido soñar en el recelo que intuía en el esposo de Luisa. Comprendía su resentimiento, pues ella misma padecía de ese mal al no ser poseedora de ninguna de las cualidades de la gran escultora.

Los ojos saltones de mirada escrutadora, la nariz ancha, los labios finos y apretados, nada en Trini denotaba armonía; el talle escueto sobre espesas caderas, un cuerpo rotundo y sin gracia que ninguna elegancia proclamaba. Había acudido al taller pidiendo un puesto de trabajo, y en vez de aprender lo que desconocía, se amargaba cada vez que le indicaban sus deficiencias. Y ahí comenzó a pergeñar su taimada venganza. Hallándose Luis Antonio solo, acudía zalamera a su lado alabando aquello que él hiciera: la expresión de una imagen, la elección de las tonalidades o el escorzo de un cuerpo. La vanidad herida del esposo por la superioridad de Luisa cerraba el círculo.

Poco a poco, él encontró gusto en las palabras de aquella muchacha, que de por sí no le hubiera generado ningún interés. Si hubiera observado con detenimiento, se habría percatado de que bajo esa apariencia mansa y sometida bullía un orgullo contrariado. En realidad era mujer dura y fría, deseosa de alcanzar sin esfuerzo lo que a otros había de costar años de trabajo empeñado. Fuera porque no acertó a entender la verdadera naturaleza de ella o porque compartían similitudes, la escuchaba con deleite. Aprovechó entonces ella para destilar en los oídos de él alusiones veladas sobre Luisa, su arrogancia, sus años mozos ya lejanos y su falta de perspicacia al no reconocerlo a él como el paladín de las virtudes que era.

Acabaron intercambiando confidencias que la bribona recibía con aire afligido, mientras exultaba por dentro y estiraba un poco más la cuerda que enredaba a Luis y lo acercaba a ella. Cuando Luisa se encontraba a solas con su marido, se estrellaba contra un muro infranqueable de frialdad. Se sentía cada vez más sola, y en el taller comenzó a sufrir la insolencia de la trepadora aprendiza. Luisa, en parte porque creyó que se trataba de un asunto menor, y por otra parte por la falta de tiempo que la abrumaba, dejó pasar el incipiente descaro de Trini. Las sonrisas de suficiencia, las miradas aviesas y las respuestas deslenguadas se multiplicaron. Una tarde en que Trini había estropeado unos preciados pigmentos al mezclarlos distraída, la escultora le llamó la atención:

—Ve con más tiento, aplícate en la tarea si quieres llegar a dominar el oficio.

—Nada tengo que aprender —respondió impertinente la joven— de quien no sabe vivir la vida.

—Pero ¿qué dices, muchacha? ¿Has perdido el juicio? Mira que yo te di el trabajo porque sé de tu necesidad, mas no fuerces mi paciencia con tus desdenes de chica malcriada.

Comprendió la Trini que había ido demasiado lejos y que ponía en peligro su puesto y la oportunidad de llevar a cabo su plan. Calló mascando su futura venganza.

Francisca, hermana de Luisa, le aconsejaba cortar de raíz lo que significaba un mal ejemplo, sin atreverse a abrumarla con otra índole de sospechas que albergaba. Pero Luisa aducía la necesidad que Trini había del trabajo. Hasta que un día, volviendo de improviso, encontró a la avispada joven que, aprovechando las indicaciones que Luis Antonio le hacía sobre el estofado de una imagen, se contoneaba de forma provocativa, incitando al macho con los ojos, la boca y los movimientos del cuerpo, con los manejos propios de hembra que sabe logrará sus intenciones con la adulación interesada, porque no posee las cualidades físicas o del espíritu. Ahí comprendió Luisa las advertencias solícitas y discretas de su hermana.

—¿Qué haces, tunanta? ¿Así pagas el que te acogiera cuando bien lo necesitabas?

—Yo estoy aquí —respondió la lengua como un látigo— porque el maestro lo quiere. Él es el que manda.

Le había lanzado un reto dañino. Si cuestionaba la autoridad de su marido, malo; si no atajaba con claridad el atrevimiento, peor. Había tenido que aprender a controlar su temperamento vivo y pactar con las situaciones.

—Trini, eres de las que fingen que saben y disimulan que ignoran. Mi marido es maestro avisado, a quien se le han de alcanzar tus manejos. No creo sean convenientes para el buen nombre de este taller personas de poca industria y modos altaneros. Pero él habrá de decidir.

Ambas miraron a Luis Antonio, que optó por bajar los ojos y callar.

Ahí Luisa ordenó:

—Vete ya. ¡Y no vuelvas!

Boda del Rey con María Luisa de Orleans
1678

Tras la paz de Nimega, llegó de Madrid la feliz noticia de los esponsales del Rey con Luisa de Orleans. Según decían, era joven dama hermosa y de carácter festivo. Carlos II había recibido con alborozo la proposición; se lo veía ilusionado, y por un momento su entorno concibió la esperanza de una recuperación de su vigor. Era una victoria que se había obtenido gracias a la habilidad de varios personajes. Se consideró de sumo interés para el reino la boda con una princesa francesa, siendo que el astro sol se identificaba cada vez más con el rey de Francia.

Había sido nombrado para llevar a cabo esta importante misión el marqués de los Balbases, Pablo de Spínola, que junto con su mujer, Ana Colonna, y su hija, la duquesa de San Pedro de Galatino, movería en París los hilos que era menester. Se instalaron en el palacio de Nevers, de manera sobria, hasta que llegó su menaje procedente de Flandes y fue desembarcado en el puerto de Ruán. Cavilaba el buen marqués sobre la manera de hacer llegar su mensaje a la reina María Teresa, hermana de don Carlos, cuando recibió una invitación de dicha reina, pues «por acaso se encontraba en París y deseaba recibir al embajador del Rey Católico».

Se apresuró Balbases en acudir a la más que oportuna llamada y, ¡oh, casualidad!, en el séquito de la reina de Francia se hallaban sus sobrinas, la princesa Luisa de Orleans, acompañada de su hermana.

Comprobaron los españoles que la princesa era mujer de considerable atractivo. De su abuela Enriqueta de Francia había heredado el empaque sobresaliente; sus rasgos de notable armonía estaban enmarcados por un pelo negro y luciente; su ademán era amable y cortés con todos. Tenía aire de reina. El refinamiento, tanto en el vestir como en las maneras, aumentaba el encanto que poseía de forma natural. Los esponsales se celebraron el 31 de agosto en Fontainebleau. La novia causó sensación vestida de terciopelo violeta, con flores de lis bordadas en oro, el corpiño y el justillo recamados de pedrería. Las joyas eran deslumbrantes: la corona de oro y diamantes se adornaba con un globo terráqueo rematado por una cruz de brillantes.

Acompañada por el duque de Pastrana, embajador extraordinario para los esponsales, y numeroso séquito, entró la nueva reina en España por Irún, y se hizo la entrega en la fronteriza Isla de los Faisanes. En dicha isla se había celebrado el matrimonio de María Teresa con Luis XIV, unos años antes. La magnificencia con que fue organizada la ceremonia le dio fama imperecedera.

La Macarena

Todas las regiones celebraron con intensa alegría el acontecimiento, y Sevilla no podía ser menos: efímeros, desfiles y cabalgatas adornaron y recorrieron la ciudad. De nuevo los balcones se cubrieron de reposteros y estandartes; en una de las plazas se alzaba un arco que mostraba las distintas etapas del amor, a la vez que rondallas cantaban historias de felices pasiones y carrozas adornadas con esmeradas alegorías o que narraban consejas del querer entre los dioses del Olimpo destilaban un ambiente de dicha que ocultaba el oscuro porvenir.

Éste era el sentir de Luisa, a quien los sinsabores y profundas penas habían comenzado a socavar la salud de la mujer y la energía de la escultora. Adolecía de cansancio, de fatiga. Hubiera querido reposar, pero no se lo podía permitir; la subsistencia de su familia de ella dependía, y había de continuar luchando tanto cuanto fuera menester. Por estas razones, y para silenciar la congoja que la embargaba, se lanzó aún con más ahínco a un trabajo denodado y tenaz.

Decidió entonces que esa pena que le atenazaba el alma, la tortura de recordar esas caritas que ya no podría nunca acariciar, los interrogantes que la perseguían sin descanso iban a tener su catarsis. Tenía que realizar una obra que reflejara todo el dolor de una madre al perder a su hijo; una imagen que fuera una mujer transida de aflicción. Al mismo tiempo, deseaba que esa Virgen fuera símbolo de una esperanza que nunca se debería perder. La realización de esa obra sería su redención. La donaría a los monjes basilios, y lo haría en el mayor de los secretos, estrechando así los lazos con Nuestra Señora de la Esperanza en íntima y amorosa confidencia.

Trabajó con arrojo, con la pasión animando de vida pujante sus manos expertas; en silencio, concentrada y aprovechando las horas tardías, cuando la casa estaba en calma y podía aislarse en su taller. A veces sentía como si un soplo de inspiración dirigiera su mente, como si un espíritu trascendente transmitiera certeros impulsos a sus palmas vibrantes de emoción.

Cuando hubo terminado, el resultado se presentó frente a sus asombrados ojos: lo que comenzara como una quimera imposible se había hecho realidad. Ante sí tenía una bella mujer, con un rostro hermoso penetrado por el tormento de perder a un hijo, dolor que ella bien conocía; la actitud del cuerpo, firme y plena de dignidad, a pesar de ver sufrir martirio cruel a quien más quiere; y los brazos alzados al cielo en ardiente súplica de esperanza. Era tal el realismo y la fuerza expresiva de esa talla, que incitaba a llorar con Ella la pérdida de su Hijo.

Entró en la sala María de la Cruz, la sirvienta a quien tanto quería la Roldana, y al ver la emocionante talla, dos gruesos lagrimones se deslizaron por sus mejillas de ébano. Ella, que estaba ya a punto de ser madre y por tanto estaba muy sensible, sentía en carne propia la angustia de la Madre del cielo y la tragedia que había sufrido su señora. Se abrazaron las dos en íntima complicidad, y depositaron juntas su esperanza en manos de Ella.

Se despidió de la imagen con ardientes lágrimas, en una noche que aromaban los jazmines y en la que unos silenciosos monjes basilios se la llevaron en misterioso séquito. Ella le otorgaría el aliento que necesitaba.*

Hojas volantes
1679

Se oyeron unas salvas de artillería que procedían del «cerrillo».** Apareció por los meandros del río un galeón cargado de noticias de Indias. Traían así los acontecimientos de esas tierras, y los hacían circular por España.

Recordaban también las disposiciones que Carlos II había tomado con anterioridad respecto a las universidades del Nuevo Mundo. Siguiendo la tradición de sus mayores, que habían fundado la primera universidad de América, la de Santo Tomás, en 1538 en Santo Domingo, concedía una Real Cédula por la que se otorgaba rango de ciudad universitaria a Guatemala. Gracias al impulso de esta cédula se fundaron numerosos colegios que procedían de la antigua Universidad de San Carlos. La proliferación de tantos centros del saber necesitaba de esclarecidos maestros.

Llegaba en esa nave el requerimiento de que mandaran peninsulares para las cátedras más importantes, queriendo así, como ya se venía haciendo en las famosas universidades de Lima y Nueva España, otorgar el conocimiento a los reinos del Nuevo Mundo. Esta ligazón, excepcional puente con Indias, estimulaba la vida cultural y artística de Sevilla, y daba origen a la propaga-

* No se conoce de cierto la autoría de la imagen de Nuestra Señora de la Esperanza, hoy llamada la Macarena de la Hermandad del Santo Rosario de Sevilla. Se le atribuye tanto a Pedro Roldán como a su hija.

** El cerrillo, lugar desde donde se disparaban salvas de artillería, para avisar de la llegada de la flota.

ción de las artes. En muchos de sus talleres se elaboraban pinturas excelsas que, trasladadas a Ultramar, originaron un estilo mestizo poseedor de encanto sin igual.

Luisa vivía en este clima de intercambio y riqueza de las artes, y continuaba buscando en sí misma la mejor técnica y aprendizaje para su trabajo.

Ahora que tenía taller propio podía aislarse del mundo e intentar sanar su desconsuelo mediante una creación entregada, que produjera aquello que aliviaba su pena, a la par que beneficiaba su economía. La pérdida de sus hijos había marcado profundamente su existencia. Ansiaba la permanencia, la continuidad. Se repetía sin cesar: «Necesito crear algo que no pueda morir.»

Algunas veces la asaltaba en medio de la noche una idea, o una modificación de un escorzo o una expresión, y saltaba rauda de la cama con la ilusión de mejorar la obra en curso. Su padre, que la visitaba con frecuencia, había compartido el sufrimiento de su hija en el trance de la pérdida de los niños, y había también percibido el otro calvario por el que estaba pasando.

Sabía que Luisa, por orgullo, nada le diría, pero él palpaba la frialdad que se había instalado entre el matrimonio. Además, Francisca le había manifestado su preocupación por su hermana, a la que veía sumamente desdichada. Su labor como estofadora al lado de Luisa le hacía conocer de primera mano el infortunio de la escultora. Un día, ocupadas las dos en una talla, llegó Pedro Roldán, y al ver la imagen, le dijo:

—Hay que ver cómo se advierte la influencia de don Bartolomé —y ahí su rostro se ensombreció— en la anatomía, pero el movimiento del cuerpo y los pliegues de la espléndida túnica tuyos son, ¡y portentosos!

—Padre —respondió Francisca—, harto ha sido el empeño, mas el resultado ¿es satisfactorio? ¿En verdad así lo cree?

Un niño, Pedro, el hijo de Francisca, jugaba en un rincón con los útiles de escultura. Al oír a su abuelo había alzado la mirada, que cruzó con la de Luisa. Toda la curiosidad de un mundo por descubrir se reflejaba en los expresivos ojos del chico, clavados en los de su tía. Ésta, impresionada por la viveza del sobrino, permaneció unos instantes observándolo, pero el anuncio de su padre la sacó de su abstracción.

—Su semblante me dice que algún mal lo aqueja, ¿qué le ocurre, padre?

—Don Bartolomé no está bueno —respondió él—. Es menester que vayas a visitarlo. Conoces de su amistad y aprecio a tu persona.

—Así lo haré. Muchas fueron sus enseñanzas —añadió Luisa—, pero la más importante es que me conminó, y con dulzura extrema, a no dejarme vencer por la adversidad.

Duque de Medinaceli
1680

Entre tanto, los asuntos de los reinos se complicaban sobremanera; los caudales eran escasos, ya que la Flota de Tierra Firme no había logrado hacer su aportación, mientras que las rencillas y luchas por el poder en la corte iban originando un debilitamiento manifiesto del país. El duque de Medinaceli, sumiller de corps, había sido llamado para resolver la deficiente situación, y había sido nombrado primer ministro. Juan Francisco de la Cerda, que a la sazón contaba cuarenta y tres años, era hombre decidido y no dudó en imponer severas medidas que eran muy necesarias, pero que iban a resultar impopulares. Afortunadamente, en el Alcázar, el entendimiento de la pareja real permitía la esperanza de la llegada de un heredero que alejara los temores de una difícil sucesión.

La Reina vivía muy pendiente de su esposo y creaba con su natural disposición un ambiente de alegría en torno al Rey que era muy beneficioso a éste. No podía, sin embargo, dejar de añorar el refinamiento del palacio de Saint-Germain y los pulidos modales de su corte. La marquesa de Villiars, embajadora de Francia, la acompañaba en los momentos más difíciles, pero pronto supo entender el cariño sincero que nacía entre los jóvenes reyes.

Luisa de Orleans, mujer avisada y de rápido ingenio, tardaría sin embargo en amar a su país de adopción. Analizaba con perspicacia, pero sin sutileza ni generosidad, las diferencias de ambas sociedades. En una de esas tardes en que la embajadora acompañaba a la Reina, ésta le confesó:

—Los españoles difieren efectivamente de los franceses en carácter, ideas y costumbres. Para la vida de ceremonia extreman hasta lo desagradable el empaque orgulloso y la reservada tiesura; en lo familiar o doméstico se permiten desahogos y hasta rudezas que hacen incómoda la convivencia.

—Cierto es —contestó la Villiars— que la corte de España ignora refinamientos sociales que en la de Francia son ya normas consagradas por la civilidad y buena crianza; pero no gusta, en cambio, de la perfidia solapada ni del acecho de flaquezas ajenas para pasto cotidiano de burlonas crueldades.

—Percibo en este pueblo una generosidad, un entusiasmo por la vida que me demuestran, a veces de exageradas maneras, pero que muestra un afecto vibrante que me complace.

—El español —añadió la embajadora— suele vivir de espaldas al interés como no lo acucie la necesidad, absorto en la contemplación de sí mismo, y cuando no se hiere su vanidad ni se despierta su envidia, es muy capaz de afecto servicial, y aun del sacrificio abnegado.

—Sí, se me alcanza que el entendimiento del ser humano es harto laborioso, y a ello habré de aplicar mi afán. Pero acierto a vislumbrar que amaré éste mi reino, y seré amada por el pueblo.*

En uno de esos días de dicha se acercó Carlos II a los apartamentos de Luisa de Orleans y la encontró pintando una miniatura con firme pulso y mucha dedicación. Vestía de brocado gris bordado de plata, salpicado de perlas de impecable oriente; el corpiño ajustado acababa en unos lazos de seda coral, que anunciaban amplia saya de pesados pliegues. Las estrechas man-

* «Cartas de la reina María Luisa de Orleans», en Duque de Maura: *Vida y reinado de Carlos II*. Madrid: Aguilar, 1990.

gas se abrían como corolas de flores ofreciendo un espléndido encaje de tintes plateados. El escote dejaba ver su piel blanquísima, que resultaba aún más etérea al estar enmarcada por un pelo oscuro como la noche, que recogía un airón a un lado del alto cuello dejándolo luego resbalar sedoso sobre la plata de los ropajes.

Su ovalado rostro mostraba una expresión amable, y sus ojos revelaban la agudeza de su temperamento y la jovialidad de su carácter. La acompañaban sus damas, que al llegar el soberano hicieron ademán de retirarse, obedeciendo a una seña de la camarera mayor, la duquesa de Terranova, pero él las retuvo con un gesto, y pidió a la Reina que continuara su delicado trabajo.

—Me es grato admirar vuestro talento —le dijo con ternura—. De igual modo que mi bisabuelo se deleitaba con la pintura de Isabel de Valois, me recreo yo en vuestras miniaturas, que es arte laborioso y de ardua ejecución.

—Sentaos, señor. Bien está que mi ingenio se solace con la pintura, mas estando mi señor a mi lado, mi interés será atender su cuidado.

Mandó traer al instante unas tazas de chocolate, al que el Rey era tan aficionado. Cuando trajeron el humeante producto en una chocolatera de plata, su fragancia perfumó toda la estancia. La expresión del soberano se transformó en la de un niño goloso. Tras degustar su bebida favorita, retomaron la conversación.

Uno de los cortesanos alabó la precisión en la miniatura y la dificultad que su reproducción entrañaba para la vista, momento en que la Reina aprovechó para contar la noticia sorprendente que había traído el presidente del Consejo de Flandes.

—En la ciudad de Delft, un tratante de lanas, Anton van Leeuwenhoek, ha observado la manera en que una gota de agua descubre a la vista el complicado entramado de los tejidos. Parece ser que ha sido comunicado este hallazgo a la Royal Society, que ha manifestado la importancia que este descubrimiento puede tener para la salud de la entera humanidad. Siendo que si esta lente se pudiera aplicar al estudio del cuerpo humano, sería tal vez factible encontrar remedio a humores y alferecías.*

—Es hecho singular —añadió otro de los cortesanos— que el acierto pertenezca a alguien que no tuvo una preparación científica, que le facilitara este resultado.

—Singular, sí. Proporcionará cura para muchas dolencias.

—Así lo quiera el Altísimo —sentenció el Rey.

Leyes de Indias

Entró la duquesa de Medinaceli en el despacho, y halló a su marido en profunda meditación.

—¿Qué os aflige? ¿Puedo yo aliviar vuestra preocupación?

—Pasad, señora. Nada nuevo en nuestro afán, vos ya conocéis el motivo de mi aflicción.

—De nuevo la Reina..., ¿no es así?

—Es harto difícil que comprenda que la situación está empeorando; que el almojarifazgo** no produce los emolumentos de antaño; que la Flota de Indias, al ser presa frecuente de corsarios y bribones, no aporta la riqueza necesaria; por tanto habría que restringir los gastos de la corte. Mas no quiere escuchar. Acabará por cansar al Rey.

—Pero —arguyó la duquesa— dicen que, hace unas semanas, el soberano la vio danzar a la española con tanta gracia que quedó prendado de ella.

—Sí, porque no es conocedor de sus caprichos y andanzas. Me informan a mí de todos los desatinos que ella concibe. Éstos incitan habladurías que deterioran el buen nombre de la monarquía.

* «Anton Van Leeuwenhoek, sin formación universitaria, se convierte así en el precursor de la microbiología moderna.» Mariano Barbacid: *Hacedores de Europa*. Madrid: Martínez el Olmo, 1995.

** Almojarifazgo: derechos de aduanas. También se pagaban por las mercaderías con que se comerciaba de un puerto a otro dentro de España.

En ese momento un paje entró anunciando la llegada del hijo de ambos y del conde de Melgar, que venía de su gobierno de Milán. Saludó afectuosa la madre al marqués de Cogolludo y a Melgar, y se retiró consciente de los graves asuntos que habrían de tratar.

El encuentro entre padre e hijo fue afectuoso; este último no había visto a su padre desde hacía meses, pues el duque estaba ocupado en su importante encargo de primer ministro. El principal objetivo consistía en poner orden en las maltrechas arcas, y para ello tuvo que recortar presupuestos, rebajar sueldos y tomar decisiones que resultaron odiosas para muchos estamentos, que odiosas serían, pero absolutamente necesarias. El primero en tomar la palabra fue Melgar:

—Buenos auspicios os acompañen. ¡Ardua tarea habéis!

—Avisado estoy del desastre económico de estos reinos —respondió Medinaceli—, mas he colocado gentes de dilatada experiencia, que conozco se servirán de su industria y empeño para remediar nuestras desdichas.

—Cierto es. Carlos de Herrera en el Consejo de Indias y de Castilla ofrendó cumplido esfuerzo a sus tareas.

—Es mi deseo que en el presente dirija el Consejo de Hacienda. Bien sé de su afán. En este laborioso anhelo, lo acompañará José de Veitia, que cuenta con singular talento.

—Decidme —preguntó Melgar con interés—, ¿qué disposiciones habréis de tomar?

—Hemos de impulsar el comercio de Indias, lo que redundará en beneficio del tesoro, al tiempo que habremos de reforzar la defensa de dichos territorios. Tras la paz de Nimega, la tregua en los conflictos con Francia nos da su beneplácito para atender los asuntos de diaria incumbencia. He determinado también combatir los abusos que aprovechan a unos cuantos desaprensivos y perjudican al pueblo.

—Y a propósito de Ultramar, ¿es cierto que se pretende la recopilación de las Leyes de Indias? —preguntó Melgar.

—Informado estáis. Ya en tiempos de Isabel, la excelsa Reina tuvo cristiana preocupación por sus vasallos de allende los mares. Recordad la ofensa que sufrió la Reina cuando don Cristóbal arribó con unos indios en esclavitud: fue severamente castigado. Ahora se han reunido todas las Leyes de Indias compiladas a través de casi dos siglos en nueve libros que contienen doscientos dieciocho títulos, que albergan seis mil trescientos setenta y siete preceptos elaborados con el fin de obtener trato justo para los súbditos de aquellos territorios.

—Justo es que así se haga para contener la ambición de algunos, que destruyen el buen hacer de muchos. Y una vez resuelta la necesidad en los caudales, ¿favoreceréis las artes y las letras?

—Quien ha conocido Sevilla es menester que las proteja. Sería una lástima desaprovechar el ingenio que tanto honra nuestros reinos.

Una nueva vida

Luisa sintió renacer la esperanza. Se hallaba otra vez embarazada, y este ser que se movía en su vientre le renovaba una ilusión que creía perdida. La energía que experimentaba le hacía contemplar la vida de otra manera. Pensó también que la relación con su marido mejoraría. Cuando llegó el momento del nacimiento, Luis Antonio se llenó de contento porque Luisa dio a luz un fornido varón.

Mas sólo fueron unas semanas de tregua, pues en cuanto ella inició su trabajo en el taller, los celos de él comenzaron a recorrer el camino anterior. Al verlo mohíno, queriendo hacerle sentir cuánto lo necesitaba, le pidió:

—Has de acabar esta imagen de la Virgen del Carmen que esperan en Rute. Aguardan con impaciencia la llegada de su santa patrona.

—¿Qué empeño puedo yo tener en ello? En toda la ciudad dicen que toda la obra que de aquí sale es de tu autoría.

Sabía Luisa que esos comentarios ofendían a su marido, e intentó comprenderlo y suavizar su resentimiento.

—Nada se hace sin tu cuidado. Te imploro, Luis, ahora que el cielo nos ha concedido un ángel de carne y hueso y nuestras niñas crecen galanas, que hagamos un hogar de paz. Vamos a compartir un trabajo que a los dos nos agrada y beneficia. ¡Ven aquí, anda!

Y atrayéndolo con dulzura, lo besó suavemente. Él se dejó hacer, pero cuando Luisa le miró al rostro, estaba aún ensombrecido. Y entonces, ante su asombro, estalló él:

—¡Me quitas todo lo que tengo! Primero los hijos, por tu mal cuidado, y ahora también mi profesión.

—Pero ¡cálmate, pon concierto en tu razón! Te di mi amor, te di mi vida...

No la dejó acabar.

—¡Nada quiero que venga de ti!

Y se marchó sin volver la vista atrás.

Sevilla
1682

Entró en el taller de Luisa su padre, con la expresión de alguien a quien embarga la pena.

—He de daros las malas nuevas que aquí me condujeron.

—Padre, ¿qué sucede? No nos tenga en ascuas.

Con aire contrito comenzó:

—Acaba de morir un buen artista y mejor cristiano... Ha fallecido el maestro Murillo.

—¡Qué lástima, padre! Qué pena más grande. Aprendí tantas cosas en su taller... Siempre me agradó esa manera de pintar con tanto esmero a los humildes de Sevilla —sentenció, lastimosa, Luisa.

—Cierto es —corroboró Pedro—. Trataba la representación de las buenas gentes con ternura y dignidad, como si todo lo que viviera y respirara en su amada ciudad tuviera suma importancia.

—Sí —añadió Francisca—. Cada ser humano por él pintado irradiaba la condición de criatura del Padre.

—Llevaba a la pintura —concluyó Pedro— sus creencias de firme cristiano.

Acudió Luisa con sumo pesar al funeral por Bartolomé Murillo, su venerado mentor. Sevilla entera se había volcado para despedir y honrar a aquel que tanto había enaltecido a la ciudad con su talento.

De pie, sola, comenzó a llorar Luisa ante quien la había alentado en vida. Sollozaba con un llanto quedo y suave, pero doloroso y desgarrado por dentro. Lloraba su muerte, la de su maestro, pero también su propia muerte; la muerte de sus ilusiones, el estruendoso final de un amor y el ocaso de sus esperanzas.

Regresó a su casa cabizbaja y dolorida; sentía en su corazón un puño de hierro que lo agarrotaba e impedía la respiración.

Allí la estaba esperando su buena Carmen, que no había logrado alcanzarla a la salida de la iglesia. Se conocían desde niñas y compartían una complicidad afectuosa que crecía con las vicisitudes y los años.

—¡Qué alegría verte, Carmen!

—Cualquiera lo diría. Bien se ve que vienes de un funeral. Sé que apreciabas y admirabas a don Bartolomé, pero te siento mohína en demasía.

—Es eso... y más.

—¿Otra vez enredos con tu marido? ¿Es que ese hombre no te va a dar paz?

—Todo aquello que he intentado alcanzar, mi familia, mis hijos, ha huido de mi existencia. ¡Me siento a veces tan sola!

—Luisa, por Dios santo, tienes tres hijos vivos y ellos te necesitan. El hombre que te sorbió el seso ahora devora tu ánima. ¡Reacciona! No lo permitas. Tu fama como escultora aumenta día a día. Eres una luchadora, pon tu pensamiento en recrear la belleza que Sevilla te ofrece por doquier. ¡Arriba los corazones!

Continuaron la conversación, y Carmen intentó dar ánimos a aquella que siempre los había regalado a los demás, y a la que ahora no reconocía en su desesperación. Al cabo de unos momentos de desahogo, y sintiéndose Luisa consolada, le dijo que iba a retomar su trabajo, pues conocía que a menudo era buena medicina.

Cuando quedó a solas, puso toda su voluntad en seguir el consejo de su amiga, pero no tenía fuerzas, se encontraba vacía de la necesaria energía que requiere la escultura. Caviló entonces, que la reflexión es vital, más aún en la turbación, e intentó buscar una luz en el laberinto de sus penas.

«Mi vida ha sido dura —consideró—, luchando contra la muerte en la enfermedad de mis hijos; peleando por un amor que con horror veo desintegrarse, usado por la mezquindad; me afané en destacar en un trabajo digno que me permitiera sufragar las necesidades más perentorias, mías y de mi familia, y que, al mismo tiempo, aliviara mis ansias de belleza. Al no quejarme, al no contar a nadie este combate interno, había yo de parecer a la gente que me rodeaba mujer venturosa: un marido, hijos, un trabajo.*

»No consideraban que cada ápice de esa vida había sido alcanzado con esfuerzo, habiendo de convivir con el resentimiento de aquel de quien hubiera debido recibir comprensión y ternura. Miraba a mi alrededor y veía a otros hombres, mi padre, sin ir más lejos, que seguían el mensaje de Cristo, compañera te doy y no sierva, y que en la dificultad se convertían en el brazo fuerte que ampara en las calamidades.

»Mi situación era diversa. Al avenirme alguna de las asechanzas propias del vivir, la narración de estas inquietudes se tornaba arma arrojadiza sobre mi carácter, actitudes y aptitudes, lo cual agravaba mis pesares. La parquedad en los caudales empeoraba la situación, produciendo discusiones en las que el gesto hosco, la mirada airada y las palabras violentas me causaban una inquietud sin límites, que impedía el descanso con el necesario sosiego. Mis noches estaban plagadas de pesadillas, y al despertar, la realidad me cortaba la respiración. Hube de asirme a la responsabilidad hacia mis hijos y la familia que había creado para ser capaz de continuar, pero sentía que la tarea era esforzada.

* Luisa verá morir a cuatro de sus hijos: Luisa Andrea y Fabiana en 1683, Fernando en 1675 y M.ª Josefa en 1678. Se ha de tener en cuenta que la mortalidad infantil era muy elevada en aquella época y tener varios hijos vivos era meta ansiada.

»Me encontraba así en un estado de desvarío que yo temía afectara al sereno desarrollo de mis hijos y su educación como seres cabales.

»Al llegar a esta conclusión, percibí la enorme fortuna de tener un padre que creía en la tolerancia, en el valor de la mujer. Al entrever lo que él llamaba mi talento me impulsó a desarrollar las capacidades que Dios había tenido a bien concederme, y mediante el trabajo esforzado, alabar al Señor y vivir como artista, como mujer, como persona completa. Mi madre, dulce y prudente, asentía complacida.

»Ya casada, una vez pasados los primeros años de pasión, presto comprendí que mi vida no sería fácil; me había desposado con un hombre vanidoso, más inclinado a parecer que al celo continuado; más interesado en la efímera belleza física que en la firme hermosura de los atributos del espíritu; más afín a prender el instante que a forjar sereno caminar en este mundo.

»Soy mujer, no tan moza, y tengo dos hijos, ¿qué puedo hacer?»

Con una energía que procedía de generaciones de supervivientes, se dijo:

«Trabajar y ocuparme de mi familia; intentar entender con todas mis fuerzas a Luis Antonio, que no perciba mi pena y ver de salvar lo que se anuncia perecedero.»

El loro malhablado

No atravesaba la Reina una de sus mejores épocas en su relación, habitualmente tierna, con el Rey. El nuevo embajador de Francia, La Vauguyon, aliviaba la soledad de su compatriota, ayudado por la embajadora, que reparaba su fealdad con una considerable fortuna. En esas entrevistas acompañaban a Luisa de Orleans sus famosos loros y cotorras. A veces entretenía a sus huéspedes con música que interpretaba ella misma con sus damas. En los momentos felices, el Rey acostumbraba tocar el clavicordio, formando hermosos dúos. Una de esas tardes, bajo la vigilancia de la duquesa de Terranova, camarera mayor, iniciaron el concierto. El grupo, llamado Las Danzerías de la Reina, que constaba de violines, arpas y algún oboe, comenzó a afinar sus instrumentos antes de la llegada de los reales personajes. El maestro de baile aguardaba en un rincón, a la espera de los acontecimientos.

La Reina, acompañada de sus damas, hizo su entrada en el Salón de los Espejos, donde ese día se preparaba la función. Un gran cuadro de Rubens, *La reconciliación de Jacob y Esaú*, presidía la estancia, y se reflejaba infinitas veces en los espejos que repetían así mismo la titilante luz de cientos de candelas. Los grandes abanicos de plumas, que balanceaban los servidores, producían un rumor refrescante.

Una de las señoras comenzó a desgranar notas de un arpa que difundía en el aire su música acuática. Se unió la Reina a la melodía acompañándola con el sonido vivaz del clavicordio. Tras una interpretación pausada, dejó María Luisa la melodía en manos de violinistas y arpistas, y pidió ritmos de baile, alemandas y también las típicas españolas, como pavanas, jácaras y españoletas, una de las cuales bailó con suma gracia. La lenta cadencia fue tomando fuerza. Cotorras y papagayos, que habían permanecido apagados e inactivos hasta ese momento, comenzaron a mostrar interés en los alegres compases. Sus alas iniciaron un suave aleteo. Poco a poco, el movimiento se hizo más enérgico y medido a la canción; bailaban pasando de una pata a otra con perfecta armonía. Excitados, comenzaron a parlotear en absoluto guirigay, creando gran confusión. Ésta se transformó en tumulto cuando empezaron a revolotear por la cámara, soltando palabras en francés, algunas de significado subido de tono. Ante la algarabía de las atolondradas aves, uno de los gentilhombres tomó uno de los abanicos e intentó apartar a uno de los loros, que se acercaba peligrosamente a la embajadora. Pero la acción del caballero tuvo el efecto opuesto.

Ya fuera de todo control, se lanzaron los pajarracos contra aquel que intentaba arruinar su diversión. Uno de ellos, un pequeño loro africano con un plumaje del más elegante gris del que asomaba una rutilante cola roja, con las alas desplegadas, hizo alarde de su extenso vocabulario y le espetó enfurecido: «*Imbécile!*»

La afrenta fue acogida con ira por el agraviado, sin discurrir que el humor habría sido mejor respuesta. Mandó un ataque en toda regla contra los combativos loros. Éstos, viéndose en peligro y con la audacia que produce el temor, se lanzaron al combate. Entre los arañazos de sus potentes garras y los picotazos de sus acerados picos, iban ganando la batalla dejando a sus víctimas ensangrentadas y, sobre todo, encolerizadas por perder la partida en duelo tan extravagante. Corrían despavoridos los servidores, intentando ocultarse de las aladas furias, refugiándose en armarios y alacenas o tras puertas y pesados cortinajes.

La Reina fue llevada de inmediato a otra estancia. Si el elegante cortesano se ofendió por el breve insulto, ahora era una catarata de invectivas lo que había de soportar. Finalmente, tras ardua lucha, fueron reducidas las cotorras y encerradas en su jaula. El ofendido gentilhombre se aprestó a salir. Se detuvo en la puerta, miró hacia atrás y, entonces, el loro africano, desde la pajarera, mirándolo con fijeza, le soltó con decisión un sonoro «*Cocu!*» Y para que no hubiera dudas, repitió en español: «¡Cornudo!»

Eccehomo

La desbordante alegría producida por el nacimiento de su hijo Francisco, un mocito de fuerte constitución, fue cercenada dos años más tarde, en el funesto enero de 1683. Sus dos adoradas Fabiana y Luisa Andrea, aquellas que le insuflaran una razón de vivir, murieron con pocos días de distancia. El corazón de Luisa se partió en mil pedazos. Nada pudo hacer por retenerlas en el mundo de los vivos. Las tinieblas se abatieron sobre la casa de Luisa, que creyó perder la razón. El dolor era una pesada losa que la empujaba al mundo de los muertos y le impedía respirar, comer o dormir. Su cuerpo se debilitaba y su alma se hundía en una niebla espesa, que no le permitía ver la vida que continuaba a su alrededor.

Toda su familia siente una honda preocupación, pues la madre, enloquecida de aflicción, está embarazada. Pero un ángel vino a consolar a la atribulada mujer. Nace una niña, Rosa María, que será la dicha de Luisa.

Una vez más, un nuevo ser le infundirá ganas de vivir; y el trabajo la ayudará también a salir del marasmo en el que se encontraba.

Así mismo, un importante encargo de la catedral de Cádiz contribuye a sacarla de su letargo. La requieren para que realice un eccehomo. Labor difícil y singular, en la que había de hacer gala de un penetrante conocimiento de la anatomía, y, a la vez, de una sincera aflicción ante el sufrimiento de Cristo, y reflejarlo de tal manera que llevara a los fieles a la emoción auténtica.

Luisa vierte todo su punzante dolor en la talla. Produce un hombre torturado por el sufrimiento, la boca abierta que pugna por recibir el aire que sus pulmones ansían; la sangre que producen las espinas de la corona surca el rostro como siniestros riachuelos; los ojos intentan descubrir la eternidad para que acabe el tormento; el patetismo ahoga la figura. Pero para que no olvidemos quién es la víctima, una capa de rey, carmesí y oro, envuelve a Jesús.*

Pedro Roldán se acercó con interés a ver el resultado.

—La expresión es de cierto sorprendente. Es un hombre joven que sufre agónica tortura: la mirada ya vencida, la faz emaciada y la boca entreabierta, buscando un hálito de vida. Produce en el ánima turbación y congoja. Es imponente; a la vez conmovedora y deslumbrante; enternecedora y pavorosa. ¡Es obra del talento!

La hija escuchaba complacida la opinión del padre. Ninguna otra le importaba más que aquélla.

* *Eccehomo.* Catedral de Cádiz.

El cabildo de Cádiz quedó maravillado ante el realismo y grandeza de la talla. Comenzaron a llover los encargos, y además de otro eccehomo que le encomendó el convento de San Francisco de Córdoba, le llegó un buen día una proposición de la catedral gaditana para que se trasladase a esa ciudad y así pudiera elaborar numerosas piezas del conjunto monumental *Patriarcas y ángeles,* que daría gloria al arte de la ciudad. Ella, que temía siempre no estar en situación de subvenir a las necesidades de su familia, consideró este ofrecimiento como una dádiva del Altísimo.

—¡Padre, ved que Nuestra Señora no me abandona! He recibido un requerimiento de Cádiz. Realizaré mi sueño. Crearé mis propias tallas. ¡Se acabaron las estrecheces y las penurias! —Y luego, como considerando algo de lo que no se había percatado, añadió—: Mas no sé si tendré el coraje de separarme de ustedes.

—Luisa, es mi intención recordarte que don Bartolomé te dio advertencia singular: tienes la fortuna de conocer tu vocación. Pocos son los que lo perciben con esa claridad. Eres poseedora de una pasión. Muchos morirán sin haberla conocido jamás. No te amilanes ante la dificultad. No lo olvides, hija.

—Sí, padre, lo tengo siempre presente. Para mí significa esta oportunidad la economía saneada de que hemos menester. Por otra parte, la pérdida de mis hijos, que tanto dolor me ha causado, me produce terrible ansia. Tal vez el clima de Cádiz, con su brisa marina, sea favorable a la salud de mis dos hijos. Creo que será bueno para Francisco José y Rosa María.

—Entonces, ¿qué te retiene?

—La fatiga que me produce dejarlos a usted y a madre.

—Has de pensar en ti y en tu familia. Alcanzada fama notoria en esta ciudad, es harto difícil que logres aumentarla, habida cuenta que los artistas de prestigio aquí son legión. Cádiz es villa próspera y el progreso es su futuro. Podrás descollar en tu trabajo. Tengo allí amigos que desearán darte amparo.

—Padre, he de reconocer que hay otra razón para mi cuidado. Estimo que la reacción de Luis será positiva, pero...

Y ahí dudó unos instantes. Pedro pensó que necesitaba confiarse a él, que tenía que compartir su tribulación con alguien, pero ella continuó:

—Temo sentirme sola sin vosotros.

A pesar de la sobria expresión de su hija, Pedro creyó comprender bien el temor de Luisa; sabía de las frecuentes desavenencias del matrimonio, e intuía que ella se podía sentir desprotegida sin la alentadora compañía de padres y hermanos.

—Hija, no dejes que nadie te corte las alas. Vuela tan alto como puedas.

Tras un abrazo a Pedro, se fue a comunicar la buena nueva a su marido. Corría más que caminaba, deseosa de participar su alegría al esposo, queriendo olvidar los recientes sinsabores y deseando ser feliz; pero cuando hubo narrado la proposición, la noticia no pareció complacerlo. Unas breves frases:

—Bien está. Pensaremos que ha de hacerse.

Y marchó envuelto en un silencio reprobador, como si Luisa fuera culpable de algún ignoto pecado.

Al día siguiente, estaba ella en el taller cuando llegó su marido, pues había de estofar y dorar el doliente *Eccehomo.* Su humor tenebroso se leía en su semblante, y antes de que Luisa pudiera comprender lo que se le avecinaba, él le espetó con rabia:

—Sólo sabes estar trabajando. No te ocupas de tu casa ni de tus hijos. ¡Quizá sea ésa la razón de tanta muerte, por falta de buen cuidado!

En ese instante, la daga de dolor que la torturaba sin piedad se hundió un poco más en su corazón. El pesar la dejó sin aliento y apenas pudo murmurar:

—Sabes bien que los cuatro niños que perdimos eran lo que yo más quería. Hubiera dado mi vida por la suya. Mas no puede este sufrimiento impedirme el trabajo. Hemos de él menester.

5

CÁDIZ
1686-1688

En la Casa de Pilatos, en Sevilla, se aprestaban a recibir al duque de Medinaceli, a quien esperaban con el fastuoso cortejo que era propio de él. El joven duque de Alcalá de los Gazules, marqués de Cogolludo, aguardaba a su padre en el patio principal, magnífico ejemplo del mestizaje de estilos.

Acompañado de numerosas gentes de su casa, llegó Medinaceli;* parecía más cansado que la última vez que lo viera, pero su continencia y empaque permanecían intactos.

Tras los afectuosos saludos y parabienes, subieron por la imponente escalera de mármol genovés y se adentraron en la Salón de los Frescos. La sala, luminosa y rectangular, lucía las pinturas *El triunfo de las cuatro estaciones,* unas espléndidas portadas renacentistas de mármol y un artesonado mudéjar que, como decían por aquellas tierras, «quitaba el sentío».

—Hijo mío —comenzó con deje de fatiga Medinaceli—, ¡qué aprendizaje el poder y la corte! Habréis de escucharme, para aprender con la experiencia ajena, y así, caso de que lo hayáis menester, estéis avisado. —Y con aire desencantado prosiguió—: Soy hombre de mi tiempo. He servido con lealtad a la Corona según mi buen entender, y, desearía, para pro-

* Aquejado ya Medinaceli de perlesía, no es probable que se desplazara a su casa de Andalucía. Me he tomado esta licencia para situar su mutis en la mágica Casa de Pilatos.

vecho de estos reinos. Nuestra casa, hijo mío, ha tenido siempre presente ser útil a los intereses de esta nación, mas he comenzado a pensar que ha de hacerse de diversas maneras según las épocas.

—Habéis sido varón de probada lealtad, padre, y supisteis poner vuestro ingenio al servicio de vuestro rey, ¿qué mal os preocupa ahora?

—La incertidumbre causada por la precaria salud del Rey y la ausencia de heredero desencadenan una formidable lucha por el poder que produce grandes tensiones y acapara las energías de aquellos que debieran mirar por el bien del reino. Esta situación conlleva la desmoralización de muchos buenos súbditos.

—¿Os referís a las estériles intrigas palaciegas?

—Que han estado presentes en todas las cortes es cosa sabida, pero la débil y maleable voluntad de nuestro monarca incentiva la ambición de hombres sin escrúpulos. Al mismo tiempo, la falta de criterio de la Reina sigue produciendo desencuentros que rozan el ridículo.

—¿A qué situación os referís?

—¡A caballeros vencidos por loros! ¡Válgame Dios, adónde nos ha llevado su afán por la diversión! La rebelión de los papagayos ha sido excesiva. Toda la corte comenta las disipadas y absurdas ocurrencias de doña María Luisa.

Dejó pasar unos instantes, y tornó el hijo a preguntar:

—Padre, ¿cómo pueden cambiar las lealtades? ¿O hacen bien aquellos que mudan la opinión cuando evolucionan las situaciones de las Coronas?

—Has de considerar en todo momento tu deber. Mi padre estimó que debía oponerse al omnímodo poder del conde-duque de Olivares, respaldando a Quevedo, que produjo una de las epístolas más incisivas de nuestra literatura. Eran amigos, se comprendían y tuvieron el valor que la situación demandaba para oponerse a los excesos del poder. La *Epístola satírica y censoria* originó a su autor quebranto sin fin y más tarde la prisión. Afirmaba don Francisco nunca haberse arrepentido.

—Padre —preguntó el joven duque—, ¿es lícito sustentar un

gobierno que se aparece fenecido, pero que está encarnado por aquel a quien se venera y ama?

—Leer a los grandes de la literatura siempre fue de provecho. En la biblioteca que recibí de mi padre, y que él había aumentado con la donación de su amigo Quevedo, encontraréis la respuesta a muchos dilemas, tanto en nuestro excelso Cervantes, como en el inglés Shakespeare.

»El genio de Stratford nos relata en su *Julio César* que Bruto, uno de los asesinos de dicho emperador, se justifica ante los ciudadanos de Roma con sutil habilidad política:

»"Si hubiese alguno en esta asamblea que profesara entrañable amistad a César, a él le digo que el afecto de Bruto por César no era menor que el suyo. Y si entonces ese amigo preguntase por qué Bruto se alzó contra César, ésta es mi contestación: 'No porque amaba a César menos, sino porque amaba a Roma más.'"*

Hizo su entrada en ese momento el conde de Melgar, cuñado de Medinaceli.

—¡Grandes propósitos entretenéis! Cierto es que la situación presenta un atribulado cariz, mas si en el pensamiento de hombres cuerdos os inspiráis, habéis de leer a Gracián.

—¿Te refieres por acaso a *El arte de la prudencia*?

—Sí. Tratado es de sabiduría sin fronteras —contestó Melgar—. Y debe ser nuestro cuidado estudiarlo con atención, pues en estos quebrantos es su juicio certero.

—Hijo mío —recordó el duque—, en uno de los aforismos, nos incita a renovar el lucimiento: «Hay que aventurarse en renovar el valor, el ingenio, el éxito, todo. Hay que aventurarse a renovar en brillantez, amaneciendo muchas veces como el sol, cambiando las actividades del lucimiento.»**

* William Shakespeare: *Julio César,* acto III, escena II. (William Shakespeare, *The Complete Works*. London & Glasgow-Great Britain: Ed. Collins, 1964.)

** Baltasar Gracián: *El arte de la prudencia.* Madrid: Temas de Hoy, 1993. Aforismo LXXXI.

»Y los hechos que nos aguardan, y es notorio que también a ti en el futuro, pueden cambiar la historia. Habremos de dar lo mejor de nuestro saber y entender.

Melgar, hombre de personalidad definida y conocido por su temperamento voluntarioso, había comprendido tras la renuncia de su cuñado como primer ministro que más valía una dimisión con dignidad. Así lo hizo, y a pesar de que le ofrecieron la magnífica embajada en Roma, en el misterioso y magnífico Palacio de España, la rechazó y volvió sin la debida licencia real. No tardó mucho en llegar el perdón, pues hubieron de considerar los valiosos servicios prestados con anterioridad. Y allí se encontraba, en Sevilla, acabado su exilio en el castillo de Coca.

—Esforzados retos nos aguardan —continuó Melgar—. La corte está dividida entre las dos facciones, Imperio y Francia. La reina viuda favorece al Imperio, y la joven reina, a su país de origen. El conde de Oropesa habrá de conjugar habilidad extrema con firmeza sin quiebro para llevar a cabo su misión como primer ministro.

—Enojosa situación —apuntó Medinaceli—. Por una parte, es de lamentar que se descuidara en grado sumo la educación de nuestro rey. Los responsables de su instrucción pensaron que su aciago estado lo llevaría sin remedio a pronto fin funesto, por tanto, no se formó a Carlos II con el esmero requerido para un futuro soberano.

—Cierta es su precaria salud —dijo Melgar—, y las diversas facciones operan sin descanso. A mi entender, aumentan sin cesar los partidarios de las nuevas ideas, de la renovación que encarnan los Borbones.

El joven duque escuchaba atento la lección de historia y gobierno que estaba recibiendo de dos hombres que habían tenido papel relevante en ella.

—Luis XIV, con toda su influencia —sentenció Medinaceli—, mueve ya los hilos de la lucha por el poder, que, mucho temo, deparará días de zozobra en nuestros reinos.

Un criado pidió permiso para entrar:

—Con la licencia de vuestras excelencias, está aquí el maestro Roldán con su hija Luisa, pues vuestra excelencia mandó llamarlos.

—Decid al maestro Roldán que en breve requeriremos su compañía.

—Sí, sí. Deseo comprobar lo que toda Sevilla proclama —dijo Medinaceli—. Dicen que este escultor, ayudado por su hija, crea esculturas dotadas de tal vida, que lloraríais con un Cristo o una Dolorosa, y sentiríais feliz euforia al contemplar sus ángeles y a Dios en su majestad.

—¿Dais por cierto —preguntó— que una mujer pueda tener la fuerza requerida para tallar la madera y modelar el escurridizo barro?

—No lo dudéis. El talento de esta muchacha es singular. Así me lo aseguró, tiempo ha, Bartolomé Murillo. Por otra parte, habéis de recordar a la gran Sofonisba, que tantos retratos dejó en la corte, y a las pintoras que en los reinos itálicos florecieron. Sí, deseo conocer el trabajo de esta artista de nuestra tierra.

A pesar de no estar Luisa en su primera juventud, la fortaleza de su carácter la hacía conservar una planta erguida que denotaba la nobleza de su ánimo; la mata de pelo conservaba su color cobrizo y su brillo; la mirada atenta revelaba inteligencia; y el dolor le había permitido obtener una cierta distancia ante la vida. No era una belleza, pero sí resultaba una mujer interesante.

—¡Adelante, maestro! —animó Medinaceli—. Venís en lozana compañía, y de talento notorio, según he oído.

—Excelencia, la providencia me ha concedido una hija que, con su afán, mucho ha contribuido a la consideración de la que nuestro taller disfruta. En breve partirá para Cádiz, donde se instalará con su familia, para desarrollar su arte con tesón.

—Notable decisión —añadió Melgar—. Esa ciudad crece sin demora y los artistas relevantes hallarán oportunidades valiosas.

—En la corte he conocido a un francés, el señor De Ory,*

* No hay constancia de que los parientes de Jean Orry llegaran antes de su entrada con Felipe V; este personaje es de ficción.

que comienza negocios en Cádiz y que tiene inclinación por nuestra imaginería. En vuestro provecho ha de ser que os conozca. Proveeré para que así suceda —ofreció Medinaceli.

—Doy gracias a vuestra excelencia por vuestro favor. No habré de defraudaros, y trabajaré con denuedo en lo que el señor De Ory haya menester.

—Admirado compruebo vuestro afán y decisión —intervino Melgar—. Buena será vuestra estancia en la bella ciudad gaditana, mas estimo de importancia que Madrid sea vuestro siguiente objetivo. Allí hallaréis la recompensa a vuestro esfuerzo. Si así lo decidís, contad con mi auxilio.

Retirándose hacia su casa, antes de cruzar el umbral del imponente palacio, Pedro quiso enseñar a su hija uno de los ejemplos más eminentes del maridaje de culturas, que era la característica de esa mansión, el Jardín Grande. El escultor temía que la partida de su hija a Cádiz fuera el inicio de una separación sin retorno; sabía que su talento habría de llevarla allende las fronteras de Andalucía y deseaba despedirla con todos los aromas de ternura, recuerdos y maravillas que ella pudiera almacenar en su corazón, para los días malos, para los tiempos de pesares, pero también para que pudieran ser el estímulo necesario cuando fuera preciso dar lo mejor de uno mismo, aunque doliera el corazón, aunque las lágrimas cegaran la visión, aunque la angustiara el pensamiento de estar en un callejón sin salida.

Las avenidas clareaban al sol formando sombras que la suave brisa se encargaba de transformar de continuo; los mirtos que las bordeaban exudaban un intenso perfume y la sensación de intimidad provocaba entre los dos delicada complicidad. La voz del duque de Medinaceli rompió el encanto:

—Grato me es comprobar que apreciáis el equilibrio de este lugar.

—Excelencia, no sé qué admirar con más devoción, si la arquitectura, el jardín rumoroso o la escultura, dispuesta de manera singular —respondió la Roldana.

—Mi antepasado el primer duque de Alcalá de los Gazules, enamorado de los reinos itálicos y del Renacimiento allí victorioso, imaginó esta simbiosis de nuestra arquitectura, con el jardín secreto y la exposición para deleite de la vista y el ánima, y de las esculturas clásicas en las *loggias*,* sostenidas por arcos y columnas. El papa Julio II había escenificado una imponente colección en los Jardines Vaticanos a la que llamó el Antiquarium, y que ha servido de modelo para generaciones de amantes del arte. Y además, en Sevilla tenemos la exótica vegetación proveniente de Indias y los sensuales perfumes.

—Es un placer para los sentidos cuando el jazmín desborda ahora, a la caída de la tarde —apuntó Luisa—. Su delicado aroma representa el amor de la mujer a su esposo.

Y lo dijo con tal cadencia de nostalgia, de algo perdido e imposible de recuperar, que su padre hubo de cortar esta impresión agradeciendo al duque todas sus bondades.

—Sé reconocer el talento y la industria cuando cruzan mi camino —respondió Medinaceli—. No flaqueéis, Roldana, el triunfo será vuestro.

Recobrar la esperanza

Cádiz era una ciudad en continuo desarrollo. La antigüedad de su comercio, que se remontaba a los fenicios, hizo de su puerto uno de los más prósperos de la zona. Las transacciones se vieron incrementadas bajo la dominación romana a causa de los astilleros que éstos construyeron en la floreciente metrópoli. Tradición y afán se habían unido más adelante para ofrecer al almirante de la Mar Océana, don Cristóbal Colón, todas las facilidades que la situación de su estratégica ensenada ofrecía, y llevaron a que de allí partiera el segundo viaje al Nuevo Mundo.

Años después, el derecho de registro y la autorización del Consejo de Indias para completar la carga de las naves de Ultramar contribuyeron al bienestar de la urbe.

En 1627, Felipe IV, mediante una real orden que concedía a

* *Loggia:* galería abierta, presente en la arquitectura italiana.

este puerto la facultad de suplir un tercio de la carga, dio un rotundo espaldarazo a su comercio. Por iniciativa de Andrés del Alcázar se construyó en 1685 un importante muelle de cuatrocientas varas de largo, que vino a dar cima a la excelente situación de su bahía. Importantes monumentos como el castillo de San Sebastián y el de Santa Catalina, de reciente construcción, defendían la ciudad de los ataques de ávidos piratas que ansiaban beneficiarse de su imparable progreso. Numerosos artistas acudían al socaire de este auge que había de favorecer las artes.

Ésta era la alegre y confiada villa donde Luisa se iba a instalar, y en donde anhelaba encontrar una cierta serenidad en su vida familiar y un claro avance en su reconocimiento artístico.

El viaje hacia su futuro henchía a Luisa de esperanza. Pensaba que al mejorar la salud de sus hijos, como ella ardientemente esperaba, y aliviar el mal estado de su economía, aventajaría también la situación de su matrimonio. Estaba dispuesta a perdonar e intentar olvidar, pues sabía que era la única solución posible. El sol y el buen tiempo que los acompañaron a lo largo del camino eran presagio del acierto de su decisión. Cuando avistaron la mar, Luisa tuvo una sensación que permanecería indeleble en su memoria.

La inmensidad de su horizonte le mostraba la amplitud del mundo, la brisa que de él llegaba regeneraba su cuerpo, y la mutación constante de su superficie le enseñaba la necesidad del cambio, el saber renovarse. Y entonces, como iluminada por una luz interior, comprendió que estas máximas debían inspirar su trabajo y su vida.

El cabildo
1687

Entraron a la ciudad por las Puertas de la Tierra, pétreas murallas que protegían la villa. Una gran animación reinaba en sus calles, y parecía que la bonanza resplandecía en sus habitantes. Se detuvieron en el convento de Santo Domingo, donde encontraron a un fraile amigo de los Roldán y se postraron a los pies de la Virgen del Rosario, en agradecimiento por el feliz final de su jornada y con la petición de que velara por ellos en esta etapa que iban a comenzar.

Estaban ya instalados en la marinera Cádiz, y parecía que los hijos gozaban de mayor lozanía y que la relación de los dos esposos se regeneraba. La brisa del océano, la novedad y el caudal de ilusión que ésta comporta habían sellado una suerte de tregua entre la pareja. Los encargos del cabildo se concretaron, y al ser numerosos, el trabajo no faltaba tampoco para Luis Antonio. Una soleada mañana de marzo, llegaron a visitar a la Roldana los regidores municipales Diego Rendón y Plácido Payé, con el propósito de encargarle dos imágenes de los santos patronos, san Germán y san Servando.

—Presidirán —adelantó Rendón— la Sala Capitular del Ayuntamiento. Sois mujer de fortuna, es menester merecimiento y honor para tal encomienda.*

—Toda mi industria pondré en el empeño, y mi marido dorará y estofará estas tallas con el mayor primor que jamás hayáis contemplado —respondió la escultora.

Comenzó el encargo el matrimonio con renovado entusiasmo; los ágiles dedos de la Roldana manejaban el buril con precisión, desentrañando de la densa madera la esbelta figura de san Germán, simbolizado por un hombre joven con la cruz en la mano derecha y la palma en la izquierda; se escudaba en hermosa coraza de guerrero cincelada con esmero, de donde surgía el sedoso tejido de las mangas y el leve lino de la camisa; la faldilla amplia y en movimiento; las piernas rotundas, bien plantadas en la tierra; la mirada decidida y dirigida hacia el cielo prometido y la corona de los elegidos sobre la noble cabeza. Su pareja, san Servando, ofrecía el mismo estilo enérgico e inimitable que tanto había de entusiasmar a los gaditanos.

Siguieron a éstas otras muchas demandas, tanto de la capital

* Hoy pueden admirarse en la girola de la catedral de Cádiz.

como de otras villas de la provincia, creando Luisa tanta obra singular, que su fama se asentó con firmeza, destacando entre todas ellas unos *Ángeles lampareros* para la Iglesia Mayor Prioral del Puerto de Santa María que parecían alzar el vuelo con tal resolución y dinamismo, que sorprendía verlos siempre en el mismo lugar. Algo de mágico tenían aquellas figuras; sus rostros eran bellos y expresivos y sus jóvenes cuerpos anunciaban la venida del Señor con extraordinaria convicción. Eran la representación de la bondad y el poder del espíritu. Recordaban con seguridad a aquellos ángeles que volaban resueltos por la bóveda del templo de la Santa Caridad de Sevilla.

Una importante evolución se estaba infiltrando de manera sutil pero decidida en la creación de la artista: la elegancia de los pliegues de las vestimentas, la originalidad de los dibujos de los tejidos, donde mezclaba con gusto infinito rayas, flores, anagramas, símbolos y arabescos, se esparcían sobre una paleta cromática de sumo interés. El omnipresente océano y su incesante mudanza, que tanto le impresionaron, le inspiraron todos los tonos de verdes, azulados, grisáceos o etéreos tintes de ocre; el optimismo que ahora la invadía la inclinaba a los rojos en todos sus matices: bermellón, escarlata, bermejos y carmesí; los límpidos cielos le proporcionaron arcanos azules, azul cerúleo y azul de noche profunda; de la feraz Andalucía adquirió toda la gama de los colores de las tierras, bien ahítas de sol, bien empapadas de lluvia. Y todos ellos iluminados por el sol del oro que recorría, bordeaba, ensalzaba y engalanaba las esculturas.

El trabajo del taller estaba bien pagado, pero no siempre el salario acordado llegaba con puntualidad. Los gastos de la casa eran muchos, y a esto había que añadir el alquiler y los materiales.

Sabía Luisa que necesitaba dar un paso más; sentía que, como bien le aconsejara don Bartolomé, había de ser valiente.

«Algún día viajaré a Madrid y conoceré las obras de los maestros que, con Velázquez a la cabeza, no sólo crean obras universales, sino que traen de todo el orbe culto lo mejor de cada lugar: los reinos itálicos, Roma, Nápoles, Florencia, Flandes, nada escapa al genio sevillano», pensaba.

Conocía que no sería tarea fácil, pero si de verdad aspiraba a triunfar, habría de hacerlo. Pensaba así mismo que el quehacer más arduo sería convencer a su marido de esta decisión.

Un buen día llegó al taller de la Roldana un encopetado señor de su conocimiento, don Cristóbal de Ontañón, ayuda de cámara de Carlos II, que acompañaba a otro de la misma guisa al que presentó como el señor De Ory, y que resultó ser aquel del que le hablara el duque de Medinaceli. Gozaba el ayuda de cámara de merecido prestigio como conocedor de excelencia de las obras de arte. La mismísima reina viuda le había comprado una serie de la vida de san Cayetano, de Andrea Vaccaro, de estimable valor artístico. Lucía en todo su esplendor en la Sala de las Furias en el Alcázar.

Era este caballero afable y de buena disposición, y mucho admiró las tallas que Luisa tenía para ser enviadas a su destino. Conversaron sobre la vida en esta ciudad, que crecía en importancia, convirtiéndose en un próspero puerto al que llegaban los barcos de Indias cargados de fabulosos tesoros de allende los mares. El señor De Ory, que era francés, le habló de París, de sus anchas calles, de la belleza de los palacios y de cómo los artistas eran admirados y respetados en esa ciudad. Hablaba con mesura y discreción, en un español suave y cadencioso que delataba su origen; sus claros ojos azules tenían un brillo de bondadosa inteligencia; su pelo rubio poblaba también una barba que compensaba la juventud de la que, a todas luces, disfrutaba y él se empeñaba en disimular; y sus maneras gentiles y civilizadas hacían de él un agradable conversador. Quiso dicho señor que la Roldana hiciera para él una *Huida a Egipto,** y le recomendó que pusiera toda su imaginación e ingenio en ese grupo escultórico que deseaba fúlgido, resplandeciente y admirable. Árboles, fuentes, ángeles y cielos habían de acompañar esa fuga. Añadió que deseaba tenerlo en su poder antes de su nueva partida hacia Moscú, donde llevaba a cabo su misión como representante de Francia.

Se despidió el caballero con la cortesía con la que había llegado, y Luisa se puso manos a la obra.

* Esta espléndida talla se encuentra ahora en paradero desconocido.

La dedicación de la Roldana a sus hijos y su taller le permitía pocos asuetos, pero ese día había amanecido tan radiante y soleado, que determinó acercarse a ver el mar, motivo de constante admiración, y respirar su siempre vivificante brisa. Se adentró en la plazuela de San Martín, donde pudo admirar una vez más la Casa del Almirante, cuya magnífica portada de mármoles genoveses daba fe de la prosperidad del lugar.

La habitual animación que imperaba en el puerto henchía de optimismo los propósitos de Luisa. Una algarabía de alegría la avisó de la llegada de un barco. Avistó una hermosa nave, con todas las velas desplegadas al viento de la mañana; era un galeón de Indias que parecía no haber sufrido los tan temidos ataques piratas, pues se deslizaba por las aguas calmas en toda su grandeza. Apenas arribados, comenzaron a descargar aquellos tesoros y ganancias de los que tan necesitada estaba la Real Hacienda.

La travesía, dijeron, había sido tranquila, el clima, propicio, y la carga, abundante, mas traían otras noticias.

—Malas nuevas he de daros, señor —anunció pesaroso el capitán al práctico del puerto—, y arduo ha de ser transmitirlas, lo que haré con suma aflicción.

—¡Hablad, por Dios santo, señor capitán! No prolonguéis mi ansia.

—Las siete plagas de Egipto se han desencadenado sobre el virreinato del Perú. Un temblor de tierra ha quebrantado la paz de Lima, destruyéndola con sus crueles sacudidas; este cataclismo ha causado más de seiscientos muertos. Un brutal tifón de vientos huracanados y lluvias torrenciales ha venido a completar la obra destructora de los elementos, aniquilando las escasas industrias que quedaban en pie.

—¡Qué aflicción! ¡Cuánta desgracia se ha abatido sobre el virreinato, amigo mío!

—La desolación y la muerte reinan en el otrora fastuoso Perú —añadió el capitán—, y mucho temo que habremos de aguardar con tristeza la llegada de futuras naves de ese virreinato.

—Os deseo coraje e ingenio para referir estas amargas calamidades en el Consulado del Mar.

La soledad

Cuando Luisa oyó el relato de tantas penas, rememoró sus propios sufrimientos, y el vértigo del peligro, la fragilidad de la existencia volvieron a atormentarla.

«He de realizar una imagen que nos proteja, y que después del caminar por este mundo, nos siga guiando por los senderos de la eternidad.»

Luisa había finalizado una imagen de Nuestra Señora de la Soledad que había destinado a la nueva capilla del convento de los Padres Mínimos de Puerto Real. Era un homenaje a la Virgen con una súplica a los religiosos: deberían celebrar misa cantada con diácono y subdiácono, sermón y responso por las almas de la Roldana y sus seres queridos una vez que ella hubiera partido al encuentro del Padre; y había de ser los viernes anteriores al Domingo de Ramos y los de la resurrección de Lázaro. Era su manera de agradecer a María su protección y ayuda, animándola al mismo tiempo a extender ese apoyo tras su partida de este mundo.

Así mismo realizó para la iglesia de San Pedro, por quien sentía viva devoción, una Divina Pastora plena de gracia y ternura hacia el Divino Niño que la acompañaba, un Niño Jesús Quitapenas que se secaba las lágrimas con una actitud de desconsuelo infantil de tal realismo, que invitaba a arrullarle, y que la buena gente visitaba con frecuencia, pues gozaba de la fama de liberar de la pesadumbre.*

El hechizo

Mil intrigas se anudaban en la corte, y se deshacían en un tris para ser sustituidas por otras maquinaciones más astutas y emboscadas. En vez de considerar la esterilidad del matrimonio real como proveniente de la naturaleza de uno u otro, dieron en con-

* Iglesia de San Pedro, Arcos de la Frontera.

jeturar hechizos, maleficios y demás diabluras. La Reina, consciente de lo que de ella se esperaba, sentía a su alrededor creciente presión teñida de hostilidad. La acompañaban a menudo la bella Olimpia Mancini y su hermana María, ambas sobrinas del cardenal Mazarino. La condesa de Soissons, Olimpia, «intrigante por vocación y temperamento», según uno de sus contemporáneos, servía como útil espía al Emperador.*

Recién llegada de París, narraba a María Luisa las novedades y sucesos de su tierra. Entre paseos a caballo, representaciones teatrales y conversaciones animadas, entretenía la Reina sus soledades con las dos hermanas, que tan bien sabían utilizar halagos y zalamerías en beneficio de su interés.

Buscaba su majestad a Olimpia cuando creyó oír la voz de la condesa. Se acercó la Reina a la estancia con cautela, extrañada por los susurros, que se hacían cada vez más ininteligibles: alguien deseaba el anonimato. La puerta entreabierta le permitió escuchar que a ella se referían. Habituada ya a desconfiar, detuvo su impulso de entrar y decidió prestar atención. Eran un hombre y una mujer cuyo tono le era muy familiar, pero no conseguía vislumbrar el rostro de ninguno de ellos. La urdimbre de la conjura era peligrosa. Según decían, acusaban a la Soissons, ya conocida por sus hechizos y venenos, de recibir en su casa a una turba de tahúres, camorristas y mujeriegos que tenían el verbo fácil y la imaginación calenturienta.

Según extraños rumores —añadió el cortesano— estos mismos individuos habían contado entre risotadas y expresiones de mal gusto que la anfitriona había dispensado al Rey un bebedizo que aumentaría la fertilidad de María Luisa.

—¡Qué espanto! —exclamó la dama—. ¡Estar así en boca de gentes soeces!

—No es ésa la cuestión más desdichada —apuntó él—. A fuer de sincero habré de deciros que aprovechan el ansia de un heredero para esquilmar a sus majestades con pociones que de nada son remedio. Así engrosan sus haciendas. Pero más dañoso

* Duque de Maura: *Vida y reinado de Carlos II.* Madrid: Aguilar, 1990.

es aún la mofa que de todo ello hacen las gentes que frecuenta la condesa. Dan origen a coplillas y libelos que socavan el buen nombre de nuestro monarca, poniéndolo así en solfa.

—¡Que Dios nos asista! Qué maldad tan grande. Y la Mancini —preguntó la voz femenina— ¿qué papel juega en este enredo?

—Ignorante está —respondió él—. Pero temo que todas las miradas acusadoras irán a converger en ella como dardos ponzoñosos cuando la infame trama salga a la luz. Habéis de recordar que el mismísimo Luis XIV la repudió con denuedo cuando Olimpia se vio implicada en el escándalo de La Voisin y sus venenos.

—Pero nada de eso salpicó a la otra hermana, a María.

—Razón he de daros, mas la condestablesa también tuvo proceder inoportuno. Huyó de Roma y abandonó a su marido, el príncipe Colonna, que es persona respetada de manera suma. El comportamiento de ambas causa asombro en estos reinos. No estamos habituados a damas intrigantes que adulan en exceso a la Reina esperando así obtener valimiento y prebendas.

Quiso la Reina descubrir la faz que correspondía a la dama, y para ello tuvo que aproximarse al dintel e inclinarse tras los pesados cortinones. Al hacerlo, dos naranjas que solía llevar en el bolsillo cayeron al suelo. Logró atrapar una al vuelo, pero la otra se deslizó diligente por el resbaladizo mármol, atravesó la puerta y corrió decidida en dirección a los contertulios.

Conocedora la Reina de la importancia de mantener el incógnito, emprendió la huida con celeridad.

Al llegar el fruto de China a los pies de la dama, ésta lo cogió en silencio mirando interrogante a su interlocutor. De mutuo acuerdo y en total silencio se acercaron a la puerta, que hallaron entreabierta. Confirmaron su temor de haber sido escuchados. Quienquiera que allí se hubiera escondido había escapado raudo.

—¿No es nuestra señora quien porta siempre naranjas de la China en su faltriquera?

—Sí —contestó ella—. Mas también nosotras las llevamos por si le viene el antojo.

Del oscuro rincón salió un monito, aquel que tanto divertía a María Luisa de Orleans. Apareció asustado con otra naranja en la mano. Los dos cómplices rieron desahogados. Un poco más allá, la Reina suspiró aliviada.

Al poco tiempo el Rey extendió un edicto de expulsión para la Soissons y algunos de sus compinches. Mas Olimpia permaneció gracias a la enérgica intervención de la Reina, que la protegió hasta su muerte. Pero la afrenta zahería ya en un cantar que se oía por las calles de Madrid:

Parid, bella flor de lis,
en aflicción tan extraña;
si parís, parís a España;
si no parís, a París.

La embajada
febrero de 1688

Como sucediera con la embajada de Pedro Potemkin en Sevilla, la visita del príncipe Dolgoruki a Cádiz causaba sensación allí por donde pasaba. El príncipe destacaba en todo lugar, pues era hombre de elevada estatura y porte marcial. El pelo ya gris y un tanto ralo, la mirada avizor, la larga nariz redondeada en su extremo y una boca escueta, más habituada a callar que al insulso parlamento, hacían de él un hombre casi feo, pero de notable distinción. Su nombre en ruso quería decir «manos largas», y sus amigos decían que este apodo se debía a sus largos brazos, y los malintencionados, que era por su afición a apoderarse de todo lo que lo rodeaba.

Era tiempo de carnaval y la buena gente derrochaba fantasía e imaginación a la hora de decidir sus atuendos: emperadores de la Antigüedad; santos varones de la Biblia; dioses menores de la mitología; suntuosos monarcas orientales; reyes y reinas de las exóticas tierras de Indias, con sus exquisitos penachos de plumería, giraban en engalanadas carrozas que mostraban alegorías, mitos, dioses y leyendas como algo cotidiano y posible. Bacos ahítos de buen mosto, Vulcanos creadores del fuego, Neptunos coronados de caracolas y acompañados de náyades esbeltas, y Júpiteres tonantes recordaban a los gaditanos el *carpe diem*. Alegres comparsas desfilaban, danzando y cantando, bebiendo y amando. Los sones de guitarras, laúdes y castañuelas, acompasados a los pasos de baile, generaban un espontáneo alborozo que no había conseguido arruinar ni las terribles nuevas de Ultramar.

Por el contrario, la posibilidad de desgracias futuras impulsaba a los moradores de esta ciudad al regocijo total, al esparcimiento sin freno. En ese ambiente de algazara, la misión de los rusos era aceptada como una extraordinaria contribución, a la vez que las mujeres del sur provocaban un entusiasmo sin mesura en los hombres del norte, poco acostumbrados a los ojos de fuego.

Los extranjeros a su vez estaban asombrados con la capacidad de ingenio de los gaditanos, con su ansia de vivir, tan cercana a la propia alma rusa. El príncipe Dolgoruki portaba una misión que ya se había intentado con anterioridad. El anterior embajador, Potemkin, había visitado Cádiz con la intención de unirse al próspero comercio con Indias mediante la adhesión de Rusia a las flotas españolas, aprovechando la dilatada experiencia de éstas. El proyecto había sido considerado con detenimiento, y llegaron ambos gobiernos a un acuerdo mediante el cual se permitía el libre comercio a los mercaderes rusos en los puertos españoles. Este tratado no llegó a hacerse efectivo, a pesar de las buenas intenciones de ambas partes.

Ahora tornaba el nuevo embajador a intentarlo desde otro ángulo y con el decidido impulso del nuevo zar Pedro.*

Queriendo producir una buena impresión, habían cuidado su apariencia en todos los extremos: las túnicas imponentes en sus damascos de vivos colores, las suaves pieles de cibelinas y zorros que adornaban sus gorros y mantos, la altura de estos hombres, que parecían gigantes, la comitiva numerosa, los mú-

* El primer consulado de Rusia en Cádiz se establece en 1723.

sicos, que ejecutaban una melodía ora sensible y tierna, ora endiabladamente rítmica, casaban a la perfección con el festivo ambiente de la ciudad. El regidor los recibió junto con el cabildo en pleno, con muestras de suma deferencia, y comenzaron las negociaciones, que continuarían al día siguiente con una visita al puerto.

Antes de separarse, el regidor intercambió presentes con el embajador; éste le regaló un icono de inicios del siglo XVI que representaba a san Jorge luchando contra el dragón;* a su vez, el cabildo entregó a Dolgoruki una hermosa talla de san Jorge alanceando al demonio.** Fue considerada una feliz coincidencia la comunidad de símbolos y santos de las dos religiones. El embajador se sorprendió cumplidamente al conocer que la imagen salía de las manos de una mujer, tan estimada y apreciada en su arte, que había esculpido las figuras de los patronos de la ciudad. Expresó su deseo de conocerla, y quedó concertada una visita al taller de artista tan notoria.

La bailarina

El día no podía amanecer más hermoso para una visita al puerto, que discurrió interesante y amigable. La ciudad bañada por el Atlántico invitaba al entusiasmo, a proyectos sin límite, a lanzarse al océano infinito en busca de nuevos retos.

Por la noche, el cabildo quiso honrar a tan ilustres huéspedes con una cena en la que las notas de la eufórica música española embrujaron las almas rusas.

La que causó efecto sobresaliente esa noche fue la princesa Dolgoruki. Vestía túnica ajustada de seda escarlata, bordada en arabescos de hilo de oro, recamada así mismo con piedras preciosas en el alto cuello y la cintura; un abrigo de terciopelo del mismo tono bordado en oro y perfilado de oscuras cibelinas en

* Este icono se puede ver en el Museo Ruso de San Petersburgo.

** No hay constancia de un san Jorge entre las obras de la Roldana.

todo su contorno, mangas y cuello; unos encajes altos y enhiestos coronaban su cabeza, a modo de peineta, según la moda de la época. Usaba con gracia el abanico que le habían regalado el día anterior, y ofrecía a los presentes su sonrisa más amable. Los acompañaba el señor De Ory, diplomático francés en la corte del Zar, junto con un cumplido séquito de damas y caballeros.

Fueron recibidos por las autoridades, el regidor y el capitán de Costas y Galeras de Andalucía. Tras las cortesías de la bienvenida, fueron invitados a sentarse para escuchar el concierto que habían preparado en su honor. La música en Andalucía en esos años carecía del brillo que tuviera en el siglo anterior, mas nada había perdido de su contagioso entusiasmo y su incontestable ritmo. La sala, que lucía con mil candelas, el olor de los arrayanes que adornaban la estancia, la belleza de las damas que alegraban la vista y las notas que comenzaron a desgranar los diversos instrumentos crearon un ambiente festivo pleno de calor y concordia.

Tocaron deliciosas obras de los maestros Guerrero y Cristóbal de Morales, plenas del colorido de su tierra, cuya melodía se escapaba fugaz inundando de sublime contento a los presentes; tocaron a continuación una composición de Fuenllana, que tanto se había distinguido en su trabajo para la marquesa de Tarifa; las notas se encerraban en las entrañas de las hermosas vihuelas, tratadas con esmero por los atarices,* y las restituían en vibraciones armónicas inigualables; los panzudos laúdes producían sonidos de gran belleza que parecían deslizarse con suavidad infinita por sus cuerdas; y la música acuática de las arpas serenaba las almas con su ritmo sosegado.

Unas guitarras risueñas iniciaron unas festivas canciones de corte a las que siguieron tientos del gran Mudarra, quiebros y redobles** que caldearon el ambiente hasta tal punto que los rusos, emocionados con la sonora interpretación española, iniciaron un diálogo musical con sus balalaicas de tintes nostálgicos,

* Atariz: artesano que realizaba instrumentos musicales.
** Redoble: composición musical española del siglo XVII.

que se fueron enardeciendo a medida que se sumaban las liras germánicas de esféricos vientres, recién incorporadas a la armonía rusa.

Parecía que se había alcanzado la cumbre de la celebración cuando una joven de ojos centelleantes inició una danza sensual que le hacía cimbrear la cintura y temblar los brazos en el aire formando extraordinarios arcos y volutas. Su pareja, un muchacho esbelto, la miraba de continuo a los ojos, sin perder un instante su mirada, creando entre los dos una tensión amorosa que crecía por momentos.

Era más de lo que los rusos podían soportar. Un atlético galán del septentrión salió al círculo donde se escenificaba el baile, y comenzó una coreografía nunca vista por los buenos gaditanos: tan pronto saltaba en el aire desafiando la gravedad, como continuaba danzando en cuclillas para elevarse ágil como una pluma, a la vez que movía los brazos como amenazadores sables, para caer de nuevo a los pies de la bella, que miraba fascinada a su cortejador. Tras los aplausos de los invitados de ambos países, comenzó una recepción que nadie olvidaría jamás. En el tumulto que se organizó con las viandas y los euforizantes caldos de la zona, los súbitos amantes aprovecharon para desaparecer con sigilo, asegurándose de que nadie los siguiera. En las oscuras calles se perdieron sin dificultad entre comparsas y cantos de regocijo.

6

ADIÓS A LA BAHÍA
1688

Se hallaba la Roldana esculpiendo su obra más reciente, un nacimiento para la iglesia de los Capuchinos de Sanlúcar de Barrameda, y se sobresaltó al ver un coloso barbado en el umbral de su casa. Iba acompañado de Diego Rendón, que le explicó a Luisa el interés que había manifestado el embajador el día anterior por conocerla. Ella, asombrada, pidió que le concedieran unos minutos para componerse, ya que llevaba trabajando todo el día.

—Así será. No te inquietes. Tiempo habrás de acicalarte. Mañana volveré con ellos.

Acertó a pasar por ahí su reciente amiga Margarita, y Luisa, entusiasmada con la noticia, hizo partícipe de la ilusión que albergaba por la ocasión que le deparaba el destino.

—Vendrán a las doce, de esta manera la claridad reinante pondrá en valor mis trabajos. ¡Qué feliz soy!

Si Luisa hubiera prestado atención a la extraña movilidad de las manos de Margarita, habría adivinado los verdaderos sentimientos que ella pugnaba por esconder detrás de su sonrisa.

La Roldana se afanaba en organizar aquella visita de gentes principales. Una mesa amplia, cubierta por un tejido labrado que venía de oriente, exhibía unos airosos fruteros de estaño repujado, repletos de frutas nativas mezcladas con las de otras tierras, de las lejanas Indias, que exudaban un perfume denso que aromaba las diferentes estancias.

Luisa trajinaba atareada revisando que todo estuviera perfecto para recibir esta visita de calidad cuando divisó a través de la ventana a su amiga Margarita, que se acercaba a paso ligero por la penumbra que los toldos creaban en la silenciosa calle.

—Vengo con el placer de hacerte llegar la invitación de mi padre para un refrigerio que ofreceremos a mediodía. El embajador ruso y el señor De Ory han sido invitados hacia las doce.

—Margarita, ayer te conté esperanzada que un emisario me hizo saber que a esa hora se llegarían dichos señores para contemplar mis esculturas. Esforzado empeño tengo en que así sea.

—Repara, Luisa, en que mi casa es casa de importancia, y mi madre ha aceptado su petición de visitar nuestra morada.

—Retrasa una miajita la hora de vuestro convite, por favor te lo pido —imploró Luisa—. Así podré yo mostrarles con la luz adecuada mis esculturas, y hacerlo con calma y sosiego.

—No hay nada que hacer. Ellos habrán preferido venir a nuestra casa. Así es la vida.

Y se marchó sin mirar atrás. Comprendió Luisa entonces que, en el fondo, Margarita había experimentado placer, mezquino placer, al demostrarle que la fuerza estaba de su lado, y que ésta provenía de algo tan principal como la riqueza que ellos habían acumulado con largueza, enviándole el mensaje de que podría desviar la atención de la obra de la escultora cada vez que lo deseara.

No sabía Margarita que De Ory valoraba sobre todo el arte, y que Dolgoruki, además de una misión comercial, portaba el encargo del Zar de buscar artistas excepcionales a los que los rusos pudieran comprender y que abrieran los horizontes de una madre Rusia demasiado encerrada en sus confines. Ambos diplomáticos apreciaban el esfuerzo de una mujer extraordinaria y no tenían ninguna intención de suspender el encuentro con esta artista.

La madre de Margarita había insistido con imprudencia para que visitaran su casa. La contestación del señor De Ory había sido un ambiguo:

—Tal vez. Lo procuraremos, mi estimada señora.

Así fue. Antes de que llegara la visita, el rumor de los caballos y las voces de mando para detener la carroza avisaron a la Roldana de su llegada. El embajador Dolgoruki, imponente figura de ricas vestiduras, iba acompañado por los dos regidores, Rendón y Payé, el marqués de Villafranca y el señor De Ory, además de otros caballeros y damas. Mucho admiraron el trabajo de Luisa, y se intercambiaban frases que ella no entendía, pero que llevaban implícita la admirativa expresión.

Villafranca, que habría de ser importante en la vida de la escultora, le dijo amable:

—Mucho habéis complacido al embajador del Zar. Sugiere que, a través del arte, se pueden crear estrechos vínculos de mutuo entendimiento. Dice, además, que vuestros ángeles y arcángeles le recuerdan vivamente a los iconos de sus iglesias.

—Excelencia, agradezco en grado sumo la generosidad de vuestras palabras.

—Si extraordinario es vuestro arte, más insólito aún es que venga de mujer. No podéis desaprovechar lo que habéis recibido con largueza. Luisa, es menester que a la corte vayáis. Vuestro talento lo merece. Si así lo decidís, dadme de ello conocimiento, y yo os favoreceré en vuestro empeño.

Oropesa

Cuando los dos cortesanos quedaron a solas, Ontañón preguntó a Villafranca:

—Es mucha la consideración que tengo por esta escultora, a quien conozco desde niña. ¿De cierto conocéis que sería beneficioso para ella trasladarse a la corte? Son muchos los problemas que asuelan la nación.

—Así es. Mas el conde de Oropesa es un acertado primer ministro. Con el marqués de los Vélez en la nueva Superintendencia de Hacienda, ordenará las medidas necesarias y que reclama la justicia social.

—Sí, sí. Su capacidad no admite discusión. Pero esas decisiones, eliminación de puestos en la administración y aumento de las horas de trabajo, serán harto impopulares. Recordad que la artesanía sufre de notable decaimiento: las lanas de Segovia se pierden, pues no encuentran quien las carde; y la antaño reputada seda de Toledo no existe, al no plantar moreras.

—No os falta razón —sentenció Villafranca con aire preocupado—. Más impopulares aún en un tiempo en que la gente desea la fiesta y no el esfuerzo. Confío sin embargo en que la empeñada voluntad del conde supere todos los obstáculos.

—Marqués —respondió el ayuda de cámara—, ése puede ser un defecto y no una virtud. Su condición autoritaria le ha granjeado muchos enemigos.

—Aquello que en verdad temo —le costaba decirlo— son unas disposiciones que aún son secretas, pero que han de realizarse: ven de recortar los sueldos de los funcionarios, y para no dejar títere con cabeza, proponen disminuir los gastos de la Casa del Rey.

—¿Y en esta circunstancia seguís pensando que es el momento idóneo para que nuestra escultora se presente en Madrid? Ella es quien sustenta a su familia.

—No os preocupéis. Oropesa es señor de valía. El embajador inglés Stanhope lo definió antaño como «el hombre más capaz que he conocido en España». Él ha de concertar el desastre de estos reinos. Su trayectoria así lo promete.

—No sé, no sé —Ontañón dubitativo—. Los taimados son legión. Un hombre en extremo avisado, Richelieu, nos legó la maliciosa y aclaratoria máxima: no existe calumnia que no pueda con toda una vida de un hombre honrado.*

La fama

Luisa estaba atónita. Lo que tantas veces había acariciado como un sueño se le aparecía como una realidad posible. En un breve espacio de tiempo, Cristóbal de Ontañón y el marqués de

* La frase exacta es: «Dadme dos líneas escritas de puño y letra por el hombre más honrado, y encontraré en ellas motivo para hacerlo encarcelar.»

Villafranca la habían animado a que se dejara ayudar para internarse en los atrayentes vericuetos de la vida artística de la corte. Los mejores habían desarrollado su actividad al amparo del mecenazgo de los reyes, los nobles y los prelados.

Luis Antonio, que había asistido a la entrevista, parecía cavilar sobre el desarrollo que podían tomar los acontecimientos y de qué manera habían de beneficiarlos.

—¿Qué piensas? —interrogó ella—. ¿Crees que es prudente abandonar esta villa tan próspera que nos trata con el mayor decoro, y donde nuestros hijos han recuperado la salud?

—Mujer, las posibilidades en la corte son ingentes, las iglesias y palacios rivalizan en el esplendor de su arte. Es menester que consideremos si esta coyuntura ha de ser favorable a nuestra economía.

—Demos sosiego a nuestros razonamientos —añadió Luisa—. No es preciso que demos una respuesta precipitada.

Las arpías

La Roldana se paseaba por el borde del mar intentando aclarar sus pensamientos, que le asediaban desde la visita que le hiciera Villafranca. Consideraba un honor que la tuvieran en tan alta estima personas de probado juicio; era, en efecto, como dijera su marido, una rara oportunidad; mas temía por el alcance que el cambio de clima podía tener en la lozanía de sus niños; y le asustaba la lejanía de su Sevilla, de sus padres y hermanos. ¡Madrid estaba tan lejos!

Sumida en sus pensamientos no advirtió el revuelo que se estaba formando a su alrededor hasta que unos gritos desgarradores la sacaron de su ensimismamiento:

—¡Favor! ¡Ayuda! ¡No es de buenos cristianos que así me maltratéis!

Vio entonces a una muchacha esbelta a la que tiraban del pelo unas mujeres enfurecidas, que le propinaban golpes y arañazos con virulento ardor.

—Pero ¿qué hacéis? ¡Dejadla en paz! ¿Cuál es su culpa, que así la ofendéis?

En un griterío sin orden ni concierto, explicaron las atacantes la causa de su furor:

—¡Es una desvergonzada! Después de su baile en el cabildo, se fue con un extranjero al que acababa de conocer. La encontraron besándose con él, como una zorra hambrienta.

—¡No es cierto! ¡No soy así! Me he enamorado, y el amor lo cura todo —decía la infeliz.

Luisa recordó sus penalidades cuando decidió casar con Luis y, haciendo gala de su energía, ahuyentó a las arpías, que soltaron su presa a regañadientes.

—¿Cómo te llamas? ¿No tienes adónde ir? —preguntó a la despavorida chiquilla.

—Sí. Tengo una hermana en Sanlúcar que siempre ha sido buena conmigo. Y Manuela es mi nombre. No he hecho nada malo. Pero mi padre dice que soy una descarada y que no me quiere ni ver.

—¡Anda, anda, Manuela! Ven conmigo. Te daré cobijo y te ayudaré para que puedas marchar con tu hermana.

La decisión

Después de una larga reflexión, Luisa entendió que no podía desaprovechar la ocasión que se le presentaba de ampliar su mundo. Por otra parte, su marido parecía encontrar sólo ventajas en el cambio de posición. Las cosas le iban bien, mas, como le dijeran tanto Murillo como Villafranca, no había de temer el crecer, volar más lejos, más alto. Si no arriesgaba, se arrepentiría toda la vida de no haberlo hecho. Mandó recado al marqués para pedirle una entrevista, y a la hora convenida allí se presentó con Luis.

Sin perder tiempo, fue directa al asunto que le concernía:

—Excelencia, tras meditar largamente vuestra propuesta, hemos llegado a la conclusión de que si vuestras mercedes lo tienen por pertinente, así habrá de ser.

—Acertada decisión habéis tomado. Habréis de poneros en camino de inmediato, pues éste es el momento idóneo para vuestra aparición en la corte. Al llegar a Madrid, conversaré con Cristóbal de Ontañón para facilitaros aquello que hayáis menester.

Luisa estaba alarmada por el efecto que el frío de la capital podía tener en la salud de sus hijos, y por los inconvenientes de un traslado y encontrar la vivienda adecuada. Considerando esas razones, convinieron marido y mujer en que partiría ella primero acompañada de Carmen, que le había expresado su voluntad de acompañarla a Madrid, y en primavera, con clima más benigno, se unirían a ella. Transcurrieron rápidos los días de preparativos para la inminente marcha.

Sería la primera vez que ella se separara de sus hijos, y creía que había de ser muy duro tenerlos tan lejos.* Pero el primer día de viaje sintió que un aire nuevo invadía su vida; descubrió que le interesaba el paisaje, las gentes que iban encontrando en el camino, sus expresiones; los blancos pueblos encaramados a los riscos, y sus iglesias repletas del mejor arte que se podía hallar en España.

Rumbo a Madrid

Ese día, 27 de noviembre, la ruta se estaba haciendo fatigosa. El fin del viaje estaba lejano y mil cosas podían suceder en los peligrosos caminos. Cruzaron hermosos campos de olivos, cuyas copas de un gris verdoso ondulaban con suavidad en la brisa de la mañana, creando un mar de plata al que el sol sacaba reflejos de oro. Llegaron a un hermoso pueblo que trepaba voluntarioso por los flancos de la colina, tiñéndola de blanco. En la cima, una iglesia cuyo airoso campanario tocaba el cielo con su cruz.

* No hay constancia de que ella partiera primero, pero me parece una decisión lógica.

Todo el conjunto era de una belleza tan punzante, con el castillo previniendo a posibles transgresores, que Luisa sintió un vuelco en el corazón al pensar que dejaba atrás su tierra, tan suya, tan tierna y, a la vez, tan dura.

—¡Mira, niña! —dijo Luisa a su prima Carmen—. Mira este pueblo bendito, Almodóvar, que quizá no veamos en mucho tiempo. Chiquilla, qué pena que tengamos que marchar de Andalucía para ver mundo.

—Anda, Luisa, y qué creías, ¿que para hacer una tortilla no se rompen huevos? ¡No fastidies! —respondió Carmen.

Se adentraron en el pueblo, ya que tenían que aprovisionarse de agua y alimentos frescos para el resto del camino. Las mulas, contentas después del descanso, apretaban el paso haciendo sonar los alegres cascabeles de sus bridas, cinchas y arneses. Al atravesar el pueblo, la gente, viendo a dos mujeres en la caravana, se hacían cruces pensando en los peligros que las acechaban. Si hubieran sabido que iban por su propia iniciativa, que una de ellas era escultora y que pretendía luchar con denuedo para imponer en un mundo de hombres su visión del arte, habrían pensado que una era más loca que la otra.

Continuaron jornada al amanecer, pasaron los suaves cerros que preceden a Alcurrucén y arribaron a la despejada planicie de La Vega, donde las copas de los olivos se dejaban platear por la brisa del mediodía, alhajando de hermosura las rojas tierras.

El 29 de noviembre de 1688 siguieron ruta; el paisaje se iba tornando agreste, difícil; las montañas, altas, y las quebradas, profundas. Los voluntariosos animales ascendían por los tortuosos caminos con fatiga, pero sin dejarse vencer por los obstáculos del camino.

—Como mi vida —apuntó a Carmen—. Sé que no es alcanzadizo mi afán, mas tengo un designio, y haré todo lo que esté en mi poder para darle cumplimiento. Si sabes escuchar con atención, la vida da inapreciables lecciones de tesón, imaginación y constancia. Mira estas altas montañas en torno: han necesitado miles de años para obtener las hermosas formas que ahora ostentan; han completado su trabajo a través de los siglos. La naturaleza nos enseña el camino. He de ser fuerte y decidida.

—¡Espanto me causas, Luisa! Parece como si con un dragón de furias levantiscas hubieras de enfrentarte.

—Sí, Carmen. He de permanecer resuelta, y muy atenta he de estar, pues las ocasiones raras son y si se dejan escapar, es peliagudo que vuelvan a presentarse. Has de coger al dios Kairós por los pelos.

—¿De qué dios me hablas, niña? ¿Quién es ese Queilós?

—Ay, Carmencita, escucha. Es un dios griego que portaba la fortuna en un solo mechón que lucía en su calva cabeza. Por eso dicen que la fortuna, la suerte, hay que agarrarla por los pelos.

Estaban las dos inmersas en esas disquisiciones cuando una polvareda las sacó de su conversación y sus sueños. Miraron en derredor y vieron, tras una nube de tierra, aparecer muchos hombres a caballo. Sobresaltadas pensaron en los bandidos que pululaban en el contorno. Los blancos caseríos que sobresalían en las cimas de las colinas podían ser refugio de estos hombres de reputación novelesca, pero peligrosos y, según se decía, codiciosos y violentos.

Luisa pensó que tal vez sus anhelos acabaran aquí, en las recias serranías.

—¡No es posible que mis aspiraciones tengan este fin! ¡Y en un día tan hermoso! —dijo Luisa.

A medida que los jinetes avanzaban, los perfiles de los hombres y las cabalgaduras se hacían más nítidos y precisos. La faz adusta, el ademán imperioso, cabalgaban sobre bellas monturas, quizá robadas a señores de alcurnia. Los bandoleros las aderezaban como para asistir a una feria de postín. Y se aproximaban hacia ellos con muestras de impaciencia. Al llegar a la altura del mulero, uno de los salteadores exclamó:

—¡¡Hombre, Curro, podías señalarme que eras tú!! ¿Adónde te diriges?

—Voy a Madrid, Frasquito, y llevo gente buena que va a luchar y trabajar por su pan.

—Y esas dos mujeres tan galanas ¿quiénes son?

—Son damas de paramento.* Mira que la Roldana es una escultora que va a la capital para que sus imágenes sean reconocidas, y la otra es su prima Carmen, que es paloma sin hiel.

—¡Qué lástima que dos mujeres tan hermosas se nos vayan de Andalucía! ¿Qué vais a buscar que no encontréis aquí? Seguro que hombres decididos a ser vuestros no van a faltaros.

—Tengo marido —contestó muy seria Luisa—. Y mi afán es esculpir imágenes de Nuestra Señora como las que realicé con mi padre. Y deseo depender de mí misma. Dejadnos marchar en paz, pues no queremos con vos pendencia.

—O sea, que eres tú la Roldana, la que ha hecho la Virgen más donosa de Andalucía...

—Sí, yo misma.

Curro asistía a la escena un poco asustado ante la resolución y la autoridad que mostraba la dama, que no era habitual para los hombres de estos pagos. Al percibir el temor de su amigo, Frasquito intervino:

—¡Hembra valiente llevas en tu caravana, Curro! No será sencillo, amiga, pero te deseo mucha suerte. Te la mereces por atrevida y bonita. Seguid en paz. ¡Id con Dios!

Y dando media vuelta se marcharon con la misma celeridad con que habían llegado. Curro estaba furioso con Luisa:

—¿Cómo ha osado? ¡Frasquito es un hombre violento!

—Bueno —respondió ella—, no nos ha ido mal, ¿verdad? —Y miraba retadora al asustado hombre, consciente de que acababa de ganar su primera batalla.

Amaneció el 30 de noviembre, el día de San Andrés, y en honor al santo, lo hizo claro y soleado; el aire era suave y se pusieron en marcha con el optimismo que el buen tiempo infunde en muchos de nosotros. Los corceles aspiraban por sus aterciopelados belfos la fresca brisa de la mañana, y parecían felices de comenzar una nueva jornada, piafando y soltando de vez en cuando relinchos de contento. Los campos a ambos lados del camino conservaban el ligero rocío de la madrugada, y poco a

* Dama de paramento: mujer de importancia.

poco la naturaleza se despertaba haciéndoles disfrutar los aromas matutinos. Las oscuras encinas creaban un tapiz de intrincado diseño sobre el brillante verde de la tierra, que se extendía como alfombra de vida por llanos y espesuras.

Al aproximarse a Madrid, Luisa comenzó a observar unos altozanos de tierras pardas y todos los tonos de ocre, rodeados de suaves colinas con oscuros matorrales aquí y allá. El otoño había sido lluvioso y esa sinfonía de colores se engalanaba con el esbozo verde claro de la fina hierba. Algunas construcciones modestas, alquerías varias, que a medida que progresaban en el camino iban en aumento, señalaban la proximidad de la Villa y Corte. Luisa comenzó a imaginar cómo sería esa gran ciudad, la capital del reino:

—Urbe inmensa ha de ser, Carmencita; más poblada que nuestra metrópoli, pero ¿podrá ninguna igualarse a mi querida Sevilla en donosura y encanto? Carmen, muy pasmada te veo, ¿en qué piensas?

—Ay, prima, que me da por pensar que en esta villa tan formidable no tenemos amigos, y que venimos tú y yo a preparar la morada de tu familia y no tendremos quien nos ampare. ¡Ay, tú y tus ideas de triunfar! ¿No se te alcanza que no eres un hombre, y que tenías todo a mano en el taller de tu padre? ¿Por qué habías de ambicionar Cádiz, la corte y las garambainas del gran sultán?

—Sí, fue decidido que yo vendría primero para buscar acomodo, y que Luis Antonio con nuestros hijos llegaría en estación más benigna. Así ha de ser.

—Sí, sí, todo eso se me alcanza una vez que la decisión de partir estaba tomada. Pero ¿por qué tuvimos que hacerlo y dejar el refugio de nuestro hogar?

—Mi padre me alentó para que no desperdiciara el talento que él creía que Dios me había concedido. Habré de esforzarme, habré de luchar, pero si yo alcanzo mi meta, otras mujeres vendrán detrás de mí.

No fue fácil, en efecto, pero varios amigos de su padre y algunos conocidos de relieve, entre los que se contaban el marqués de Villafranca y otros nobles sevillanos como el duque de Medinaceli o el conde de Melgar, habíanle abierto las puertas necesarias para el buen desarrollo de su trabajo, y le proporcionaron una vivienda modesta en las cercanías del Alcázar. Luisa estaba convencida de su capacidad; comprobaba que la madera sin vida que llegaba a sus manos se convertía en tierno niño, dulce madre, dolorido hombre o portentoso arcángel. La escultura era su vida, y por eso estaba dispuesta a batallar por el reconocimiento que ella necesitaba, no por un vano deseo de notoriedad, sino para, desde la estabilidad económica, ser libre para crear lo que su inspiración le dictara.

Tras la efervescencia de Sevilla, con su inconmensurable actividad artística, y Cádiz, con su dinámico crecimiento y el bravío océano que todo lo dignifica, Madrid le pareció triste. El invierno extendía su nostálgico manto sobre calles y jardines, mansiones y hogares. Sentía Luisa añoranza de su tierra, del alegre bullicio de sus avenidas, de las acequias rumorosas, del calor de su familia, como ya había presagiado Carmen.

Pero amilanarse no entraba en los planes de la Roldana. Sabía que había de aprovechar el tiempo de soledad para conocer la pintura que escondía esta capital, y que contaba con genios como Velázquez, Tiziano, Rubens o Carreño de Miranda.

La vida de la Roldana se desarrollaba tranquila, con la viva ilusión de alcanzar aquello que tanto esfuerzo requería. Estaba próxima la Navidad y recibía algunos encargos de grupos escultóricos que eran muy apreciados, los belenes, donde cada figura ofrecía una expresión diversa; la delicadeza y la ternura de la Virgen y el Niño contrastaban con los atavíos exóticos de los Reyes Magos; los colores, vivos rojos, cálidos ocres de Umbría y verdes misteriosos, cobraban aún más intensidad con el brillo luminoso del oro.

Trabajaba tranquila, en la buena compañía de Carmen, y

poco a poco, le iban llegando comisiones de nacimientos, grupos de la Sagrada Familia o delicadas Vírgenes que adornarían las capillas de los palacios madrileños.

Con el nuevo año, en febrero, una noticia luctuosa vino a traer tristeza a la corte y ansiedad al futuro de Luisa. Acababa de fallecer la Reina, hundiendo a Carlos II en la más absoluta desolación. El conde de Melgar se ocuparía de los funerales, que serían llevados a cabo con toda la pompa que el acontecimiento requería y el Rey deseaba. De nuevo la incertidumbre se cernía sobre los reinos.

7

LA BUENA NUEVA
1689-1690

En la corte corrían extraños rumores. Decían que a pesar de la aflicción demostrada por el Rey a la muerte de María Luisa de Orleans, pronto se había ilusionado con otra candidata. La soledad del Rey, unida a la perentoria necesidad de un heredero, había impulsado a sus ministros a buscar una nueva esposa, y la elegida había sido Mariana de Neoburgo, que provenía de familia prolífica. Carlos II había aceptado con júbilo la propuesta de sus consejeros.

La crisis económica desaconsejaba fastos exagerados para la entrada de la Reina en Madrid, por tanto, no se realizaron grandes gastos en efímeros, que resultaban muy costosos, pero sí se construyó una puerta en piedra que conmemoraba el feliz acontecimiento, por la que entraría la Reina a sus dominios.*

Mas para alegrar a la buena gente, el mayordomo mayor organizó un desfile de mojiganga que salía de la calle de Atocha y terminaba en el Alcázar. Un actor rodeado de timbales y clarines abría el cortejo. El asombro de los madrileños fue colosal al ver llegar detrás de la música dos fieros leones, seguidos por una pareja de ranas y dos moscovitas con sus exóticos atuendos. Uno de ellos portaba en la mano la siguiente leyenda:

* Puerta de Mariana de Neoburgo, entrada al Parque del Retiro desde la calle Alfonso XII.

Que Dios guarde muchos años
por la lealtad y el amor
a Carlos nuestro señor.

Las embajadas rusas habían calado en la imaginación del pueblo. A continuación, dos muchachos de Indias empenachados con plumas hacían sonar unas vibrantes caracolas; tras ellos, dos jóvenes ataviadas a la moda de Galicia eran escoltadas por unos gaiteros que dejaban fluir la melodía nostálgica de su tierra. Dos matachines adornados con innumerables cintas de colores y cubiertos los rostros, danzaban en misteriosos círculos su baile ritual, que entusiasmó a la concurrencia.

El océano, tan presente en el ser de España, estaba simbolizado por una pareja de monstruos marinos que aterrorizaron al personal: sus fauces abiertas dejaban ver conchas marinas, gorgonas y todo tipo de peces. Arrastraban largas capas formadas por tupidas redes, bordadas de corales y perlas.

Para cerrar el cortejo, un hombre y una mujer de África, adornados con pieles de fieras salvajes, tocaban con entusiasmo y vigor voluminosos tambores, cuyo sonido se acompasaba al latir de tantos corazones que contemplaban la marcha. Había acudido Luisa con sus hijos al desfile para que disfrutaran de aquellas festividades que ofrecía la cercanía de la corte. Los niños ni respiraban; la madre no daba crédito a sus ojos y Carmen, atónita, había enmudecido. Fue la Roldana la primera en hablar:

—Vean ustedes. ¡Qué asombro! ¡Observad qué grande es el mundo! Cuánto me queda por conocer.

—Calma, muchacha —respondió rápida su prima—. Ya fue locura dejar Andalucía. A mí que me muestren todas esas maravillas aquí, en Madrid, al reparo de esta villa y de nuestro buen soberano.

Sin hacer caso de las palabras llenas de advertencias de Carmen, continuaba la madre ponderando la variedad, la riqueza del espectáculo y la existencia de otras tierras a unos niños cuyos ojos ni parpadeaban. Estar a su lado era una continua fiesta, pensaba Luisa. ¡Lástima que estuviera siempre tan ocupada en el taller!

Mas no se podían entretener con sus pensamientos, pues la parada continuaba con los reinos de España: León y Galicia; Castilla la Vieja y Castilla la Nueva; los reinos de Granada y Sevilla; Murcia y la Corona de Aragón, en un homenaje simbólico a las gestas heroicas de dichos reinos.

A continuación, aparecieron en un recodo de la calle decenas de personajes vestidos de rojo y verde, que representaban al vecino Portugal, seguidos por Inglaterra, Francia, el Imperio otomano y el Gran Kan de los tártaros. Estos últimos despertaron la curiosidad de la población con sus atuendos tan diversos.

Montaban caballos pequeños pero de apariencia robusta; vestían túnicas a rayas de colores brillantes, ceñidas por anchos cinturones de cuero; se tocaban con altos sombreros bordeados de piel que acababan en aguda punta. Su aspecto feroz estremeció a los hijos de Luisa, que se aferraron con ansia a las faldas de su madre. Ésta los tranquilizó diciéndoles:

—No tengáis cuidado, son gente buena, sólo son distintos a nosotros.

Carmen la miraba extrañada, interrogándose sobre qué pensamientos podían cruzar la mente de su intrépida prima. No hubo de esperar mucho.

—Qué tierras tan hermosas han de ser. Qué original el uso de los colores y las formas. En verdad te digo, prima, que son fuente de inspiración.

—No me digas —inquirió Carmen asustada— que te gustaría conocer esos mundos...

—Razón no te falta... ¡Vaya si me gustaría!

Se celebraron otras fiestas regias para conmemorar los esponsales, entre ellas una corrida de toros y una comedia de tramoya.

Los Reyes asistieron a la celebración desde un balcón del palacio del Buen Retiro que daba a una plaza principal, donde se desarrollaría la fiesta. Los caballeros alancearían a los toros ayudados por sus pajes. El espectáculo sería fastuoso, con el albero brillando bajo el sol y los caballos enjaezados a la moda imperial.

La Roldana fue invitada a la comedia de tramoya que tendría lugar en el Buen Retiro. Carlos II había regalado a su prometida Mariana de Neoburgo, cuando ésta desembarcó en Galicia, una conmovedora talla de Luisa, la *Virgen de la leche,** que había causado buena impresión en la actual reina. La escultora iniciaba su camino hacia el reconocimiento que la corte le brindaría más adelante.

Representaban una comedia de Calderón de la Barca que había conocido el éxito en años anteriores. Trataba *La fábula de Dafne* de los amores y desventuras de la diosa, y tenía lugar en el Coliseo, restaurado en 1650 por la reina madre, Mariana de Austria. El dramaturgo de éxito había estrenado ya obras que conocieron gran popularidad. En 1660 estrenó *La púrpura de la rosa,* con música de Juan Hidalgo, en el Coliseo del Buen Retiro, siendo muy aclamada. Se había inspirado Calderón en la fábula de los amores de Venus y Adonis, de Ovidio. Su éxito fue considerable, y así, en 1679, se representó de nuevo esta obra para celebrar el santo de la Reina, y una vez más en 1684. Otra composición apreciada había sido *Celos aun del aire matan,* cuya música festiva era interpretada sólo con almirez y pandorgas, lo que le daba un aire muy propio del carnaval.

Los Reyes, en el palco real, reunían a su alrededor en diferentes plateas a la nobleza, ministros y dignatarios de la corte. Era una ocasión única y las damas se habían esmerado en sus atuendos y tocados. La Reina lucía un vestido de seda escarlata recamado el escote de piedras preciosas; finos encajes sobresalían de las anchas mangas y una redecilla airosa sujetaba sus cabellos. Muy cerca de Mariana, se situaba la condesa de Berlips, recién llegada a la corte, y parecía dispuesta a intervenir en todo aquello que le permitieran, y en lo que no le dieran licencia, también.

* *Virgen de la leche,* de Luisa Roldán. Catedral de Santiago de Compostela.

Los anchos miriñaques daban paso a vestidos más fluidos: ceñidos corseletes, amplias mangas sujetas a la altura del codo por lazos de seda y faldas de gran volumen, que susurraban cuando su dueña se desplazaba. Una dama en particular destacaba por su elegancia. A pesar de soportar el peso enfadoso de los años, llevaba con garbo generosa falda de seda ocre toda ribeteada en un brillante tono coral; la basquiña, del color del ribete, y en la cabeza un elegante tocado de airosas plumas. Era la duquesa de Alba.

La condesa de Oropesa lucía un justillo y una falda de un tejido bordado con primor en tonos delicados sobre una ondulante seda marfil. Una corona formada por una media luna y dos refulgentes estrellas sujetaban sus oscuros cabellos. Muy cerca, la duquesa del Infantado destacaba por su empaque y donaire. Era un placer sólo mirarla: anchas bandas de brocado de oro marcaban los laterales del ajustado corpiño, así como el amplio escote, que en su centro lucía un extraordinario medallón de oro y jade. El sutil tono verde de esta piedra había inspirado el color de la seda, que en las amplias mangas se abría para dejar ver otra de color gris. Los pliegues de las sayas ondulaban en el caminar de Antonia María, que adornaba su larga cabellera con un rosetón de jade y perlas de Indias en el centro. Iluminaban su armonioso rostro unos pendientes de diamantes y tintineantes perlas que, a la moda del momento, le llegaban a los hombros.

Luisa asistió con su marido y quedó admirada ante la imaginación de la historia y la complejidad de la escenografía. El inmenso Coliseo albergaba con facilidad los más intrincados escenarios, numerosos intérpretes y muchos espectadores. Comenzaba la función con una loa a modo de introducción para presentar a los actores; siguió la obra propiamente dicha, con el primer acto, que tenía lugar en una gruta húmeda y misteriosa; a continuación venía un entremés, que entretenía a los asistentes mientras preparaban los escenarios que utilizarían en los siguientes actos.

Inició el segundo acto con un murmullo de admiración; ante la concurrencia amanecía un mar glorioso, donde las olas del artilugio eran iluminadas en el envés por la llama de mil candelas; los personajes navegaban por las aguas procelosas, para arribar a la recóndita cueva, a la que accedían tras cruzar un tupido bosque. El vestuario derrochaba imaginación y, al mismo tiempo, era fiel a las diferentes épocas que representaban.

Terminaba el espectáculo con el triunfo en el palacio de Palas Atenea: música, danzas y cantos contribuían a la apoteosis final, que al ser iluminada por numerosas antorchas y fuegos artificiales, prodigaba la magia que necesitaban los presentes para olvidar por unos momentos los graves problemas que los acuciaban.

Sor Juana Inés de la Cruz

Un temblor de incredulidad recorrió la corte. De Indias arribaban aires de exquisita y audaz poesía de manos de una monja, no sabían muy bien decir si carmelita descalza o jerónima: Juana de Asbaje, sor Juana Inés de la Cruz en religión. Era hija de Pedro Manuel de Asbaje y Vargas Machuca, guipuzcoano de Vergara. Don Pedro se trasladó a México, donde casó con Isabel Ramírez de Cantillana, y allí formaron la familia que dio a luz a esta escritora singular. La publicación de *Inundación castálida de la única poetisa* se debía al apoyo esforzado del marqués de Mancera, que había gobernado el virreinato de Nueva España con acierto y pericia. No se hablaba de otra cosa, asombrados de que una mujer, ¡y monja!, pudiera transmitir conceptos de agudeza y discreción. Era sor Juana mujer de casta similar a Teresa de Ávila, y la Roldana se entusiasmó cuando oyó a unos visitantes de alcurnia que se entretenían en su taller hablando de su obra, que acaparaba la atención de la villa.

—¿Conocéis la poesía de la Asbaje? —interrogaba con curiosidad la condesa de Oropesa—. Es gracias al cuidado de Antonio de Toledo que se ha publicado tan notable prodigio, pues ella en su tierra hubo de vencer reticencias y murmuraciones.

—Tengo entendido —corroboró el duque de Osuna— que cuando el marqués de Mancera fue virrey en la Nueva España, en 1664, tuvo relación con los padres de ella, y que, en esa época, sor Juana era una niña. Buen trabajo desarrolló don Antonio en Indias, pues en esos años mucho sufría la Corona los ataques de los piratas ingleses, que asolaban las costas de los dominios españoles robando, matando sin piedad y tomando como rehenes a personas de alcurnia y poder, para pedir rescate.

—Sus trabajos de él se relacionaban con la mar, creo recordar —dijo ella.

—Fue distinguido almirante, y sabio conocedor de estrategias navales —continuó el duque—. Sustituyó los pesados galeones que utilizaba la Flota de Indias por naves ligeras y veloces, que acudían con presteza en auxilio de los nuestros ante los ataques corsarios.

—Señor excelso ha de ser quien toma cuidado de la defensa de la Corona, y sabe al mismo tiempo escuchar a las musas.

—Bien decís, señora. Trabajos esforzados hubo de cumplir el virrey, pues eran ingentes los territorios bajo su mando, y supo así mismo dar patrocinio a las artes y las letras.

—¿Habéis, por acaso, copia de alguno de los escritos de esa autora prodigiosa?

—Aún no. Mas aguardo con impaciencia unos sonetos de los que gustoso mandaré un ejemplar para vuestra merced.

Continuaron observando y admirando las imágenes del taller, y la condesa de Oropesa encargó a la escultora una Virgen que era uno de los trabajos de la Roldana que gozaba de mayor renombre en la corte. Cuando la condesa estaba a punto de partir, Luisa, haciendo acopio de valor, se dirigió a ella:

—Habéis de perdonar mi atrevimiento. He escuchado lo que referisteis de la monja de Indias. ¿Tendría vuestra merced la bondad de permitirme leer algún soneto?

—Será un placer haceros llegar una copia, que sea toda vuestra. Ése es mi deseo. ¡Quedad con Dios!

El día en que Luisa recibió los sonetos, devoró con curiosidad infinita el mensaje de una mujer que, desde el otro lado del Atlántico, la hacía vibrar de emoción. Uno de ellos acaparó su ánimo. Lo leyó repetidas veces, y luego lo recitó en alta voz:

En perseguirme, Mundo, ¿qué interesas?
¿En qué te ofendo, cuando sólo intento
poner bellezas en mi entendimiento
y no mi entendimiento en las bellezas?

Yo no estimo tesoros ni riquezas;
y así, siempre me causa más contento
poner riquezas en mi entendimiento
que no mi entendimiento en las riquezas.

Y no estimo hermosura que, vencida,
es despojo civil de las edades,
ni riqueza me agrada fementida,

teniendo por mejor, en mis verdades,
consumir vanidades de la vida
*que consumir la vida en vanidades.**

La lectura de este soneto sumió a Luisa en una profunda reflexión. La valiente monja había osado romper moldes, variar las costumbres, pisar un terreno vedado, como ella. Y habrían ambas de continuar. La sensibilidad e ingenio de sor Juana habían expresado de manera clara y precisa lo que su corazón sentía. Necesitaba Luisa los doblones para sacar adelante a su familia, pero tan importante o más para ella era desarrollar el talento que Dios le había concedido, entender, comprender, saber, estar en condiciones de conservar la lucidez.

Los hijos

La llegada de sus hijos con su marido había supuesto para Luisa la dicha inmensa de reencontrar a sus tan añorados niños,

* Clara Campoamor: *Sor Juana Inés de la Cruz*. Madrid: Júcar, 1983. Soneto 20.

y, al mismo tiempo, la aprensión por si Luis volvía a las andadas. En la distancia, como ya hiciera en los últimos meses, ella se esforzaba por olvidar los agravios y recordar aquellos momentos de su amor primero, cuando pensó que su mundo empezaba y acababa en él. Deseaba ardientemente que esta nueva etapa trajera para los dos comprensión y mutuo entendimiento, que él respetara su condición y trabajo, y pedía fuerzas para superar el suplicio de aquellas frases hirientes que martilleaban en su memoria. Deseaba olvidar, volver a empezar.

La estancia en Cádiz había sido relativamente tranquila, si no feliz, y esperaba que la vida en Madrid produjera una suerte de tregua en sus diferencias.

Disfrutaba de buen nombre en la corte, los encargos eran cada vez más numerosos y se había ganado ya conocer las obras de insignes artistas, como su paisano Velázquez. Así pues, rogó al marqués de Villafranca que le concediera un enorme favor:

—Ruego a vuestra excelencia —le dijo— que me haga la merced de darme un salvoconducto para el palacio del Buen Retiro. Es mi anhelo contemplar aquellas obras de don Diego que dicen ser espejo de virtudes y admiración para la cristiandad.

—Bien decís. Los retratos de los reyes Felipe IV e Isabel de Borbón a caballo son de extremo realismo; mas ha pintado algunos cuadros que serán el aliento de la historia del arte.

—Dicen además, excelencia, que la atmósfera que los domina está plagada de símbolos y de una etérea atmósfera.

—No sólo eso, Luisa. En *La rendición de Breda,* Velázquez nos propone un ejemplo de caballero y de buen cristiano. ¡Ea, basta de palabras! Vayamos al palacio y vos misma juzgaréis.

Acompañada del buen marqués y con Carmen a su lado, atravesó la cancela del jardín. El suave otoño doraba las copas de los árboles, que se repetían en una sinfonía cromática de ocres, rojos y oros, en avenidas anchas y paseos misteriosos. En el momento de descabalgar, el sol se posaba potente sobre la fachada del palacio, tiñéndola de cálido llamear bermejo. Los guardianes saludaron a la comitiva con respeto, y les mostraron el camino deferentes. Pasaron por diversos salones, magnos, extraordinarios, como Luisa y su prima no habían contemplado jamás: la Galería de los Paisajes, el Salón de Baile y el Coliseo, que Luisa ya conocía al haber sido invitada por la Reina a una función de teatro.

Admiraron las diversas pinturas y esculturas que desplegaban su esplendor, pero la Roldana ansiaba conocer en toda su magnificencia la pintura velazqueña y las estatuas de la Antigüedad que diversos embajadores o virreyes en los reinos itálicos se habían encargado de descubrir y obtener para las colecciones reales. La primera que pudo contemplar fue la estatua que hiciera Leoni de *Carlos V vencedor de la herejía.**

Quedaron absortas apreciando la imponente representación del gran rey, la extrema precisión del cincelado, la bellísima pátina del bronce, la composición tan dinámica y, a la vez, tan armónica. Causaba en el observador el efecto que el artista había querido conseguir, el esplendor y el poder de la dinastía.

—Las palabras son escasas para agradecer a vuestra excelencia este privilegio que vuestra merced nos hace —dijo Luisa.

—Aguardad, escultora. Ahora comprobaréis de lo que es capaz un artista de vuestra tierra, que ya pertenece al mundo.

Entraron entonces al Salón de Reinos. La expresión de las dos mujeres mostraba con claridad lo que ellas sentían.** Villafranca enarbolaba una sonrisa de satisfacción. Luisa se plantó delante de *La rendición de Breda* y no se cansaba de estudiarla. Toda su alma se conmovía con la observación de los escorzos de los caballos y la vivacidad de sus miradas; en el cielo, aún con las tinieblas del humo de la pólvora, se intuía ya la luz de la paz en un derroche de azules; las expresiones dignas y contenidas de los caballeros de ambos bandos; los extraordinarios contrastes cromáticos de los oscuros colores del primer plano con los claros y vibrantes de la lontananza; la sensación de multitud que las picas proporcionaban, y, por último lo más importante, la calidad hu-

* Hoy en el Museo del Prado.

** En el Salón de Reinos está hoy todavía el Museo del Ejército, y el Salón de Baile se situaba en lo que hoy es el Casón del Buen Retiro.

mana del vencedor, que enarbolaba una de las virtudes más necesarias, la clemencia.

—¡Es lo más hermoso que he contemplado jamás! —exclamó Luisa conmovida—. Es una lección de arte que nunca olvidaré.

—Cierto es, niña —añadió Carmen—. ¿Son todas éstas maravillas de la mano de don Diego?

—No todas —respondió el marqués—, pero sí lo son los retratos ecuestres de los reyes, las reinas y don Baltasar Carlos.*

Continuaron su admirativa visita hasta que, comprendiendo que su anfitrión era hombre ocupado, dieron por terminado el artístico convite.

Como ella había expresado, aquella oportunidad sería inolvidable para la escultora. Una incontenible euforia se apoderó de su ser.

No sólo había conocido la excelencia, sino que había aprendido a no temer la inspiración, a buscar la elevación, la superioridad en competición consigo misma, en un camino que la llevaría a superarse y a tener el espíritu alerta para aferrar todo aquello que la impulsara en su trabajo. No consentiría que ninguna atadura, ningún prejuicio, ningún obstáculo le impidiera volar tan alto como hubiera de hacerlo.

Primavera
1690

En uno de los salones del Alcázar, Cristóbal de Ontañón, ayuda de cámara de Carlos II, conversaba con el marqués de Villafranca.

—Ante la incertidumbre de la sucesión, los partidarios del Imperio y del francés comienzan a mover sus peones para encontrarse colocados en la ganancia —inició Villafranca.

* Los retratos ecuestres de Felipe III y de Margarita de Austria colgaban en la pared oeste, y los de Felipe IV e Isabel de Borbón, en la del este, del Palacio del Buen Retiro. Todos están hoy día en el Museo del Prado.

—He oído contar que Quirante del Toboso ha escrito un manifiesto de extremada dureza.

—Aquí tengo uno de los extractos de *Espíritu de Francia y sus máximas*. Leed vos mismo.

Tomándolo con cuidado, como si quemara, Ontañón empezó la lectura del escrito en alta voz:

—«La ambición y el interés del rey de Francia es un torrente que ni las afinidades de parentesco, las alianzas, las paces, las treguas, las promesas y los juramentos son bastantes ni capaces para detener su ímpetu: y digo más, que ni las líneas, que Dios por su sabia providencia ha puesto en los límites a cada monarquía, que están diciendo a cada monarca: *non plus ultra*, pues Luis XIV ha jurado de no contentarse con el repartimiento que el Supremo Monarca Universal ha hecho: pues si conquistara el mundo, empezaría a fabricar una segunda Torre de Babel para escalar los cielos. La ambición no tiene límites, pero los desengaños se los harán tener.»*

—¡Dios no quiera que las dos facciones con el mismo ímpetu comprometan nuestros reinos! —apuntó Ontañón—. Sólo nos faltaba un enfrentamiento bélico en el estado en que se encuentran nuestras depauperadas arcas.

—Revueltos son los tiempos, amigo mío —sentenció Villafranca—. Tantos son los que pretendiendo ser leales son desafectos, y muchos los que mudan de rumbo.

—Y muchos también los que aguardan a ver descubierta la cara de la fortuna para tomar partido —añadió Ontañón.

—¡Que Dios nos proteja! Pero ocupémonos de los asuntos presentes, antes de llenarnos de ansia por el futuro —dijo el marqués.

—Deseo poner en vuestro conocimiento —inició Onta-

* *Espíritu de Francia y sus máximas con España*, Quirante del Toboso, 1689. Citado en Simón Tarrés, Antoni: «El reinado de Carlos II: la política exterior», en *La España de los Austrias I: Auge y decadencia del Imperio español (siglos XVI-XVII). Vol. 6 de Historia de España*. Pág. 569. Madrid: Espasa Calpe, 2004.

ñón— que el Rey mantuvo asidua correspondencia con el virrey de Nápoles, marqués del Carpio, a fin de que obtuviera pintura de un afamado artista de aquel virreinato llamado Lucas Jordán. La súbita muerte del marqués hace tres años dejó el virreinato en la orfandad.

—Algo he escuchado al respecto. Y en cuanto a las artes, parece que nuestro señor ha retomado su inclinación por los placeres del arte tras sus esponsales con doña Mariana.

—Así es, aunque fue siempre grande su interés en aumentar las colecciones reales. Los diferentes servidores en los reinos itálicos han contribuido teniendo informados a nuestros monarcas de todo lo insigne que surgía en aquellas tierras. El marqués del Carpio fue constante en la búsqueda de la eminencia. En su estancia como legado ante la Santa Sede, trabó amistad con el Bernini, gloria de la escultura, que dicen ha creado del frío mármol una cabeza, el *Alma Beata,* que produce serenidad con tan sólo mirarla. De otra dura piedra, desentrañó el *Alma Dannata,* el alma condenada, que causa pavor contemplarla —añadió don Cristóbal.

—En el presente —concluyó Villafranca—, el marqués ha conocido en su virreinato de Nápoles al destacado pintor del que me habláis, en el que el Rey ha depositado su interés. Según dicen, pronto lo veremos en la corte.

»A mi entender, es este momento propicio para dar a conocer a su majestad las tallas de nuestra escultora. Unamos nuestras fuerzas en este propósito.

Tras la visita de Luisa al Buen Retiro y la observación de las obras allí expuestas, su ardor por la excelencia fue en aumento. El marqués de Villafranca acudió un día a su estudio para deleitarse con sus imágenes, y con alguna otra intención, acompañado de Ontañón.

—Nunca agradeceré en demasía a vuestra excelencia vuestro favor —dijo Luisa—. El mundo que me abristeis al permitirme conocer las pinturas de aquellos elevados artistas se me aparece inmenso, sin límites. Me obliga a crecer, a superarme.

—Grato es el escucharos —respondió Villafranca—. Y así habéis de hacer, demostrad vuestro valor para merecer el puesto que os aguarda.

—¿Qué puesto es ese que vuestra merced indica? —preguntó la escultora.

—Conoceréis que nuestro amado señor, el Rey, a pesar de sus muchos achaques y dolencias, siempre hubo cuidado por las artes. Presenté al Rey la *Natividad* que os encargué, y hallándola de su agrado, me recomendó os visitase para comisionaros una imagen de Nuestra Señora, que será un presente para la reina doña Mariana de Neoburgo.

—Excelencia, ¿es cierta esta buena nueva? —dijo incrédula ella.

—Fue su contento manifiesto por la imagen de la *Virgen de la leche* que realizasteis y que se le entregó al pisar suelo español. Desea su majestad otra talla que contenga la dulzura y galanura que vuestras obras poseen.

—Poned vuestra mejor industria en esa imagen —intervino Ontañón—. Será el salvoconducto para hacer que ocupéis en la corte el lugar que vuestro talento aguarda.

La duda

Trabajaba la Roldana con denuedo, pues sentía como si el triunfo pudiera finalmente estar al alcance de su mano. Sus hijos, una de sus principales preocupaciones, se acomodaban bien al clima de Madrid; la tranquilidad reinaba en su hogar y los encargos llegaban con regularidad. Era un precioso día de abril, el sol iluminaba el taller con fuerza y la luz envolvía con su magia la escultura que ella elaboraba con mimo y pasión. Se asomó Luis Antonio a la puerta, sonriente, acompañado de dos caballeros de noble prosapia a los que Luisa reconoció de inmediato: eran el príncipe Dolgoruki y el señor De Ory. Por la actitud que vislumbró en su marido, ella entendió que le habían comunicado una buena nueva, que agradaba a Luis sobremanera.

—Señora escultora —comentó De Ory—, siempre os encuentro inmersa en vuestro afán.

—Mucho me honra la visita de vuestras mercedes —respondió ella.

—Negocio de importancia traemos para vos —continuó De Ory.

—El Zar contempló con detenimiento —inició Dolgoruki— la *Huida a Egipto* que don Germán os encargó en Cádiz. Fue destinado a ser un presente que su majestad apreció alborozado.

—Creí —opinó De Ory— que así había de ser, pues el Zar está interesado en abrir Rusia al mundo, llevando a sus tierras la ciencia, las artes y todo aquello que eleve a Rusia al importante puesto que merece. Príncipe, ¿haréis esperar en demasía la buena nueva?

Dolgoruki, además de los brazos largos, tenía los ojos vivos como ascuas, con una expresión un tanto maliciosa, y su larga nariz parecía barruntar todo lo que a su alrededor sucedía. Despacio, con estudiada parsimonia, desgranó poco a poco la ansiada noticia:

—El Zar se sirve mandarme, previo consentimiento de vuestro esposo, para que os conduzca cerca de su real persona y en su corte produzcáis obras de mérito.

—Sin habla me habéis. ¿Cómo he de viajar yo a país tan lejano? ¿Quién cuidará de mis hijos?

—Mujer —intervino Luis Antonio—, todo está concertado.

—¿Concertado? Tan empeñado y honroso encargo merece reflexión y detenimiento.

—Sin duda —aceptó el príncipe—. Meditadlo tanto cuanto hayáis menester. El señor De Ory, que cuida de vuestro interés, sería vuestro protector durante el viaje, y una vez en la madre Rusia, os estaría yo esperando. Servíos dar vuestra respuesta a don Germán.

Tras despedirse con las cortesías de rigor se fueron los dos caballeros.

Al quedar a solas el matrimonio, ella preguntó un tanto aturdida y un mucho irritada:

—¿Todo concertado? ¿Cómo has podido dar una respuesta que sólo yo estaba en grado de satisfacer?

—Luisa, aguarda. Tal vez cuando escuches la importancia de la convocatoria, mudes el rumbo de tus pensamientos.

—Es mucha la confianza que me otorgan —replicó ella—, mas es lugar remoto y desconocido para mí. ¿Qué suerte me esperará allí?

—La paga es generosa por demás, y la honra que supone ser requerida en una corte extranjera será garantía de tu encumbramiento en estos reinos.

—¿Cuánto he de demorarme en esos helados territorios?

—No más de un año.

—¿Quién velará por mis hijos? —preguntó inquieta.

—Yo he de hacerlo. ¿No fue así mientras tú rendías viaje a Madrid?

—Sí, sí. Pero apenas sois llegados, y no tengo la voluntad de separarme de ellos tan súbito... Y sola..., ¿sola he de ir a lo desconocido?

—Irás en la mejor compañía —sentenció el marido—, con el señor De Ory, que te tiene en los cuernos de la luna. —Y añadió con cierta sorna—: Carmen puede ser tu dama de honor —continuando serio—. Marcharéis juntas con importante séquito que os dará escolta.

Pasaron días y noches en los que la Roldana consideraba los pormenores, dificultades y ventajas de la situación. Le dolía que Luis hubiera considerado más su ambición que el bienestar de ella; le costaba, ¡y cuánto!, alejarse de nuevo de sus pequeños; y por qué no admitirlo, la asustaba un país apartado del que poco sabía, y lo que conocía no era tranquilizador. Carmen, con su forma de ser un tanto timorata, no contribuía, y nunca lo haría, a despejar los temores de su prima.

Hasta que un día, sumida en sus reflexiones, recordó el consejo que su padre le diera: «Hija, no dejes que nadie te corte las alas. ¡Vuela tan alto como puedas!»

Y era ella misma la que había estado a punto de cercenar el vuelo. Su mente se puso en estado de alerta, y un fulgor de memoria le trajo vivos recuerdos: evocó aquella mañana en Sevilla cuando una niña asombrada miraba la exótica caravana que, le dijeron, venía de la remota Rusia. Sintió todos sus músculos en tensión; una llamarada de cálida energía recorrió su cuerpo, y su mente experimentó la lucidez que necesitaba. Todo estaba claro.

—Ya está decidido. ¡Partimos!

LIBRO II

EL ENSUEÑO
(1690-1691)

Con qué culpa tan grave,
sueño blando y suave,
pude en largo destierro merecerte,
que se aparte de mí tu olvido manso?

FRANCISCO DE QUEVEDO, *El sueño*

1

EL CANAL REAL
otoño de 1690

Las jornadas hasta el barco que nos llevaría por la dulce Francia habían transcurrido veloces y placenteras. La comitiva se componía de la princesa Dolgoruki, que había decidido permanecer en Madrid hasta nuestra partida, el señor De Ory y el secretario de éste; el capitán de la nave, llamado Nicolai Lopoukhin, y unos soldados de aspecto imponente y feroz expresión. Acodada en la borda de la embarcación, hacía examen de mis sensaciones intentando dilucidar si la decisión había sido acertada.

Al verme en la proa de la escueta falúa que me conducía a través del recién construido Canal Real, no sabía a ciencia cierta si me encontraba inmersa en grato sueño o en irrefutable realidad. La suave temperatura del otoño francés me acunaba en amoroso refugio. Todo en ese país se me antojaba había de ser medido y razonable; las fórmulas de cortesía, pulidas; y los paisajes, ordenados. Las mujeres eran de un refinamiento en las maneras desconocido hasta ese momento para mí. Resultaba, según mi buen entender, un proceder escandaloso, dada su familiaridad con los hombres, a quienes provocaban con descaro. El señor De Ory me observaba y sonreía ante mi asombro crítico. Comprendí que entendía mi desconcierto ante un mundo y unas gentes que se relacionaban de manera distinta a la que en Madrid se acostumbraba.

El capitán Lopoukhin, que nos acompañaría con una pequeña dotación a lo largo del viaje, había recibido así mismo el encargo de comprobar con sus propios ojos esta maravilla de la ingeniería que, atravesando Francia, unía el Atlántico con el Mediterráneo. Conectaba así mismo a través de ríos y canales de esa región los dos mares en tiempo reducido, multiplicando las vías de comunicación. Permitía esta obra audaz el transporte de mercancías cuando los caminos se hacían difíciles con las abundantes lluvias del invierno. Era esta enorme acequia llamada Canal Real del Languedoc,* un cauce fluvial por el que podían navegar grandes barcazas cargadas de suministros, materiales de construcción o grano y alimentos. Tenía también el propósito de proteger el comercio de los peligros de la navegación en el estrecho de Gibraltar, infestado de piratas.

Germán de Ory había entusiasmado al Zar con el relato de esta magna obra en la que tanto empeño había puesto Luis XIV. Pasamos los campos dorados por el otoño, a veces cubiertos por una roja alfombra de hojas ya caídas; las que aún se mantenían en los árboles se reflejaban en las quietas aguas del río, formando un esplendoroso tapiz de oros, ocres y rojos.

La embarcación avanzaba tirada por unos potentes caballos percherones cuando así lo requerían las condiciones de navegación. Mucho nos asombró la comida, que, según decían, era un gran avance para la salud. Servían variedades de verduras, apenas empleadas en la cocina hispana; las salsas eran más ligeras y conservaban los sabores de las viandas. Todo adquiría una nueva sazón, al ser respetado el ser intrínseco de cada alimento. Las carnes, tanto de cerdo como de vacuno o las aves, se presentaban asadas, en cazuela o al horno, según su destino o la época del año. Pero supe más tarde que existía una razón económica que originó dicha transformación. Siendo que Francia no recibía las especias de colonias de su pertenencia, como sucedía en España, dio Luis XIV en fomentar la utilización de las hierbas aromáti-

* En 1789 la Revolución lo rebautizó Canal du Midi, y es el canal navegable más antiguo de Europa. El ingeniero Pierre-Paul Riquet comenzó su construcción en 1666, y se terminó en 1681, un año después de la muerte de Riquet.

cas de la Provenza, para eliminar los altos precios pagados por las exóticas especias. Aquella sazón provenzal se apoderaba de la boca, dispersando su perfume por todo el paladar. Era una forma nueva de cocinar.

Cuando la curiosidad de los rusos se hubo saciado y hubieron observado los pormenores y ventajas de esta vía fluvial, decidieron desembarcar con el fin de seguir viaje hacia París en carroza y a caballo. La princesa iba en un carruaje a ella destinado, mas habiéndome tomado gran simpatía, me invitaba con frecuencia a acompañarla. Había yo aprendido algunas palabras en francés, y la rusa hablaba un colorido español, suficiente para que pudiéramos entendernos. Esta dama, a pesar de su aspecto solemne, era una mujer de cálidos sentimientos y además era especialmente amable conmigo, pues, me dijo, la seducía por mi innegable talento y mi decidida lucha por hacerme un lugar en un universo de hombres.

Disfrutaba con mi conversación, que encontraba plena de dulzura en el ritmo del acento andaluz, y de conocimiento en la realidad artística de la que gozaba mi amada Sevilla. A su vez, la princesa me dio sabios consejos sobre la sociedad a la que me iba a enfrentar.

—Querida mía, hágame el favor de su atención. Rusia, mi amada madre, se encuentra en un periodo de grandes cambios. Durante siglos ha permanecido encerrada en sí misma, con sospecha de todo lo que viniera de fuera. Nuestro zar Pedro ha venido a cambiar este estado de cosas. Desea ardientemente abrir el país a Europa, a la ciencia, a las artes y a la mar.

—Por lo que vos decís, esperan a vuestro rey los trabajos de Hércules; mas qué tiempo apasionante. ¡Cuántas esperanzas, cuántos desafíos!

—¡Calma, Roldana, no os entusiasméis tan presto! Siempre que el viento hincha de energía las velas de un barco, se tensan los cabos.

—No se me alcanza, princesa, vuestra intención —dije desorientada ante la críptica frase de la Dolgoruki.

—Es mi intención preveniros de la lucha que en este momento tiene lugar entre el mundo que acaba y el que pugna por nacer. Personajes poderosos de la corte y la Iglesia se oponen a estas mudanzas.

—Lo que hacéis por conveniente lo ha de aceptar de grado el pueblo, puesto que es para su fortuna.

—Sí, sí. Mas escuchad, os ruego. Como al inicio os refería, el aislamiento sufrido ha generado recelo hacia las costumbres foráneas.

—Mas vuestro zar es poderoso y logrará su cometido.

—Comparte el gobierno con su hermano el zar Iván, persona plácida que venera a Pedro. Su hermanastra Sofía, la zarevna,* es de otra condición, ambiciosa, fanática y carente de escrúpulos. En periodo turbulento encabezó con astucia y crueldad la oposición a las ideas del Zar, hasta que el año pasado, tras originar ella dificultades sin cuento, acabó con la paciencia de su hermanastro. Fue conducida al monasterio de Novodevichi, en los alrededores de Moscú, donde lleva una vida retirada no muy acorde con sus ansias de poder.**

—Según me han referido, el zar Pedro contrajo nupcias no ha mucho.

—La Zarina no goza de gran predicamento en la corte. Es una mujer discreta y apagada.

—¿Es con ella con quien habré de congraciarme?

—No es aquello que más os deba preocupar. Otras serán las asechanzas. Luisa, habréis de extremar el cuidado: hablad poco, escuchad mucho y no forméis una opinión apresurada. Confiad en mí, toda vez que lo estiméis oportuno.

Agradecí al cielo que la embajadora hubiera esperado a estar a solas para revelarme estas particularidades, pues Carmen ya estaba bastante quejosa de la insensatez de su prima.

* Zarevna, título de la regente Sofía. Este título lo recibían las hijas del zar.

** Lindsey Hughes, de la Universidad de Yale, da 1689 como fecha de la reclusión de Sofía, al igual que la mayoría de los biógrafos de Pedro el Grande.

Quedé pensativa, reflexionando sobre las advertencias de la princesa, que tan bien conocía la situación. ¿Hacia qué peligros encaminaba mis pasos? Y sobre todo, ¿qué nos aguardaba en esas ignotas tierras?

París

Cruzamos París de un lado a otro, disfrutando con la visión de esa ciudad tan diversa a Madrid. Sentí el asombro más profundo. La noche lucía clara como el día. El ambiente nocturno era tan activo como si fuera por la mañana, gracias a miles de luminarias que alumbraban la ciudad. La gente paseaba tranquila o se apresuraba a entrar en animadas tabernas o en lugares muy concurridos que ellos llamaban «café». Según me informó De Ory, Luis XIV, queriendo asemejarse al astro que le daba el apodo, ordenó la colocación de dos lámparas de aceite o dos antorchas en cada calle. El progreso fue inmediato, y el contento de los habitantes de París también.

La seguridad que se disfrutaba en la villa a raíz de esta iniciativa empujaba a la expansión del comercio y a la frecuentación de los lugares de ocio en plena noche y con total tranquilidad.

Los rusos de la comitiva se alojaban en el palacio que el nuevo embajador había tomado. Éste se proponía comenzar con buen pie y espléndida residencia las relaciones con Francia, que se habían visto sensiblemente deterioradas. Las sevillanas nos alojaríamos en casa del señor De Ory.

Nos invitaron a entrar por un airoso portón cobijado de la lluvia por un arco alumbrado por candelas, y fuimos conducidas a los aposentos por unas doncellas que piaban más que hablaban, en un francés cantarín. Me propuse aprender este idioma que parecía tan musical, y que sería de suma utilidad para la corte rusa, donde el conocimiento de esta lengua era sinónimo de distinción.

Mi dormitorio, aunque de reducido tamaño, era acogedor y resultaba, al mismo tiempo, sorprendente. Las paredes, siguiendo la influencia italiana del pasado siglo, estaban decoradas con frescos que representaban un bosque placentero, del que surgía algún que otro personaje de la mitología. Un zócalo de un relajante gris circundaba toda la cámara. El lecho era un sueño: un baldaquino azul y copetes de bronce dorado dejaban deslizar sus paños de seda hacia la cabecera y los pies de la cama, donde dos angelotes sujetaban y recogían el rutilante tejido, creando un nido para el descanso. Ante nuestro asombro, De Ory, que había permanecido en el umbral, nos dijo en tono de buen humor:

—He querido que tuvierais la mejor cámara, en bienvenida a nuestra ciudad y para comenzar con buenos augurios vuestro periplo. Me siento responsable de aquello que os suceda, y porfío por vuestro aprendizaje y encumbramiento.

Sabíamos que no nos demoraríamos en esa ciudad fascinante, pues el invierno acuciaba, y habíamos de realizar un largo viaje hasta alcanzar el mar del Norte donde tomaríamos el barco que nos llevaría a las costas cercanas a Rusia.

La embajada rusa

Al día siguiente habíamos de prepararnos con esmero, pues acudíamos a cenar a la embajada rusa. Subimos una corta escalera que desembocaba en un inmenso recibidor, donde las damas dejaban sus capas y los hombres sus capotes, pues el frío húmedo del cercano Sena obligaba al abrigo y hospitalidad de las cálidas lanas. Empujada por mi curiosidad innata, miraba todo aquello que veía a nuestro alrededor intentando absorber lo que fuera útil para nuestra estancia, tanto en esta ciudad como en la corte de los zares.

La princesa Dolgoruki aparecía radiante esa noche. Dama de noble porte, su aristocrática nariz equilibraba y resaltaba una boca voluntariosa y un mentón decidido, cuya fuerza era atemperada por unos grandes ojos azules que irradiaban inteligencia y bondad. La abundante cabellera gris, recogida en hábil arquitectura, daba a todo su aspecto un aire de contención elegante que atraía las miradas por doquier. Adornaba la esbelta persona con un vestido de su tierra, de seda carmesí profusamente bordado con flores de hilo de oro, rematado por suaves pieles. En su cuello, reunía en singular cascada collares de oro labrado y cuentas de corales en infinidad de formas y sutiles tonalidades. Su amable aspecto ocultaba un carácter de firmeza sin igual que la había ayudado a sobrevivir al lado de un hombre de enorme interés, pero con un afán de mando universal.

Los embajadores del Zar en la Villa de la Luz recibían a sus invitados con atenciones corteses y frases amables. El actual embajador y sus colaboradores se esforzaban en imprimir un ímpetu amable a las relaciones franco-rusas, a fin de restañar las antiguas heridas. En el pasado, desdichados malentendidos habían originado la expulsión encubierta —«persona non grata» era la fórmula diplomática— de la delegación rusa anterior.

En el presente, la embajada rusa en París se enorgullecía de proponer las veladas más interesantes de la ciudad. Y con sus invitados de buen humor por el placentero convite y la deliciosa gastronomía, el hábil embajador atendía el interés de los asuntos de su país. Según nos contaron, una noche ofrecían una obra teatral del señor Molière; otro día era un recital de las mejores poesías de la maravillosa Louise Labbé,* y en esta ocasión se trataba de un concierto de clavecín, en el que se tocarían varias composiciones que portaban el indiscutible sello de la Ciudad Luz. Dos de ellas, *La voluptuosa* y *La seductora,* de Francisco Couperin, eran permanentes favoritas entre los melómanos de la villa.

En la semipenumbra producida por las temblorosas velas, perfumada la sala con la fragancia que usaban las damas, comenzó el clavecín a destilar su música. Las notas nacían con un timbre cristalino y se elevaban a las alturas abrazándose y separándose en un torbellino de acordes y armonías, y una vez en las

* Louise Labbé (1524?-1565?), escritora de la escuela de Lyon, en el Renacimiento francés.

alturas, se desvanecían en la lontananza aminorando su vehemencia, para retornar con renacida pasión en racimos de vibrantes melodías.

Grande fue nuestra sorpresa cuando escuchamos una deliciosa canción que era interpretada por una vivaz guitarra. El señor De Ory se inclinó satisfecho hacia mí:

—La guitarra española comienza a ser muy apreciada en París por los amantes de la música —susurró, y con gesto de complicidad añadió—: Así mismo sucederá con sus grandes artistas.

Los camareros ofrecieron acto seguido unas bebidas refrescantes, y, ante el asombro de muchos de los invitados, unas gráciles bailarinas se deslizaron entre los espectadores esbozando unos pasos de danza acompasados y medidos, despertando la curiosidad de los asistentes. El embajador anunció que pertenecían a la *tragédie lyrique* que en unos instantes iba a comenzar, y que era la emocionante sorpresa que el legado ruso había preparado. Consistía dicho entretenimiento en una obertura, fragmentos de danza, coros extraordinarios y sublimes arias y dúos. Catalina de Médicis, siendo ya reina de Francia, trajo de su culta Florencia un baile con coreografía, narración y escenografía que fue refinado y perfeccionado, hasta llegar a la magnífica función que se representaba ese anochecer. La composición era de otro florentino, Giovan Battista Lulli, quien, al amparo del Rey, había logrado fama y respeto en una ciudad en la que el arte era ley. Había modificado su apellido de Lulli al más francés Lully, y aunque había muerto hacía unos años, su obra gozaba del mayor renombre. Me sentía inmersa en un torbellino de novedades, situaciones inesperadas de ese mundo refinado y diverso, que comenzaba a encandilarme, a la vez que me producía una extraña sensación que confundía mi espíritu.

El embajador recibió con indudables muestras de aprecio a un bizarro caballero aún joven, de unos treinta y cinco años, que vestía con esmero y a la nueva moda. Su porte era contenido y discreto, vestía casaca de terciopelo cardenillo con las vistas y puños recamados en plata; una chalina de seda nacarada alrededor del cuello enmarcaba un rostro sereno, de mirada expectante, una recta y armoniosa nariz y una boca muy perfilada y, parecía, sensual. Una cascada de rizos oscuros de tinte cobrizo descansaba sobre sus hombros. Despertaba sumo interés entre los invitados y avivó también mi curiosidad, hasta tal punto que le pregunté al señor De Ory por el recién llegado.

—Es Jean Racine —respondió con evidente admiración—. Humanista reconocido, goza de prestigio sin límites tanto por sus obras de teatro como por sus crónicas de la corte, por las que abandonó la dramaturgia. Madame de Maintenon, señora de poder e influencias sin par, ha conseguido que torne a escribir para la escena, deleitando así a sus seguidores.

Y a continuación comenzó a recitar uno de sus pasajes favoritos:

—*J'aime. Ne pense pas qu'au moment que je t'aime, innocente à mes yeux, je m'aprouve moi-même...**

—¡Qué musical y pulido es vuestro idioma! —dije—. Mas ¿qué significa vuestro hermoso parlamento?

—Fedra, casada con Teseo, está enamorada del hijo de su marido. Este amor la llena de deseo, anhelos y, a la vez, culpabilidad. Eso es lo que expresa dolorida en estos versos.

No pudimos continuar, pues las alborozadas notas de la jubilosa función anunciaron su comienzo.

Trataba la ópera-ballet, que también así se llamaba, de los amores de Venus, ya madura, con el joven Adonis. Los franceses parecían apreciar la historia, y ninguna de las damas parecía escandalizada por la libertad que Venus se tomaba con su amante. El señor De Ory, que debía vislumbrar lo que pasaba por nuestra mente, se acercó al término de la representación.

—¿Qué piensan mis galanas andaluzas de este espectáculo?

—Excelencia —aventuré—, muy hermoso, muy cumplido, mas Venus era un tanto atrevida, ¿no es cierto?

* Jean Racine: *Fedra.* Acto II, escena 5, versos 623. André Lagarde et Laurent Michard, *XII siècle: les grands auteurs français.* V III. París: Ed. Bordas, 1963.

—¿Cómo? ¿Atrevida, dices? —intervino Carmen hecha una furia—. ¡Una desvergonzada! Mira que perseguir con esos modales deshonestos a un chico tan mozo...

—¡Señoras mías, sosegaos! En estas tierras somos menos rígidos en las cuestiones del amor. Una dama puede ser interesante, de probado atractivo en su plena madurez. La sabiduría en amorosos asuntos asegura el contento.

—Pues, mire, vuecencia —continuó mi prima en sus trece—, en Sevilla tiene un nombre que muy precioso, ¿quiere que se lo diga?

—¡No, no! No hace falta —dijo riendo De Ory—. Mas como crédito de la confianza que en mí habéis, os aconsejaría que no expresarais opinión tan rotunda. Hubo en Francia un rey, Enrique II, que estuvo enamorado toda su vida de dama que mucho le aventajaba en edad. Se llamaba Diana de Poitiers, y supo asegurar el amor del Rey a su persona.

—¿Todo un rey enamorado de una dama madura? ¡No doy crédito! —apuntó Luisa.

—No sólo despertó una ardiente pasión en Enrique II —continuó De Ory—, sino que inspiró a escritores y poetas las más bellas rimas. El gran Du Bellay creó estos versos para ella:

Habéis aparecido
como un milagro entre nosotros,
para que de este gran rey
pudierais poseer el alma.

»Os dejo, señoras. Reflexionad sobre aquello que descubrís por vez primera.

Y se alejó sonriendo.

—¡Ay, niña! Dónde me has traído. Pero si todavía no estamos en tierra de herejes, y ya sufrimos estos desvaríos. ¡Qué será en esa Rusia adonde van a dar nuestros pobres huesos!

—Yo también veo esto muy raro, pero será la manera en que estos cortesanos se tratan entre ellos. A ti y a mí, que deseamos conservar nuestra honra, que no nos aflija. Es menester que me adelante a realizar mi trabajo, y en acabando, ¡a casa!

Observé con aprensión que el bizarro gentilhombre Lopoukhin se atusaba los mostachos, mirándonos con expresión golosa y atrevida.

2

MAR DEL NORTE
noviembre de 1690

Nunca olvidaría yo la llegada a la población de Dánzig. La comitiva rusa había causado sensación. Contribuían a ello las vistosas vestimentas de los hombres, diversas a todas las otras de Europa, y el brillante colorido de los trajes de las mujeres. Pero, con certeza, lo que había producido estupor a los tranquilos habitantes, y a nosotras, era la energía incontenible, casi desbocada, que habían derrochado los rusos del séquito. Se comportaban con desbordante pasión. Una vez bebieron todo lo que en las tabernas hallaron, recorrieron la villa realizando acrobáticos pasos de danza, mientras entonaban incomprensibles sones de su tierra, con voces graves que henchían el ambiente de emoción.

Carmen me miraba asustada, con cierto reproche:

—¿Adónde nos conduce tu porfía? Atenta, que estos hombres devoran con los ojos, ¡como lobos!

Algunas mujeres no olvidarían jamás el paso de aquellos fornidos atletas de las nieves. La noche anterior a tomar el barco con destino a Rusia, sentía yo también una viva intranquilidad. La anticipación de volver al mar me producía una eufórica inquietud.

En la popa de la nave se elevaba un esbelto castillo donde probablemente tendría su camarote el capitán; con seguridad allí estaría el de la princesa Dolgoruki, y, esperaba yo, también el mío.

«¡Qué placer volver a ver el mar! —pensaba—. Días y días oteando el cielo, disfrutando de horizonte sin fin y aspirando su aroma. ¿Cómo será el mar Báltico? ¿Serán sus aguas tan verdes como las de mi Atlántico, y el sol débil y tibio? Deseo deleitarme en ver cómo cambia a lo largo de cada jornada y en cada singladura.»

Podría observar el mar y su mudanza, y ordenar mis pensamientos sobre la labor que iba a efectuar en esas lejanas latitudes.

Carmen no parecía muy de acuerdo conmigo, y miraba desconfiada las profundidades y el amenazador futuro. Uno de los oficiales nos sacó de nuestras respectivas y diversas ensoñaciones:

—¡Es hora de embarcar! Hay que aprovechar los vientos propicios. En breve, los hielos cubrirán la superficie y no se podrá navegar. Hacedme la gracia de seguirme.

En efecto, la cámara que compartía con Carmen estaba muy cerca de la de la princesa. El capitán Lopoukhin estaba aguardando a las señoras, y cuando puse pie en la nave, nos recibió con sobrias muestras de aprecio. Más tarde arribó la Dolgoruki con las numerosas personas de su séquito. Fue agasajada con mucha ceremonia, y ella permaneció en el puente de la nave aspirando con fruición el aire marino, que probablemente reconocía ya como cercano a su patria. Mandó a dos graciosas doncellas que fueran preparando su camarote, para que todo estuviera listo cuando ella decidiera retirarse.

Instalada ya en mi náutica morada, dejé a mi prima arreglando sus pertenencias y salí a cubierta. La sirena colocada en la proa parecía querer retornar a sus antiguos dominios; se hundía la tajamar una y otra vez en acompasada cadencia, haciéndome sentir ilimitada paz. Respiré la brisa, que llenaba mis pulmones, y mi imaginación creativa intentaba retener las formas abigarradas y plenas de movimiento; bajo la mirada aparecía el mar encarnado en miles de cumbres enhiestas, coronadas por el albor de la espuma; los colores se sucedían e intercalaban en un calidoscopio de grises, verdes y azules en un mosaico continuo e inagotable que creaba en la superficie un cambiante tapiz de sutiles matices.

En el horizonte, las ásperas colinas se desdibujaban en el nuboso cielo. Las olas, al chocar contra el casco, hacían llegar a mi rostro frías gotas de agua. La generosa amplitud del panorama me hacía experimentar una pujante libertad que originaba un poderoso sentimiento de euforia.

Por la noche, la expectación me mantenía despierta; era imposible conciliar el sueño, y en «vuelta a un lado» y «vuelta al otro» pasaban las horas cuando creí sentir los pasos de alguien que no quería ser escuchado. Agucé el oído y, con aprensión, reconocí fuertes pasos de varón, silenciados a duras penas, y que en llegando a mi puerta quedaron firmes. Me incorporé en el lecho rápida y decidida. De un salto felino y silencioso me abalancé hacia la única protección con la que contaba, una navaja afilada y puntiaguda que podría hundirse con facilidad en las más prietas carnes.

El cuerpo en tensión, la respiración contenida y los ojos en suprema alerta, esperaba no verme forzada a defenderme ni a participar en reyerta alguna, pero si alguien osaba faltarme al respeto, podía tener por seguro que llevaría para siempre marca indeleble del encuentro.

Mas los pasos, tras un breve silencio, se alejaron despaciosos.

El tabaco

Muy despacio, abrí con sigilo la puerta del camarote. Estaba muy oscuro y sólo alcanzaba a oír algunas palabras de una conversación que, aunque proferida en voz baja, denotaba furia contenida. Reconocí las voces del señor De Ory y del capitán. Siendo la noche cerrada, Germán de Ory debía de haberse guiado por el intenso olor a tabaco que desprendía el oficial. De seguro lo había alarmado la expresión de lobo de la estepa que observaba en el ruso cada vez que nos miraba y que tanto angustiaba a mi prima. Ahora que tenía la confirmación ante sus ojos, había de actuar con decisión.

Al instante oí al señor De Ory, que se encaraba con energía a Lopoukhin.

—No confundáis cortesía y bondad con debilidad. ¡No consentiré ninguna incorrección en la deferencia hacia damas a mí encomendadas!

—Excelencia, os ruego no me mostréis vuestros rigores. Os aseguro que tan sólo vigilaba el bienestar de las señoras.

—Capitán Lopoukhin, vuestra fama os precede. Ante mis ojos está la confirmación a mis temores. Amante sois de galanura femenina, y nada tengo que objetar al respecto. Mas el Zar me encargó conducir a esta artista singular hacia Rusia, y hasta ese momento, bajo mi protección estará.

Cuando narré a la Dolgoruki el episodio, me aconsejó:

—Te dije que habías de estar atenta. Extrema el cuidado. El enfebrecido galán ha aceptado en apariencia de buen grado la imposición que en otras circunstancias habría rechazado con brío, pues, en efecto, es un conquistador conocido y reconocido. Su gran porte, su gallardía le aseguran múltiples conquistas, tanto en los campos de Marte como en los de Venus. Su mirada burlona e intrigante, sus sensuales labios, siempre en incitante sonrisa, el impresionante uniforme, que tanto lo favorece, y una auténtica disposición alegre y, sobre todo, la falta de escrúpulos le han proporcionado un interminable rosario de trofeos entre las féminas.

Quise intervenir, pero la princesa continuó:

—Sus múltiples aventuras lo han situado en situaciones comprometidas, ya que maridos, padres o hermanos conspiraban para encontrar venganza a su afrenta. Pero él cuenta con una baza victoriosa: el apoyo de Eudoxia, la Zarina, que aunque no pasa por su mejor momento con su marido, sí posee un cierto poder. Ese apoyo se debe a los lazos familiares, muy fuertes en Rusia, pues el bizarro Nicolai es pariente de la Zarina. ¡Atenta, Luisa!

La tempestad

El día siguiente amaneció turbulento. El débil astro era oscurecido con frecuencia por bellas nubes que se desplazaban con graciosa majestad por el inmenso horizonte. El *Arcángel,* que así se llamaba el bajel, era amplio, con anchas velas aún mortecinas, que aguardaban el momento en que el viento, que soplaba en dirección contraria, tornara a su favor y les diera vida, hinchando sus entrañas de vigorosa presteza. El casco era de una madera oscura y consistente que procedía, me dijeron, de lejanos bosques; la proa se veía embellecida por una desafiante beldad de los mares.

El cielo se extendía en el horizonte en una sinfonía de grises, grises azulados, grises blancos y violáceos, y en el centro del panorama, rodeado por las oscuras montañas, surgió un intenso resplandor, como venido de los confines de la tierra, que iluminó el céfiro, retazo de un azul purísimo. Los estratos de nubes se superponían unos encima de otros, ensombrecidos por verticales caídas de oscuros grises, que debían de portar la lluvia en sus henchidos vientres. Sentí en ese instante un escalofrío de temor, y sobre todo, la responsabilidad de haber arrastrado a Carmen hacia posibles peligros. Su mirada me hirió como una cuchillada. Pero había de reaccionar, y con determinación me puse en alerta. De manera imperceptible, el mar se fue agitando; el viento comenzaba a azotar la embarcación con creciente furia; los marineros se gritaban unos a otros en su incomprensible jerga, repitiendo las órdenes del capitán, que mostraba su preocupación en el semblante.

—¡Las damas, que bajen a su camarote! —gritó impaciente—. ¡La cubierta no es lugar para las mujeres!

El palo mayor y el de mesana tiritaban convulsos con la impetuosidad de los elementos; la tierra firme parecía estar a inalcanzable distancia en ese mar embravecido que asemejaba a un monstruo insaciable capaz de engullir las naves en un santiamén; las olas chocaban contra las lejanas rocas con saña, como si quisieran destruirlas con la mayor brevedad; empezaron a refulgir unos rayos centelleantes que caían encolerizados rasgando las frías aguas.

Los marineros, temerosos de que uno o varios de ellos hirieran el barco, rezaban luengas letanías, indescifrables para nosotras. Repetían sin cesar el nombre «Nicolai, Nicolai», por lo que deduje que se encomendaban al patrón de los marineros de aquellas tierras, san Nicolás. Mal debían de estar las cosas cuando rezaban con tanto empeño. Nosotras implorábamos a santa Bárbara lo mejor que sabíamos.

Carmen estaba demudada, el terror se pintaba en su faz con tal claridad, que parecía que ya se daba por perdida; yo, a mi vez, imagino que mostraba la expresión grave de aquella que se sabe en peligro, pero intentaba mantener mi espíritu muy alerta, pues sabía que habría menester de todo mi entendimiento para lograr la salvación. En cuanto a la princesa, impasible, no dejaba aflorar sus sensaciones, mientras sus doncellas se santiguaban con evidente pavor.

Las cuadernas crujieron con horroroso lamento; el cielo se oscureció de noche profunda; el ímpetu del oleaje empujó al buque hacia los temibles farallones. Y en un fulgor de relámpagos y un pavoroso estruendo de truenos, hincó la nave la proa. El capitán comprendió que era la hora de abandonar el barco. Con la presteza que daba el afán de supervivencia, armaron los botes con aquellas vituallas y enseres más necesarios, y comenzaron el embarque en las salvadoras lanchas.

Hubimos de seguir con precisión las órdenes y nos encontramos en un santiamén dentro de uno de los botes, rodeadas de esas gentes de mar, que, al fin y al cabo, nos eran extrañas. Desde otra barca, que así lo había querido el destino, el señor De Ory, con su flemática calma y su serenidad inquebrantable, nos infundía la necesaria confianza. La mar estaba cada vez más tenebrosa y encolerizada; las olas chocaban contra la costa como si fueran a destruirla, llevándosela al abismo infinito; pero acercarse al litoral era la única posibilidad; habíamos de remar al socaire de las olas que nos empujaban hacia la rompiente, intentando que su fuerza impetuosa no nos aplastara sin remedio. Una oleada descomunal hizo crujir algunos bateles con siniestro lamento, entre ellos el nuestro, y partiéndolos en mil pedazos, nos catapultó hacia la ensenada.

La lucha contra los elementos fue denodada; sentí que las fuerzas me estaban abandonando. Miré a mi alrededor con la más terrible aprensión; buscaba a mi prima, pero nada veía. La baja temperatura de las aguas mordía mis carnes sin piedad; mi agotado cuerpo era zarandeado en direcciones contrapuestas, con tal violencia y celeridad que me hacía perder el sentido de la orientación. Los gritos de terror eran ensordecidos por el abrazo del mar, que me sumergía en su seno. Entumecida por el frío, aterrada por el estruendo de los elementos y anonadada por la violencia de la tempestad, deseaba abandonarme a mi suerte. Ya me creía perdida cuando percibí cómo una mano poderosa me asía por las mojadas ropas y me arrastraba consigo en medio de las tinieblas.

La inesperada ayuda hizo renacer en mí la esperanza, y con una fuerza insospechada, comencé a bracear con todo el coraje de mi ser. Una ola nos envolvió, arrojándonos contra la arena, momento en que nos supimos salvos, y luchando por la vida, con un impulso sobrehumano, nos arrastramos fuera del agua. El dolor, la fatiga y el pánico sufridos me debieron de hacer perder el sentido.

Como suele suceder, a la tempestad siguió la calma. Unos débiles rayos de sol acariciando mi faz consiguieron despertarme. En un instante, mi mente recuperó la memoria de los acontecimientos pasados. Todo el espanto del peligro sufrido me hizo temblar más aún que el frío producido por las mojadas ropas. Y otro pensamiento me hizo temer lo peor: Carmen, mi querida Carmen. ¿Dónde estaba? ¿Qué suerte había corrido?

Impulsada por una fuerza que no procedía de mi agotado cuerpo, sino del pavor de perder a una persona amada, me levanté de un salto y recorrí la playa buscando a mi prima. Unos brazos poderosos me sujetaron. Era el capitán Lopoukhin, que era quien me salvara la noche anterior. En su expresión acongojada podía leerse la magnitud del desastre.

—No hay tiempo que perder. Hemos de ver cuántos lograron salvarse. Necesitamos madera y yesca para hacer fuego, y encontrar un lugar donde hallar refugio. ¡Vamos! Mucha es la tarea.

—Señor capitán, por Dios santo, ayudadme a buscar a mi prima!

—Señora, mantened la calma. Sólo así podremos remediar este feroz desconcierto. Seguidme.

Bordeamos los enhiestos farallones y continuamos por la otra ribera, donde varios cuerpos inmóviles yacían en la arena rodeados por restos del naufragio. Creí avistar a una mujer y me abalancé sobre ella impulsada por la fuerza de la esperanza. No era Carmen, sino la princesa Dolgoruki, a quien el capitán ya atendía para que recuperara el conocimiento. Desesperada rebusqué entre los inertes cuerpos a mi Carmen de mi vida. El terror de perder a mi compañera de juegos de la infancia, mi confidente de la adolescencia y mi amiga en la madurez me infundía un vigor inusitado. Sentía una intensa culpabilidad por haber trajinado a mi prima en este viaje, culpabilidad que me hacía exclamar:

—¡Carmen, ¿dónde estás?! Responde, por amor de Dios. ¿Por qué no te hice caso? ¿Por qué hube de ser yo tan ambiciosa? Bien que tú me lo decías...

Una voz débil pero socarrona respondió a mis espaldas:

—¡A ver si aprendes a escuchar más a tu prima! Ven aquí, Luisa de mi alma. Dios ha tenido a bien conservarnos la vida.

La glacial temperatura seguía mordiendo nuestras carnes, mas no lo percibíamos invadidas por la felicidad de estar juntas de nuevo. Con lentitud fueron los marineros encontrando miembros de la dotación que se habían salvado del desastre. Unos estaban tras unas rocas lejanas; otros semienterrados en la arena, pero a Dios gracias, con vida. Las olas, con su fuerza descomunal, los habían empujado hacia la orilla. Descubrimos con tristeza que el mar se había cobrado su tributo y que varios hombres habían sido tragados hacia las simas por la furia de los elementos.

Buscaron con denuedo, mas infructuosamente, al señor De Ory. No aparecía por ningún lado; no hubo roca, resquicio o hendidura que no fuera revisado en el afán de encontrarlo. La realidad se imponía con su cruda verdad. La desesperación me abrumaba. No sólo perdía a quien ya consideraba amigo, sino que no contaría con el apoyo de quien había de ser mi guía y protector en este proyecto. La princesa mostraba también su dolor; muchos años de sólida amistad unían a los De Ory con los Dolgoruki; años de afanes en común y esfuerzos por unir a sus dos países. La tristeza se abatió sobre todos nosotros con su pesado manto.

Lopoukhin, que no podía dejarse vencer por la adversidad teniendo la responsabilidad de conducirnos a todos, comenzó a organizar la supervivencia. Con varios de los marineros salvados del desastre, se empeñaba en encontrar alguno de los toneles que, previamente impermeabilizados con pez, eran utilizados para contener alimentos, mantas, yesca y otros elementos necesarios en estas ocasiones. Por fin hallaron aquello que buscaban e intentaron reanimar a aquellos que no habían perecido en el naufragio.

El capitán mandó a uno de sus hombres a reconocer el terreno, para que encontrara una cueva donde pudieran hacer fuego y quitarnos las mojadas prendas que amorataban nuestros cuerpos. Otro fue enviado a cortar leña. Volvieron victoriosos y condujeron a nuestra temblorosa comitiva hasta la entrada de una gruta, donde pudimos instalarnos y remediar, en cierta medida, los males que nos afligían. Era inmensa, y un anfiteatro rodeaba a un metro del suelo todo el espacio de su rotunda circunferencia. Imponentes estalactitas descendían de su abigarrada cúpula, yéndose a encontrar con ascendentes estalagmitas de irisados colores.

Montaron el improvisado refugio en la parte más profunda del anfiteatro, a salvo de las posibles mareas y la terrible humedad. Intentaron sacar el fulgor encerrado en la yesca y, tras varias intentonas, consiguieron su objetivo. Ante nuestro horror y rechazo, aconsejaron que nos desvistiéramos con la mayor celeridad, y, como nos mirábamos una a otra sin decidirnos a hacerlo, la princesa nos ordenó imperiosa:

—*Maintenant! Allez-y!**

Aprovechando la hendidura de unas rocas, una de las doncellas de la princesa había preparado una manta colgada de un cabo suspendido de lado a lado, tras la que pudiéramos cambiarnos sin atentado a la decencia. Nos envolvimos en mantas secas y, a la vera de la hoguera crepitante, recuperamos poco a poco el calor. Era el momento de comer algo que mitigara la extrema debilidad en la que nos hallábamos. Nunca el pan duro y un poco de tocino nos pareciera tan exquisito manjar. Nicolai nos invitó a que bebiéramos de una botella que contenía un líquido transparente que tomamos por agua. Ávidas, lo vertimos en un vaso de estaño y, cuando lo hubimos catado, nos atragantamos exclamando con sorpresa:

—¿Qué es este fuego que quema la garganta?

Todos los rusos rieron al unísono, y la princesa aconsejó:

—¡Bebed! Este fuego blanco quita el frío y vence las enfermedades. Luego reposaréis en calma.

E invitándonos a unirnos a ella en un rincón de la cueva, nos acomodamos para el necesario reposo. El capitán, mientras tanto, organizaba los turnos de guardia en la playa, manteniendo así mismo una hoguera que nos hiciera visibles para las naves que se encontraran en aquellos pagos. El viento se fue calmando y al poco comenzó la amanecida. Me levanté presta, a medio camino entre la inquietud y la curiosidad, y si no hubiera sido la situación tan crítica, habría permanecido embobada contemplando el espectáculo.

Las sombras de la noche aún se enseñoreaban de la costa, pero en la lontananza un estremecimiento de luz iluminaba un cielo azul cubierto de jirones de un rosa violento, estrechas franjas violáceas y claros de puro sol. Las hogueras prendidas en la playa conferían a las persistentes tinieblas un tinte fantasmagórico. Pasaron los marineros el día avizor, oteando el horizonte, sin el resultado que todos esperábamos con ansia.

* «¡Ahora! ¡Vamos!»

Nos recogimos en la cueva para pasar una noche más, salvo el retén de guardia, con sus turnos respectivos.

El capitán deliberó con sus oficiales la oportunidad de enviar a unos hombres tierra adentro, intentando buscar un poblado desde donde pudieran mandar un correo, aprovisionarse y organizar el viaje a Moscú.

—Mañana tomaré la resolución pertinente. Nos esperaban y han visto la dureza de la tempestad. Es posible que manden ayuda y nos rescaten. Si no es así, dentro de dos días nos internaremos en busca de socorro.

El día amaneció claro y soleado. El mar brillaba con tonos de plata y el sol se deslizaba por las tranquilas aguas, como si sólo unas horas antes no hubieran intentado tragarnos a todos. Conferenciaba Lopoukhin con sus hombres cuando uno de los vigías se acercó corriendo y gritando:

—¡Nave a la vista! ¡Una nave! ¡Señor, estamos salvados!

El capitán tomó su catalejo, miró con detenimiento y, bajándolo, dijo con alivio:

—Así es. Recoged nuestras pertenencias.

En efecto, el barco navegaba rumbo a la costa, exactamente hacia el punto en donde nos encontrábamos. Al cabo de un tiempo, una chalupa espaciosa arribaba a la ensenada, y con ella, el socorro. Tras unas breves explicaciones de Lopoukhin y por indicación suya, nos llevaron primero a las damas acompañadas por el propio capitán. Un oficial quedó a cargo en la playa para completar la operación de retirada.

Nos aguardaba en el puente de mando el capitán, por lo que parecía, amigo de Nicolai. Era un hombre no muy alto, enjuto y de actitud amable.

—¡Dios sea loado! Grande era nuestra preocupación con esa horrísona tempestad. Pero los fuegos que colocaste, Nicolai, se habrían visto desde Siberia. Sed bienvenidas, señoras. Conducid a las damas a sus camarotes. Proporcionadles agua caliente para que las doncellas preparen un baño, y ropas secas. Descansad y recuperaos. La madre Rusia está ya muy cerca.

—¡No puede ser! —grité con entusiasmo—. ¡El señor De Ory!

Y sin guardar las reglas del protocolo me lancé al lugar donde se encontraba nuestro amigo y le di al asombrado varón un emocionado abrazo. Fueron sonoras las demostraciones de alegría de todos nosotros. El embajador francés era merecedor del aprecio que le dispensaban por medio de expansivas demostraciones. En el fragor de la tormenta había animado a sus compañeros de desgracia; los había incitado a remar, haciéndolo él mismo utilizando la fuerza de las olas, y aguardando el momento oportuno para utilizar el impulso de las tumultuosas aguas, sin desfallecer, hacia el norte, salvando a todos con su serenidad y conocimiento de la mar. Originario de Normandía, era experto en los secretos de un mar embravecido, al que respetaba pero no temía.

Esa noche, la cena a bordo fue de celebración por el reencuentro y de recuerdo a los que ya no volverían.

Finalmente, tras la accidentada travesía, avistamos las cercanas costas de Curlandia.

En marcha

Al desembarcar, hallamos todo preparado: varios trineos, pues las primeras nieves cubrían ya la tierra con su bello manto; además, caballos, pertrechos y lo necesario para el largo viaje que nos esperaba hasta Moscú. El duque de Curlandia, señor de aquellas tierras, era amigo de Rusia, según nos contaron, y estaba bien dispuesto hacia el joven y emprendedor zar. En la ruta hacia el oeste, nos fue acompañando la potente luz del astro matutino reverberando sobre la nieve; los corpulentos pinos con sus ramas cargadas del blanco albor y el silencio que produce un espeso manto de nieve, sólo rasgado por el rítmico deslizar de los vehículos. El frío y vigorizante aire acariciaba mi semblante. Pensé que no olvidaría jamás aquella visión.

Nos esperaba un largo recorrido por lugares desconocidos que, dado mi carácter curioso y decidido, me proporcionaba inagotable interés, mientras que Carmen observaba con singular reserva aquellas novedades. Ante nuestros ojos pasaron densos bosques nutridos de fornidos abetos, desnudos arces y gráciles abedules; lagos inmensos, unos de aguas oscuras, otros ya con sólida capa de refulgente hielo; pueblos pequeños con caminos entorpecidos por el barro y con mujeres y hombres ataviados de forma muy diversa a la de las naciones europeas que acabábamos de conocer.

La magnitud de los espacios abiertos era algo que no tenía posible comparación con nada de lo que habíamos visto antes. Las estepas sucedían a lagos, bosques y poblados, y parecía que aquel viaje no tendría fin. La extensión del país y las distancias entre las ciudades habían de causar grandes dificultades en la gestión de ese inmenso territorio. Pude comprobar así mismo que una gran pobreza asolaba muchas de las villas que habíamos atravesado. Si a estos impedimentos se le añadía la visión renovadora de su rey frente al inmovilismo de una parte importante de la población, resultaba un choque de visiones que haría de la visión de Pedro I un trabajo esforzado.

Tras días de marcha, nieves, vientos, tormentas y luminosas mañanas de sol, llegamos frente a un grandioso monasterio, Novodevichi, donde me contara la princesa que estaba recluida la zarevna Sofía. Al fin la capital de la madre Rusia se nos mostró en todo su esplendor: Moscú. En esa ciudad mítica y oriental, me pregunté de nuevo qué nos depararía el destino.

[illegible]

[illegible]

de la plaza a la que [illegible]
maciza y sólida [illegible]
notable planta [illegible]
lin de los depredadores [illegible]
Moscova y el Neglinnaya [illegible]
imposible de [illegible]
dizos. Cada baluarte [illegible]
portante vía de comun[illegible]
de iglesias y palacios [illegible]
jamás. [illegible]
to, en un [illegible]
brillaban al tenue sol de [illegible]

El cielo [illegible]
nuestro ánimo [illegible]
dores de todo tipo de [illegible]
trajes de vivos colores [illegible]
descubrir una ganga [illegible]
rados por potentes caballos [illegible]
damas tocadas con suaves sombreros de [illegible]

Entramos por la Puerta [illegible]
de los zares, emperadores [illegible]
«puerta santa» que era [illegible]
sombrero en señal de res[illegible]

3

NAVIDAD EN MOSCÚ
diciembre de 1690

Miraba yo con el asombro pintado en el rostro la inmensidad de la plaza a la que acabábamos de llegar. La muralla almenada, maciza y sólida parecía inexpugnable gracias a nueve torres de notable planta y altura, que defendían la fortaleza del Kremlin de los depredadores que atacaban desde el este. Dos ríos, el Moscova y el Neglynnaya, formaban una contención acuática imposible de franquear una vez que se alzaban los puentes levadizos. Cada baluarte tenía una puerta que daba acceso a una importante vía de comunicación. La muralla protegía el conjunto de iglesias y palacios más extraordinario que había contemplado jamás. Un bastión con aromas venidos del este elevaba al infinito, en un revuelo de esferas y agujas, sus cúpulas doradas, que brillaban al tenue sol de la mañana.

El cielo era de un azul intenso, y el buen tiempo acrecentaba nuestro ánimo. Las calles estaban muy alborozadas, con vendedores de todo tipo de mercancías, y mujeres ataviadas con largos trajes de vivos colores husmeaban los tenderetes, intentando descubrir una ganga o un preciado tesoro. Elegantes trineos tirados por potentes caballos portaban en su interior hermosas damas tocadas con suaves sombreros de piel.

Entramos por la Puerta del Salvador, reservada a las comitivas de los zares, emperadores, embajadores extranjeros y, como «puerta santa» que era, procesiones. De Ory hubo de quitarse el sombrero en señal de respeto, norma que obligaba al mismísimo

Zar. Su arquitectura nos produjo inmenso asombro. Su planta sólida y cuadrada mostraba numerosas ventanas, que se abrían al exterior en los diferentes estratos hasta terminar en puntiagudas saetas que intentaban tocar el firmamento. Había sido construida a finales del siglo XV, como la mayoría de estas torres, y bajo la batuta del arquitecto italiano Pietro Antonio Solari. Una vez que traspasamos el recinto amurallado del Kremlin, la imponente arquitectura, tan variada, con sus templos y palacios que formaba un extraordinario conjunto nos dejó anonadadas. Oriente y occidente se estrechaban en un abrazo artístico que invitaba al entendimiento, a pesar de la diferencia de idiomas, razas o religión.

Una compañía de soldados de aspecto feroz aguardaba nuestra llegada en perfecta formación. Eran hombres de masculinidad imperiosa, derechos como sables, vestidos con largos abrigos de fuerte paño y las cabezas coronadas por gorros de terciopelo orlados de una sedosa piel, que dulcificaban los duros rasgos de aquellos gigantes. Hicimos nuestro ingreso por un imponente portón que, al abrirse, soltó un gemido originado por su antiguo pasado. Carmencita, ya aterrada por el aspecto del comité de recepción, dio un respingo:

—¡Luisa, a qué lugares me haces viajar! Con lo bien que estaríamos en Sevilla, a la vera del Guadalquivir. Con sus patios tan perfumados y sus hombres tan gallardos. ¡Si no hemos visto más que nieves desde que salimos de España! Qué lástima, mujer.

—Carmen, espera. ¡Espera y verás!

El Zar

Un buen día, pocas semanas después, Germán de Ory vino a anunciarme que en breve seríamos presentadas al Zar.

—Habéis de estar preparadas en todo momento; tened prontas vuestras mejores galas, haced por estar bizarras y no temáis. Yo estaré con vosotras para que la incomprensión del lenguaje no sirva de tribulación.

—Excelencia —inicié afligida—, perdimos casi todas nuestras ropas en el naufragio. Sólo tenemos vestidos de diario, de trabajo, que recibimos en el barco.

—¡Grande es mi descuido! Disculpad mi olvido. Os mandaré un carruaje para que os conduzca a la embajada, donde conoceréis a mi esposa, y ella os ayudará.

No tuvimos que esperar mucho. Al día siguiente, un trineo nos aguardaba en la puerta, según nos dijo un amable criado. Las calles, como el día en que rendimos viaje, eran un hervidero de gentes que parecían no sentir el frío reinante. Las mujeres estaban ataviadas con sus vestidos tradicionales y cubrían sus cabezas con pañuelos de intensos colores. Muchos de los hombres vestían a la moda rusa, con amplias túnicas hasta la rodilla ceñidas por un cíngulo, anchos calzones y botas.

Elegantes hombres a caballo vestían a la moda europea, creando un gran contraste con el resto de la población. Casacas de fieltro, chalecos de ante o cuero, blancas chalinas al cuello y altas botas asomaban bajo los largos abrigos que imponía el invierno ruso. Todos ellos se tocaban con sombreros de fieltro orlados de pieles.

La embajada de Francia ocupaba uno de los edificios más atractivos de la ciudad. Destacaba sobre la nieve con su arquitectura tan característica, de marcado estilo ruso oriental. El edificio se presentaba en dos plantas con un cuerpo central, del que sobresalía un inmenso portón guarecido bajo unos alargados arcos de piedra, trabajados y pintados en un brillante rojo y claro arena, colores que se repetían en la fachada formando rombos, cerrados en uno de los lados por un oscuro tierra de Umbría. En el segundo piso, una balaustrada recorría una amplia terraza a la que daban las habitaciones superiores. Un frondoso parque rodeaba la mansión, protegiéndola del bullicio de la calle.

La embajadora era una mujer menuda, de mirada profunda y muy expresiva; era de vivaz parlamento, que no acertábamos a entender en todo su significado, pero su actitud era cariñosa y comprendimos que contábamos con un apoyo más.

Llegado el día, nos acicalamos con esmero. El baño que nos prepararon era reparador, gracias a la cálida temperatura de la inmensa tina. Una gran novedad había hecho posible tan placentero descanso. En la Torre del Agua acababan de instalar un artilugio que bombeaba el agua del Moscova, a través de tubos de plomo, hacia el palacio y los jardines. Un sistema de hornos de leña hacía el resto. Las doncellas que nos asistían piaban su cantarina lengua entre risas y gestos. Dimos en entender que el regocijo tenía que ver con el baño y la continencia pudorosa que les mostrábamos. Las palabras «baño» y «ruso» se repetían sin cesar. Cuando los franceses vinieron a buscarnos, nos hallaron con todo acomodado.

Yo me había arreglado con un discreto vestido de seda gris con encajes de plata en mangas y escote que ponía en valor mi piel y mi cabellera cobriza, que, alzada en la cumbre de la cabeza, sostenía una suerte de tiara de los mismos encajes. Era un atuendo refinado y discreto que procedía de la embajadora De Ory. En cuanto a Carmen, también gracias a la moda gala, se engalanaba con un vestido de seda ocre con tirillas de terciopelo negro subrayando el ajustado corpiño y las generosas sayas. El tono solar del tejido favorecía su carnación de sevillana, sus ojos oscuros y su pelo de profunda noche.

Cuando llegamos a la sala donde seríamos recibidas por el Zar, se hallaban allí muchas personas. Era una curiosa mezcla de gentes vestidas a la europea y graves funcionarios del Estado con cumplidas túnicas hasta el suelo, barbas de profeta y mirada escrutadora. Era la primera vez que yo percibía con tal nitidez un mundo que acababa y otro que porfiaba por comenzar. La princesa Dolgoruki estaba magnífica, a medio camino entre la moda de su país y la de los nuevos rumbos: vestido de fina lana con hilos de oro que formaban diseños refinados, anudado bajo el seno, y un abrigo de terciopelo azul noche, sin mangas y bordeado de piel. Era hábil en la escenificación y el compromiso.

La sala abovedada estaba pintada en su totalidad con escenas referentes a la historia rusa: la defensa de sus ciudades ante los ataques tártaros, la conquista de los helados territorios de las estepas o la amenaza latente de los pueblos de los confines orientales. Techos, paredes y vanos de ventanas contaban historias de batallas, coraje, costumbres y también de amores. El movimiento de los personajes y la fuerza fulgurante de sus colores revelaban el temperamento apasionado de la cultura rusa. Sentí una corriente de posible entendimiento hacia este arte y este pueblo ardoroso y entusiasta.

La recepción, como nos había adelantado la embajadora en el reciente encuentro, sería bastante informal para lo que era habitual en una corte real. Se saludaron con mucha cortesía los embajadores de Francia y de las otras potencias, y ellos a su vez hablaron con el poeta de corte Karion Istomin, que había conocido éxito notable al publicar *Símbolo de amor en el santo matrimonio,* que refería los esponsales de Pedro con Eudoxia. Dicha boda se había desarrollado dentro de la sencillez acorde a los gustos del esposo, según nos explicara De Ory.

Al cabo de unos minutos, apareció el Zar con su inseparable Alexander Menshikov y el príncipe Dolgoruki. Pedro era un hombre de elevada estatura, joven, de ojos negros, intensos, vivos, inquietos y penetrantes que reflejaban curiosidad e inteligencia; un fino bigote negro custodiaba la boca, carnosa y sensual, que remediaba la intensidad de la mirada. Vestía casaca azul de Prusia* recogida hacia atrás, dejando a la vista dos triángulos de un brillante rojo de Pompeya, las bocamangas y el cuello en el mismo color; calzones negros y botas de cuero.

Hablaba deprisa con aquellos con los que se entretenía, y sus movimientos denotaban una cierta impaciencia, como si deseara acabar pronto con las ceremonias; hacía gala de sencillez y cercanía, pero sin perder un ápice de su natural grandeza. Aguardaba yo prudente en la retaguardia, acompañada de Carmen, que parecía abrumada por la situación. Cuando el Zar llegó a nuestra altura, De Ory nos presentó:**

* Azul de Prusia: color azul subido que se utilizaba en los uniformes militares prusianos.

** No podría haberlo hecho el embajador español, pues no se establece hasta 1727, cuando nombran al duque de Liria primer embajador en Rusia.

—Majestad, he aquí la afamada escultora de la corte española que habéis tenido la bondad de llamar a vuestra presencia.

Me incliné en una profunda reverencia que deseé no finalizara jamás, hasta que Pedro me alzó con presteza, dirigiéndome unas palabras en francés que no acerté a comprender, impresionada en demasía por el Zar.

Alexander Menshikov, con su talante alegre y comunicativo, me cogió por un brazo y comenzó a hablar animado con Pedro I. Hablaban muy deprisa y en lengua rusa, muy cantarina y seductora, y yo no podía discernir su parlamento, pero temía que a mí se refirieran. Me inquietaba que hubieran percibido los locos pensamientos que me asaltaban. La embajadora Dolgoruki, prudente y discreta, se acercó, y, tomándome de la mano, me invitó a que juntas abandonáramos el salón. Ella ya había comprendido el sentido de la aviesa mirada que me dirigía en ese momento la zarina Eudoxia.

La confesión

Cuando Carmen y yo quedamos a solas, ella me interrogó. Ansiaba saber el porqué del mutismo que me atenazaba desde que finalizara la audiencia con el Zar.

—Alcé los ojos, y lo vi...

—Pero, niña, ¿de qué hablas? —dijo asustada Carmen por mis ojos de tormenta.

—Ese hombre imponente, de alta estatura y gallarda apostura...

—Pero ¿qué hombre?

—Qué vivaz la expresión, un tanto sorprendida y con un deje de nostalgia... —continué.

—¿Que desvarío es éste, Luisa?

—¡Y qué labios!; sensuales, labios para el goce de ser besados. Sentí algo que ya había olvidado y lo sentí con una fuerza extrema, un latigazo de deseo que conmovió todo mi ser.

—¡Niña, que me va a dar un sofoco!

—Asustada, quise ocultar mi turbación con una prolongada reverencia que él se preocupó en acortar.

—Pero, Luisa, ¿estás loca, chiquilla? ¿No te das cuenta de que mujer casada eres, y así vas a permanecer? ¿Que has de volver a Madrid, a tu trabajo, a tu marido y a tu casa? ¿Y que «él» es el Zar, o sea, el rey?

Mi expresión debió de tornarse casi violenta:

—¡Tú mejor que nadie sabes de mis desdichas! —respondí.

Y lamentando mi reacción, mudé la faz y, mirando a mi prima, le susurré apesadumbrada:

—Las dificultades económicas, el desdén de mi marido ante las exigencias de mi trabajo me han apartado poco a poco de él.

Habiendo recuperado la ilusión de manera tan repentina, no estaba dispuesta a que nada ni nadie quisiera arrebatármela.

—Sabes bien que al principio mi sentido de la lealtad me impidió reconocer los claros síntomas. La tristeza se apoderó de mí al comprender que aquella persona a la que había querido bien, y a la que dediqué mi esfuerzo, no quería dejarme ser yo. Acabó penetrando mi alma una espesa niebla que oscureció mi corazón y adormeció mis sentidos. Mas, a Dios gracias, tenía mi trabajo, que además me permitía vivir y mantenía a mis hijos.

»El resto ya lo sabes.

A la luz de la luna

La mañana amaneció con la ciudad cubierta de un denso manto blanco, y el río que abrazaba la fortaleza apareció totalmente helado. Yo había comenzado el trabajo que me encomendara don Germán, para lo cual había visitado iglesias y monasterios con el fin de comprender los gustos del Zar y las tendencias que, dentro de mi estilo, más pudieran agradar a tan alto señor. El embajador me explicó con paciencia y agrado que un hilo sutil unía el arte oriental de los iconos rusos y las tallas henchidas de pasión y movimiento que me eran características. Resolví acometer un san Miguel pleno de ímpetu, un verdadero soldado de Dios, que creí complacería al soberano. Mi padre había creado este arcángel poderoso para la iglesia de San Miguel, en Marchena, y mi actual estado de ánimo, vibrante de euforia, requería también un hombre lleno de pasión de Dios, un ser entregado a un amor incondicional. Carmen, al ver el revuelo de pliegues y el difícil escorzo de la imagen que realizábamos, reclamaba asustada:

—¡Luisa, reina! Trabaja con más sosiego. Tal parece que el mundo fuera a concluir hoy. No hagas la postura del santo más tortuosa, que no sé yo si podré policromar tanta hendidura con acierto.

—¡Carmencita mía, da libertad a tu ingenio, deja que tu industria te lleve a los confines! Vuela con las alas de este ángel. Pon en su espada la ira de Dios.

—Mira, Luisa, sabes que el amor y la amistad que a ti me unen son aliento de mi voluntad y hálito de mi complicidad, pero no mientes la ira de Dios. Ya sé yo bien de dónde procede ese ímpetu que te invade, esa pasión que te consume. A ver cómo va a acabar todo este enredo. Ay, niña, ay, ay, ay...

El cariño que manteníamos la una por la otra superaba cualquier disgusto, pero mientras que para Carmen la pasión que yo sentía constituía una locura que no había de llevarme a nada bueno, yo temía no ser comprendida por mi mejor amiga, que no se le alcanzara que, en mi triste vida, Pedro había aparecido como un rayo de sol que infunde energía y pasión y, pasara lo que pasase, a pesar de las diferencias que nos separaban, yo mantendría siempre ese anhelo en mi corazón.

Consumimos el resto del día cincelando, midiendo y sopesando el giro del cuerpo, el blandir de la espada, la victoria del arcángel o la derrota del demonio, hasta que las sombras de la noche se apoderaron del estudio. Oímos un tumulto de risas y vaivenes, voces alborozadas que se aproximaban, y de repente se abrió la puerta y la potente figura de Alexander Menshikov apareció en el umbral. Hombre joven, derrochaba el entusiasmo propio de los pocos años, o de aquellos que saben conservar un alma de niño. Era rubio, fuerte y decidido; sus claros ojos azules mostraban un guiño malicioso que había de trastornar a las mujeres.

—¡Basta de trabajo! Los trineos están preparados, las antorchas encendidas. Vamos a enseñaros el fulgor de la nieve bajo la luz de la luna.

Y sin admitir objeción alguna, ordenó en ruso a unas camareras algo que ellas se apresuraron a cumplir. En cuestión de instantes habían regresado cargadas con largos abrigos de cálidos paños, bordeados de suaves pieles, gorros, guantes, chales de lana y seda de Cachemira, y un sinfín de prendas de abrigo con las que nos vistieron sin que nosotras ofreciéramos resistencia, paralizadas por la sorpresa. Casi en volandas se nos llevó Menshikov a las dos, y en un abrir y cerrar de ojos nos hallamos ante unos trineos pintados de un vibrante rojo, tirados por poderosos caballos negros que hacían tintinear los cascabeles que adornaban sus riendas y cinchas. Me encontraba en una nube de contento, disfrutando de tantas novedades que no habría podido imaginar, que me dejé arrastrar por la contagiosa alegría de Alexei.

Un cochero imponente al frente de cada pescante hacía chasquear un látigo largo y sinuoso, que manejaba con maestría. Llevaban ellos también cumplidos capotes que cerraban con unos alamares de gruesa seda negra, y sendos sombreros de piel que, unidos a sus barbas, les daban un aspecto feroz.

«Quizá lo sean», pensé con un escalofrío.

La noche era, sí, fría, pero la expectación que crecía en mí no me dejaba padecerla. La novedad henchía mis sentidos. Los olores, colores, sones, paisajes y personajes eran diversos a todo lo que había conocido. Una brisa fresca, límpida, despertó aún más mis facultades. Acomodó Alexander a las dos en su carruaje y la comitiva se puso en marcha. Atravesamos el inmenso portón del Kremlin y nos dirigimos hacia el río. Estaba totalmente helado, como ya había observado desde la ventana esa mañana, lo cual no dejaba de impresionarnos, y mucho, a nosotras, tan poco conocedoras de escarchas y nieves. Unas construcciones de madera sobre el río, aquí y allá, despertaron mi curiosidad y le pregunté a Alexei.

—Son para asistir, resguardados del frío, a las carreras de trineos. Es muy habitual esta afición entre nosotros.

Carmen temía que la capa de hielo no fuera lo suficientemente fuerte para resistir el peso de los carruajes, y la idea de caer en las gélidas aguas le producía intenso espanto. Fascinada por el temblor de las antorchas que se reflejaban en el helado río iluminado por la luna, no percibí que de la espesura salía otra carroza más, que se apresuró a darnos alcance. Mi prima sí la había visto, y el temor que sintiera por la nieve le pareció baladí, pensando que aquellos hombres que corrían como diablos y gritaban como posesos sólo podían querer su daño. Menshikov, al ver su expresión de espanto, estalló en una carcajada, que a Carmen se le antojó demoníaca.

—*Ce sont des amis, des bons amis!** —gritó en francés.

En efecto, cuando los desconocidos se pusieron a la par de nuestro trineo, reconocí de inmediato al Zar, que parecía divertirse con nuestro asombro. Avanzamos adentrándonos en el bosque, donde los altos pinos esclarecidos por el astro de la noche creaban extrañas sombras, desentrañadas por los hachones de viva luz. Cantaban los hombres con sus graves voces alegres canciones que no entendíamos pero que, con certeza, habían de hablar de amores y dichas. En un momento de sumo regocijo, y tras una seña de Pedro a Menshikov, en unos portentosos saltos, se intercambiaron los trineos, yendo el Zar a parar a mi lado.

Él hablaba conmigo en francés, y a pesar del empeño que yo en ello ponía, no lograba entender todo el parlamento de ese hombre fascinante. Sus ojos chispeantes, su boca sensual, su desbordante alegría eran el bálsamo que me infundía la pasión que necesitaba para vivir.

Todos mis sentidos se despertaban con una dulce sensación que me hacía ver el mundo de manera diversa. Sentía que una cálida y olvidada emoción me invadía sin remedio, y que mi discreción no conseguía suprimir el azoramiento que era la razón del subido color de las mejillas. Carmen observaba la escena des-

* «¡Son amigos, buenos amigos!»

confiando y temiendo que, al final, lo que yo hallaría sería nuevo sufrimiento. Comprendí que había resuelto hablar conmigo en la primera ocasión propicia.

«¡Ay, mi Luisa, que se me pierde!», había de lamentar.

La Dormición
1690

Hallé a Carmen tan pensativa, con una expresión tan desolada, que me sentí de nuevo culpable por haberla llevado tan lejos.

—Carmencita de mi alma, ¿qué te sucede? ¿Por qué te hallo tan afligida?

—¡Ay, prima, qué Navidad tan triste vamos a pasar! En esta tierra que no es de cristianos... Y ¿cómo será aquí esta fiesta tan nuestra?

—¡Hija mía de mi vida, que aquí también son cristianos! Son ortodoxos y, según me explicó la princesa Dolgoruki, algunos muy porfiados, y llevan con mucho recato sus costumbres.

—Sí, sí. ¡Ahora va a resultar que son santos de altar!

—Mira, estaremos tú y yo juntas, y, con un poco de suerte, nos invitará el señor De Ory, o los príncipes... Ya verás, no desesperes.

No habían pasado dos días cuando recibimos una nota invitándonos para una ceremonia el 25 en la catedral de la Dormición de la Virgen. El convite procedía de la casa del Zar, y estaba acompañado de otro con una nota de la princesa Dolgoruki, que explicaba el protocolo y rito de la ceremonia, y la manera de vestirse que sería la apropiada para dicha ocasión. En la misma nota nos invitaba a un almuerzo familiar.

Según me contó la Dolgoruki, los ortodoxos celebraban el Nacimiento del Señor unos días más tarde, junto con la Epifanía. Pero ella preparaba una comida el último domingo de diciembre, que ese año coincidía con nuestra Navidad. A pesar de los aires de apertura que circulaban en ese momento en el reino de Pedro, todavía había una tendencia en la corte que considera-ba todo lo foráneo y toda expresión religiosa que no fuera la ortodoxa como algo extremadamente peligroso. Ésta era la ra-zón por la que nosotras aún no habíamos visitado esa iglesia, que era considerada el corazón de su religión.

—¿No te lo dije? ¡Mujer de poca fe! Abre bien los ojos, que vamos a ver cosas extraordinarias.

Y me puse a tararear alegres canciones de nuestra tierra que mi prima, ya más animada, coreaba con su timbrada voz. El conten-to que me producía la curiosidad por lo desconocido me hacía tra-bajar con suma facilidad. Parecía tener alas en las manos; acariciaba la materia sacando expresión a las dulces tallas de los belenes que estaba preparando, o intenso movimiento y desusada expresivi-dad al san Miguel, con tal contento, que elevé a Dios una plegaria.

Así llegó el ansiado día y, tras prepararnos con tiento, sali-mos a la plaza que nos conduciría a la catedral. Cubríamos la cabeza con mantilla de encaje que nos había proporcionado la embajadora De Ory. Las damas rusas que nos veían pasar aprobaban la contención de las españolas, comprobando que no todo lo extranjero venía de la mano del demonio. Comenzó a nevar, con unos copos pequeños y blandos que caían mansa-mente como si fueran maná. La luz un tanto grisácea daba al Kremlin un aire entre mágico e irreal. Siguiendo las pautas reci-bidas, nos aproximamos a la Dormición para colocarnos en el puesto que teníamos adjudicado, en la parte posterior del tem-plo, junto a las escasas mujeres presentes. En el interior, miles de velas aleteaban con un fulgor cálido y vibrante que iluminaba el espectáculo más insólito que habíamos de contemplar jamás. El iconostasio* resplandecía con el oro de los iconos; los colores verdes, ocres, rojos, sienas y azules iluminaban las innumerables figuras de Nuestra Señora y los santos. Allí debía de estar con-gregada toda la corte celestial, pues las paredes y todas las co-

* Iconostasio: mampara con imágenes sagradas pintadas, que lleva tres puertas —una mayor en el centro, y otras dos más pequeñas, una a cada lado— y aísla el presbiterio y su altar del resto de la iglesia.

lumnas narraban desde el suelo hasta las alturas del techo las maravillas del Señor, en una narración de impecable composición, actitudes y escorzos de gran elegancia y lenguaje pictórico de inusitada eficiencia.

Los iconos ocupaban lugares destacados de los altares. En su gran mayoría representaban a Nuestra Señora, de la que los rusos eran muy devotos, o escenas de la vida de la Virgen, como el de la *Dormición,* que daba nombre a este templo. Así mismo pudimos admirar varias imágenes allí colocadas para perpetuar el recuerdo de una milagrosa intervención divina.

Dos espléndidos iconos llamaron nuestra atención: La *Madre de Dios de Vladimir,* pintado en el siglo XII, fue sacado en procesión en 1395 para implorar la defensa de Moscú frente a las hordas de Tamerlán.* El segundo, el *Apocalipsis,* pintado por un artista ruso del siglo XV, era una extraordinaria versión de la revelación de san Juan. Cristo, en el centro de la obra, aparecía en toda su gloria y majestad; en la parte superior se describía la felicidad eterna del paraíso; en el plano medio, el sufrimiento y la muerte inherentes al mundo terrenal; y abajo, cayendo sin remedio, el castigo de los pecadores. Sólo dos colores animaban esta composición tan equilibrada y, a la vez, tan original: blancos y rojos, sobre un fondo de oro que resplandecía la luz encerrada en su interior. Un súbito revuelo me sacó de mi artística abstracción.

Un cortejo presidido por el metropolitano** Serafín avanzaba hacia la puerta a fin de recibir a los dos zares, Iván y Pedro.

Las casullas, dalmáticas y coronas de los religiosos ortodoxos eran de una riqueza resplandeciente. Las altas mitras, de majestuosa esfericidad, refulgían con el oro, las nacaradas perlas y las brillantes gemas, terminando en una brillante cruz. Otorgaban a sus portadores un aspecto imponente, que las luengas y pobladas barbas se encargaban de acentuar. Entraron los Zares con la pompa característica del rito bizantino, que, tras la caída de Constantinopla, los rusos se habían encargado de preservar. Pedro, dada

* El original se puede admirar en la Galería Tretiakov de Moscú.

** Metropolitano, cabeza de la Iglesia ortodoxa.

su inusual estatura, parecía un atleta en su largo manto de damasco oro bordado con flores y símbolos de la Corona. Aparecía como hombre gallardo, de ojos penetrantes y decisión en la mirada; caminaba despacio, consciente de su rango, pero con una actitud de curiosidad hacia todo lo que lo rodeaba, como si quisiera penetrar las intenciones escondidas de sus súbditos. Una cierta desconfianza se reflejaba en su inquisitiva expresión.

El zar Iván parecía endeble y tímido frente a su dinámico hermanastro, pero la actitud recíproca y las miradas que se dirigían ambos hablaban del buen entendimiento que reinaba entre los dos. Además, Iván parecía disfrutar de la ceremonia con un contento pausado que le hacía estar atento a los pormenores del rito.

En ese momento, las campanas tocaron con el gozo propio de la ocasión, y el séquito, liderado por el venerable patriarca, acompañó a los Zares a los tronos destinados a los monarcas. Una vez iniciada la ceremonia, se elevaron hacia el Altísimo las graves voces de los popes, entre las que destacaba la sonoridad trascendente de un joven sacerdote que emitía unas notas de bajísimo registro que llenaban el alma de emoción.

Al terminar los ritos, después de que salieran casi todos los asistentes, conduje a mi prima a ver el icono que la princesa nos había aconsejado. Se trataba de la *Madre de Dios de Tijvin*, que, según me había escrito la princesa, había sido pintado de reciente, en 1668, por dos artistas del monasterio de San Sergio, que visitaríamos en la primavera.*

—¡Mira, Carmen! Nuestra Señora domina el eje de la pintura y recoge amorosamente a su Hijo, a la vez que le señala con la diestra como Señor.

—¡Qué galán el Niño con su túnica naranja! —dijo Carmen—. Qué extraordinaria viveza. ¿Has visto el manto de la Virgen, tan hermoso de color tierra de Siena? Cuántas imágenes diminutas la rodean. Y con qué primor pintadas.

* Este icono, pintado por Fyodor Yelizariev y Gavriil Kondratiev, está en la catedral de la Dormición, en Moscú.

—Fíjate, prima, en la seda coral que orla el manto, toda ella bordada de perlas —añadí—. Qué finura, qué elegancia.

»Según el escrito que me envió la princesa —continué entusiasmada—, las cien pequeñas escenas representan la vida de la Madre de Dios, como los rusos llaman a Nuestra Señora.

Quedamos absortas contemplando la pintura, que a su evocación espiritual unía un contenido artístico de elevado mérito. En efecto, la vida de María se sucedía en un rosario de historias menudas, entretejidas por rojos esplendorosos y sutiles ocres acompañados de tonos de la tierra. Los fondos de oro, omnipresentes en la iconografía ortodoxa, le otorgaban una luz excepcional y alta expresión de la divinidad.

—¿Sabes, Carmen?, me da por pensar en las similitudes de nuestras dos culturas. Observan aquí una devoción profunda por la reina de los cielos, como nosotros hacemos; los colores de sus pinturas son vibrantes, como los que usan nuestros artistas más celebrados; son amantes de la música y la danza, al igual que en nuestra tierra; y aman la vida con pasión, de la misma manera en que nosotros la amamos.

—¡Calla, calla! Ya sé de tu intención...

—Carmen, ¡te ruego! Estamos ante una magnífica enseñanza para el cometido que aquí nos condujo.

—Ha de ser cabal inspiración para nuestras tallas, Luisa. ¡Y déjate de otras similitudes!

El ajetreo de los monjes, que hacían descender las enormes lámparas a fin de apagar las velas, nos sacó de la abstracción en la que estábamos sumidas y comprendimos que habíamos de abandonar la iglesia. Recordamos entonces que el trineo de los Dolgoruki nos aguardaba para conducirnos al palacio donde se celebraría la comida navideña. El carruaje era una obra de arte. Pequeño y compacto, estaba pintado en un claro color ocre, donde la imaginación del artista había creado motivos florales que se entrelazaban, se alejaban y volvían a unir, en un apretado bosque de arabescos y filigranas que alegraba el invernal ambiente reinante.

Tiraban del carruaje dos caballos de oscuro manto, y, como

ya era habitual, con cinchas, bridas y cabeceras cubiertas de cascabeles, que producían su música cantarina durante la marcha. El cochero vestía un largo abrigo azul con un cordón de colores en la ancha cintura, y se cubría la cabeza con un alto gorro bermejo orlado de piel. Bien cubiertas por sendas mantas de lobo, el frío en los rostros nos proporcionaba un saludable tono rosado en las mejillas.

Atravesamos el puente, y tomaron los corceles la calle de la izquierda, donde nos detuvimos ante una suntuosa mansión a orillas del río. Entramos por una puerta de hierro forjado y enfilaron el camino que llevaba a la casa. Desde el exterior se dejaba oír el bullicio y la algarabía de los invitados. La princesa nos había dejado saber que, habitualmente, reunía sólo a la familia, concediéndonos así la honra de ser consideradas como tal. Estarían también presentes los embajadores de Francia. Pero el estruendo dejaba presagiar una multitud.

En efecto, me pareció que los príncipes gozaban de una buena relación con casi todos los miembros de su numerosa parentela, y con los que no la tenían, preferían disimular su descontento para no romper la deseada unión. En la entrada, surgía una amplia escalera que estaba adornada con ramas de pino entrelazadas con cintas de seda rojas y grandes piñas. Los candelabros y las lámparas chisporroteaban con la luz de las velas, recordando la luz que Cristo traía al mundo, y también con el fin de combatir la oscuridad, que en esas latitudes era habitual y comenzaba ya a enseñorearse del firmamento.

En el primer salón divisamos a la princesa, con una cohorte de primos, sobrinos y nietos. Su natural empaque era atemperado por la amable disposición de la que, como buena anfitriona, hacía gala. Diversas actividades se sucedían y superponían: unos cantaban melodías de la estación, uniendo las cristalinas voces de los niños con las graves de sus padres; otros abrían los regalos que Alexandra Dolgoruki había escogido con mimo para todos y cada uno; los más se deleitaban con el ponche caliente que resucitaría a un muerto; el ambiente era gozoso y festivo, y nosotras, admiradas, observábamos todo con regocijo y asombro.

En cuanto la embajadora nos vio, se acercó con unos pequeños paquetes en su mano. Yo lo abrí la primera, y hallé un icono de la Madre de Dios de primorosa factura. Carmen hizo lo mismo, y encontró también una pintura rusa.

—Para que os proteja en esta tierra desconocida —dijo Alexandra.

En ese momento, un solemne mayordomo anunció la hora de comer. Al entrar, Carmen y yo nos quedamos boquiabiertas. Lo que allí había preparado era un auténtico festín.

Soperas humeantes alternaban con piernas de jabalí de inconfundible aroma; pan recién horneado se alineaba junto a bandejas repletas de aves de distintos tamaños; mermeladas de bayas silvestres, alimento usual de esos animales, invitaban con su perfume a acompañar en perfecto maridaje al producto de la caza. Unos dorados pasteles dejaban escapar por unas cortas chimeneas los aromas de venado o pato. Unos faisanes aderezados con sus plumas y su vistosa cola campaban sobre azafates* de estaño. Alexandra nos invitó a sentarnos con ella y unos parientes, y a degustar las especialidades rusas.

Más tarde fijé mi atención en los muebles que se esparcían por los salones. Pude observar la feliz unión entre aquellos de factura francesa y los producidos en años pasados en Rusia. Eran de formas rotundas, muchos pintados con diversidad de colores y motivos, que alegraban la oscuridad invernal y el monótono panorama de nieves que duraba largos meses.

En fecha reciente, los ebanistas locales, incentivados por la riqueza de sus bosques y la variedad de las maderas, habían comenzado a elaborar cómodas de laberínticas taraceas, mesas y consolas de estilo francés, pero con una curiosa característica: los bronces se simulaban con artísticas tallas en madera que luego doraban con primor. Entusiasmada por mi descubrimiento, me acerqué a la Dolgoruki para agradecer con entusiasmo su invitación.

—Princesa, he de agradeceros lo que hacéis en nuestro agra-

* Azafate: bandeja o fuente con borde de poca altura.

do y cuidado. He comprendido, viendo en aquestos vuestros salones, el talento y esmero con que está realizado este mobiliario. Mucho deseo aprender de la calidad y variedad de vuestros leños; la consistencia o su maleabilidad, sus distintas vetas y matices...

—Bien me place veros dispuesta a la industria del trabajo. No dejéis que nada os distraiga en vuestro cometido.

—Así será, os lo aseguro. Hoy he sentido el pálpito de la inspiración contemplando las pintadas paredes de la Dormición y los iconos allí custodiados.

—Ved, Roldana, que nuestros pueblos son asaz similares. Hay una sutil ligazón entre vuestras ora tiernas, ora vivaces, mas toda hora apasionadas esculturas y nuestras imágenes. El oro, que simboliza la divinidad y está presente en todas ellas, une la forma de expresarse de nuestras gentes. Y lo hace con mayor fuerza que el idioma...

—Pues es lenguaje —dije— que a todos alcanza.

Surcando la blanca nieve de retorno al Kremlin, sentí que crecían mis ansias de volar, que el mundo no tenía confines, y experimenté una tal euforia, que creí ser capaz de vencer dificultades, deshacer entuertos y desvanecer suspicacias.

4

NUEVO AÑO
1691

En la víspera de la Epifanía, el Zar decidió asistir a misa en la catedral de San Pedro y San Pablo en el Kremlin. Iván no estaría presente, pues acudía a la catedral de la Dormición. Más tarde se reunirían para la ceremonia de la Bendición del Agua. Alexandra Dolgoruki nos había animado para que acudiéramos a su palacio, desde donde podríamos contemplar esa fiesta singular.*

Ese día amaneció soleado y sin viento, lo cual, dijo la princesa, era una ventaja considerable, pues la procesión, que saldría del Kremlin, había de marchar sobre el helado río.

En efecto, un cortejo interminable que procedía de la catedral apareció a la vera del Moscova. El patriarca de Moscú, que mostraba una gran cruz, era seguido por los popes, que portaban iconos y crucifijos de menor tamaño. Tras ellos, boyardos con sus trajes de gala y miembros de la corte. Precedían éstos a los dos zares, que vestían sus ropajes de brocado de oro, recamados con tiras de piedras preciosas y bordeados de pieles de zorro. Ambos portaban en la cabeza las coronas de las ocasiones principales, y en la mano izquierda, una cruz, otorgando así el cetro del poder a su Divina Majestad.

Custodiaban a sus altezas numerosos *streltsi*** y guardias de

* El actual palacio Dolgoruki no está a la vera del río.

** *Streltsi:* Cuerpo de infantería que formaba la guardia imperial. Tenían muchos privilegios, y se insurreccionaron con frecuencia.

palacio, así como soldados del regimiento de Preobrazhenski, tan adicto a Pedro. Todos ellos estaban fuertemente armados y llevaban consigo vistosos estandartes con las armas reales. Entre oriflamas y pendones, destacaba la flameante bandera con el águila bicéfala. La claridad del día, siendo notable, permitía que la imponente procesión se reflejara en el hielo formando un segundo séquito, que más parecía espejismo que realidad.

—Princesa —pregunté—, me produce curiosidad sin igual la bandera con el águila de dos cabezas. Es también emblema de nuestro imperio. ¿Cuál es el origen de esta enseña en el pabellón del Zar?

—Es de origen remoto. Al caer el Imperio romano de oriente y la sin par Constantinopla, se desmorona el Imperio bizantino. Sofía, hija de Tomás Paleólogo, se desposa con Iván III. Éste, queriendo salvaguardar el recuerdo de aquel magnífico señorío, adopta para Rusia el ave de las dos cabezas. Una representa los territorios del este, y la otra, el Imperio de occidente.

—¡Qué historia gallarda! Gracias al amor, pervive en la memoria un gran reino.

—No sólo eso. Nuestra madre Rusia conserva la galanura y la poesía de la Iglesia ortodoxa. Observaréis en adelante la influencia oriental en nuestra arquitectura, en iglesias y palacios, en ropajes y tocados; en nuestro ser y pensar. Somos oriente y somos occidente.

»¡Ah, escultora!, deseo señalaros otro detalle de profundo significado. Es posible que no alcancéis desde aquí a dilucidarlo, mas cuando os halléis próxima a una de esas enseñas, reparad en el centro del pecho del águila: es un escudo con san Jorge combatiendo al dragón. Es así mismo la enseña de la Orden Constantiniana de San Jorge, que dedica sus esfuerzos a la defensa de Europa ante los ataques de los turcos. Son liderados estos caballeros constantinianos por su Gran Maestre, el príncipe de Macedonia. El bien, san Jorge, defiende a la cristiandad del dragón, el turco. ¿Os complace el simbolismo? Es la imagen que nos regalaron en Cádiz y que obra vuestra era. ¿Cómo pudisteis guiar vuestro acierto?

Sonreí pensativa, y Alexandra también.

Llegados a un paraje en el río donde había un hueco en el hielo, se detuvo el séquito con muestras de respeto. Según nos dijo la princesa, ese lugar era llamado Jordán, y simbolizaba el emplazamiento del bautismo de Cristo. Acto seguido, el Patriarca sumergió la imponente cruz en las heladas aguas, y, sacándola, bendijo a los Zares con ella. Brillaron las gotas al sol de la mañana, como diamantes líquidos que portaran en su seno el «detente» contra la adversidad, y se derramaron sobre las inclinadas cabezas de los Zares.

Bellas melodías entonadas por las voces de los monjes contribuían a dar solemnidad a la ceremonia. Siendo que ya habían llegado al final de ésta, los sacerdotes ortodoxos comenzaron el retorno. Ahí fue cuando Pedro, viéndonos al grupo de damas en el palacio Dolgoruki, nos dirigió un leve saludo con la cabeza.

Días más tarde la princesa nos comentó que el patriarca, que iba delante, no se había percatado del suceso, mas cuando le fue referido había mostrado su enérgica condena.

—¡Dónde se ha visto semejante desatino! El Zar saludando a unas mujeres en una procesión, en lugar de seguir los ritos con devota piedad. Estas costumbres extranjeras corromperán a nuestras gentes.

La noticia se desparramó como aceite hirviendo por toda la ciudad. Los que se habían situado en contra de las innovaciones de Pedro aprovecharon la ira del patriarca para sembrar el descontento entre el clero y los campesinos. Los que comprendían que el mundo estaba cambiando a una inusitada velocidad, y que Rusia no podía permitirse quedar atrás, intentaron contrarrestar el mal hecho por los intolerantes, que muchas de las veces sólo buscaban la perpetuación de sus privilegios.

La traición
enero de 1691

Desde la ventana observaba el fabuloso espectáculo de la nieve centelleando bajo el sol. No era yo muy partidaria de los fríos y de las asechanzas ocultas bajo el blanco manto, que podía esconder peligros y caídas, mas dejé que un súbito entusiasmo me llevara a pedir el trineo. Convencer a Carmen no fue fácil tarea, pero al poco tiempo marchábamos bien cubiertas por cálidas ropas de abrigo en dirección al bosque, con la idea de acercarnos al lago y patinar como nos habían intentado enseñar.

Al salir, pudimos contemplar una magnífica escena. Dentro del recinto del Kremlin, un grupo de boyardos aguardaba al Zar. Estaban imponentes con sus largos capotes rojos adornados con alamares y botones dorados, amplios calzones de color ocre, botas anchas y guantes de cuero. Sombrero de fieltro rojo y piel negra completaba el atuendo. Un destacamento de guardias palatinos de fiera expresión y altura inusitada, que delataba su origen vikingo, desafiaba con sus lanzas de afiladas cuchillas a todo aquel que osara acercarse.

Nos deslizábamos despacio, disfrutando del panorama. Cruzamos los jardines, donde una estatua de Neptuno que vigilaba con atención un pequeño estanque lucía su testa coronada de un racimo de blancos copos.

Ya fuera del recinto nos adentramos en una avenida de álamos de desnudas ramas perfiladas de albor, que resultaban ser en sí mismos soberbias esculturas. Penetramos en el bosque a través de un sendero donde los numerosos abetos recibían el blando peso que los tornaba gráciles y etéreos; hasta el hierbajo más miserable se revestía de una hermosura que jamás antes había conocido, ennoblecido por la esplendorosa nieve. Un extraño y a la vez amable olor acre afloraba de vez en cuando al paso del trineo. Había de ser alguna planta que reaccionaba a la humedad ambiental.

El panorama valía la pena: en una vereda tal parecía que los arbustos, todos ellos de blancura cegadora, nos cerraban el paso. Tras un vericueto, un poco más adelante, y de forma inesperada, el camino ensanchaba para mostrar el grandioso lago de Novodevichi.

No estaba muy concurrido.

—Mejor —dije a Carmen—. Así no pasaremos fatiga cuando caigamos numerosas veces.

—Luisa, de aquí a poco estas personas se retirarán y será peligroso quedar aquí tan aisladas.

—¡Mira el día que hace! Disfrutemos de aquello que no volveremos a tener de retorno a nuestra tierra.

—¡Testaruda, empeñada y porfiada, como siempre! —rezongaba mi prima.

No sabía ésta lo que le esperaba. Las afiladas cuchillas de los patines eran una escueta superficie sobre la que habíamos de mantenernos erguidas y desplazarnos con donosura. Una vez que nos hubimos calzado, la inexperiencia de ambas hacía que hubiéramos de sostenernos y apoyarnos la una en la otra. Conseguir el equilibrio no era cuestión baladí. Cuando me percaté del aspecto infantil, de niña torpe que da los primeros pasos, que las dos ofrecíamos, la comicidad del momento me hizo estallar en una viva carcajada.

—¡No te rías! ¡Que me haces caer! —exclamó Carmen.

Dicho y hecho. Nos tambaleamos unos instantes, para enseguida recobrar digna compostura, y en un tris, desplomarnos al unísono. Las amplias sayas de recios paños amortiguaron la caída. No así el ánimo de ambas, que estallamos en sana hilaridad al vernos de esa guisa, desbaratadas en el suelo.

—¡Ya te lo decía yo! —me increpó Carmen—. Que esto no es lo nuestro, que esto es para los osos.

—Nadie nace sabido. ¡Levanta el ánimo, y allá vamos!

Mi carácter intrépido, al comprobar la protección que nos habían ofrecido los vestidos y los abrigos, me lanzó con entusiasmo a la interesante novedad. Sin embargo, mi prima era partidaria de acabar con esa diversión que no dominábamos.

—¡Vamos! ¡Ven presto! —grité.

Y con ánimo escaso, comenzó a seguir mis pasos. Tras varios intentos fallidos y la consiguiente mofa de mi compañera, conquisté el ansiado equilibrio. Dos pasos tentativos me confirmaron en el empeño. Envalentonada, me dejaba llevar por el impulso que mi cuerpo y la ilusión infundían a mis pies. El vuelo sobre la lisa superficie, el suave crujido de los patines deslizándose y la caricia de la brisa en mi rostro me embriagaban.

Poco experta en estos lances, no respeté la primera regla: observar el espesor del terreno y no acercarse a los límites en los que éste enflaquecía.

Deslumbrada por el fulgor glacial, no percibí que me acercaba en exceso a una zona de fino hielo. No oí tampoco el aviso espantado de Carmen, que intentaba prevenirme del error. Ésta hubo de ver, ante sus ojos aterrados, abrirse las gélidas aguas, que me tragaron en un instante. A toda la velocidad de la que era capaz, ora patinando ora escurriéndose por el frío suelo, llegó cerca del horrendo agujero. Nada. Ni rastro.

No podía ella verme, pues yo me debatía en la oscura profundidad de las aguas, atrapada por el pavor y el peso de las ropas mojadas.

Al percibir entre los velos del agua la cara de Carmen y su aterrado semblante, conseguí asomarme a la superficie.

Mientras yo me debatía entre los mortales lazos, intentando sacar la cabeza y los brazos, ella me tendía desde lejos e intentando aproximarse ambas manos, que yo no lograba asir. En las tinieblas de mi cerebro ya adormecido, pude escuchar a la espalda de mi prima unas recias voces que le hicieron girar la cabeza. Con la fuerza que da el instinto de supervivencia, conseguí alzarme buscando mi salvación.

Alcancé a ver a Nicolai Lopoukhin con otros dos fornidos hombres, que se aproximaban raudos como centellas. Ataron un grueso cabo a un árbol y uno de ellos, el más joven y enjuto, con esta cuerda amarrada a su cintura, se deslizó como un felino sobre la helada superficie. Cuando llegó cerca del hoyo, asomó su cabeza y logró ver la mía casi ya sumergida de nuevo en las tenebrosas aguas. Agarrándome por la cabellera, tiró con fuerza de ella, y me conminó a que aferrara sus brazos al tiempo que él enganchaba los suyos. Obtenido esto, enlazó la robusta soga a mi cintura, y con enérgicas voces pidió a sus compañeros que lo ayudaran a izarme.

Carmen observó con horror el azulado manto que me cubría la tez, la débil respiración y mi estado inerme.

Una vez salvada de las profundidades, Lopoukhin me puso

su gabán, y seguido por una temblorosa Carmen, nos instaló a ambas mujeres en un trineo, cubriéndome con mantas y saliendo los caballos al galope fustigados por el látigo del cochero.

Llegamos frente a una espaciosa cabaña de madera de la que salieron con presteza unos servidores, que nos condujeron a una estancia caldeada por el brioso fuego de una chimenea. Mis dientes castañeteaban con furor sin que yo pudiera impedirlo. No conseguía sentir mis piernas y mi aspecto debía de ser lamentable, pues el horror se leía en la cara de mi prima. Lopoukhin, que me llevaba en brazos, me depositó con suavidad sobre un lecho.

Me esforzaba por emitir frases que no lograba proferir. Me suministraron una dosis de vodka, que, como en ocasión precedente, logró devolverme el ánimo. Formando una protectora muralla con sus cuerpos, las doncellas me arrebataron las húmedas ropas para envolverme en secas y cálidas vestiduras.

—Señor capitán —acerté a decir—, es la segunda vez que me salváis la vida. Soy deudora de vuestros desvelos.

—Reposad. Que nada turbe vuestro ánimo. Os traerán una bebida caliente que habréis de tomar de inmediato. Contáis con la compañía de vuestra fiel prima. Ella nos dirá si hubierais menester de nuestro concurso.

El capitán se dirigió hacia la puerta y, antes de cruzar el umbral, lanzó una mirada hacia el lecho que penetró a Carmen de pavorosas sospechas —según ella me contó más tarde— mientras yo dormía pacífica, ayudada por el salvífico fuego y el calor de la bebida.

«Nada ni nadie me moverá de aquí», se dijo a sí misma Carmen.

Llegó la noche, y las oscuras sombras producían horrendas figuras en su imaginación. Me guardaba de la mejor manera que sabía y podía. Carmen presentía que las amabilidades y lindezas del apuesto Lopoukhin podían esconder designios de mal cariz. Finalmente el cansancio y la tensión producidos por los acontecimientos y los temores barruntados vencieron la resistencia de mi leal prima, y se rindió agotada al sueño.

No tuvo tiempo de comprender lo que estaba sucediendo.

Unos brazos potentes la levantaron del sillón en el que reposaba y la llevaron en volandas a una habitación, donde la encerraron entre risas y frases ininteligibles que le helaron el corazón. Su amada Luisa quedaba sola, a la merced de ese hombre corpulento y de potentes instintos.

En efecto, al tener la vía libre, con mi amiga del alma a buen recaudo, Nicolai se encaminó hacia mi cámara, donde yo reposaba en beatífico sueño. Abrió la puerta muy despacio, sin hacer ruido. La claridad del candil iluminó mis cobrizos cabellos en torno a mi pálida tez. La imaginación volcánica de Lopoukhin hizo que me viera aureolada, como si fuera una diosa mediterránea. El deseo reprimido durante largas semanas y el encargo de venganza recibido lanzaron al ansioso galán hacia mi lecho.

Cuando percibí lo que estaba pasando, el terror me hizo proferir un agudo grito de angustia y asco, pues el aliento del capitán hedía, putrefacto de vodka. Él buscaba mis labios con denuedo, mas yo, sobria y con la fuerza que produce el instinto de supervivencia, me defendía como una gata rabiosa, arañando, pegando y mordiendo. En el fragor de la lucha, el apetito de él crecía, tornándolo violento. De un tirón rasgó mi camisola, a lo cual, llena de rabia, respondí golpeando con toda la fuerza de la que era capaz.

En ese momento, Lopoukhin soltó su presa con un grito de dolor. No era mi pujanza la que provocó la derrota del bribón. En el umbral, erguido como un dios vengador, Alexei Menshikov miraba desafiante al capitán con un *knut** en sus manos. Era el arma que había restallado en la espalda de Nicolai. Rojo de ira, éste increpó al atacante:

—¡Por todos los diablos, cómo osas azotarme como a un esclavo! ¡Tú, tú, que no eres más que un *mujik*!**

—La escultora está bajo la protección del Zar —respondió como del rayo Menshikov—. ¡A él tendrás que dar cuenta de tus acciones!

* *Knut*: Látigo de tiras de cuero, acabadas en bolas metálicas, que se utilizaba como instrumento de tortura en Rusia.

** *Mujik:* Siervo o campesino ruso de pobre condición.

—¡No sabes, infame campesino, a qué poder te enfrentas!

—Bien lo sé. Y puedes decirle que las víboras que ella pergeña y alimenta mal le aconsejan. Serán su perdición. ¡Y tú, innoble, fuera de aquí! ¡¡Fuera!!

Y tuvo que partir Lopoukhin, habiendo manchado su nombre por la acción de su propia mano. Acto seguido, supliqué a Alexei que buscara a Carmen. No tuvieron que indagar mucho. Aquellos bravucones secuaces de risotadas funestas habían desaparecido al ver perdida la partida. Los hombres de Menshikov dieron enseguida con la mazmorra de mi prima gracias a los agudos gritos de socorro que ella profería. Cuando las dos nos encontramos, nos fundimos en emocionado abrazo. Mas Menshikov, prudente, nos conminó para que nos arregláramos y pudiéramos partir. Quería llevarnos de nuevo a las protectoras murallas del Kremlin, «donde —dijo— estaréis más seguras».

Así lo hicimos, y en la noche oscura atravesamos los campos inmaculados de nieve. En el carruaje, de retorno a palacio, permanecía yo cabizbaja, intentando esclarecer en mi agitada mente lo apenas sucedido. Carmen, a veces más realista y conocedora de las debilidades humanas, no parecía tan sorprendida.

—Alexander, hay algo que no acierto a descifrar. Cuando en medio de mi terror Lopoukhin te dijo: «No sabes a qué poder te enfrentas», ¿qué quiso decir? ¿Y qué tiene que ver el motivo de su ataque con ese poder?

—Es ansioso que os dé a conocer algunas intrigas. El Zar, desde hace unos meses, no otorga su favor a Eudoxia. Las escasas ideas que ella posee han quedado sepultadas en la caverna de su fanatismo. Todo aquello que ignora, y harto es, se le antoja obra del maligno. Su obstinada cerrazón ha ido apartando a Pedro de su mujer.

—Mas ¿qué relación es la mía con esa ajena desdicha?

—Su zozobra le hace ver en cualquier mujer a la que Pedro ensalza, y a ti dispensa alta estima, una amenaza a su posición e influencia.

—En tal caso, mi mala sombra ha querido que él me tenga por más de lo que merezco, y que ésa pudiera ser mi ruina.

—No, Roldana, estás y estarás protegida. Has de saber que cuando partisteis sin avisar, una doncella vino a prevenirme de vuestras andanzas. Salí en breve tras vos y vuestro cochero me informó de lo sucedido. Así pude encontraros e impedir vuestro atropello.

—¿No fue entonces casual el hallazgo?

—El Zar dispuso con decidida porfía vuestra seguridad. En todo momento la vigilancia ha sido mi cuidado. No temáis.

Preocupada, continué cavilando acerca del recelo que mi persona había provocado en aquella mujer, que, a todas luces, se hallaba insegura. La Zarina tenía horror de que alguien pudiera arrebatarle lo que ya no era suyo, y esto la tornaba desconfiada y vindicativa. Sentí el escalofrío que produce el miedo y miré a Carmen, a mi adorada Carmen, a quien había llevado a esta azarosa situación. Yo bien la conocía, y supe entender que su silencio era signo de suprema congoja.

«He de retornar a Madrid —determiné—. Sin dilación.»

Alexei, al despedirse una vez que nos dejó sanas y salvas, dijo a mi prima:

—Cuida de ella. Reposad de vuestros desencuentros y peligros. La Roldana es mujer intrépida, pero aquí debéis estar atentas a la mala voluntad de secretas insidias. Hemos de conversar de alegres festejos en tiempo más propicio. Adiós.

La madre Rusia

Era ya cerca de la anochecida y me aprestaba a apagar las velas del taller. ¡Los días eran tan cortos en Rusia en esta época del año! A punto estaba de marchar a mi cámara, siguiendo a Carmen, cuando una sombra imponente apareció en el umbral. Atemorizada por los acontecimientos pasados, me eché hacia atrás, buscando instintivamente refugio. Pero el candil que el hombre llevaba iluminó su cara. No podía dar crédito. Era el Zar.

—Escultora, sé que has sufrido un ataque. Es mi deseo poner

en tu conocimiento que el culpable sufrirá el castigo al que se ha hecho acreedor.

—Señor, la intervención de Alexander fue decisiva. Y le soy grata. Mas no quisiera que fuerais severo en demasía.

—Faltó Lopoukhin a las reglas de la hospitalidad, sagradas en Rusia. Y atentó contra una dama que está bajo mi protección. Sabía lo que arriesgaba. Tendrá su merecido. —Y como queriendo dejar atrás el desagradable recuerdo prosiguió—: ¿Qué hacías ahora, Roldana? ¿Qué nos depara tu ingenio?

Sin decir una palabra, encendí de nuevo las candelas que había extinguido y luego, muy despacio, tiré del lienzo que protegía el San Miguel. La expresión del Zar era compleja: asombro, satisfacción y admiración se superponían y, al final, estalló en una carcajada que me dejó confusa y desorientada.

—No temas. Mi risa de nada malo es testimonio. He de hacerte saber que hace unos días discutía con mis amigos sobre arte. Decían ellos que una mujer no posee la capacidad de la fuerza en la expresión. Yo mantuve que únicamente es cuestión de talento. Acabas de hacerme ganar la apuesta.

—Señor, yo... —dije dubitativa— he pensado al crear este arcángel en un hombre que lucha con convicción por aquello en lo que cree.

—Serénate. Me complace tu afán. Nada me disgusta más que la tibieza, hacer las cosas sin entusiasmo ni dedicación. Es preciso que me adelante a Preobrazhenski. Quiero que vengas tú, que permanezcas allí unos días y realices para mi casa alguna de tus mejores obras. ¡No admitiré nada menos!

—Pero, señor —argüí—, yo creo...

Me interrumpió impaciente:

—Es mi deseo que acudas a mi llamada. —Y ya en la puerta, se volvió para decir—: Tienes licencia para hacerte acompañar de quien hayas menester. Pide a mi intendente que prepare todo aquello que necesites para tu trabajo.

Grande fue mi desconcierto, pues tras la desdichada aventura en el lago, había prometido a Carmen el pronto retorno a España. Mas la imperiosa voluntad de Pedro no admitía discusión.

Siguiendo las órdenes del Zar, nos habíamos puesto en marcha para acudir a su retiro preferido. Íbamos acompañadas por nutrida guardia y ayudantes que resolverían cualquier incidencia del viaje. A pesar de que efectuamos la salida la mañana apenas comenzada, se hizo la noche antes de llegar al destino. La luna lucía con un inusitado fulgor, alumbrando el camino y mostrando las colinas que reverberaban bajo el influjo de la luminosa esfera nocturna.

Tras los árboles apareció una casa alumbrada por una miríada de antorchas. Sus destellos revelaban una morada con una airosa fachada blanca, pintada con motivos florales en rojo y verde. Esbeltas columnas en las que se enroscaban guirnaldas de uvas y hojas de pámpano pintadas con inusitado realismo ascendían hasta la segunda planta. Aquí la decoración se hacía más intrincada, pues motivos geométricos repetidos hasta el infinito cubrían la entera pared en alegre mosaico de azul verdoso, arena y color laca de China. Cautivaba tan sólo mirarla.

En Preobrazhenski, la atmósfera era muy distinta a Moscú. Los rusos, barbados y con cumplidos abrigos, contrastaban con los numerosos europeos, que vestían calzón corto, casaca y altas botas de cuero.

Las mujeres rusas usaban largos vestidos y escuetos bonetes sujetos con anchos pañuelos de flores. Miraban con desconfianza a las bellas europeas, que lucían desinhibidas hermosos vestidos con amplios escotes que resultaban en exceso incitantes para los ardientes y exaltados nativos.

Era un ambiente cargado de energías provenientes de la tensión de las diferentes culturas y opiniones. Supe al instante que mi trabajo sería provechoso. Me lancé con entusiasmo a la creación de diversas tallas que formarían parte de esa casa como si hubieran nacido al unísono.

En las heladas noches del enero ruso, acudía alguna vez el Zar a comprobar el progreso de mi obra. Dada su inagotable curiosidad, preguntaba por todo y se interesaba de forma particular por España, preguntándome por el clima, las costumbres y, sobre todo, por las Indias; los puertos de Andalucía desde los que zarpaban las naves, cómo estaban pertrechadas éstas, su tamaño y envergadura; quería también saber qué productos llegaban de Ultramar, y un sinfín de asuntos que procuraba yo contestar lo mejor que sabía.

Un día decidí tomar la iniciativa y, sin saber si tendría éxito en la empresa, comencé a hablarle de Sevilla, su luz incomparable, sus jardines, con el intenso y perturbador perfume del azahar, las jacarandas de ondulantes ramas con sus nubes de flor azul, las palmeras, que se movían como danzarinas con la suave brisa... De los antiguos palacios de herencia romana y árabe, su embrujo, su hechizo... Y estaba tan inmersa en mi relato y lo contaba con tal entusiasmo, que olvidé por un momento dónde y con quién estaba. Al volver de mi ensoñación, dirigí la mirada hacia el Zar y lo vi concentrado, penetrante la fija expresión, pendiente de mí, de lo que le contaba, de aquello que él ansiaba oír: otros mundos, otras gentes. Para tomar de ellos lo que bueno fuera para su amada Rusia.

—No ha mucho mandé una embajada a tu país. Es mi deseo que nuestras naciones compartan saber y amistad. Todo lo que me cuentas de Sevilla parece venir de lugar mágico, más propio de la fábula que de la realidad.

—Y sin embargo, ¡es cierto, majestad! Nada hay en mi narración que no sea veraz.

—Si he de creer tus palabras, habéis sufrido invasiones sin cuento. ¿Guardáis odio en vuestros corazones a causa de esa dominación?

—Romanos, cartagineses, visigodos, árabes, todos dejaron rastro de su civilización y su ingenio. Los palacios llevan en sí las huellas de las costumbres y el arte de aquellos pueblos. Somos todas esas civilizaciones.

—Extraordinaria respuesta me has dado, escultora. Me has de contar otras cosas de tu país y de sus gentes, pero otra vez será. Ahora debo partir.

Comprendí que en su morada de Preobrazhenski Pedro se sentía libre. Libre y seguro. A salvo de intrigas e insidias en aquel austero palacio de madera. Me dijeron que cuando el peligro lo había sofocado con su mano de hierro, allí había acudido, con los suyos, con los leales. Comprobé que le atraían con magnetismo extraordinario los europeos que mantenía a su alrededor. Eran hombres cultos que razonaban sin la ceguera de la pasión, hombres que, cada uno en su especialidad, estudiaban la manera de aumentar su ciencia y, con ella, el desarrollo de su nación. Y Pedro ansiaba conocer, tenía hambre de saber. Patrick Gordon era uno de ellos. Escocés, católico y buen conocedor de estrategias militares y asuntos navales, admiraba a este joven monarca que optaba por la tolerancia religiosa, aborrecía el fanatismo y se afanaba por sacar a su país de la Edad Media. Gordon se presentaba con un aire somnoliento que conducía a engaño. Supe por Alexei que su mente estaba alerta de continuo; su pensamiento volaba a la velocidad del rayo y su conocimiento de los asuntos del mundo le hacía optar por sabias decisiones que dejaba oír con su voz de trueno.

Pero vi con pesar que reunía Pedro a su alrededor en este lugar gentes bullangueras, bebedoras y juerguistas que incitaban sus peores demonios. Eran éstos, según pude saber, Franz Lefort, un mercenario suizo; Nikita Zotov, apodado Baco, el Patriarca; Boris Golitzin, Pedro Tolstoi y el omnipresente Alexei Menshikov. El príncipe Boris Kurakin, que creía con firmeza en las enormes cualidades de Pedro, reprobaba sin embargo estas actuaciones desmedidas.

Esta inclinación hacia los europeos se extendía a las mujeres europeas, a las que parecía considerar más capaces de compartir sus ansias de cambio, su búsqueda del saber, sus anhelos para una Rusia mejor. La estrecha y pequeña mente de Eudoxia nunca llegaría a vislumbrar la grandeza, crueldad, pasión, clarividencia, despotismo y generosidad que conformaban la compleja urdimbre de su augusto esposo.

Y él lo sabía. Me dijeron que cerca de Moscú, en el barrio

europeo, una joven posadera de nombre Ana aguardaba en sus noches de estimulante conversación y animadas danzas la visita de un fogoso amante llamado Pedro.

Una noche el alboroto de la jarana despertó a todo aquel que dormía en paz y serenidad. Algunos osaron asomar la cabeza para contemplar lo que sucedía, para, viéndolo, protegerse detrás de sus puertas, implorando al cielo que no les tocara participar en aquella insensatez.

El rumor se extendió como el aceite. Aquel que nada había oído recibía cumplida noticia de los que habían entrevisto la tremenda juerga de su majestad. Carmen, que había escuchado como yo el escándalo de los que creímos contumaces borrachos, salió a preguntar por la mañana lo que había sucedido. Lo que le contaron le produjo gran indignación.

Caía la noche en Preobrazhenski. Animados por el vodka, que fluía con largueza, y las chanzas de sus compañeros, después de bailar al son de balalaicas y banduras* con unas zíngaras sensuales y vibrantes, dieron en un escarnio que hallaron muy entretenido. Decidieron que habían de jugar al *sviatki*, una charada ruidosa y cruel. Mandaron llamar a unas siervos obesos, a los que arrebataron sus ropas, y entre carcajadas y empellones los sacaron al lago vecino, y así, desnudos e indefensos, los arrojaron a unos huecos horadados en el helado elemento, mientras celebraban la ocurrencia con gran regocijo.

Llevaron sus intemperancias a los límites del paroxismo, gritando como posesos, en un delirio de brutalidad, olvidando que su elevado rango y los privilegios que comportaba debían ir siempre unidos a estrictos deberes. No era la primera vez.

Boris Kurakin intentaba con sus consejos limitar el mal en que estas actuaciones enredaban a su zar:

—Señor, la turbación que generan estos amorosos festejos y las befas y desprecios a humildes personas no os benefician.

—Lo sé, Boris, lo sé. Eres mi conciencia. ¡Nunca te separes de mi lado! Te necesito para conservar mi buen sentido.

* Bandura: cítara germánica, instrumento musical de la época.

Y partió de nuevo, entre gritos, a unirse a aquellos que provocaban su lado oscuro, ante la desesperación del prudente Kurakin. Carmen había oído bastante.

Entró demudada en mi estudio y se apresuró a contarme lo que todo el mundo sabía.

—Niña, es muy feo lo que he de narrarte.

—Tú dirás, Carmencita.

—Ese hombre al que tanto admiras, y por el que inclinada estás a perder el sentido y comprometer tu buen nombre, es violento y se deleita en humillar con sus groseras bromas a quien no puede sino aceptar y callar.

—Tú dirás, me asustas. Habla ya.

—La noche pasada, cuando oímos aquel alboroto que propio de chusma creímos, no era tal.

—Pues qué era, ¡cuenta!

—El ser al que tú veneras casi como a mítico dios... —mi prima sentía una enorme dificultad para seguir hablando—, el Zar se hallaba de jolgorio, en compañía de gentes de poco mérito y enconada perdición.

—¡No puede ser! Él no es así.

—Jaleado por hombres en estado de embriaguez y hembras vulgares de costumbres airadas, desató sus peores instintos.

—Qué dices. ¿Por qué me haces sufrir, mal hablando de aquel al que conoces he de reverenciar por siempre?

—Aplaca tu ira y da licencia a mi cordura. Como decía, —continuó— en esa baja compañía desnudaron y arrojaron al lago a los pobres desgraciados que habían elegido para sus burlas mezquinas. Varios entre ellos sufren aún por la ocurrencia. Y muchos lo vieron, y peor, dan a entender que estos escándalos son frecuentes. Ellos no disciernen que ese comportamiento es para nosotros bárbaro.

Ciertamente no correspondían estas actuaciones con la opinión que yo tenía del hombre al que admiraba; con un ser al que yo atribuía una grandeza de alma que desmentían los mezquinos hechos que mi prima desgranaba bien a su pesar y que herían mi corazón.

—¡Luisa de mi alma, es menester que escuches a quien por ti vela! Yo deseo sólo tu amistad y, sobre todas las cosas, tu felicidad. Es por este motivo que he de decirte lo que mi razón ansía comunicarte.

—Bien sé a lo que tu devoción a mí te obliga; sé de tu desprendimiento para conmigo y conozco tu aprehensión hacia mis súbitos impulsos. La ilusión en mí creciente puede oscurecer mi juicio.

—Mi prima querida, no agraves con tu severidad lo que ya doliente es para tu sentir. Abriste tu corazón a la admiración, con noble ademán.

—Me he precipitado en mi consideración. He de aprender a ser prudente. La vida ha de enseñarme a esclarecer aquello que mi ingenio no acertó a penetrar. Te lo prometo, estaré más avisada.

—Ea, ea. No ha pasado nada. Vamos, Luisilla. De aquí a poco tornaremos a lo nuestro: los seres queridos, nuestro país, nuestra ciudad... Y el aprendizaje de todo lo que tus ojos contemplaron será tu bagaje y tu tesoro.

Y llevándome del brazo, como cuando éramos niñas, con la misma ternura, me condujo hacia la cámara en busca del restaurador refrigerio que me había preparado. Abandoné mi cabeza en su hombro, dejando morir mis ilusiones.

5

EL PASADO
19 de febrero de 1691

Permanecía yo entristecida por el comportamiento de Pedro. Me afligía sobremanera comprobar que había otro hombre, otra personalidad, que no acertaba yo a entender, un temperamento que me producía desasosiego e incluso temor. Y que, por supuesto, nunca habría imaginado. ¿Dónde estaba el rey de amplias miras, generoso y empeñado en sacar a la madre Rusia de su atraso y miseria? ¿Dónde estaba aquel ánimo generoso que trabajaba para mejorar la vida de su pueblo, y que tanto me había cautivado? ¿Cómo podía convivir en la misma persona con aquel que humillaba a súbditos indefensos y les hacía blanco de sus chanzas y crueldad? ¿Que ponía en peligro y solfa a criaturas de Dios, con la estúpida ambición de divertirse? ¿Quién era en realidad?

Me sentía ante todo confundida. Me había dejado deslumbrar por alguien que no era quien yo creía. Carmen me lo había advertido:

—¡Ay, Luisa!, mira que la pasión alimenta yerros que se han de volver contra ti.

Ella había demostrado una habilidad de la que yo carecía. Me había precipitado, como ya sucediera en el pasado, y una vez más mi inadvertencia resultaba penosa.

Trabajaba ensimismada en estos pensamientos dolientes y no advertí la figura que aguardaba en la puerta de mi taller. Alexander Menshikov esperaba con expresión paciente el momento oportuno para interrumpir mi trabajo.

—¿Das licencia, Luisa? Hemos de conversar.

—No tengo el ánimo preparado para pláticas cortesanas.

Y de inmediato, consciente del áspero tono con que había respondido a quien tuvo siempre amabilidad conmigo, maticé:

—Has de disculpar mi rigor. Estaba enfrascada en mi empeño. Dime aquello que desees escuche. En toda hora has mirado por nuestro bien y te soy grata.

—Del Zar soy mensajero, pues su real persona se sirve enviarme a fin de que te conduzca a su presencia.

Quise disimular mi disgusto, mas tuvo que ser evidente, porque Alexei insistió:

—Escultora, ha de ser ahora. Es menester —continuó a modo de advertencia— que comprendas que las diferencias de nuestros países son notorias. Él desea sacar de la ignorancia y la miseria a nuestra Rusia. Pero ésta ha sido una tierra cruel, a veces despiadada. El primero en sufrirlo ha sido él.

—Alexei, él es el espejo en quien todos habrían de mirarse, y debe dar el ejemplo de buen hacer.

—Justo es lo que dices, pero has de conocer ciertos hechos del pasado. Hemos sufrido invasiones de tártaros sanguinarios y feroces mongoles. Soportamos hambrunas, frío y muerte. Él mismo, desde niño, ha padecido acerbos peligros y rudas celadas. Mi señor me salvó de una vida mísera y de un padre fanático. Así mismo cambiará él nuestra madre Rusia. Él es Rusia. Yo lo sé. Hazle el favor de tu amistad.

—Yo le sirvo con mi arte, mas...

—No dejes que las trampas de la incomprensión nublen tu juicio. Escucha y reflexiona.

Me condujo hacia una zona de la casa que yo no conocía. Recorrimos largos pasillos que desembocaban en estrechos corredores por los que era casi imposible pudieran pasar más de dos personas a la vez. En los palacios que había conocido, las espaciosas salas se comunicaban mediante vastos pórticos y galerías. La estrechez de estos que ahora me aprisionaban correspondía sólo a los bastiones de defensa, preparados para prevenir ataques y traiciones. Algún fin que a mí se me escondía habían de tener. Llegamos al fin a una sala no muy amplia, con dos ventanas desde las que se divisaba el parque, ahora cubierto de nieves, que a mí se me antojaron de nostalgia.

Tanto el suelo como las paredes, éstas con numerosos cuadros de escenas y paisajes, estaban recubiertos de una madera de cálido tono rubio, y en la chimenea crepitaba un vigoroso fuego.

Cerca de la ventana se hallaba él, sentado ante una mesa de taracea en la que reposaban objetos extraordinarios que, a pesar de mi inquietud, atrajeron mi atención: un magnífico globo terráqueo, un curioso reloj, un astrolabio, numerosos mapas desplegados, un fragmento de refulgente ámbar al que un rayo de sol arrancaba destellos de oro y varios instrumentos de los que yo desconocía su uso.

Apoyado en un atril, un icono no muy grande mostraba una Virgen con el Niño en los brazos. Me llamó la atención porque era distinto a los que había visto hasta ahora. Tras la imagen se extendía un hermoso jardín, enmarcado por cuatro jarrones con flores de vivos colores. A los lados de Nuestra Señora, un paisaje se perdía en la lontananza: verdes claros y ocres resaltaban la esbelta figura de María, vestida con túnica y manto que recordaban la iconografía europea.* A Ella me encomendé en mi desconcierto.

—Adelante, escultora —interrumpió él—. No soy tan salvaje como tú crees.

—Señor, yo... —balbuceé, y no era la primera vez que con él me sucedía—. No sé de cierto...

Él me interrumpió con autoridad:

—Está bien. Escúchame con atención, y quizá puedas aprender algo de esta bárbara tierra que tanto dices amar.

—No ha sido mi intención juzgar...

—Has de saber —continuó desazonado— que mi existencia no ha sido regalada ni carente de peligros. Hace tan sólo unos años, en 1682, los guardias de Moscú, llamados *streltsi*, solivian-

* *Nuestra Señora: el Jardín Secreto*, de Nikita Pavlovets. Galería Tretiakov, Moscú.

tados y engañados por aquellos que a su zar debían lealtad, atacaron el palacio. Junto a mi madre, la Zarina, su hermano Iván Narishkin y el siempre fiel Artamon Matveyev, podía oír el clamor de las turbas y los desgarradores lamentos de sus víctimas. El terror me paralizó. En el afán de protegerme, me escondieron bajo los paños de una mesa, ordenándome que permaneciera en silencio, y Matveyev se colocó delante intentando ocultarme.

Mi rostro debía de mostrar la ansiedad que su relato en mí producía, pues se detuvo unos minutos y su mirada se ensombreció.

—Al instante irrumpieron hombres de expresión feroz que nos cercaron en un santiamén, y con horrísonas amenazas, blandiendo picas, lanzas y espadas bañadas en sangre, se apoderaron de mi amado tío y de Artamon.

Le costaba proseguir.

—Sin que mi madre pudiera impedirlo, me sacaron de mi escondrijo y, forzándola a seguirlos, me llevaron en volandas hacia uno de los balcones de palacio. Mi madre pensó que vivíamos nuestros últimos instantes y me miraba con el mayor pesar que jamás veré en ojos humanos. Pero habíamos de contemplar aún mayores horrores: el asesinato de mi tío Iván y la matanza de más de cuarenta de nuestros hombres más fieles.

—Señor, no sigáis, es doloroso en demasía.

Reemprendió su relato con una voz apagada, lejana.

—La brutalidad de una bestia salvaje no hubiera superado en crueldad a aquellos asesinos. Tomaron a Matveyev por los brazos y las piernas, y balanceándolo entre risotadas, lo arrojaron desde el balcón a la plaza, sobre las afiladas lanzas de sus camaradas, que allí se habían colocado en formación para cumplir su siniestro cometido.

A esa altura de la narración, mis ojos derramaban abundantes lágrimas. Era el Zar un niño de apenas diez años cuando hubo de sufrir la tremenda ordalía. Él, tras una pausa, reinició:

—No contentos con tanta barbarie, arrancaron el sanguinolento cuerpo de las horrendas picas, y entre carcajadas y obscenidades lo despedazaron sin piedad ni respeto. Su rostro conservaba la expresión aterrorizada de quien es asesinado de forma brutal.

Un lamento se escapó de mi garganta.

—Las manos de mi madre intentaron proteger mis ojos de la inicua visión, pero uno de los violentos guardias, con las suyas bañadas en sangre, las apartó con serias amenazas a la vez que repetía: «¡Ha de ser un hombre!, ¡ha de aprender a matar!»

Me precipité hacia él y tomando sus manos las besé con ternura. El Zar me miró como si me viera por primera vez, tal como si regresara de un mundo lejano.

—No fue la única ocasión en que nuestra vida corrió el mayor de los peligros. Hace apenas un par de años, el horror desplegó de nuevo sus alas sobre nosotros. Ahora Sofía, mi amada y traidora hermana, ve transcurrir su pacífica existencia en el monasterio de Novodevichi, sin la mínima oportunidad de alterar la modernización de mi amado país.

—Señor, a vuestras plantas imploro clemencia por mi precipitado juicio. De vuestro favor aguardo que accedáis a que continúe a vuestro servicio.

—¡Vamos, Luisa! Seca tus lágrimas. Nuestros territorios son en demasía diversos para que pudieras entender. Ahora sabes. No será tarea sencilla controlar el animal salvaje que dormita en Rusia. Mas ningún esfuerzo será excesivo para que el futuro sea también nuestro. Tenlo por cierto.

Me incorporé con lentitud, mirándolo y temiendo a la vez que comprendiera la hondura de mis sentimientos, pero él prosiguió:

—En ambas ocasiones buscamos refugio en el monasterio de San Sergio, donde los piadosos monjes nos ocultaron y cubrieron con sus bondades. Allí me dirigiré en procesión, así despunte la primavera y se desvanezcan las nieves. Rusia celebra con entusiasmo la Pascua de Resurrección, y lo haremos con una romería. Es mi deseo que participes en esa peregrinación. La zarina Natalia, mi madre, que ha llegado hace unos días, formará parte de la comitiva, y ha expresado su voluntad de conocer a la escultora sevillana de la que todos hablan.

—Realizaré una Natividad de ternura exquisita para presentarla a la Zarina.

—Trabaja como en ti es habitual y honra así a tu país.

Y con esas palabras dio por terminada la audiencia.

Natalia Kirillovna Naryshkina

En efecto, al poco tiempo fui llamada a la presencia de la Zarina. Natalia era una mujer de mediana estatura, de serena hermosura, pero algo en su mirada la convertía en un ser poderoso y fascinante. Hablaba despacio, con dulce cadencia, mientras me observaba con intensa atención. Tras la conversación con Pedro I, podía yo entrever a esta mujer distinguida y dulce sopesando cómo había de salvar la vida y trono de su hijo de la barbarie y la incomprensión. Era una superviviente. Vestía con refinado esmero una túnica oscura que adornaba con finos bordados en las mangas y el cuello; en la cabeza, un pañuelo del mismo tejido del que asomaba un finísimo velo blanco terminado en unas diminutas perlas que iluminaban su semblante. Los ojos, vivos e inteligentes, estaban enmarcados por unas cejas estrechas que parecían alas de golondrina; la nariz, delicada y aguileña, ponía de relieve unos pómulos altos que añadían distinción a sus labios sensuales.

En sus años jóvenes hubo de ser una belleza. Observó en silencio unos instantes la Natividad que yo modelara para ella. Enseguida me dirigió unas palabras de agradecimiento:

—Sed bienvenida, escultora. En mucha estima conservaré esta talla tan galana. Por el Zar he sabido de vuestra inclinación hacia nuestra patria. No es tarea insignificante comprender el alma rusa, mas quizás a una artista se le alcance el sentimiento vivo y profundo que late en nuestros corazones. Aplacad mi curiosidad, ¿es usual en vuestras tierras que las mujeres obtengan puestos de relieve, o sois persona de porfiado valor?

—Señora, sólo las que se obstinan en el empeño consiguen su afán. Mi afortunado sino quiso que tuviera un padre que cuidó mi instrucción, confiándome todas sus artes e infundiendo en mí la fe necesaria para todo empeño.

—Cumplida es vuestra razón. Uno de los anhelos del Zar es educar al pueblo ruso para que olvide los viejos fanatismos y se incorpore a las ideas que rigen en Europa y que la hacen grande. ¿Permiten vuestras costumbres que la femenina condición viva de su trabajo?

—Muchas son las mujeres que colaboran en los talleres de padres, maridos o hermanos, mas ardua tarea es conseguir el reconocimiento de nuestro esfuerzo.

—Escultora, tú estás muy cerca de obtenerlo. No permitas que el desaliento penetre en tu corazón. Trabaja para nosotros. El arte ha de ser uno de los caminos para abrir Rusia al resto del continente, y es mi ferviente deseo que nuestros sacerdotes puedan vislumbrar esta verdad.

Volvió a mirar con complacencia la Divina Familia que yo le había entregado, y me tendió la mano concluyendo así la entrevista. Al alejarme yo hacia la puerta me dijo:

—Acude a mí si hubieras menester. No quiero que ninguna dificultad entorpezca tu labor. No lo olvides, la creación del artista ayuda a otros a entrever el gran proyecto de Dios.

6

SAN SERGIO
abril de 1691

Las nieves que cubrían la tierra fueron poco a poco desnudándola, y descubrieron aquello que durante meses germinaba en su seno. Miles de flores a modo de cálices, los crocus, tan usuales en el norte, tapizaban la hierba tierna y fresca de ondas de colores, amarillos vibrantes, tenues azules y límpidos blancos. El sol comenzaba a enseñorearse de campos, bosques y sembrados. De retorno al Kremlin se iniciaron los preparativos para la procesión a San Sergio. Este monasterio era muy amado por el Zar y su madre, pues, como él me había narrado, les sirvió de refugio a ambos y sus familiares en momentos de peligro extremo.

El día determinado para la salida amaneció radiante y partimos con la mañana apenas iniciada. Una densa multitud se agolpaba en las puertas de palacio para ver salir a su rey seguido de extensa comitiva. En primer término vi un paso, como lo habrían llamado en mi Sevilla natal, que portaba en su interior una imagen de la Virgen rodeada de candelas. En el exterior, la hornacina estaba coronada de flores trenzadas en guirnaldas, de las que flotaban cintas multicolores que volaban al compás de la suave brisa del mes de abril. Los costaleros* que la portaban eran hombres rudos y corpulentos que tomaban su misión con la máxima seriedad. Vestían largos ropones negros sujetos por

* Término propio de Andalucía para los porteadores de las imágenes durante las procesiones.

un cíngulo rojo, y se calzaban con unas botas formadas por una suela de cuero de la que salían anchas tiras que se enroscaban sobre el tejido que cubría las piernas. No parecía ser un eficaz protector en los fríos del crudo invierno.

Detrás de ellos, unas piadosas doncellas mostraban en sus manos unos iconos que todos reverenciaban con repetidas señales de cruz. El Patriarca, revestido con una dalmática bordada en oro, continuaba el cortejo, y hacía girar un incensario de plata cincelada del que se elevaban unas etéreas columnas de aromático incienso. Dos orondos archidiáconos a cada lado recitaban con sus poderosas voces loas a la Virgen protectora de Posad. Largas y ordenadas filas de popes se sucedían en los extremos.

El Zar, acompañado de su madre, mostraba su respeto y devoción marchando a pie y escoltando a la Madre de Dios. Necesitaba mostrarse ante el pueblo como fervoroso creyente, ya que sus afanes de cambio inquietaban a la corte, al clero y también a la milicia. En pos de Pedro, que los vigilaba con atención disimulada, boyardos de expresión adusta con sus largas barbas, revestidos con sus capas de ceremonia de terciopelo labrado. Entre ellos destacaban dos hombres de la confianza de Pedro, que los flanqueaban a él y a Natalia.

El más joven, el general Sheremetev, caminaba muy erguido, lo que le hacía parecer aún más alto; sus cabellos rubios y rizados caracoleaban al viento de la mañana; sus cejas rubias cobijaban unos ojos de un azul intenso que denotaban coraje y decisión, y su barbilla puntiaguda mostraba una firmeza a toda prueba. El segundo, el príncipe Fiodor Romodanovski, de mediana estatura, corpulento, lucía una espesa cabellera que ya comenzaba a platear, que hacía resaltar unos ojos oscuros y penetrantes; concedía a la tradición su larga barba, aunque respaldaba las ideas renovadoras de Pedro, pues las consideraba beneficiosas para la vieja Rusia. Era cosa sabida que la astucia unida a la prudencia que había demostrado en todas las ocasiones le habían granjeado el respeto y crédito ilimitado de la real familia. Ambos habían constituido la defensa y el apoyo sin restricciones que el joven monarca necesitara durante las revueltas de los *streltsi*. Así me lo habían narrado tanto Alexei como Kourakin.

La abigarrada multitud de religiosos, mercaderes, señores de las tierras y campesinos seguía en perfecto orden gracias a la estricta disciplina que imponían los guardias, vestidos para la ocasión con sus formidables capotes color del trigo con alamares negros. Siguiendo el cortejo, cojos, ciegos, mujeres llorosas, seres abandonados por la fortuna, gentes doloridas por las desgracias de la vida peregrinaban aguardando el ansiado milagro: la curación para un enfermo, el deseado hijo que no llegaba o el término feliz de un nacimiento peliagudo.

El camino se hacía lento, con numerosas paradas para restaurar las fuerzas, o debido a la avanzada edad de algunos de sus participantes. Pero la espléndida temperatura y el deseo de venerar a san Sergio hacían el peregrinar amable. Al cabo de un par de días avistamos en la lontananza las cúpulas del monasterio. Cuando nos aproximamos, pude comprobar que todo aquello que me habían referido era exacto reflejo de la realidad. Era un espectáculo grandioso.

Una muralla ciclópea encerraba un conjunto extraordinario de iglesias y conventos que alzaban sus cimborrios orientalizantes en muda plegaria hacia el cielo. Entonces comprendí el ansia de posesión que su inusitada belleza había despertado a través de los siglos: polacos, lituanos, tártaros y mongoles habían asediado la fortaleza, que permanecía bajo la protección de la Madre de Dios. Al llegar a la puerta de la catedral de la Asunción, vimos que nos aguardaba el más heterogéneo comité de recepción. El patriarca se ornaba con una capa de terciopelo azul con bordados en oro que representaban las lágrimas de la humanidad doliente, mientras las preciosas gemas de su mitra, numerosas perlas, rubíes y esmeraldas centelleaban con los rayos del sol.* Me impresionó su rostro de varón santo, con sus luengas barbas blancas y su mirada derramando paz.

En torno al venerable monje se arracimaban cinco o seis jó-

* Museo de Arte e Historia de Sergiev Posad, Rusia.

venes religiosos con dalmáticas de brillante damasco y mitras esféricas, todas ellas de un carmesí profundo. Tras los protocolarios saludos y bienvenidas que habían de dispensar a su rey, nos invitaron a proceder al interior de la catedral. Una vez más, la grandeza en las proporciones, la profusión de pinturas en paredes, bóvedas y techo, el rutilante brillo del pan de oro del iconostasio y el terso fulgor de la plata en cruces y estrellas me embriagaron de tal manera que creí desfallecer.

—Este pueblo vibrante —expliqué a Carmen— es capaz de las más espléndidas empresas. ¡Tienen el arte en las manos y en el corazón!

—En verdad, Luisa, qué magnificencia. ¡Qué rumbo y tronío! Niña, parece tal que un sueño...

—Oriente pervive en occidente. Del primero conservan la suntuosidad y la opulencia; del segundo, la armonía, la cadencia y la magnitud.

—Calla, chitón, que inician de nuevo las preces.

Después de las consabidas letanías, las voces graves, misteriosas, de los jóvenes sacerdotes exaltaron la salvaguardia concedida al monasterio y ciudadela por la Trinidad y por san Sergio, en cánticos que encumbraban el alma hasta enajenar los sentidos. La fortuna quiso que el séquito fuera conducido al exterior para atravesar la plaza y llevarlos a la catedral de la Trinidad. Así pude yo tomar un poco de aire fresco, que serenó mi animo. Al seguir a la procesión, entramos en la iglesia iluminada por cientos de candelas, y de ahí a la capilla de San Nikon.

Era ésta recoleta y de reducidas dimensiones, lo que hacía que el torbellino del resplandor de la plata dorada del zócalo, las cornisas y los arcos de las puertas, junto con la densidad de la fragancia del olíbano, nos envolviera a todos y cada uno de manera absoluta. Transportadas por estas sensaciones, seguimos con la mirada al Zar y a su madre, que se detuvieron ante un icono que todos veneraban con grandes muestras de respeto.

Supe después que era la obra admirada y admirable del pintor Andrei Rublev, al que todos celebraban como santo. El icono representaba la Trinidad, y su composición sabia, con elegantes matices de color, estaba repleta del más puro y sugerente simbolismo.*

Pudimos también admirar unas emocionantes escenas de la vida de san Sergio, fundador y protector del inmenso complejo que ahora visitábamos.**

Disfrutamos durante varios días de la cálida hospitalidad de los habitantes del pueblo contiguo, donde los artesanos eran legión. Orfebres y bordadores rivalizaban en imaginación y excelencia, produciendo objetos de superior interés. Minuciosos pintores decoraban cajas que abrían en sus pequeñas cubiertas un mundo de paisajes nevados, tupidos bosques, ríos rumorosos y mares de horizontes sin fin. Contagiada por el artístico ambiente, en un estado casi febril por la excitación que se apoderó de mí, tomé notas, realicé apuntes y esbocé figuras poderosas que convertiría en tallas de madera o imágenes de barro una vez que hubiera dejado esta tierra fascinante. Carmen reía al ver mi entusiasmo y me decía una y mil veces:

—Me viene a la mente nuestra infancia. Nunca podías esperar, pareciera que el tiempo se escurría entre tus dedos. ¡Habías de hacerlo todo con ansia!, ¡como si el mundo fuera a terminar en ese instante!

—He de hacer honor a la confianza que en mí han depositado. Y sí. Este universo inigualable que ahora disfruto temo que acabe. Lo temo con desesperación.

Izmailovo

Bien a mi pesar hubimos de retornar al Kremlin. No sabría explicar por qué la atmósfera allí reinante empezaba a asfixiarme. Tenía que producir esculturas que, inspiradas en mi reciente visita, pudieran complacer a quienes tantas bondades habían derramado sobre mí. No había vuelto a verlo desde la peregrina-

* La pintura se exhibe en la galería Tretiakov, Moscú.
** Tabla del siglo XVI. Galería Tretiakov, Moscú.

ción a Posad. Mi corazón había comenzado de nuevo a sentir una emoción irrefrenable cada vez que oía su nombre.

Mis días y mis noches se desarrollaban en una atmósfera laboriosa y ensimismada. Sabía que el futuro estaba más próximo de lo que yo me permitía recordar, mas, conociendo la efímera condición de la felicidad, deseaba gozarla sin trabas. Así, una mañana irrumpió Alexei en nuestro estudio para invitarnos a que lo acompañásemos a Izmailovo, una de las propiedades reales. Yo conocía, o esperaba, que allí encontraríamos al Zar.

La pequeña población no distaba mucho de Moscú. Recorrimos unos senderos ya iluminados por el sol de la primavera, como sólo se puede admirar en los países del norte. La luz era transparente, nítida; el aire, suave y embriagador, y las aguas cristalinas y cantarinas de un arroyuelo vivificaban las campiñas y los sembrados que despertaban de su prolongado letargo. Finalmente avistamos una laguna, donde una balandra desplegaba sus airosas velas.

Un hombre joven, vigoroso, manejaba los cabos y se plegaba al viento matinal con indiscutible pericia. Yo observaba la infinita gracia de aquella escueta embarcación que se fundía con el agua y el aire; dibujaba gráciles figuras en el horizonte que un golpe de brisa se encargaba de deshacer para configurar otras nuevas aún más hermosas. Hubiera querido que ese momento no acabase jamás. Carmen tiraba de mi manga al verme tan ensimismada para hacerme volver a la realidad.

—Luisita, hija, mira que estás embobada. ¡Vuelve en ti, niña!

Enderecé mi cuerpo y mi sentido, y me aresté a recibir al augusto marinero, que, habiendo atracado su batel, se acercaba a grandes zancadas hacia nosotros.

—¡Es el barco más bizarro de la tierra! —dijo entusiasmado—. ¿Te atreves, Roldana, a volar con el viento en las velas, hasta el infinito, hasta que te falte la respiración?

Conociéndolo, supe que podía ser cierto; que habíamos de alcanzar velocidades vertiginosas en el barco en el que navegaríamos. Acepté. La vida con él se vivía de manera múltiple. Estaba aprendiendo en este país a conocer el mundo, a apreciar mi realidad presente en su riqueza y variedad. Al tener mi existencia asegurada, podía enfrascarme en la creación o gozar de los momentos de asueto. En un instante, me encontré deslizándome sobre las aguas en un silencio rasgado únicamente por la brisa entre el velamen. No era el mar, pero el anchuroso paisaje colindante al lago le otorgaba una amplitud oceánica. O así me lo parecía, embriagada de entusiasmo. Bruscamente, el aire se calmó y quedamos varados en medio del agua, lo que propiciaba la serena conversación.

—Este bajel es el abuelo de la futura Marina rusa.*

Ante mi gesto de sorpresa continuó:

—Lo descubrí aquí, hace unos años, en esta pequeña villa, que se convertirá en un símbolo, como símbolo será esta nave. Perteneció a mi abuelo, el zar Mihail, y yo la encontré deshecha y destrozada; la rescaté de la incuria y la restablecí a su actual estado. El zar Iván, a pesar de tener Rusia en ese tiempo una salida al mar, no pensaba en el comercio ni en los beneficios que podía comportar. Era otra nación, otras las ambiciones. En el presente, sé que nuestro florecimiento está en el intercambio de nuestros abundantes bienes con el resto del continente. Para esto necesitamos una flota comercial, y para defenderla de los depredadores, bucaneros y piratas, una Marina de guerra adiestrada y disciplinada.

Ni pensé en interrumpirlo con preguntas cuando su pensamiento creaba las más insignes situaciones para su gente. Era un hombre con un proyecto mayor que él mismo; un ser humano con una ambición: hacer a su país, a su querida madre Rusia, grande, y procurar a sus vasallos una vida más digna, alejada de la ignorancia y el fanatismo. Habría también de contrarrestar el temor que algunos utilizaban para imponer sus criterios a los ignorantes campesinos. Muchos habían de ser los esfuerzos, pero él habría de conseguir transformar su sueño en realidad.

* Se expone en el Museo Naval de San Petersburgo.

7

LA BODA
mayo de 1691

La luz que se filtraba por los emplomados cristales del taller era cálida y rosada. Abrió Carmen la ventana para aspirar esa brisa de tarda primavera que, tras el largo invierno, resultaba un milagro.

—¡Niña, mira, qué esplendor! Temía yo que los hielos fueran eternos. ¡Asómate!

Dejé mi cincel y el trapo con el que apartaba las virutas de la madera, y me aproximé a la ventana. El jardín que a nuestro alrededor se extendía formaba, en un mar de verde tierno de la nueva hierba, coloridas olas de las más diversas flores. La riqueza de las aguas de las nieves había proporcionado a la tierra esta eclosión de vida exuberante. El Moscova discurría con su caudal cristalino y opulento, resultado del deshielo enriquecedor, para encontrar las campiñas que alimentaría con el más potente de los elementos.

—¡Es un prodigio, Carmencita! Y nosotras siempre aquí encerradas y sin gozar de este regalo de Dios.

Una música lejana se dejó oír. Las notas brillantes de un violín se destacaban de los otros instrumentos.

—¡Ea, prima! Vamos a gozar de un asueto, que bien lo hemos menester.

Salimos de palacio y, en la anchurosa plaza que se abría ante el Kremlin, nuestros ojos se vieron asombrados por el espectáculo que allí se desarrollaba. El cortejo de una boda se había detenido ante la residencia de sus zares como símbolo de acatamiento y reverencia. Tres músicos precedían a los novios y sus familiares. En ese momento el violín desgranaba un ritmo pleno de vivacidad y energía que hacía danzar a los chiquillos que, curiosos, acompañaban la fiesta. A este instrumento siguió la balalaica, con una melodía romántica, muy adecuada para la ocasión de amores; y por último, una flauta que reproducía de manera singular los cantos variados de múltiples pájaros.

El asombro se pintaba en la cara de los chicos y, a decir verdad, en la de muchos de nosotros. Unos mendigos, a la puerta de la cercana iglesia, habían dejado su cuestación atraídos por la posible ganancia e inesperada diversión. Yo dirigí mi atención hacia el colorido carruaje que portaba a la novia. Era de un bermellón vibrante que yo no acostumbraba usar, más inclinada a los tonos carmesí, tan propios de Sevilla.

Los cocheros vestían unas libreas a media pierna, y sobre la cabeza, unos gorros chatos y escuetos, todo en el tono rojo del coche.

El novio cabalgaba tras la carroza en un brioso caballo blanco con cinchas y gualdrapa repujadas en oro. El equino, quieto ahora, movía impaciente su cabeza de un lado a otro haciendo revolotear las plumas que lo adornaban, demostrando su ansia de retornar al vigoroso trote. Dos damas se acercaron a la puerta del coche. Iban vestidas a la moda rusa, con largas túnicas de brocado de seda, adornadas con sublimes arabescos, trinantes pájaros y delicadas flores.

Coronaban sus cabezas sombreros de alto copete sujetos con amplios chales anudados bajo el mentón. Una larga y rubia trenza se deslizaba por la espalda de una de ellas, que iba vestida de azul, mientras que la otra había elegido un fogoso tono coral con ramajes verde oscuro. Un clamor partió de la multitud, coreando una frase que yo no acertaba a comprender. Entonces un lacayo abrió la portezuela de la carroza, y las dos señoras, que eran la madre de la novia y la del novio, tendieron sus manos hacia el interior de la misma. Apareció en el umbral una esposa exquisita, apenas velada por una sutil muselina que sujetaba una diadema en forma de abanico. Levantó el velo con suma gracia, dejando ver un rostro fino y sonriente de altos pómulos, nariz escueta y labios carnosos. Ahí el gentío la aclamó con agradecimiento.

Era lo que habían pedido con insistencia: ver a la novia. Portaba la buena suerte, nos aclaró la doncella que nos acompañaba. Siendo así, mi atención se fijó de nuevo en la esposa. Sobre la blanca túnica de brocado recamado en plata, otra más corta se apoyaba con suavidad sobre su cuerpo, que se adivinaba esbelto y bien formado. Era muy joven, y de su cuello caían en cascada numerosos collares de perlas y corales.

—Para atraer a la diosa Fortuna —nos aclaró nuestra acompañante.

Se reunieron otras damas a su alrededor que portaban unos extraños sombreros, pero de gran efecto, muy planos y con un casquete que se adhería al contorno de la cabeza y del que pendían hileras de perlas y gemas preciosas. Vestían todas con elegancia, y a ojos vistas eran señoras de alcurnia. El reciente esposo observaba la escena con aire de contento mirando a la desposada con arrobo. Tras saludar a la multitud, retornó cada cual a su montura o lugar y partieron hacia su destino, la felicidad.

No pude por menos de rememorar el día de mi boda, tan diferente, tan triste. Ni mi madre ni mi padre habían estado presentes. En nuestra soledad, frente a frente, aquel a quien mi progenitor repudiaba, y dos testigos. Nadie de mi familia me otorgó su apoyo en la ocasión, creía yo por aquel entonces, más dichosa de mi vida. Y los acontecimientos habían dado a mi padre razón de sus temores.

¿En qué dirección dirigía yo mi vida ahora? ¿Qué situaciones desairadas había provocado mi falta de reflexión? ¿Por qué mi voluntad había flaqueado en demasía? Nubes de aflicción habían debido de oscurecer mi expresión, pues la voz sorprendida de Carmen me despertó de mis dolorosos pensamientos.

—Pero, Luisa, ¿por qué esa cara de entierro? Acaba esa joven de derramar sobre nosotras la buena estrella.

—El amoroso festejo me ha traído a la mente las pálidas sombras de mi pasado. Mas... fuera tenebrosas evocaciones. La fortuna me acompañará en el porvenir.

La pasión

Estaba en los jardines que rodeaban el Kremlin buscando inspiración para el estofado de unos mantos de la Virgen cuando una sombra se interpuso entre la luz del sol y el objeto de mi atención.

—Observo que laboras sin descanso. ¡Qué industria, qué pasión por tus imágenes!

—Señor, el tiempo vuela, he de aprovecharlo. Cuando deba partir, quisiera dejar la prueba de mi buen oficio y razón de vuestra confianza.

—¿Partir? ¿Ya piensas en partir?

—Es menester que así sea —dije compungida—. Mis hijos me aguardan y mi marido también.

—Hablas de tu marcha, pero tu voz es triste. ¿Qué pesares allí te afligen y qué desafíos temes encontrar?

Inspiré profundamente para dar aire a mis pulmones y valor a mi espíritu. Aquel hombre poderoso, con responsabilidades hacia todo un pueblo, se interesaba de verdad por mis asuntos. Era veraz. Lo entendí en el tono de su voz y en su mirada sincera.

—Como ya os referí en ocasión anterior, nací en la luminosa Sevilla, en familia de buenos cristianos. Mi padre, escultor de relieve, me enseñó su arte y sustentó la confianza en mi talento.

—Infancia feliz —interrumpió él—, diversa de la mía.

—Sí, fui bendecida con un hogar dichoso y sereno, de trabajo, dedicación y armonía. Mas yo misma, con mi desmesura, resolví destruir aquello con lo que el cielo me había colmado.

—¿Qué suceso atroz te aflige?

—Casé en contra de la voluntad de mi padre con un mozo del taller a quien investí de las cualidades que yo deseaba ver en él. No las que de cierto poseía.

Inspiré de nuevo y él me interrogó con la mirada, pidiéndome que continuara.

—Los primeros tiempos, dadas nuestra juventud y ganas de vivir, fueron placenteros. Tuvimos seis hijos, y ahí empezaron los quebrantos: cuatro murieron en tierna edad, hiriendo mi corazón para siempre. Los remordimientos apresaron mi ánimo: ¿fueron suficientes mis cuidados?, ¿se adueñó la negligencia de mí?

—La enfermedad ataca con más fuerza a los niños delicados. —intervino él compasivo.

—Los pesares no nos unieron, bien al contrario. Los reproches de mi marido se tornaron hirientes flechas que él utilizaba con denuedo constante, hundiéndome más aún en la tribulación.

—Y tu trabajo, ¿qué sucedió?

—Había necesidad de él. Mi marido no conseguía los encargos necesarios para nuestro sustento, y yo hube de tragar mis penas y poner mi entendimiento en los quehaceres del taller.

—Al ver tu afán, él elevaría hacia ti su estima...

—Para mi desgracia, fue dañoso mi esfuerzo. Él consideró mi anhelo como despego y comenzó a distanciarse de mí.

—Qué similitud. Qué pesares semejantes —intervino como hablando para sí—. Dos mundos diversos...

—Sí, majestad, estábamos en dos mundos diversos...

—¿Tú también?

—Señor, yo deseaba aprender, mejorar, alcanzar lo que mi padre llamaba la excelencia. Volar a las alturas. Sin perderlo, sin dejar de querer a todos con locura.

Tras explicar al Zar las penalidades de mi vida, hube de admitir que mis buenas intenciones no habían dado resultado:

—Su carácter desconfiado recelaba de mis triunfos, al principio modestos, amargándolos con furias incomprensibles. La generosidad para con los seres amados, que aprendí de mis padres, no fue de su agrado, actitud que yo equivoqué con desprecio. Luego comprendí con tristeza que no era tal; que mi bien no le era grato, que mi bien no era el suyo.

—El discernimiento me dice —continuó el Zar— que presto conocisteis la verdad, pero era duro en demasía aceptarla.

—Así es. Yo, que orgullosa le brindaba mis laureles como un logro de ambos, confiada en su amor y su amistad, hube de reconocer el rencor de su mirada. Él deseaba su bien, el mío lo rechazaba. La vida así lo quiso: yo comencé a progresar en el trabajo y a decaer en mis afectos, hasta que mi corazón fue un desierto de alegría.

—¿Y no buscasteis consuelo al sufrir su desvarío?

—¿Qué podía hacer? ¿Amargarme por lo que concierto no tenía? Me volqué en mis hijos, a los que había que dar un porvenir, y en mi trabajo, cada vez más exigente, y fui poniendo remiendos a mi corazón. Pero el dolor seguía ahí, sordo, quemando, erosionando.

—Sé de cierto que vuestra tenaz condición os llevaría una y otra vez a intentar la armonía en vuestro hogar.

—Pero no hubo, señor, remedio a mi aflicción. Cada vez se fue tornando más agresivo hacia mí; todo lo que sucedía de funesto se debía a mi incompetencia, a mi carácter sin discernimiento, a mi falta de tesón o a mi mala voluntad. Yo no quería hacer daño a nadie, ni tan siquiera a él; y poco a poco fueron apareciendo los síntomas del sufrimiento: alocadas palpitaciones del corazón, un aparato digestivo que se quejaba de la angustia a la que se lo sometía; unas manos que temblaban mientras esculpía; una espalda que rechazaba la tensión que le imponían nuestras frecuentes discusiones...

—Es extraño... Pareciera que fueran mis lamentos. Eudoxia sufre del mismo temperamento. Al no hallar yo contento en mi casa, busqué ideales más altos; aquellos que la historia recordaría. Mas vos, Roldana, ¿cómo sanabais las heridas?

—Mi natural alegría de antaño había yo de provocarla con razonamientos sin fin: más sufren otros, tu pesar se calmará al pensar en los demás; nada obtienes complaciéndote en el dolor, es estéril y frustrante... Y de esta manera combatía mi agotamiento y mi propia muerte.

La expresión del soberano iba cambiando a medida que

avanzaba el relato de mi azarosa existencia. Comprendí, entonces, que también él había sufrido con la incomprensión de la Zarina; que su alma ansiaba territorios desconocidos para Eudoxia, quien, peor aún, no deseaba ni tan siquiera conocer, ni tenía la mínima intención de esforzarse en penetrar ese mundo que a él se le hacía imprescindible. A la pasión que él en mí provocaba se unió un sentimiento de complicidad, de comprensión, de respeto por todo aquello que él ansiaba, y una oleada de felicidad me envolvió con tal fuerza que mis ojos se llenaron de lágrimas.

Viéndome el Zar de esta guisa, me tomó entre sus brazos como quien coge a una niña asustada, y me besó con suavidad, lentamente, con una ternura inimaginable en hombre de tal corpulencia. Mi voluntad quebró y esperé aquello que su inclinación me otorgaba. Por vez primera, me sentí protegida, al abrigo de las inclemencias y la maldad, y me abandoné a un amor que ya no esperaba ni mucho menos había buscado. Tantas horas de soledad, tantos momentos de dolor, tanta zozobra, tanto pesar se esfumaron como la niebla cede ante el calor del sol.

Pedro, a pesar de la diferencia de edad, o quizá por eso mismo, veía en mí a la luchadora que habría deseado tener a su lado, una mujer que no se había dejado vencer por la adversidad, alguien que sería una leal y serena consejera en momentos de dificultad. Apreciaba en mí ese valor indomable que obtienen algunas personas que han conocido el lado menos amable de la vida. Me consideraba distinta a las otras. Apreciaba en mí un anhelo de excelencia, un ansia de sobrevolar las miserias, un afán de superación que a sus ojos me hacían estimable, fascinante, única. Y me interné con fruición en el amable laberinto de la pasión.

Sus ojos buscaron los míos como si quisiera adentrarse en los vericuetos de mi alma. Nos miramos en silencio. No hacían falta palabras. Creo que advirtió la explosión de agradecimiento que él había desatado en mi corazón. Un corazón lleno de amor, primero por aquel que finalmente me rechazó. Y cuando yo pensaba que nunca gozaría de nuevo ese sentimiento, un hombre extraordinario me escuchaba, me distinguía entre todas las demás, me hacía sentirme mujer. Sus labios eran cálidos, suaves, cuando se posaron sobre los míos. Sus manos hábiles acariciaron mis hombros. Posó sus dedos a modo de las alas de un pájaro en mi garganta, y despacio comenzó a deslizarlos, resbalando en dulce roce hacia mi pecho palpitante.

Una oleada de deseo más intensa aún que la que me invadió cuando lo vi por primera vez se apoderó de mí. Todas las penas, las reticencias, los remordimientos, dieron paso a una desconocida felicidad que arrumbó las dudas.

Necesitaba ser amada, quería ser amada.

Carmen

La preocupación de Carmen por mí iba en aumento. Ella, que no sentía el calor del fuego que me consumía, veía los inconvenientes y peligros de esa relación, que, según su visión, no tenía futuro. Al oírme entrar, se armó de valor y respirando hondo se preparó a decirme lo que consideraba su deber.

—Por la santísima Virgen te pido que me escuches con paciencia. La amistad que por ti siento me obliga a señalarte lo enredado de este asunto.

Intenté disuadirla, ya que sabía lo que de ella iba a escuchar, pero mi prima continuó resuelta:

—El Zar, a quien sé que veneras, es hombre de muchas responsabilidades, que no podrá abandonar por ti; tú misma tienes una familia que en tus manos está, pues bien sabes que Luis no posee industria para cubrir sus necesidades; la zarina Eudoxia, es del conocimiento de todos, sufre de mala relación con su esposo, y aunque ella no goza de gran poder, sí tiene familiares en la corte que podrían dañarte, como la experiencia te ha enseñado, y por último, la maledicencia puede perjudicar a tu fama y tu buen hacer. Y repara en que no es juicio de tus acciones, que no soy quién para ello, lo que me lleva a esta reflexión, sino el amor que a ti me une.

—Querida y amable prima, es propio de tu sabiduría hacerme estas consideraciones, que conozco vienen de tu corazón. Y te estoy agradecida por ello. Avisada estoy de los quebrantos que me acechan, mas mi vida ha sido dolorosa y el consuelo que hallo en este hombre me da fuerza y esperanza.

—¿Esperanza, dices? ¡Qué diferente atisbo el tuyo! Luisa, estás viviendo una quimera, un ensueño.

—Acaso tengas razón. Sin embargo, la solicitud de este hombre hace que me sienta de nuevo mujer. La alta estima que por mi trabajo manifiesta me confirma en mis empeños y evoca las palabras que mi padre me dirigiera un día.

—Sí, sí, todo eso es de prestancia, pero habrás de dejarlo, fuerza es que lo hayas de olvidar, ¡y presto!

—¡Dame licencia que entonces viva ahora! Pedro encarna el júbilo de vivir frente a la agonía de morir.

8

NON POTEST CUM TIMORE
junio de 1691

Pasábamos muchas horas juntas y la interminable luz del estío del septentrión comenzaba a influir en nuestro ánimo. Así, un día en que gozábamos de exaltación considerable y, a la par, nostalgia de nuestra tierra, fue Carmen a por unas castañuelas, y, animadas por su repiqueteo y el batir de nuestras palmas, nos enzarzamos en un intrincado dédalo de pasos y figuras de danza del amable sur. Cuando bailábamos con un frenético compás, vimos en el umbral una figura que nos observaba con aire curioso y jovial. Era Alexei, Alexshasha como lo llamaba el Zar, que gritando «*Brava, brava*» se unió a nosotras, añadiendo a la coreografía meridional unos atléticos saltos de cosaco. Bailamos y reímos hasta que caímos exhaustos sobre los almohadones al lado de la ventana.

—Alexei, ¡esta tierra en esta época del año se torna electrizante! —exclamé yo entre risas—. ¡Me siento tan viva!

—¡Qué pasión, qué fuego! —comentó divertido Alexei—. ¡Que no os vean nuestras pacatas de la corte; creerían que es una danza diabólica!

Y riendo aún, se marchó, saludándonos a las dos con una profunda reverencia.

Carmen, ante el comentario de Alexei, había adquirido de repente un gesto severo. Pero nada dijo.

Pasaron varios días, y un atardecer glorioso, cuando el sol se tornaba de oro y el cielo pugnaba por ofrecer sus más intensos colores, se abrió la puerta despacio, con suavidad, y con suma lentitud asomó la cabeza del Zar.

—¿Interrumpo algún baile que yo debería prohibir en esta tierra de santos?

Y se echó a reír con una risa franca, contagiosa, que tenía el poder de resucitar a un muerto. En esos instantes no veía ni podía pensar más que en ese hombre, que transmitía un mundo de felicidad, emoción y alegría de vivir. Carmen, por el contrario, temía. Temía el día de mañana, el reencuentro con la realidad, el dolor de vivir un sueño que tenía fin. Aparecieron por el estudio unas mujeres que portaban un servicio de té y nos sentamos los tres al lado de la ventana. Pronto se nos unió Alexei.

—Según me ha referido Alexshasha, bailabais el otro día, y él con vosotras, una danza de vuestra tierra que también el embajador Dolgoruki considera embrujadora.

—¡Era frenética, insinuante y maliciosa!

—¡Alexei —interrumpió Carmen—, no seáis zaragatero! Es un baile de nuestra tierra muy formal y a carta cabal.

—No te ofusques, Carmen. Quiero que me contéis de vuestra nación, de sus costumbres, de sus mares. Deseo que me narréis historias de vuestra tierra.

—Majestad —inicié—, la mar de mi Cádiz es transparente y límpida como lágrimas de sirena. La dulzura del clima nos llama para que salgamos a contemplar la armonía del universo creado por Dios, y nuestras gentes llevan en el alma la alegría del sur.

—Y las naves que arriban de Indias ¿dónde atracan?

—Señor, como bien os dijo el príncipe Dolgoruki, Cádiz crece acorde con la importancia de su puerto, pues allí llegan muchos barcos con plantas, frutas, aves y mil maravillas de Indias. Mas Sevilla, desde hace décadas, es la destinataria de todos aquellos portentos que del Nuevo Mundo vienen. Es un río mágico que nos trae los sueños de allende los mares; que es vehículo de nuestras artes hacia aquellas tierras; que trae con su brisa los sones lejanos, e interpretados en sus márgenes, inician el tornaviaje con los aromas de antiguas civilizaciones que en nuestro solar perduran.

—Relato extraordinario has hecho, Roldana. He oído que una mujer que tiene la excelencia como meta, Sibylla Merian se llama, copia en su reducido taller de Amsterdam la flora, los insectos y la fauna varia que los españoles portáis de vuestros territorios de Ultramar, con tal realismo que asusta contemplarlos. Pediré a mi embajador que rescate alguno de esos prodigios para mi colección. —Y como hablando consigo mismo murmuró—: He de visitar a la Merian cuando viaje a aquellas naciones...*

»Y ¿probáis a aclimatar esas variedades raras que arriban de lejanos territorios? ¿Abundan los parques y jardines en vuestras soleadas villas?

—Así es, majestad. Sevilla es un vergel en el que crecen especies insólitas; plantas medicinales que curan los males; y con las que se preparan ungüentos que embellecen el cutis de las damas, las frutas que allí cultivan son de considerable nutrimiento y aroma embriagador.

—Y el baile ¿de dónde proviene?

El Zar parecía genuino, mostraba auténtico interés por desentrañar los secretos de los distintos países, su origen, su ser intrínseco. Su curiosidad no tenía límites. Cada pregunta originaba otra.

—Esos pasos de danza en los que Alexei participó con garbo datan de la época árabe. Muchas otras cosas hermosas las debemos a su legado.

—¿Cómo se baila?

Y poniéndose en pie de un salto, plantado ante mí, me cogió de la mano esperando la lección. Yo le expliqué unos pasos sencillos con los que podíamos formar unos arabescos no muy complicados, cruzándonos y girando en derredor. Alexei, animando a Carmen a hacer lo mismo, se lanzó con entusiasmo a la labor.

* Pedro el Grande visitó el estudio de Sibylla Merian en octubre de 1717, el mismo día de la muerte de ésta, y compró dos volúmenes con ilustraciones de insectos y plantas.

—Señor, no debéis perder nunca la mirada de vuestra pareja.

En cuanto lo hube proferido, me arrepentí. Podía parecer una provocación. Sus ojos permanecían en los míos. Ya no era dueña de mi voluntad, mi ser estaba en tensión, como la cuerda de un violín, como la cresta de una ola. Recordé las enormes ondas en el naufragio. La visión de sus aguas estrellándose contra las rocas sobrepuso en mi mente la imagen de la destrucción.

—Es tarde, majestad. Con vuestra venia, habremos de retirarnos.

—¿Qué te sucede? Ahora que me estaba solazando.

Había sentido la mirada reprobadora de mi prima que se clavaba en mí, recordándome mi edad, mi situación. Me había devuelto a la realidad. En ese palacio los muros tenían ojos y las puertas, oídos. No había sido prudente dejarse llevar así de nuevo. El Zar pareció entenderlo e inició la retirada, diciendo al marchar:

—Has de contarme esa fiesta inigualable de los toros. La bravura de tus gentes me cautiva.

El banquete

Las esculturas formaban en el taller un bosque inanimado que parecía aguardar el soplo de vida que les permitiera convertirse en seres humanos. Observaba yo las dulces Vírgenes, los tiernos Niños y los arcángeles guerreros. Sería mi legado para Pedro cuando hubiera de dejar este país que acabaría viviendo en mi corazón.

Gocé al realizarlos, como también disfruté con los bocetos rápidos, inmediatos, con los que plasmé la vida diaria de Rusia: la nieve refulgente bajo el sol; los vivísimos colores con que los rusos animaban el largo invierno; las alegres bodas y las solemnes procesiones; la imponente arquitectura, tan oriental, tan bizantina; y tantos rostros alegres o dolientes, confiados o taimados, leales o con la traición en las pupilas: la vida, en fin.

Carmen entró en tromba en el estudio, cuando yo ansiaba la soledad que requiere la reflexión. Enarbolaba un cartón en signo de victoria.

—¡Una invitación a un banquete! ¡Por fin habemos acontecimiento gallardo! ¡Niña, que ya era en demasía tanto labrar, dorar y estofar!

—Deja tus lamentos, prima. El trabajo es lógica consecuencia de esta demorada estancia.

—¡Y tan demorada! Aquí yo no voy a encontrar marido cabal. Ganas tengo de tornar.

—Muchos te han rondado, pero tú no has querido a ninguno.

—Luisa, hija, que son muy peregrinas estas gentes. Casar yo quisiera con alguien como yo, de mis costumbres, mi lengua, mi afán...

—Eres moza lozana. De retorno a la corte pretendientes no te han de faltar.

—Que sí, que sí. Que a ello me he de consagrar en Madrid.

Estaban todos los huéspedes del convite congregados, esperando la llegada del Zar. Era, en realidad, el círculo más estrecho de Pedro. Conocíamos a todos los hombres y sólo a algunas de las mujeres. Me había vestido con ilusión y esmero, luciendo atuendo de seda gris, del sutil tono de las perlas, y en el erguido moño, unas plumas de tinte plateado que contrastaban con mis cabellos, aún con reflejos de oro. Carmen, más joven y menuda, estaba espléndida con una seda del color de los mirtos.

Entró el Zar, magnífico con su casaca oscura, a la moda de Europa, bordada en las mangas y los bordes de la solapa con volutas de hilo de oro. Llevaba, a modo de calzado, unas botas de terciopelo recamadas también en oro. El bordado figuraba unas caras bigotudas y aviesas que quedaban justo debajo de sus rodillas. La expresión entusiasta del Zar, que yo tanto amaba, con un deje de malicia, que tanto me confundía, lo acompañaba también esta noche.

Junto a él estaban dos de sus amigos, Pedro Tolstoi e Iván Musin-Pushkin. Al primero lo conocía: mirarlo provocaba zozobra, su faz en triángulo albergaba unos ojos pequeños, de mirada intensa; la nariz larga y estrecha conducía a una boca alargada y escueta que apretaba en desdeñoso gesto. Toda esta apariencia era engañosa, pues era hombre de imaginación e ímpetu inteligentes; ponderado y observador, y profesaba profunda lealtad al Zar.

Al segundo lo había entrevisto en Preobrazhenski. Su pelo enmarcaba una cara de pómulos altos, con espesas cejas arqueadas que cobijaban ojos negros como azabache en contraste con la cabellera prematuramente gris. La mirada avisada denotaba una ironía jocosa. En efecto, en cuanto comenzaron a saludar a su alrededor, en torno a Iván se organizó un corrillo en el que él se encargaba de confirmar esa impresión. Sus oyentes recibían con regocijo sus comentarios henchidos de fino ingenio.

Una vez que hubo Pedro departido con unos y otros, mientras mis ojos lo seguían ajenos a mi voluntad, inició la entrada a la sala donde tendría lugar el banquete. Tres anchas ventanas dejaban contemplar el jardín; las paredes estaban cubiertas de cuadros y miles de velas daban un resplandor mágico a la estancia. La mesa, en semicírculo, cubierta con un refulgente damasco oro donde lucían toda clase de bandejas de plata y *vermeil*,* ofrecía viandas delicadas o bien contundentes. Apetitosas aves adornadas con sus plumas; pasteles de carne con sus humeantes chimeneas por donde se escapaba un penetrante aroma a especias; frutas relucientes de todos los tamaños desbordaban los fruteros que se alzaban sobre columnas doradas. Pebeteros de plata quemaban esencias y el calor de la combustión hacía girar la diminuta banderola que coronaba el incensario.

Como camino de mesa, varios barcos con las velas desplegadas, en plata cincelada con esmero, portaban en su cubierta deliciosos pasteles, rosquillas y dulces variados. Numerosas candelas contribuían a la seductora atmósfera, con su rítmico

* Plata dorada, muy de moda en Francia.

chisporroteo, creando luces y sombras en los rostros de los comensales, exaltando la finura de un óvalo, enmarcando la dulce expresión de unos ojos o escondiendo aviesas intenciones. La vida me parecía tan placentera, que temí despertar y comprobar que era un sueño.

Algunos comensales intentaban comer de las bandejas sin usar cubiertos, y mucho menos servilletas. El Zar los reconvenía sin mucha acritud, y tras algún intento, ellos tornaban enseguida a sus salvajes modos. En otra mesa, se sentaban varias damas con la sola compañía masculina de Alexei Menshikov. Una de ellas iba ataviada a la moda europea: vestido de seda color de la arena, muy ajustado en la cintura, amplias las sayas, y las mangas, el escote y el tocado, de dorados encajes, enhiestos y tiesos en la coronilla. Era una mujer hermosa, muy rubia, con unos ojos de miel que resplandecían cada vez que en el Zar se posaban.

Sentí traspasarme el puñal de los celos. ¿Era su amante? ¿También ella se consideraba especial estando a su lado?

En aquella ocasión pude percibir con claridad, una vez más, los dos mundos: el ruso, con sus hábitos simples y antiguos, y el europeo, que por decisión de Pedro se había de imponer poco a poco. Yo observaba con suma atención, para intentar desentrañar ese universo cambiante al que pertenecía la persona más fascinante que jamás hubiera conocido. Carmen y yo cenábamos juntas en una mesa que compartíamos con Pedro Tolstoi, Boris Kurakin y el embajador De Ory, que había regresado de París. El conde Tolstoi hacía mil preguntas al francés, cuyas respuestas eran celebradas por el ruso con su acostumbrada agudeza. Kurakin escuchaba atento, sin perder una palabra. Percibí que me observaba, como preguntándose qué clase de problemas podría yo plantear. ¿O era mi imaginación, que elucubraba disparates? No era tal. Aprovechando que Tolstoi entretenía con una de sus historias a los demás, Boris me susurró:

—Roldana, habréis de incrementar el cuidado de vuestra persona. El favor con el que el Zar os distingue produce rabia incontenible en personas de posición elevada.

—No me alarméis. Sufrí ya de cruel espanto hace unos meses.

—Tuve noticia de vuestro percance; porque, gracias a la intervención de Alexei, percance fue, que no tragedia. En todo momento habéis disfrutado de atención y custodia.

—¿Qué intención escondida guardan vuestras palabras?

—Por una parte, quiero aseguraros que contáis con una esmerada asistencia aunque a fuer de discreta, no la percibáis. Y también, debo advertiros que os mantengáis alerta. Estoy casado con la hermana de Eudoxia. No es ésta mujer para Pedro. Su mediana inteligencia y su educación la hacen pacata, sometida y timorata. Nunca podrá comprenderlo a él. Pero sí es capaz de resentimiento hacia quien, cree ella, le roba el afecto del señor de estas tierras. Y conserva todavía medios para hacer el mal. Estad vigilante. Nosotros lo estaremos.

La conversación fue bruscamente interrumpida por unos músicos vestidos de paño ligero verde oscuro engalanado con alamares dorados que interpretaban con balalaicas y laúdes turcos una melodía ora cadenciosa y sensual, ora dinámica y vertiginosa. Inesperadamente, un oboe elevó despacio, con mesura, su voz solitaria. Era, imaginé, un canto de amores felices, pero que se hallaban destinados a la nostalgia. Las dulces notas se enredaban en mi corazón, haciéndome sentir una emoción intensa, que fue apoderándose de mi ser. No sabía yo en ese momento que esa música quedaría grabada a fuego en mi memoria. Miré al joven que interpretaba la canción de ese instrumento, tan tierno, tan humano.

Tenía los ojos cerrados y se veía con claridad que cada fibra de su ser vibraba con cada son. Mi mente vagaba en el andamio de amores y encuentros que sugería el oboe, simbolizando de manera fehaciente mi propio sentir.

Abstraída, olvidando el mundo que me rodeaba, no percibí que el músico había concluido su lamento. Jamás olvidaría ese canto. Pero no hubo más tiempo para la introspección.

Surgieron como en tromba de un ángulo del salón unos jóvenes atléticos que danzaron a la moda rusa, con toda suerte de cabriolas, volteretas y saltos inimaginables, a la par que se acompañaban con estentóreas voces que animaban su esforzado baile.

Alexander Menshikov se unió a ellos, así como Iván Musin-Pushkin, siendo coreados por los asistentes con vivo entusiasmo. En esa eufórica atmósfera, yo me tenía por la mujer más afortunada que haber pudiera. Sustituyeron a los instrumentos locales otros de origen europeo. Violines de rubias maderas y sonido de cristal, violas de gamba de cuerpo rotundo y voz humana y esbeltos oboes compusieron un armónico minueto.

—¡Amigos todos, olvidad el protocolo! ¡Los hombres pueden convidar a bailar a cualquier mujer!

El Zar se levantó de su asiento y se dirigió hacia mí. El corazón me latía a velocidad inusitada. Temía yo que los presentes pudieran descifrar mi agitación. Hasta el momento, nuestros encuentros habían tenido lugar en compañía de amigos del Zar o de mi prima. Esta vez, él me distinguía ante un gran número de gentes de calidad.

Todas las miradas convergieron hacia mi persona. Pedro estaba ante mí, invitándome. Compuse mi ser lo mejor que supe y pude. Cinco parejas estaban ya formadas en el centro de la estancia, esperando al Zar. Cada vez que los pasos de baile de él me separaban me faltaba la respiración, para tornar cuando su mano me conducía de nuevo al son de una música embrujadora. Él era como el sol que da la vida.

«¡No quiero que acabe! Nunca, nunca olvidaré estos momentos. Así viva cien años», pensé.

Cuando la danza hubo terminado, el Zar me condujo hasta su mesa, señalándome un asiento junto al suyo.

—Si bien observas, en este banquete están los símbolos de aquello que deseo para Rusia: los barcos representan la Marina que he de construir; los invitados son rusos y europeos, en perfecta armonía, así como la música; la vestimenta escogida es a la moda de Francia o de los reinos germanos; en fin, la modernidad.

Parecía satisfecho, orgulloso de traer a su amada tierra la prosperidad, el futuro.

—Señor, es magnífico vuestro empeño —me atreví—. Los países pueden tomar de otros lo que ya probó ser benéfico.

—Muchas son mis aspiraciones, Roldana. Quiero que las distintas religiones sean toleradas y respetadas; he de fomentar la minería y el libre comercio. Llamaré a los científicos que necesitamos para incorporar Rusia al mundo; y a los artistas que traerán las diversas culturas que durante siglos se han sedimentado alrededor del Mediterráneo.

—Habláis siempre de una salida al mar, ¿será hacia el este o bien hacia el oeste?

—Ambos. En el momento actual, Suecia ocupa el Báltico, pero ahí está nuestro puerto natural. En cuanto al este, el mar Negro es el lugar adecuado.

—Esforzados retos os aguardan, majestad. ¿Tendréis tiempo para vivir?

—Vivo en estos empeños; me regenero con la actividad y el pensamiento que traerán a Rusia la libertad y la harán grande. Mira los hombres que están en este convite, ¿qué te indican?

—No lo sé de cierto, señor. ¿Su lealtad?

—Sí, también. Pero lo más importante es su capacidad. Nadie debería tener derechos por su nacimiento, sino que su dedicación y esfuerzo fueran los que labraran y cimentaran su vida. Son mis consejeros de origen diverso, muy diverso. Alexei, hijo de un panadero; Sheremetev, Tolstoi y Kurakin, de los poderosos boyardos; Patrick Gordon, Lefort y tú misma, extranjeros; pero todos tenéis algo en común: podéis enseñarnos.

—Yo, a mi vez, aprendo de vuestras costumbres, arquitectura y pintura.

—En eso consiste mi afán: el intercambio. El libre comercio de la artesanía, los textiles y la minería traerá a Rusia beneficios sin límite. Habremos nosotros de incorporar unos métodos de estudio eficientes para que el pueblo aprenda a crearse a sí mismo una existencia mejor.

—Drásticos son vuestros cambios, en un pueblo que se resiste a las mudanzas. ¿Cómo haréis para implantar vuestras ideas?

—Soy el Zar. Puedo hacerlo, y ¡por san Jorge que lo haré!

Como si la noche no hubiera sido lo bastante extraordinaria, Pedro había programado un espectáculo que me iba a dejar sin aliento. Unos mozos expertos apagaron con celeridad todas las velas, y el Zar nos invitó a todos a que lo acompañáramos a los balcones.

Inició la música con la fuerza de un trueno. Un relámpago de luz cruzó el oscuro firmamento, para deshacerse en un haz de brillo infinito; siguió una tromba de fuegos artificiales acompañados de armonías ora lentas, ora alegrísimas, según fuera el artificio.

Inmensas corolas de flores de variadas formas se deshojaban en fulgores de plata sobre el agua, que recibía serena el ardiente regalo de luz. La luz, símbolo del sol, que evocaba a su vez el poder del monarca, atravesó el cielo en toda su magnificencia.

Luego la cadencia se hizo triste, y entonces, como de las entrañas de un ser solitario, nació la nostálgica voz del oboe, cortejando a unas lentas estrellas de fuego blanco que caían silenciosas sobre las negras aguas.

Tornó la vibrante melodía en un alarde de resplandores; el cielo se cubrió de luces que centelleaban como luceros y que, reflejadas también en el río, creaban una visión más auténtica que la real.

Los ojos de Pedro, al posarse en mí, brillaban haciendo competencia a los ardientes fuegos de artificio.

Novodevichi

Unos días después, Alexei me contó una nueva intriga que, una vez más, el Zar había conseguido aplastar. Me describía la escena de una manera tan vívida, que parecía que hubiera estado allí. Mas sin duda, alguien que había estado presente, así se lo había referido. Su voz melodiosa comenzó a desgranar el relato:

«La zarevna Sofía aguardaba con curiosidad la visita que le había sido anunciada. Sabía que sólo el resentimiento había atraído a Eudoxia a su lado. Ésta se presentó con exageradas muestras de afecto que antes no se habría molestado en fingir. Pero eso no importaba. Lo que Sofía necesitaba eran aliados firmes y con conexiones en la corte y el poderoso clero para apartar para siempre jamás del trono a Pedro, para derrocar al odiado Zar. Ella, encerrada en este monasterio, tenía cortadas todas las vías de comunicación con sus antiguos amigos y con todos aquellos descontentos que, según rumores que a ella llegaban, crecían día a día.

»La Zarina iba vestida con larga túnica oscura, y un velo ligero cubría su cabeza. Sofía sonrió. Para dar la bienvenida a su pariente, y por la satisfacción de ver que Eudoxia vestía a la moda rusa, desafiando así las indicaciones del monarca y ofendiendo al esposo, que gustaba de la vestimenta europea.

»Sofía se mantenía de pie, erguida, majestuosa, como si todavía conservara poder. Alta y rotunda, su vestido blanco bordado en oro estaba recamado en cuello y mangas con brillantes gemas de colores. Su mirada seguía teniendo aquella energía que había cautivado a tantos de sus súbditos.

»Invitó a sentarse a Eudoxia con cortesía, y con una leve señal, hizo que sus damas las dejaran solas. Tras preguntar por su hijo, el zarevich* Alexis, suspiró con aflicción:

»—¡Malos tiempos nos aguardan! Dios os ha bendecido, querida Eudoxia, con un hermoso hijo, pero esto mismo os obliga a estar avisada, pues mi amado hermano, el Zar, alejándose de los sabios consejos de popes y monjes santos, se ha dejado hechizar por extranjeros de diabólicas costumbres que, si no los paramos, corromperán sin remedio nuestra madre Rusia.

»La expresión de la Zarina le mostró que su dardo había entrado en la herida.

»—Observo con placer —dijo Eudoxia— que vuestro confinamiento no os impide conocer la situación que nos aflige.

»—Me percato de lo que sucede, mas nada puedo hacer para remediarlo. Estas paredes me mantienen prisionera e impiden a mis amigos acudir a mí.»

Alexei, interrumpiendo el relato me dijo: «Como podéis comprobar, el Zar no se equivocaba al mantener bajo vigilancia a Sofía.» Ante mi silencio, Alexei continuó:

* Zarevich: hijo del zar, y, en particular, príncipe primogénito del zar reinante.

«—Yo podría ayudaros a que este encierro viera su fin —sugirió Eudoxia.

»—¿Qué elucubra vuestra mente sagaz?

»—Temo por la vida y la corona de mi hijo. El clero está inquieto con los cambios del Zar, y enojado por la preponderancia de extranjeros petulantes que hacen mofa de nuestras santas costumbres y gobiernan la nación.

»—Sí, sí, eso ya lo sé. ¿Qué proponéis?

»—Vos tenéis muchos partidarios en la corte y fuera de ella. Yo no domino los entresijos de palacio, sus intrigas, alianzas y traiciones. Vos tenéis conocimiento de todo esto. Os estoy ofreciendo ayuda a cambio de información: a quién debo dirigirme, en quién puedo confiar y cómo he de hacer para no levantar sospechas. Mi amado esposo es astuto y recela de todos.

»—Es cierto que unidas podemos tener más fuerza. Pero hacéis bien en extremar la prudencia. Pedro tiene a su alrededor muchos leales, y vuestros movimientos de cierto son espiados.

»Eudoxia se sintió desanimada y calló con gesto de resignación. Entonces Sofía continuó:

»—Pero nuestro designio no es imposible. No puedo daros ahora por escrito una relación, que hallada podría comprometernos. Esta visita ha de verse, si conocida, como piadoso deber. Por medio de mis espías, os haré llegar los nombres de aquellos que tienen poder y con los que podéis contar. Mi enviado os dará a conocer "ojos y orejas"* que os sean de utilidad.

»—Una cosa más —el tono de Eudoxia se llenó de rencor—: necesito hombres decididos, que puedan crear un accidente, originar una enfermedad súbita o un encuentro desafortunado.

»—¡Ah! Veo que tenéis a alguien preciso en mente.

»—Así es. Juntas eliminaremos toda esa escoria que quiere dominarnos. Ayudadme y vuestro premio será la libertad.

»Sofía respondió con irónica sonrisa:

»—Mi precio es el poder.»

* Ojos y orejas: [manera de referirse a] los espías en la época.

Tras la experiencia vivida, mi imaginación no admitía fronteras. Ansiaba que así fuera. Me consagraba con pasión a mis esculturas, con tal intensidad que me parecía laborar como en un sueño, en un tráfago de ansias y afanes próximo a la embriaguez. Carmen, siempre con los pies en la tierra, me aconsejaba mesura y tranquilidad. Yo la escuchaba, pero al poco, la urgencia del deseo de realizar todo lo que a él había de complacer me instigaba a volver a las andadas. Una de esas tardes en que yo había agotado la paciencia de mi prima y me había dejado sola en el estudio, unos golpes sordos, casi inaudibles, sonaron en la puerta. Di la venia, para que quien fuera, pasara. Y al hacerlo, la sorpresa me dejó atónita:

Una muchacha de aire asustado me habló en español:

—Roldana, hablad quedo. Que nadie conozca nuestro afán. Vengo a advertiros de inminente peligro.

—¿Peligro? ¿De qué amenaza me avisas?

—Del mal cierto que os acecha —respondió ella.

—¿Quién sois, y por qué os arriesgáis por mí?

—¿No me reconocéis? Soy aquella a quien ayudasteis en Cádiz.

Dudé durante unos instantes. La faz que asustada miraba en derredor me era vagamente familiar, cuando de repente la luz del recuerdo se abrió en mi mente.

—¿La bailarina? ¿Cómo habéis llegado hasta aquí?

—Gracias a vuestra largueza pude alcanzar la casa de mi hermana. Ella me acogió con el amor que siempre me había manifestado. Pero inmensa fue su extrañeza cuando, a los pocos días, aquel por el que hallé mi mal vino en mi busca. Mi hermana, confusa, le preguntó por sus intenciones. Él respondió que anhelaba desposarme. Nos casamos y él me trajo a este país. Soy feliz y os estaré siempre agradecida por ello. Pero basta de charla. He de referiros lo que pesa en mi corazón.

—Habla, por Dios. Me tienes en ascuas.

—No sé si recordáis que mi marido servía como escolta al

embajador Dolgoruki durante su viaje a España. Ahora sirve como guardia en palacio, donde tuvo la oportunidad de escuchar la conversación que os concierne.

—¿Qué sucede? —inquirí alarmada—. ¡Cuenta, por Dios santo!

—La Zarina os considera mujer pérfida y engañosa; cree que deseáis poder e influencia, que sois una bruja extranjera que traéis maleficio y destrucción con vuestras costumbres depravadas y licenciosas.

—¡San Miguel me asista! ¡Qué horror!

—Prepara un diseño espantoso: recibiréis unos guantes... Unos guantes perfumados, de la piel más suave que hayáis tocado jamás y forrados de extraordinarias cibelinas. Os los presentarán como regalo del Zar. No se os ocurra tocarlos, están impregnados de potente veneno. Moriríais al menor contacto. Y ahora, chitón, debo partir. ¡Recordadlo, os va en ello la vida!

Acudí a la princesa Dolgoruki, que estaba en Moscú, ya que sus temores se habían confirmado. Ella sabría qué hacer. La conversación no fue fácil, me costaba hallar las palabras. Pero ella, mujer juiciosa y sagaz, supo adivinar la situación: mi pasión, el deseo de ocultarla y su evidencia.

—Bien os advertí de las celadas que aquí encontraríais. Estáis en peligro.

—Vos dijisteis que la Zarina no era un gran problema, que era...

Me interrumpió irritada:

—¿Cómo podía imaginar que vuestro objetivo sería nada menos que el Zar? ¿Que no os contentaríais con que os admirara como artista?

—No era ése mi propósito.

—El caso es —prosiguió la Dolgoruki— que hemos de actuar. Si no ponemos remedio, aunque esta vez fallen sus maquinaciones, lo intentará de nuevo. Dejadme hacer, pero estad atenta.

Como de costumbre, Carmen fue mi paño de lágrimas. Yo no quería angustiarla, pero sí tenía que conocer el acecho que sufríamos, pues estimaba que era mejor que estuviera prevenida.

Viví angustiada varios días, hasta que una tarde apareció el Zar:

—No recibirás ningunos guantes. Prepara tus enseres, te llevo a conocer el futuro: San Petersburgo.*

* La contienda con Suecia, por el control y el acceso al Báltico, no se producirá hasta 1700, pero Pedro el Grande, desde el inicio de su reinado, anhelaba y consideraba necesaria la salida al mar.

9

EL FUTURO
julio-agosto de 1691

La ruta hacia el oeste, hacia el mar, se había convertido en una experiencia que iluminaría por siempre mi existencia. La vitalidad, el entusiasmo y la curiosidad de aquel hombre del norte no tenían límites; a su lado el mundo parecía más vibrante; yo misma me sentía mujer de una manera secreta que penetraba mi ser de un profundo y dulcísimo sentimiento de plenitud. Habíamos salido muy de mañana acompañados por una reducida escolta y por los fieles Alexei, Tolstoi y Gordon, hacia el lugar donde Pedro creaba ya en su mente una nueva ciudad, moderna, de claro trazado y amplias avenidas, como conocía que existían en otros países de Europa.

—Verás, Luisa, es el paraje más hermoso de la tierra; la mar se confunde con el inmenso horizonte; el río Neva corre presuroso a encontrarse con su amada, con la mar, como Adonis vuela a reunirse con Venus. Ahí haré construir el fuerte que Rusia necesita para su defensa, y el puerto que unirá mi poderosa nación con todas las del continente, que pueden traer a la madre Rusia el soplo de nuevas ideas que tanto hemos menester.

—Alteza, sé bien de vuestro denuedo. Si en vuestra mente está esa ambición, la llevaréis a cabo.

—Artista, has de saber que mi cabeza aloja la entera ciudad. Una hermosa catedral que dedicaré a san Pedro y san Pablo se enseñoreará del propio fuerte. Mandaré construir un palacio a los pies de la mar, rodeado de jardines de fuentes imponentes que canten la líquida música del agua.* Las calles gozarán de un trazado esmerado, la pulcritud reinará en sus avenidas y sus parques poseerán tal variedad de plantas, que asombrarán a Europa. ¡Como hicisteis en tu amada Sevilla!

Tras varias jornadas, llegamos con el vibrante sol del septentrión a la casa de madera que el Zar se había construido al borde de ese mar que él tanto amaba. La luz del astro se deslizaba por las tranquilas aguas, convirtiéndolas en una gema de tonos verdiocres con transparencias de azur. Al desembarcar, lo primero que vi fue la pequeña morada de Pedro, que él amaba por encima de otras.

Comprendí su ilusión, comprendí la pasión de aquel monarca que, espoleado por su inagotable energía y visión, realizaría en esta hermosa tierra el fruto de su infinita imaginación; comprendí al innovador que quería para Rusia lo que admiraba en otros lugares de Europa; comprendí al artista que había surgido al contemplar la arquitectura y los jardines más bellos; comprendí al hombre que quería volar, que conseguiría que su mente trascendiera montañas y fronteras; comprendí al hombre y creo que me enamoré de él aún más y para siempre en ese mismo instante, cuando entendí su vasto proyecto, cuando mis ideas se unieron a las suyas; cuando alcancé a discernir la lucha que tendría que sobrellevar para vencer la resistencia de aquellos que querían permanecer en el pasado; aquellos que sólo querían transitar por lugares seguros; aquellos a los que las nuevas ideas les producían temor y desprecio.

Estaba enamorada, sí, con una violencia que me produjo un vértigo desconocido. Lo comprendí porque, de otra manera, en

* Pedro I inició la construcción de Petergov en 1714, a pocos kilómetros de San Petersburgo. El fabuloso palacio rodeado de jardines, fuentes y parques a la orilla del mar, cerca de la desembocadura del Neva, será una de sus residencias favoritas.

otra medida, yo había tenido que luchar para sobrevivir, mejor dicho, para que mi arte pudiera alcanzar su meta. Hube de vencer la resistencia a dejarme firmar mis propias obras; había tenido que batallar para que mi marido me dejara conciliar el cuidado de mi familia con el exigente trabajo de escultora; hube de lidiar con la desconfianza que amigos y vecinos mantenían hacia mi persona; hube de combatir, ¡y cómo!, para que me otorgaran lo que yo creía merecer.

Quise volar con la imaginación a territorios aún no conquistados por mujer alguna; pude lograrlo gracias al ánimo que mi padre siempre me proporcionó y que originó una fuerte fe en mí misma, una fe que muchos negaban; y sigo en ese afán, gracias al tesón sin fisuras que me sostiene cuando el ánima a veces flaquea; gracias a un diplomático esclarecido que me ayudó sin pedir nada a cambio; y gracias a un rey que supo valorar a una artista y entender a la mujer.

Y así mi mente se enlazó a la suya, y se hicieron una sola. Un sentimiento cálido y envolvente se apoderó de mí, y cuando tuve delante al Zar, me miró con asombro, pues mis ojos estaban anegados de lágrimas de emoción.

—¿Qué te sucede? ¿Olvidas tu promesa de que nada ni nadie podrá lastimar el tiempo que nos resta?

—Señor, la vida me ha regalado un sentimiento que no creía ya concebible. Me había resignado a que el amor, el amor de un hombre hacia una mujer, tan excitante y potente cuando es total, ausente estuviera de mi vida.

—¡Ahora tuyo es! Gózalo, goza este sentimiento que ha estremecido nuestros corazones. No te dejes distraer por afanes y cuidados. Desdeña todo aquello que no sea el presente. Ven, Luisa, vamos a medir el emplazamiento del fuerte.

Tenía delante de mí a ese gigante del norte, de la salvaje y tierna tierra rusa, que me había llamado a su corte aconsejado por Germán de Ory, marqués de Montecorto, que bien sabía del embrujo de esas gélidas estepas y de sus cálidos habitantes.

Salimos a navegar en un pequeño batel que, en memoria de aquella revelación que tuviera en Izmailovo, se había hecho construir. El suave céfiro nos empujaba blando hacia el septentrión, hacia los añorados y deseados parajes de la desembocadura del Neva, ahora propiedad de Suecia. Era un paisaje grandioso, con el delta del río abriéndose como un abanico que derramaba sus dulces aguas, acariciando las fértiles tierras. Arrió las velas y se detuvo en la contemplación de aquel mar que tanto amaba, y que era un elemento más que aumentaba nuestro entendimiento.

—Aquí, a este paraíso que ya perteneció a Rusia, tornaremos. Tornaré en son de paz; propondré al rey de Suecia, Carlos, un acuerdo mediante el cual obtendremos nuestra salida al mar. Edificaré una ciudad que será la admiración de todos los países del viejo continente. Surgirán palacios al borde del Neva, cada uno con su embarcadero para hacer una villa desposada con el mar. Sus anchas calles estarán iluminadas en la prolongada oscuridad del invierno. Y será asombro de todos su pulcritud, pues organizaré un servicio de limpieza que mantendrá la villa impecable.

—Sin duda será causa de pasmo —dije deslumbrada.

—Y ahora algo que te complacerá: fundaré bibliotecas y museos para que mis vasallos conozcan y celebren las diversas culturas que arribarán para nuestro deleite.

—Señor, todo esto es encomiable, mas los campesinos sufren de tribulaciones diversas; buscar el sustento, paliar el frío extremo, cuidar a sus enfermos...

Él me interrumpió impaciente:

—También remediaré su infortunio, pero han de instruirse.

—Majestad, ¿cómo haréis para atraer su consideración?

—¡Ah, mi incrédula artista! Ofreceré a los visitantes de museos y academias café caliente, vino y vodka, como presente de su zar. Conozco a los rusos. Vendrán. Y aprenderán a apreciar la educación.* El Mediterráneo ha gozado del poso de muchas culturas, nosotros debemos incorporarnos a la modernidad, a la par que aprendemos de las antiguas civilizaciones. —Quedose un instante pensativo, para añadir—: La civilización pertenece a quien sea fuerte para hacerse con ella.**

Enmudecí ante el genio de un hombre que, en su mente, tenía ya establecido un plan completo de todo aquello que podía beneficiar a su pueblo. Me conmovía la imaginación con que había elaborado una sutil estrategia para cautivar la atención de sus súbditos.

La conversación había estado tan cargada de significado, que los dos permanecimos largo tiempo sin hablar. Él abstraído en sus pensamientos, que yo ya hacía míos, tanto era el amor que por él sentía. No necesitábamos más palabras. Sólo el recuerdo de la larga singladura que habíamos de realizar para el retorno pudo apartarlo de aquel lugar. Volvimos en silencio, disfrutando de la claridad de medianoche, propia de aquella estación y de esas latitudes, tan etérea y mágica, que nos acompañó durante todo el trayecto.

Solos en el mundo

Una tarde, con la caída del sol, en el tiempo en que en esas latitudes la luz parece venir de lejanos territorios, me hallaba yo terminando unos bocetos en el improvisado taller que el Zar había mandado construir para mí. Afligida estaba porque, una vez más, la reflexión que me devolvía a la realidad y acababa con mis sueños me había turbado. Entró él y, tomándome de un brazo, me hizo salir al jardín, donde aguardaban impacientes unos hermosos caballos.

* Así lo hizo Pedro el Grande años más tarde, tras fundar San Petersburgo en mayo de 1703.

** Lindsey Hughes: *Peter the Great: A Biography.* Yale: Yale University Press, 2004.

Me condujo de nuevo a la vera del mar. Mi sorpresa fue tal que debí de quedar demudada, pues él me preguntó impaciente:

—¿Qué te sucede? ¿Qué mal te aflige en lugar tan hermoso?

—Señor, yo... —acerté a balbucear.

No era sólo asombro el pensamiento que me invadía. Toda mi alma estaba pendiente de sus palabras, de su voz, y además un sentimiento de gratitud inundaba mi ser. Ese hombre de mil talentos y mil ocupaciones había decidido desconcertarme y maravillarme para hacerme feliz.

Me debatía entre la incontenible dicha que me embargaba y la razón, que me avisaba del inminente futuro.

—¡Virgen santa, Madre mía, haz que el universo se pare en este instante!

Entonces él soltó esa risa plena de vida que me hechizaba y me preguntó complacido:

—¿Qué tiene tu tierra, Roldana, que produce esos conquistadores de mundos por conocer? Sois seres henchidos de una pasión que os impulsa a las hazañas, a pesar de los peligros y en contra de las dificultades.

Su favor, su estima, envolvieron mi alma y me dieron el valor para continuar viviendo algo que conocía había de terminar. Y cuyo fin me produciría inmenso dolor.

El espectáculo era seductor en grado sumo: flotando en las aguas de oro nos esperaba un pabellón que, unido a la tierra por fuertes cabos, podía alejarse y quedar flotando en las plácidas ondas. Acercaron el templete flotante y en él entramos atravesando un puentecillo de madera que Pedro recogió tras de sí. Estábamos solos. A nuestro alrededor, agua con reflejos dorados, un cielo estremecido de cárdenos, azules luminosos y una luz difusa, cálida, que ennoblecía todo cuanto acariciaba. Como su mirada, que posada en mí hacía que me sintiera la mujer más deseada del mundo.

Una mesa aparejada con cristales sutilísimos recibía la luz de mil candelas, que titilaban como enamoradas. Nos ofrecía viandas suculentas, vinos generosos y perfumadas frutas. Entre las bandejas, un cuenco de plata llamó mi atención. Contenía una sustancia negra y brillante, como diminutas perlas. Al ver mi asombro, el rostro de Pedro reflejó enorme satisfacción.

—Me complace enseñarte algo que tú no conoces, algo refinado y delicioso que jamás habrás probado: se llama caviar y es manjar propio de sirenas y tritones.

—Me abrumáis, majestad. Sois el Zar. Yo soy sólo una artista, una mujer extranjera que vive de su trabajo...

No me dejó continuar.

—¿Qué te angustia? ¿Qué produce tal zozobra en una mujer valiente como tú?

—No es propio ni cabal.

—¿Qué es lo que no es propio ni cabal?

—Vos y yo...

—¿Tú y yo? ¿Qué infelicidad oculta sufres por mi causa?

—¿Infelicidad, señor? Perdonad mi desvarío si con él os he disgustado. Nunca había sido tan dichosa, nunca me había nadie hecho sentir plenamente mujer como vos lo hacéis.

—Entonces ¿de dónde procede tu disgusto?

—Son mis yerros los que engendran mi confusión.

—¿Yerros, confusión...? ¿Qué te tortura?

Me costaba admitir mis temores, mi inseguridad. Deseaba ordenar mis pensamientos, pero un torbellino de encontradas sensaciones se agitaba desordenadamente dentro de mí. Al final, como suele suceder en estos trances, estallé de manera incontinente y dolorida.

—Mozo sois... ¡Y el Zar! Y yo artista extranjera, mujer, mayor que vos... ¿Cómo he podido estar tan ciega y creer que había de ser más que un capricho para vos?

Su expresión denotaba disgusto, enfado, incredulidad, estupor y desconcierto. Quedé anonadada. Era lo último que hubiera querido hacer. Me arrepentí de mi reacción visceral, pero ya era tarde. Él continuaba mirándome con extrañeza. Tras un prolongado silencio comenzó:

—La mujer ha sido discriminada durante siglos. La inteligencia y el coraje no son atributos exclusivos de los hombres. La bondad y la generosidad que la mujer reclama para sí las he encontrado en muchos hombres. Hombres y mujeres no somos iguales, pero las cualidades y las virtudes que nos adornan, así como los defectos que nos envilecen, sí lo son. Cada ser humano ha de ser valorado por sus acciones, temperadas por la intención. Así será en mi reino. Así será en la nueva Rusia.

—Pero, majestad, vos sois joven y gallardo, yo...

No me dejó continuar:

—Acabarás con mi paciencia. ¿Soy yo, el salvaje de las remotas estepas, quien ha de recordarte la mitología? ¿Nunca has oído la leyenda de Venus y Adonis?

Una imagen del pasado traspasó mi mente como el fulgor de un rayo la comprensiva expresión del embajador francés, conocedor de los sorprendentes resortes del corazón humano. Me irritó sobremanera mi ignorancia de las cosas de este mundo, mi mente reducida y mi ánimo temeroso de códigos establecidos. Y me lancé al amor que su generosidad me brindaba.

La cámara de ámbar

Escondía yo con afán la imagen que tallaba con esmero para él. Era de escuetas proporciones, para que pudiera llevarla consigo por doquier su destino lo condujera. San Jorge, que ondeaba victorioso en su estandarte, había de protegerlo de todo mal. Yo intuía que este viaje había de ser una despedida; no porque él así lo hubiera insinuado, sino porque el sentido cabal de la vida me hacía comprender la imposibilidad de este amor.

Por otra parte, henchida de felicidad, apartaba estas ideas como si de malos pensamientos se tratara. Quería vivir el presente, mientras que él anhelaba el futuro. Mi mente se debatía en un constante vaivén de deseos venturosos, remordimientos por mi debilidad y el recuerdo de la realidad que, más temprano que tarde, habría de atraparme.

Una tarde en que él regresaba de inspeccionar la costa con

Gordon, Tolstoi y Menshikov, entró en la cámara que me servía de pequeño estudio. Le presenté sin mediar palabra el rutilante estuche de damasco carmesí que contenía el San Jorge. Su expresión de contento y admiración era mi premio.

—Mucho me contentaría que lo portarais siempre con vos. Es vuestro santo. Está presente en vuestras enseñas y os guardará de todo mal.

—Tú serás la que estés a mi lado en todo momento. Tú y otros artistas me ayudaréis a cambiar Rusia.

Algo hubo de traslucir mi ademán, pues demandó entre asustado e imperioso:

—¿Qué ideas me ocultas? ¿Qué diseño tortuoso elucubra tu cabeza?

—No es nada, señor.

—Entonces muda tu ánimo. ¡Apréstate, vamos a cabalgar bajo la luna!

Y sin dejarme anular su entusiasmo, me llevó en volandas.

Salimos al recoleto jardín que rodeaba la casa de madera. Las wisterias que trepaban por la pared entremezclaban su tenue perfume con el intenso aroma de las lilas, que formaban un denso seto delante de la valla. Durante el día los diversos azules de las glicinas competían con los profundos malvas de las flores del seto. Pedro amaba esta casa sencilla, donde la brisa de la mar lo despertaba por la mañana; donde le era dado olvidar las decisiones, muchas veces inexorables, que estaba forzado a tomar; donde gozaba de la llana felicidad de la que tanto gustaba.

Los caballos nos esperaban piafando alborozados, presintiendo el paseo por la amable naturaleza con la que nos deleitábamos en el presente. El verano en el norte era extraordinario; los tonos de verdes más rutilantes y variados cubrían árboles y arbustos; flores fragantes, lilas blancas, celindas y lirios del valle aromaban las albas noches; la luz, que permanecía hasta casi la madrugada, era etérea y difusa, y daba paso a una corta noche en la que luciérnagas y candelas derramaban su magia potente.

¿Cómo podía yo resistirme a ser dichosa?

Montó Pedro en su caballo blanco, que lo acompañaba allí

adonde fuera. Sus negras patas y sus crines de azabache danzaban con impaciencia esperando el momento de la partida. Por fin dio él la orden y comenzamos un trote lento y cadencioso que hacía disfrutar la anticipación del galope. No nos demoramos mucho en alcanzar nuestro destino. Se vislumbraba una cabaña tras un bosquecillo. Las sombras invadían ya la tierra y desmonté sin saber adónde me conducían mis pasos. La oscuridad presidía el jardín, pues los altos árboles no dejaban penetrar los rayos de luna.

Nos acercamos, con sosiego él, yo curiosa. Abrió despacio la puerta de la casa. Un vivo resplandor fue poco a poco revelándose a mis ojos atónitos.

Nos adentramos en una selva de velas que chisporroteaban una luz titilante; que se reflejaba hasta el infinito en unas paredes que recibían el intenso fulgor, para irradiarlas a su vez en ardiente centellear. Flores de penetrante aroma, todas en los más diversos tonos de amarillo, del claro de luz serena al cálido ocre, se arracimaban en grandes búcaros dorados. El pavimento había sido realizado por pacientes ebanistas rusos, en toda suerte de maderas de los mismos colores que las diversas tonalidades del ámbar, formando taracea de preciosa gema. El efecto era deslumbrante.

En el centro de la espaciosa estancia, una mesa cubierta de damasco color del oro ofrecía manjares que se adivinaban exquisitos.

Cuando pude articular palabra pregunté:

—¿Dónde nos hallamos? ¿Ha querido mi ventura que sin morir nos encontremos en el Edén?

Él se divertía siempre con mi estupor. Sus ganas de vivir producían situaciones que resultaban inimaginables. Y yo era alguien que apreciaba los espacios imaginarios, el ensueño; que necesitaba aprender para crear.

—No es el paraíso. Todavía no. Pero se aproxima. Es una cámara de ámbar. «Oro del Norte», así llamado por los pescadores del Báltico, que desde tiempos remotos recogen después de las tempestades este regalo de la mar. Los minuciosos y mañosos artesanos rusos lo transforman en collares, zarcillos y brazaletes. Convertido por manos expertas en finas láminas, ornan hoy la sala que tanto te maravilla.*

—Majestad, el pasmo no da licencia para expresar mi fascinación. La utopía se hace realidad; lo imposible se revela factible: el ámbar es el calor del sol, la luz ardorosa del mediodía, el calor del amor...

—El ámbar —interrumpió él— es palpitar de vida que se esconde durante siglos en la roca y es dádiva de las aguas a los hombres. Hoy conoces su esencia.

La conversación fluía sin esfuerzo. No bien acabábamos una frase, empezábamos otra, con otro argumento, inspirada en un asunto diferente. Las palabras no eran lo bastante veloces para poder expresar todos nuestros pensamientos. Las perlas negras, caviar lo llamaba el Zar, que había probado con anterioridad, me parecieron aún más exquisitas; el canto de los pájaros, que ansiaban anunciar la aurora, más grato. En resumen, estaba enamorada y el mundo se me antojaba el cielo.

Antes de que amaneciera, quiso él partir, pues decía que la luna sobre la piel era portadora de fortuna. Cabalgamos en la noche, atravesamos un bosque en el que la claridad del astro nocturno creaba figuras alargadas que a mí se me antojaban hadas y otros seres fantásticos. Supe en ese momento lo que era la felicidad, total, completa. Pero intuí así mismo que era perecedera.

* En 1717, el rey de Prusia Federico Guillermo I regaló a Pedro el Grande maravillosos paneles de ámbar que originaron la Sala de Ámbar del palacio de Tsárskoye-Selo, a pocos kilómetros de San Petersburgo.

10

¿PARTIR?
septiembre-octubre de 1691

Carmen me recordaba a menudo mis obligaciones, el peligro que por dos veces habíamos logrado sortear, y repetía sin pausa la necesidad del obligado retorno.

Llegado ya septiembre, estábamos en el Kremlin y yo me empeñaba en terminar mis compromisos, mis tallas e imágenes, aquellas que permanecerían en Rusia. Los días se iban haciendo más cortos y la euforia del verano se desvanecía imperceptiblemente, como un ligero velo raptado por la brisa. La reflexión se imponía. Había yo de pensar sobre mi situación y mi futuro.

El hombre que con tanta ternura me había mimado como nadie lo había hecho hasta entonces era el Zar. Era un ser humano sorprendente; el mal y el bien al unísono; la lucha entre lo terreno y lo divino. Tierno y déspota, amable y terrible. Sí, él era complejo y único.

En esa meditación me hallaba una tarde otoñal, hermosa, mas ya con un tinte de nostalgia, cuando recibí la visita de Alexei.

—Luisa, ¿has asistido alguna vez en tu vida a un baño ruso?

—¿Baños, dices? ¿Baños públicos? ¡Qué horror! ¡Nunca! ¡Ni quisiera hacerlo!

—Perderías un gran espectáculo, grandes salas repletas de mujeres que, buscando allí la salud del cuerpo y la belleza de su piel, disfrutan de placenteras sensaciones gracias a los vapores que se respiran.

—¿Placenteras sensaciones? ¿Muchas mujeres? ¿No será una de tus zarabandas, de tus jolgorios?

—Imagina, Roldana: aromas intensos que abren las vías respiratorias; cambios de temperatura que incentivan la circulación sanguínea, té de exquisito sabor... ¡Remedios para todo mal!

—¡Dios me guarde, no! Árabes y romanos crearon tradición de termas en mi tierra. Pero en el presente, nos bañamos recatadamente cada uno en su tina.

—¿No deseabas conocer nuestra tierra en sus variados aspectos? Los rusos creemos en los grandes beneficios de estos baños, que en mucho difieren de los vuestros.

Espoleada su curiosidad, Luisa dijo sin mucho entusiasmo:

—Por lo que relatas satisfactorio ha de ser... Mas ¿hombres y mujeres comparten las mismas estancias?

—Calmad vuestros temores. Las damas tienen su propio lugar, al abrigo de ávidas miradas.

—Bien. Sea.

—¿Crees que tu prima consentirá en acompañarte?

—No se hace la alcanzadiza en estos días. Desea ardientemente apremiar nuestro regreso.

—Ésta es vuestra casa, Roldana. ¿Tenéis queja del cuidado que se os ha dispensado?

—Al contrario, Alexei. Sabéis bien que he sido aquí dichosa.

—Manda que venga tu familia. Seréis siempre considerados como amigos.

—Este sueño había de acabar. He estado inmersa en un fastuoso embeleso que no es mi realidad. Y tampoco es la de él.

—De humor peregrino te hallo.

—Tú sabes que si el Zar hubiera menester de mí cerca de su real persona, me tendría a su lado. Mas él es el Zar, su ocupación es gobernar un reino, y tiene gentes capaces para ayudarlo. No me necesita.

—Yo sólo me llegué a invitaros a una distracción. Este discurso me obliga en demasía.

—Sí, sí. Disculpad mis divagaciones. Es ansioso que recupere mi juicio. Asistiré. Agradezco tus desvelos.

Entró Carmen en ese instante y, viéndome entristecida, preguntó con dulzura:

—Luisa, ¿qué te sucede, que te hallo tan mohína?

—Me enfrento a la realidad, prima, como tú me has rogado que hiciera.

—¿Ha sido ésa la razón de la visita de Alexei?

—Bien al contrario. Era venido para proponernos un entretenimiento.

—¿Entretenimiento? Alguna de las suyas será...

—No seas tan suspicaz, hija. Me habló de unos baños adonde las mujeres van a cuidarse el cuerpo.

—¿Sabes qué te digo? Tal vez te componga así mismo el ánimo. ¡Vamos!

Los baños

Llegamos a los baños aconsejados. Nos aguardaba un comité de bienvenida que nos dio alborozadas explicaciones que no conseguíamos entender. En un abrir y cerrar de ojos, nos hallamos en una sala espaciosa, cuadrada, con un suelo de madera que la hacía confortable a primera vista. Largos bancos adosados a las paredes alojaban a numerosas mujeres, mientras que otras se paseaban. Todas como Dios las trajo al mundo.

Al momento, Carmen y yo nos aferramos a los blancos paños que cubrían nuestra desnudez.

El pasmo se debía de leer en nuestros rostros.

—Pero, niña, ¿se puede saber adónde me has traído? —decía mi prima escandalizada—. ¡No se complacen estas mujeres en airearse en Traje de Eva!...

—Atenta, Carmen, que nos miran y se ríen. ¡Ay, usted disimule, que vienen hacia nosotras!

En efecto, dos de ellas, ahogadas por la risa, intentaron con suaves gestos despojarnos de nuestra alba protección. Carmen luchaba con denuedo por apartar las manos que tiraban de su manto de algodón.

—¡Quita, hija! —le gritaba a una de ellas—. ¡A ver si crees que soy una desvergonzada como tú!

Una chimenea de hierro derramaba un calor excesivo, razón por la cual nuestras ayudantes crecieron en número, alentándonos a quedar en cueros vivos. Preocupadas con la defensa de nuestro pudor, no advertimos que en un ángulo se hallaba una estufa con unas piedras incandescentes, donde varias rusas estaban vertiendo agua. De inmediato, el intenso vapor resultante formaba densas nubes que ocultaban nuestras piernas. Poco a poco, iba ascendiendo hasta dejar tan sólo los torsos a la vista. El ambiente se hizo irrespirable, y aquellas señoras nos empujaron entre chanzas hacia el exterior, donde en una amplia alberca se sumergieron en confuso tropel, incitándonos a hacer lo mismo.

—¡Luisa, yo no me meto ahí...!

No pudo terminar. Dos fornidas matronas le arrancaron lo que ya parecía más un sudario y la empujaron al agua.

—¡No sufras! ¡Allá voy a salvarte!

Comprobé con alivio al aterrizar en el agua que el estanque no era profundo. Intenté cubrir a mi prima, compartiendo con ella mi tela. Una corriente burbujeante envolvía mi cuerpo mientras aquellas ninfas del norte gozaban ante nuestro desconsuelo.

De manera súbita, salieron todas corriendo para precipitarse de nuevo en la antesala del infierno. Formaban corros compactos, sin lograr nosotras advertir lo que allí sucedía. Había de ser un juego, pues inesperadamente se abría el círculo y salían disparadas a subirse a los bancos más altos que se hallaban junto al muro.

—¡Luisa, por amor de Dios y todos sus santos! ¡Protégeme de estas arpías y cúbreme bien con tu toalla! ¡No será aquí que cambie mis sanas costumbres de no enseñar mis vergüenzas!

—¡Ligera, Carmen, corre! ¡Que hemos de quedar congeladas, corre!

Entramos en aquella sala de nuestro infortunio, que parecía un poco más despejada. Respiramos con alivio, a pesar de que el lienzo que compartíamos no nos permitía desplazarnos con soltura. Habíamos de mover acompasadas nuestras piernas, lo cual produjo otra vez la hilaridad de las rusas. Poco había de durar nuestra tranquilidad.

Aparecieron unas mujeres con ramas de abedul frescas y flexibles. Repartieron algunas de ellas, y con las restantes comenzaron a fustigar los desnudos cuerpos de las bañistas, hasta que los dejaban tintados de un rojo encendido.

—¿Ves, Luisa? Ahora les llega el castigo. ¡Bien empleado les está, por indecentes y escandalosas!

Ante nuestro asombro, las ardientes vengadoras se dirigieron hacia nosotras con aire retador. Retrocedimos. Mas ellas avanzaron. La expresión de mi prima cambió en segundos. A la satisfacción de ver penalizada la desvergüenza, siguió la incertidumbre, que luego se tornó sospecha, para transformarse en terror ante lo que comprendió se avecinaba.

—¡A nosotras no! ¡A nosotras no! —gritaba—. ¡Mirad cómo nos tapamos!

Pero las furias, con suma seriedad, batían sus ramas en nuestros afligidos cuerpos, tan sólo protegidos por el sutil lienzo. Confundidas por todas aquellas acciones que no se nos alcanzaban; aturdidas por los gritos de las, a nuestro entender, enloquecidas rusas; fatigadas por las carreras y huidas de lo que demencia considerábamos, intentamos retirarnos para recuperar la vestimenta y el ansiado sosiego.

Pero bien por no entender nuestra voluntad, bien porque el rito al que estábamos condenadas no hubiera finalizado, nos empujaron de nuevo a la gélida acequia. Terminada la sesión, nos hallábamos agotadas por el calor extremo, enrojecida la piel por las ramas con las que nos habían flagelado sin piedad, y con la voluntad truncada para oponernos a esta ceremonia satánica.

Cuando referimos a la princesa Dolgoruki nuestra aventura, en vez de compadecernos estalló en sonoras carcajadas que interrumpía para repetir:

—¡Habría dado mil kopeks* por contemplar la escena! ¿Por

* Kopek: moneda rusa, equivalente a la centésima parte de un rublo.

qué no os dejasteis llevar? El baño ruso es el remedio de todos los males.

Y asombrada de nuestra ignorancia, continuó riéndose ajena a nuestro infortunio.

Otoño

Tras la peligrosa experiencia, con la llegada del otoño, mi ánimo fue acompañando la estación. Se hizo más reflexivo, dado a la introspección.

Sin duda mi vida había tomado un giro inquietante. El favor con el que el Zar me distinguía colmaba mi dicha, mas se me alcanzaba que era posible que fuera tumba de mi sosiego y prisión de mi infortunio.

No pertenecía yo a ese país ni a esas costumbres. Me mortificaba que nos atribuyeran como extranjeras usos licenciosos de los que yo abominaba. Carmen, tan avezada en la realidad, desconfiaba de las consecuencias de mi actual encumbramiento.

—¡Ay, Luisa del alma, anhelo descifrar lo que el futuro nos deparará! Estos trampantojos que nublan nuestro presente me colman de congoja. ¿No has decidido aún la fecha de nuestro retorno?

—Ganosa estoy de lucidez y clarividencia, querida prima.

—Pero tú sabes que hemos de tornar, ¿o no? —Ante mi silencio, mi pobre Carmen exclamó afligida—: ¡Dios nos tenga en su mano! Es peor de lo que temía. ¡Esta obstinada pasión te arrastrará a tu desgracia! —Al prolongar yo mi mutismo, ella insistió—: Has de conducir tu corazón por el sendero de la cordura, aunque te sangre el alma. ¡Luisa, vuelve en ti! ¡Tu futuro no está aquí!

Apenas hubo proferido estas palabras, entró el Zar en el estudio. Con un leve gesto, instó a Carmen a que nos dejara solos.

—¿Prestas atención a las palabras de una mujer que no tiene tu talento, que nunca podrá columbrar el fuego que en ti arde?

—Señor, los meses aquí pasados han sido gloriosos. Mas la razón me hace cavilar, y lo que descifro en estos arduos misterios del corazón me conmueve hondamente.

—¿Aceptarás conformar tu vida con la de seres mediocres, temerosos de todo aquello por lo que vale la pena batallar; que no conocen, y jamás conocerán, la vivificante pasión, el estimulante amor?

—Si esto afirmáis, no sabéis de mi tesón. ¡Ni hombre ni mujer harán que yo me aparte de mis sueños!

—Me satisface cerciorarme de que el noble ímpetu de tu ánimo no ha de ser domeñado por ajenas voluntades, y que has de perseverar en la persecución de tus logros. Uno de los más altos: el arte.

Me miró a los ojos y, sujetándome por los hombros, me atrajo hacia sí. Me besó despacio, primero en los párpados; luego en el cuello; y cuando sus labios se iban a posar en mi boca, me aparté con brusquedad. Él, desconcertado, inquirió:

—¿Qué sucede? ¿Por qué me rechazas?

—Es que... es harto enojoso para mí justificar mi proceder.

—¿Es la causa el recuerdo de ese esposo que en España te aguarda? ¿Es a mí superior?

—¡No existe hombre en el mundo que pueda igualaros!

—Si te complazco, ¿qué te retiene?

Sin que yo pudiera evitarlo, un grito salió de mi garganta:

—¡Todo nos separa! Vos sois zar, yo, una mujer que lucha por el reconocimiento. Vos sois poderoso, yo he de implorar por aquello que merezco. ¡Vos sois joven, yo, madura!

No me dejó continuar:

—¿No recuerdas, te repito, la leyenda del joven Adonis y la madura Venus?

—Sí, pero es una fábula. No es para mi condición.

—Yo no sigo al común de las gentes. Es mi deseo conocer mujeres como tú; plenas de talento y de conocimiento de la vida; que no la teman, que la disfruten. ¡La felicidad es tan rara! ¡Tómala en tus manos, Roldana!

—Señor, sois como las ondas del mar, que suspiran por dejar

las profundidades insondables para volar a las alturas, alzarse hacia el cielo y robar la caricia del sol. Pero yo me quemaría si osara acompañaros.

Retorno a la realidad

Después de esa triste conversación, pasaron varios días sin que Pedro me hiciera el favor de su presencia. Carmen estaba cada vez más inquieta y mi desconsuelo se hacía cada día más patente, al percibir que las consideraciones de mi prima estaban henchidas de juicio.

Una tarde lluviosa y melancólica en la que las dos trabajábamos en mohíno silencio, vino un paje a traerme una misiva. Era una carta de mi casa, de Madrid, de mi marido, diciéndome que mi hija, mi adorada Rosa, había caído enferma y reclamaba mi presencia con angustiada insistencia.

Ahí cayó el opaco velo que nublaba mi visión, y el espectro de mi realidad sobrevoló el taller, ya cubierto de tinieblas. En total oscuridad oí la voz de mi prima, que, con ternura sin par, preguntaba:

—¿Qué resuelves? ¿Qué decisión tomarás?

—Bien sabes tú lo que he de hacer —dije—. Tu discreción lo supo tiempo ha. Conocías lo que sucedería.

—¡Mal haya los hombres, que nos hacen penar! ¡Te dije que ocurriría! ¡No quería yo que padecieras tormento de amores!

—Soy yo sola rehén de mi desvarío, prisionera de mi pasión y reo de mi obsesión.

—Él había de tornar su industria a los negocios de su reino y no seducirte, pues conocía que mujer casada eras. Mas él continuará con sus conquistas y sus amigotes y tú habrás de probar tu paciencia.

—Él, y es cabal que así sea, tiene la vida ante sí. Buscará en mujer moza lo que en mí halló. Coraje, fuego, emoción, ímpetu; en una palabra, pasión. Doncella será de su alcurnia, que lo acompañe en la empresa a la que él se aplica con denuedo. Él me ha dado ya todo lo que podía otorgarme.

—Pero, mi niña, ¿qué harás tú con el corazón roto?

—Yo viviré de recuerdos. Iluminarán mis noches de desamor. He conocido el amor, he sido querida. Ese pensamiento me dará la fuerza para entrar en la razón, que, como bien dices, nunca debí perder.

—¿Te dueles de tus pasadas determinaciones?

—Te engañas. Al haber sido estimada, soy otra mujer, más fuerte, más segura. No me aflige más que aquello con lo que hubiera podido ofender al Señor de los cielos. Él será mi juez misericordioso, porque Él mejor que nadie conoce los corazones.

El regreso

Ese año las nieves habían adelantado su aparición. Era 15 de octubre, y tres días antes había caído la primera y copiosa nevada, cubriendo los campos con su blanco manto. Abandonaba yo Rusia con el corazón helado y la muerte en el alma. Había estimado conveniente no aguardar la despedida de Pedro, y convencí a mi buena Carmen para que organizara nuestra partida dos días antes de lo acordado con Alexei. Deseaba salir tranquila, sin la zozobra que me producía su adiós, sin turbar mi ánimo en exceso, sin caer en desmedidos lamentos o lloros. Marchamos muy temprano, en silencio, casi a hurtadillas, y atravesamos ciudades y llanuras de aquel país al que había aprendido a amar en toda su complejidad. Lo amaba con pasión, porque amaba a aquel que regía sus destinos.

El viaje transcurrió en silencio. Yo iba taciturna, absorta en mis pensamientos, bajo la mirada pesarosa de mi preocupada prima. Continuamos nuestro camino incluso cuando había anochecido, pues una hermosísima luna iluminaba la ruta y hacía brillar la nieve con destellos de plata. Los caballos hacían progresar el trineo con suavidad, todo era paz y sosiego, cuando oímos el veloz deslizar de otro carruaje detrás del nuestro.

Podíamos oír el chasquido del látigo, con el que el cochero

animaba a sus caballos para que galoparan más rápido. En un suspiro, lo tuvimos cerca, demasiado cerca, y llegado a nuestra altura, se detuvo y mandó parar a nuestro asustado cochero. Era el Zar.

Sin mediar palabra, se acercó a mí, y tomándome de la mano, me condujo hacia un claro en el bosque vecino. La luminosa esfera nocturna alumbraba nuestros rostros de manera que yo no podía ocultar la turbación de mi espíritu. Sin embargo, la expresión de Pedro denotaba desconcierto.

—¿Por qué te fuiste antes de tiempo? ¿Por qué huías?

—Sentí pavor. Sólo de mí misma. Temía que si os veía, no podría nunca partir.

—Tu decisión me apenaba desde su inicio. Ésta es tu casa. Aquí fuiste bien recibida, y lo serás siempre.

—Sabe vuestra majestad que en España dejé a mi familia, y que a ella he de tornar.

—Bien está. Hagamos un trato: yo te doy licencia para que marches a tu tierra del sol, pero recuerda que en todo momento puedes regresar. Rusia necesita artistas, científicos, arquitectos. No te ofrezco ninguna merced. Te conmino a que transformes Rusia conmigo.

Me miró con intensidad, se quitó con delicadeza un guante y, sin apartar sus ojos de los míos, desnudó mi mano y me besó la sensible piel de la muñeca. Sus labios eran cálidos y plenos de ternura. Sentí que el mundo acababa con mi renuncia. Sabía que si me demoraba un instante, no partiría jamás. De nuevo tomó mi palma. Sentí en ella un objeto frío, metálico; cerré mis dedos sobre él. Me dirigí veloz al trineo sin volver la vista atrás.

Pena negra

En el barco que nos llevaría de vuelta a la patria, apenas pronuncié palabra alguna. Miraba una y otra vez el icono con la imagen de san Miguel, Mihail para los rusos, que depositara Pedro en mi mano durante la atribulada despedida. Era una copia del que tenía él en su gabinete de trabajo. Lo había encargado más pequeño para que pudiera tenerlo siempre conmigo.*

Carmen se mantenía en discreto silencio, mas de sobra conocía yo el significado de su expresión.

—Sí, Carmen, razón he de darte. Quise volar a caballo de mis sueños cerca del sol. Y como Ícaro, me he quemado las alas.

—¡Ay, Luisa de mi vida! Ya te lo decía yo. No quería verte sufrir.

—¿Sufrir, dices? No había sido tan feliz en toda mi vida. He conocido la sin par unión de dos seres que se comprenden. Ni la nación ni la edad ni la posición nos unían. Pero sí lo hacían la mente y el espíritu.

—¡Pobrecita mía! ¡Con tus alas quemadas y tus sueños rotos!

—Te equivocas. No te doy fe de éste tu pesar. Sí, me he quemado las alas, pero me quedan voluntad para remendarlas y manos para tornarlas a la vida. Y seré por siempre señora de mis recuerdos.

* *Arcángel San Miguel.* Galería Tretiakov, Moscú.

LIBRO III

LA REALIDAD

(1691-1704)

No hay mayor señorío que el de sí mismo, de las propias pasiones. Es el triunfo de la voluntad.

BALTASAR GRACIÁN, *El arte de la prudencia.*
Aforismo VIII

1

EL ALCÁZAR
1691-1693

El sol, que iba bajando a encontrarse con la tierra, derramaba sus cálidos rayos. Un haz de luz se posó sobre el rostro de Luisa. Despertó poco a poco, y cuando sus ojos le revelaron la estancia del Alcázar, quiso volver al mundo dichoso que acababa de dejar. Entró Carmen y, al verla en ese duermevela, hizo ademán de marcharse.

—No te vayas. Eres mi leal compañera. ¿Recuerdas lo feliz que fui? Y tú siempre estuviste a mi lado, aunque no aprobaras mis acciones.

—Has cumplido tu sueño. Ahora afianza tu posición.

—Sí, Carmen. Los sueños, sueños son, como dijo el insigne Calderón. Mas a mí me han ayudado a soportar la dura realidad.

—¿Te arrepientes?

—No. La quimera fue mi meta, y la fortuna me permitió alcanzarla. Pero desconocía entonces que, cuando los humanos aspiramos a volar muy alto, el precio es elevado. Así mismo debo reconocer que en la forja de los sueños vibra la imaginación, sostenida por la voluntad. Eso es vivir.

Pero la realidad tenaz e irremediable se impuso con su habitual crudeza.

Debía tornar a su batalla por el reconocimiento. Había de luchar por lo que construyera con tanto esfuerzo. El estado económico de los reinos era descorazonador, mas ella apelaría al sentido artístico de sus protectores. Su familia precisaba atención y cuidados, y ella se los daría. Estaba firmemente decidida. Pero necesitaba actuar con cautela, ya que la situación era de total incertidumbre. El poderoso de hoy podía ser el caído en desgracia de mañana. No se sabía a ciencia cierta quién gobernaba el reino y, por esta razón, se dio en apodar al Consejo, Ministerio Duende.

La influencia de la Reina iba en aumento y, con ella, el poder de la camarilla que, haciendo ver que la protegía, aumentaba su fortuna interviniendo en cuanto asunto pasaba por sus manos. Todos se aprovechaban de su proximidad a Mariana de Neoburgo: Wiser, de mote el Cojo, la condesa de Berlips, llamada por el pueblo la Perdiz, ya que su nombre alemán recordaba en español a esa ave, y el conde de Baños: todos repartían favores e influencias. Tanto era así, que, unidos a los partidarios austracistas, eran llamados la Junta de embusteros, mientras que aquellos que trabajaban por el bien del país recibieron el apodo de Compañía de los siete justos. Eran éstos los marqueses de Cifuentes, Villafranca y Ariza, además de Manuel de Lira, el corregidor Ronquillo, Delboa y Oretia. El desmesurado abuso había tornado muy impopulares a los validos, y entre los grandes personajes de la corte también el malestar era creciente. Oropesa, excelente ministro y a pesar de ello destituido por el Rey, se había alejado de la corte, esperando tiempos más propicios. Y mientras tanto se alojaba en el palacio del duque de Osuna.

El cardenal Portocarrero, su formidable adversario, tenaz y decidido, había encontrado un aliado en el duque de Montalto, desencantado como tantos otros de los partidarios de la reina consorte. Comenzaba una lucha soterrada por el poder que se iría haciendo más dura y evidente a medida que pasaran los años.

Sin embargo, a pesar de los pesares, Luisa estaba esperanzada, pues en el Consejo del Reino, además de los duques del Infantado y de Montalto, se sentaban sus valedores, Villafranca y Melgar, este último ya duque de Medina de Rioseco y Almirante de Castilla, tras la muerte de su padre. Creyó por tanto Luisa que, con el prestigio alcanzado, éste sería el momento idóneo para obtener el ansiado nombramiento como escultora de cámara.

San Miguel

Un suceso importante vino a confirmar las expectativas que le auguraran el ayuda de cámara y el marqués. El Rey, ilusionado con la decoración de El Escorial, había encargado a la Roldana un san Miguel. Era una oportunidad única para demostrar su talento, ocasión que no podía desaprovechar. Comunicó henchida de entusiasmo la buena nueva a Luis, que, como de costumbre, puso inconvenientes, alegó problemas y vaticinó desastres e infortunios. Concluyó con una larga lista de jeremiadas como «de nada ha de servir», a la que siguieron los «ya decía yo», «bien lo intuí», cuando había sido él quien mostró más entusiasmo ante la idea de dejar Cádiz y marchar a Madrid.

Pero Luisa sabía ya que era inútil discutir, que tenía que ahorrar su energía para la tarea que le aguardaba, y se puso manos a la obra. Poco a poco, al principio con lentitud, con gubia y cincel, fue dando a la resistente madera la forma de un hombre joven y vigoroso.

A medida que iba avanzando, se consagraba a la talla con una pasión que salía de su mente y consumía su corazón, sin darle descanso; fueron tiempos enfebrecidos de creación, anhelante deseo e ilusión sin tregua. Transcurrieron largos meses de trabajo, mordiéndose la lengua ante las críticas y lamentaciones de su marido, pero siguió adelante. Su ardiente espíritu se rebelaba ante la crítica estéril, mientras que todo su ser estaba volcado en sacar de la materia el ser formidable que se alojaba en sus entrañas. Dar vida al luchador que pugnaba por ver la luz se convirtió en su objetivo; se despertaba con nuevas ideas y se acostaba cavilando sobre la manera de hacer la talla aún más veraz. Un luchador. Como ella. Después de encarnar, estofar y policromar durante meses, el resultado estaba por fin ante sus ojos.

Era una escultura imponente que mostraba un joven y hercúleo arcángel san Miguel, las alas desplegadas en potente vuelo, la vibrante capa roja que seguía el movimiento del talle, y la pierna izquierda, que aplastaba con ímpetu enérgico a un demonio que se retorcía sin remedio bajo sus pies. La sensación inmediata que transmitía era la de un guerrero de Dios, decidida la mirada, con su espada flamígera en la mano derecha. Pero, al mismo tiempo, Luisa había realizado la vestimenta del arcángel con un gran refinamiento y un infinito gusto en la elección de los colores.

La coraza de azulado metal estaba rematada en bronce cincelado con fineza, así como el hermoso casco coronado por graciosas plumas; los pliegues de la faldilla y de la capa contribuían al dinamismo de la imagen. Era una imposible simbiosis de la quietud en movimiento.

Los rostros tanto de san Miguel como del diablo, esculpidos y pintados con la mayor expresividad, mostraban con claridad la situación: el arcángel, sereno y resuelto, mira al vencido, que abre la boca en un desesperado grito de dolor, abrasado por las llamas que crepitan bajo su convulso cuerpo.*

Satisfecha con el resultado, mandó recado a sus bienhechores para que, cuando lo estimaran conveniente, acudieran a dar su parecer.

La luz de septiembre inundaba a raudales el taller. Al entrar los dos personajes en la estancia, quedaron boquiabiertos, y observaron en total silencio.

—¡Decid algo, por caridad! ¡Me tenéis en ascuas!

—Luisa —comenzó Ontañón—, habéis puesto la vida en este empeño.

—Es la lucha entre el Bien y el Mal —acertó a decir Villafranca—. ¡Es magnífica, inquietante, vibrante, espléndida! ¡Y el color! Las alas en tonos graduales de sienas sugieren la libertad por fin alcanzada.

—La expresión de ambos, tan real —continuó el ayuda de cámara, entusiasmado, quitándole a su amigo la palabra de la

* *San Miguel aplastando al diablo.* San Lorenzo de El Escorial, Madrid.

boca—, san Miguel tan bizarro, con sus rizos castaños escapando del casco; las cejas definidas y bien delineadas, los ojos inteligentes, la nariz proporcionada, la boca entreabierta y el mentón voluntarioso... ¿Quién ha sido vuestro modelo?

—Y para el diablo —interrumpió el marqués—, mal parecido y repugnante, tan logrado, ¿a quién escogisteis?

—Trabajé con tal ahínco y premura que no me detuve en esa reflexión. No sé... Me inspiré de aquí y de allá..., nadie, de cierto..., nadie.

Tras mirar con detenimiento la escultura, aguzando los sentidos y examinándola desde todos los ángulos, se despidieron de la escultora felicitándola, y Villafranca sentenció:

—No hay duda, complacerá al monarca.

Una vez que los dos caballeros se encontraron solos, el marqués se volvió estupefacto hacia Ontañón:

—¿Es mi imaginación, o el arcángel es el vivo retrato de la Roldana?

—¡Mayúsculo es mi asombro, marqués! Un arcángel representado por una mujer... ¡Cuándo se vio cosa igual! Mas ¿no se os alcanza que el demonio y su marido como dos gotas de agua son?

Las preguntas de ambos habían sumido a Luisa en el desconcierto. El trabajo absorbente y la dedicación intensa no le habían concedido tiempos de introspección. Sólo vivía para la ejecución de su vibrante escultura. La creación se había desarrollado en un clima enfebrecido, como si saliera de lo más recóndito de su ser. Ahora, en calma, frente a su potente obra, comenzaba a considerar algunos aspectos. Estaba satisfecha, como si se hubiera liberado de algún dolor muy profundo que la atormentaba día y noche. Algo que existía en su interior sin ella casi percatarse. Aguzó la vista y el entendimiento.

«¡Dios me ampare! —se dijo—. ¡El demonio tiene el rostro de mi marido!»

Continuó su observación, centrada esta vez en la faz del arcángel. Nadie que la conociera podría dudarlo, allí estaba ella, ángel justiciero, venciendo el dolor tras años de decepciones, traiciones, desprecios y desamor. La lucha le había hecho más fuerte, no la había hundido como le hubiera sucedido a otra mujer. Sí, ahí estaba ella, venciendo a sus propios demonios, a sus noches de desamparo, a sus días de desamor, a la angustia que aparecía de repente dejándola sin respiración, sacando el coraje de donde no lo había para no claudicar, para no morir, para sobrevivir.

«Sí, en efecto —se dijo—. Soy una superviviente.»

15 de octubre

Carlos II recibió el San Miguel con asombro, y después de mirarlo con detenimiento mostró su satisfacción. A su vez, Palomino, respetado pintor y escultor de corte, preguntado por su opinión sobre Luisa, había destilado en los reales oídos aquello que más iba a favorecer a la escultora:

—Cristiana de modestia suma, habilidad superior y virtud extremada. Aseguran, majestad, que cuando hace imágenes de Cristo o de su Madre santísima, además de prepararse con cristianas diligencias, se reviste tanto de aquel afecto compasivo, que no las puede ejecutar sin lágrimas.*

Los mecenas de la escultora habían orquestado una verdadera campaña en su favor. Villafranca había aconsejado que dirigiera una misiva al Rey, pues era el momento idóneo para hacerlo.

—Ahora o nunca —le había dicho.

La carta decía así:

Rey de España, de Nápoles y Sicilia, señor de los Países Bajos:

* María Victoria García Olloqui: *La Roldana.* Sevilla: Guadalquivir, 2000.

Amparada en la clemencia de Vuestra Majestad, y en la generosidad de la Excelencia Vuestra, ruego me concedan la plaza de Escultora de Cámara...

Tan insólita demanda, y aunque provenía de una mujer, tuvo buena acogida.

El resultado no se hizo esperar, el Rey ordenó al Condestable que pusiera en conocimiento de Luisa Roldán que había sido nombrada escultora de cámara.

Era uno de esos días de otoño tan típicos de Madrid, de límpido cielo, tibia la temperatura y sol luciente. Era el 15 de octubre. No lo olvidaría jamás.

¡Por fin lo había conseguido!

Cristóbal de Ontañón se apresuró a felicitarla, pues él era conocedor de las resistencias que había habido que vencer. Acompañaba a un alto personaje de la corte al que Luisa conocía desde sus días sevillanos. Él había insistido en acudir con ellos al taller. Era aquel al que ella había encontrado como joven duque de Alcalá de los Gazules y que, tras la muerte de su padre, ostentaba el título de Medinaceli. Seguía desempeñando el cargo de embajador ante la Santa Sede, pero se demoraría unas semanas en la corte.

—Me invade intensa alegría, señora escultora de cámara —se apresuró a decir Medinaceli—. Habéis obtenido lo que mujer alguna pudo alcanzar. Y así haciendo, honráis a la villa que os vio nacer.

—La benevolencia de sus excelencias, don Cristóbal y el marqués de Villafranca, me ha dejado expedito el camino.

—Justos han sido estos apoyos —señaló el duque—, mas vuestra tenacidad y talento os han brindado el triunfo del que ahora gozáis.

—Excelencia —apuntó Ontañón—, queda aún camino por recorrer. Los artistas sevillanos han adquirido prestigio sin igual en la corte, mas vivimos tiempos de carestías. Hemos de vigilar para que la Roldana reciba sus gajes.

Y volviéndose a Luisa, le dijo con afecto:

—Así habéis de ser llamada en adelante, como los grandes, pues mujer alguna obtuvo este reconocimiento antes que vos.

—Contad con mi apoyo, señora escultora —insistió Medinaceli—. Grandes designios se preparan para Indias, donde vuestro arte sería apreciado. Y en la Ciudad Eterna, donde puedo ser vuestro valedor.

—Sé de vuestro interés por el arte, excelencia —interrogó Ontañón—. ¿Qué entendéis mandar a Indias?

—Hemos enviado unas cuartillas con dibujos, pues he recibido de aquellas tierras unos interesantes ornamentos que guardan estrecha relación con nuestras yeserías. Creo entender que la bóveda de la iglesia de Santo Domingo es cabal ejemplo de este mestizaje.

—Es encomiable vuestro afán por las artes y por los artistas andaluces —dijo Ontañón.

Agradeció el duque sus palabras al ayuda de cámara y, dirigiéndose a Luisa, le recordó:

—Os repito, Roldana —y recalcó el duque «Roldana»—, llevad en vuestra mente futuros trabajos para Indias, donde se construyen iglesias y edificios que nada han de envidiar a los de la península. Venid a mí si habéis menester.

Y despidiéndose, marchó el duque.

Cierto era que los artistas sevillanos gozaban de gran prestigio, como dijera Ontañón, iniciado el camino por el sublime Velázquez, pero por mucho ingenio que tuviera la Roldana, era mujer, y ninguna hembra hasta entonces había tan siquiera osado pensar en la posición que ya era suya. Habría que trabajar firme y las dificultades podían aún presentarse. Mas una vez solos, su benefactor no dejó traslucir su inquietud y mostró sólo su entusiasmo:

—¡Es mi gozo extremo, Luisa! —le dijo don Cristóbal—. Sabía que algún día habías de conseguirlo, pero que sea ahora y con este san Miguel creo ser de justicia.

—Gracias a vuestros desvelos he logrado mi triunfo. Mi reconocimiento es profundo. Se acabaron las estrecheces, ¿no es así, excelencia?

—Aunque el nombramiento excluye, de momento, los gajes, sin duda el prestigio adquirido os proporcionará numerosos encargos de la corte, y sé de cierto que el Condestable rogará a su majestad os conceda un salario de cinco reales al día, pues así me lo ha comunicado él mismo. Es menester que os arméis de paciencia; las arcas de la Real Hacienda están vacías y la economía de los reinos pasa por serias dificultades.

—¡Ay, excelencia, cuando yo creía mis pesares acabados!...

No la dejó terminar:

—No desesperéis. El marqués de Villafranca, cuyo cargo le permite estrecha relación con el Rey, contará con infinitas ocasiones para destilar en los reales oídos sabios consejos. Hoy es un día de gloria, y habéis iniciado un camino de victorias. Gozad el presente y Dios proveerá en el futuro.

—Vuestros consejos me portaron a Madrid primero, y a este encumbramiento que me honra sobremanera. Vuestra generosidad me acompaña en buena hora y vuestras recomendaciones guían mi senda. Seguiré escuchándolas, pues atinadas son.

—Continuad laborando con ese fuego, con esa pasión que os hace única. ¿De dónde proviene esa fuerza, muchacha?

Aceptando la sonrisa de la escultora a fuer de despedida, Ontañón volvió a sus quehaceres.

Bien conocía Luisa el origen de esa emoción.

La bancarrota

La preocupación por su salud, que presidía la vida del desdichado monarca, comenzaba a estar presente con aún más insistencia. El Consejo de Estado, formado, entre otros, por el duque del Infantado, el duque de Montalto, el marqués de Villafranca, Presidente del Consejo de Italia, y el conde de Melgar, ahora almirante de Castilla y teniente general de Andalucía y Canarias, deliberaba angustiado sobre este grave problema, que se unía a otro más espinoso si cabe: la sucesión. Las facciones a favor de Francia o del Imperio tomaban posiciones, y se preparaban a una batalla que algunos temían no sería sólo de influencias. Al no existir un primer ministro con la capacidad de decisión pertinente, la Reina, aconsejada por la condesa de Berlips, Wiser y el conde de Baños, acaparaba cada vez más poder para sí.

—Habéis de saber —comenzó Infantado— que el desconcierto que reina en la Villa y Corte se ha convertido en insistente rumor. La falta de gobierno es tan evidente que es también comentario habitual de las cortes extranjeras. Ha sido puesta en mi conocimiento la carta que el embajador de Inglaterra, Stanhope, ha enviado a su gobierno. Escribe desalentado: «Circulan insistentes rumores con respecto al inminente nombramiento de un nuevo valido. Yo lo deseo sinceramente, pues sabría entonces a quién dirigirme; en tanto, nadie intenta hacer nada, y así nada se hace.»*

—Siendo este problema arduo —añadió Melgar—, más espinoso asunto es la bancarrota que amenaza a la nación. Se ha comenzado a vender títulos y prebendas, ¡qué desvarío!, como el Principado de Sabioneta al duque de San Pedro por medio millón de escudos, y la grandeza de España al marqués del Grillo por cincuenta mil. No creo sea éste el camino adecuado. Estimo que se podría sugerir, aunque será medida harto impopular, que cada empleado del Estado cediera la tercera parte de su sueldo.

—Se podría solicitar así mismo —sugirió Villafranca— que cada cual contribuya según su fortuna.

—¡Qué pozo sin fin son las guerras! —dijo a su vez Montalto como reflexionando—. Necesitamos, y con urgencia, una paz digna y duradera. El frente catalán, los presidios de África, Flandes y Saboya... Son demasiados frentes. ¡Qué impotencia la nuestra!

Entró en ese instante un personaje al que aguardaban con impaciencia, ya que tenían en alto concepto su experiencia y su consejo, el marqués de Mancera, respetado por su magnífica la-

* Antoni Simón Tarrés: «El reinado de Carlos III: la política exterior», en *La España de los Austrias I: Auge y decadencia del Imperio español (siglos XVI-XVII). Vol. 6 de Historia de España*. Pág. 569. Madrid: Espasa Calpe, 2004.

bor en la renovación de la Flota de Indias y su gobierno de la Nueva España. Era Mancera hombre de aspecto distinguido y, al mismo tiempo, afable. Ni muy alto ni muy bajo; los cabellos, color de azabache; rigor en el vestir, a la vez que pulido y compuesto; la mirada atenta, como si quisiera comprender todo lo que en su derredor sucedía.

Tras los saludos de rigor, Infantado sacó de inmediato el asunto de la salud del Rey y las graves implicaciones que podía tener para estos reinos. Dando la palabra a Mancera, lo invitó a que expresara su opinión:

—Nos hallamos sin hacienda y los vasallos en tal pobreza universal que exprimiéndolos en una prensa no pueden dar lo que baste a la menor de tantas urgencias. Se figura el que vota que la Divina Providencia nos ha reducido a este estado para manifestarnos que cuanto más desfallece la limitada industria humana, más empeñada está su omnipotencia en sacarnos de la tribulación para que solamente a su bondad se le atribuya el beneficio.*

Malos tiempos para el mecenazgo de las artes. Los rostros de los presentes reflejaban la grave preocupación que atenazaba su ánimo. Por desgracia, el futuro les había de conceder razón de sus temores.

* José Calvo Poyato: *De los Austrias a los Borbones.* Madrid: Biblioteca Historia 16 (n.º 29), D. L. 1990.

2

LAS INTRIGAS
1693-1695

Del virreinato de Nápoles llegó a Madrid Luca Giordano, españolizado su nombre a Lucas Jordán, para dejar constancia de su saber artístico. Todas las cortes europeas se deshacían en elogios del cuadro por él pintado para la Academia de Venecia, la *Crucifixión de san Pedro*. Los sucesivos virreyes de Nápoles habían mandado a Carlos II obras de Jordán, que al rey entusiasmaron por su vitalidad y riqueza de colorido.

Claudio Coello, señor absoluto del arte en el Alcázar, recibió la noticia con desagrado. Y ahora este vivaz napolitano estaba en palacio para retratar a la Reina. Jordán, amante de la hermosura, como lo son las gentes de su tierra, tenía que acudir a los aposentos de su majestad para comenzar los bocetos de dicha tarea. Porque tarea consideraba Lucas aquel cuadro. Una linda dama le rogó aguardara breves instantes, ya que la Reina era conocedora de su visita.

Apareció Mariana de Neoburgo acompañada de la omnipresente condesa de Berlips. El artista se apresuró a hacer mentalmente la evaluación de su modelo. Alta, fuerte y desgarbada, su rostro era poco agraciado, ancha la frente, ojos de triste expresión inclinados hacia abajo; la nariz huidiza; la boca como crispada y mentón pronunciado. Sólo los claros cabellos, recogidos en dos gruesos tirabuzones, y la blanca piel permitían cierto optimismo. Contaba también Mariana con un porte real y una manera de hablar controlada que denotaba disciplina y exquisita educación, a la par que pronunciado orgullo. Se propuso, sin embargo, poner de relieve piel y cabellos y disimular lo restante. Las suntuosas joyas y los vestidos de ceremonia harían el milagro necesario.*

Estuvo trabajando afanoso, insertando la figura en un decorado que resaltara la magnificencia de una reina. Recurrió a un hermoso caballo blanco, símbolo de la realeza, para que con su airosa estampa y sus gualdrapas doradas contribuyera a resaltar el escenario que él imaginaba. Entre los numerosos vestidos, aconsejó uno de terciopelo rojo cuyo vibrante escarlata «pondría en valor la incomparable piel nacarada de su majestad».

Mucho fue el esfuerzo, pero el resultado era magnífico: una señora de la realeza cabalgaba serena, a mujeriegas,** mas decidida por los caminos de la historia sobre espléndido equino; los sedosos ropajes se deslizaban por la blanca grupa; los cálidos oros que bordeaban el escote ensalzaban el esbelto cuello. Se diría el retrato de una agraciada mujer de alta alcurnia. Sólo se permitió una sutil ironía el astuto italiano: Mariana empuñaba las riendas demasiado alto, con evidente ostentación de mando y poderío. Pero su majestad aceptó complacida el cuadro. Había sido realizado en breve tiempo. Hacía honor Jordán al apodo que le habían puesto en Nápoles, *Il Fa Presto, el Rápido.****

Luisa, tras su nombramiento, comenzaba a pensar que su destino iba a cumplirse, que todas sus renuncias y sacrificios habrían valido la pena. Carmen rebosaba felicidad. Su reciente unión con Bernabé colmaba su necesidad de afecto, ya que él sólo veía por y para ella. No se le podía considerar un hombre gallardo. Su tez olivácea, sus ojos pequeños y oscuros, un bigote

* Hay constancia de que este encuentro tuvo lugar, pero Jordán hizo el retrato sin que la Reina posara.

** A mujeriegas: dicho de cabalgar, ir sentado de lado en la silla, y no a horcajadas.

*** *Retrato de Mariana de Neoburgo,* de Lucas Jordán. Museo del Prado, Madrid.

que él no se preocupaba por mantener enhiesto..., nada en él recordaba al galán que ella soñara.

Pero su temperamento tranquilo y su disposición generosa hacia Carmen y hacia todo aquel que con ella se relacionara fueron conformando una vida serena y dichosa que él se preocupaba de mantener así. Una tarde las dos primas se tomaron un descanso y fueron a pasear por los jardines del Alcázar. Allí se sentaron al borde de un estanque donde varios tipos de aves acuáticas disfrutaban el frescor de las aguas. Convivían allí en tranquila armonía patos, ocas y gansos.

Dos gansos, un macho y una hembra, se deslizaban con placidez por las claras ondas. Otro, joven, merodeaba alrededor de la pacífica pareja, hasta que se acercó demasiado, y entonces se armó la marimorena. El macho ultrajado, en un revuelo de alas y graznidos, avisó al ardiente galán de lo improcedente de su actitud. Pero el joven ganso insistía, tras lo cual, el defensor de su compañera atacó con saña. Se abalanzó sobre el intruso, atacándolo con picotazos crueles y gritos estridentes que la hembra acompañaba con sus lamentos de criatura en peligro.

Luisa quedó pensativa, y Carmen, intuyendo sus pensamientos, le dijo con afecto:

—¿Ves, Luisa?, hasta la naturaleza nos enseña cómo reacciona el macho ofendido. Luis Antonio siente tu frialdad y distancia. Si deseas remediar tu maltrecho matrimonio, debes esforzarte en demostrarle interés y cuidado. Inténtalo.

La insólita petición

Otras preocupaciones más inminentes iban a cercar la mente de la Roldana. A pesar del honroso nombramiento y de su creciente fama, la situación económica de la familia no mejoraba. Realizaba obras de importancia, y numerosas, mas el pago se demoraba, y muchas de las veces ni siquiera se producía. El Condestable de Castilla, en su afán por ayudar a Luisa, resolvió dirigir una carta al Rey, con la súplica de que le concediera gajes que aliviaran su penuria:

> ... La Roldana, que es por la gracia de Vuestra Majestad escultora de cámara, aún no ha recibido por ello sueldo alguno por las obras ejecutadas. Apoyo encarecidamente las peticiones de vuestra escultora, a fin de que se le asigne un salario de cinco reales al día, a fin de que pueda lograr el sustento de su familia.*

Ante la ausencia de respuesta, Luisa, determinada a conseguir lo que le correspondía por derecho, aconsejada por sus bienhechores y sobre todo impulsada por la necesidad, se decidió en otoño a mandarle una carta al Rey:

> Humildemente solicito a la Majestad Vuestra, una habitación en las Casas del Tesoro, que con la plaza de escultora, estoy pobre y sin casa donde vivir con mis hijos. Con eso tendré algún alivio, que es muy grande mi necesidad.**

Lucas Jordán

Mal momento había escogido Luisa para pretender estabilidad económica. La corte pasaba por turbulencias de intrigas y conspiraciones para obtener cargos, prebendas y sinecuras que produjeran beneficios en una época en que la nación continuaba en bancarrota. En tales circunstancias, el Consejo decidió anular el pago de un tercio del sueldo de los funcionarios. Así mismo, se ordenó por real decreto que las retribuciones de las mercedes concedidas por el Rey no fueran superiores a cinco reales dia-

* María Victoria García Olloqui: *La Roldana.* Sevilla: Guadalquivir, 2000.

** Las Casas del Tesoro, situadas en el entorno del Alcázar, hoy Plaza de Oriente, albergaban a los artistas que disfrutaban del título de «cámara».

rios. Las dificultades que presagiara Ontañón se presentaban antes de lo pensado.

A esta desafortunada situación había que añadir el desgobierno originado por las dos facciones, que, entretenidas en imponer su influencia, no atendían a los urgentes problemas. Y, sin embargo, el desenlace de la cuestión sucesoria marcaría el destino de Europa. Los unos malgastaban su tiempo en contestar a las invectivas de los otros: Francia contra Imperio e Imperio contra Francia, mientras el asunto sucesorio seguía sin resolver.

Poco a poco, el poder de los agentes austracistas se había visto desplazado por una corriente de simpatía que fluía con fuerza creciente hacia los franceses. Atrás quedaban conflictos y resquemores. La desconfianza que suscitaran los galos por sus ansias de apoderarse de dominios españoles se fue desvaneciendo. Olvidadas quedaron las invasiones de los ejércitos vecinos a Flandes, reinos itálicos y Cataluña; los feroces bombardeos de los puertos de Barcelona y Alicante a cargo de la Marina de Luis XIV. Cruel ataque había orquestado el Rey Sol contra este puerto, pero la ciudad levantina gozó de una defensa tenaz. El valiente Baltasar de Conca y Aliaga opuso obstinada resistencia a los navíos franceses.

Varias habían sido las razones de esta mudanza, siendo una de las más decisorias la antipatía, arrogancia y avaricia del partido imperial. La habilidad de los agentes de Francia era además sustentada por la largueza de los medios económicos puestos a disposición de sus agentes. «Poderoso caballero es don dinero», como dijera el glorioso Quevedo.

Luisa, teniendo dificultades en su diaria subsistencia, determinó no dejarse llevar por intereses ajenos y ocuparse de sus apremiantes problemas. Pero la batalla había de ser cada vez más encarnizada, más dura y difícil de lo que ella podía vislumbrar. Era sólo su inicio. Decidió mantenerse al margen; ser amable con todos y confiar en ninguno, pues la caída de un personaje que le mostrara su apoyo podía significar el fin de sus aspiraciones artísticas y la consabida retribución. Era un enojoso equilibrio el que ella había de sostener. A esta incertidumbre había que añadir la carencia de caudales, que producía nuevos conflictos con su marido, deteriorando aún más una relación que se desintegraba desde hacía demasiado tiempo.

La convivencia en el reducido espacio de su habitación, con sus dos hijos, y la angustia originada por las constantes reclamaciones de sus acreedores llenaban de aflicción a la Roldana. Al no percibir la escultora la retribución de sus trabajos, un agudo sentimiento de injusticia atenazaba sus noches de insomnio. Bien lo decía el saber popular: donde no hay harina, todo es mohína.

La Perdiz

Se hallaba Luisa en su taller, reuniendo fuerzas para continuar, cuando llegó Lucas Jordán. Había éste finalizado con éxito el retrato ecuestre de la Reina, y era muy alabado en la corte, ya que había creado también un majestuoso fresco en la bóveda del palacio del Buen Retiro, a mayor gloria de la monarquía.*

Aunque le habían presentado a la escultora en anterior ocasión, hasta entonces sus quehaceres no le habían permitido ir a conocer sus famosos belenes, a los que, como buen napolitano, era muy aficionado.

Guardaban aromas de tornaviaje, pues fueron los franciscanos los que trajeron de los reinos itálicos a nuestras tierras dicha tradición. Mucho era el respeto de los buenos frailes por el belén, ya que había sido el mismísimo san Francisco quien, en 1223, creara el primero, viviente además, en la villa de Greccio.

—Os felicito, señor Jordán —dijo ella a modo de bienvenida—. Toda la corte se hace lenguas de vuestra destreza en el cuadro de la Reina. Dicen que es tal vuestro talento, que sois capaz de hacer un retrato con el recuerdo que atesoráis en vuestra mente.

* Casón del Buen Retiro, Madrid. Jonathan Brown; John Elliot: *A Palace for the King*. Yale: Yale University Press, 1980.

—Las personas de la realeza tienen grandes ocupaciones —contestó él—. Es menester guardar viva la memoria. *Bella vita la vostra!*, querida escultora —continuó—. No estáis esclavizada por la realidad. Mucho gozáis con la creación de los dulces Niños y las tiernas Madres que salen de vuestras manos prodigiosas.

—¡Ah, señor mío! No tiene problemas quien no los cuenta.

—Aprecio vuestra discreción, y no se me oculta que vuestro camino, siendo mujer, sembrado de dificultades ha de estar.

En ese momento hizo su aparición otro caballero; un señor que bien conocía el sentir de los españoles. Era el señor De Ory. Había terminado ya su misión en la Rusia del Zar. Desde entonces sus viajes por España habían sido frecuentes y su ánimo estaba embargado de una mezcla de admiración y asombro hacia ese pueblo que lo atraía sin remedio, sin él proponérselo, pero sin intención de ignorarlo. Una de sus primeras visitas había sido para la Roldana. Deseaba ver si su coraje y empeño habían dado su fruto, si las penalidades no habían consumido su anhelo.

El amante del arte, De Ory, y el napolitano, artista, comenzaron la estimación de las obras allí presentes.

—Observo, como conocedor de vuestras tallas desde tiempo ha —inició De Ory—, una evolución notable desde aquel estilo que aprendisteis en el taller de vuestro padre.

—¿Tanta es la mudanza? —preguntó ella ansiosa.

—No, Luisa. Vuestra es la expresión tan característica, mas el movimiento acentúa el dinamismo. La energía y el vigor son patentes, el pálpito aflora en cada rostro; los colores son cada vez más elegantes y sutiles o bien vibrantes, según convenga a los temas representados; los pliegues de los mantos, intrincados... Es una explosión de vida. Un canto a lo mejor del universo. Henchido de admiración me habéis.

—Justo es vuestro parecer —intervino Jordán—. A mí me conmueven sus figuras delicadas; sus Niños, que expresan sentimientos tan difíciles de plasmar, más aún si es en la dura madera o el escurridizo barro. ¡Adoro sus belenes! Tan reales, tan cotidianos, ¡tan verídicos!

Ella recibía complacida las alabanzas de personajes de tanto fuste, a la par que se ensimismaba en la ironía de la fama alcanzada y sus penurias económicas. ¿Cómo podían convivir ambas? No tuvo tiempo para elucubrar. Parecía que ese día todo Madrid se había dado cita en su estudio, pues se abrió la puerta de par en par y apareció la condesa de Berlips. Saludó efusiva al pintor y con fría muestra de cortesía a De Ory. Al francés, sin cargo oficial en Madrid, se le suponía agente benevolente de su país.

La Roldana percibió el peligro. Las dos facciones enfrentadas se hallaban ante ella. Estaba resuelta a no tomar partido. No se lo podía permitir; había de mantenerse en el fiel de la balanza y estar a bien con todos; tenía una familia que mantener.

Por otra parte, percibía la decadencia que minaba la dinastía de los Austrias y la fuerza ascendente de Francia. La influencia de la condesa sobre la Reina era notable, y la había aprovechado para hacerse con un patrimonio más que considerable que había colocado a buen recaudo en Viena. La condesa admiró con conocimiento de experta en la materia las imágenes creadas por la Roldana:

—Mucho me complacen vuestras Natividades. Poseen un encanto especial... Son figuras cotidianas, de vida plenas... Su carnación, en rostros y manos, es tan real, tan lograda, que parecen seres vivos.

—Mi agradecimiento, excelencia. Quisiera que mi trabajo fuera siempre guiado por los más altos impulsos.

—Bien se ve que sólo podría realizarlos alguien de sólidas virtudes cristianas —dijo con énfasis la Perdiz. Y continuó sibilina, con falsa dulzura—: Habéis de saber que vuestro mérito podría ser recompensado con largueza en la corte imperial. Cierta estoy de que gustarán vuestras obras.

—Me es grato complaceros. Agradezco de nuevo vuestra generosidad para conmigo.

De repente, la Berlips ordenó con autoridad:

—¡Sea! Así lo haréis. Habéis de enviar a mis aposentos esta dulce Virgen María, más estos tres exquisitos belenes, que tanto lucirán en los palacios austriacos, y dos de esos ángeles que portan la luz de Cristo. ¡Vais a conocer la fama! ¡Os haré rica!

Y salió con aires de gran dama que acaba de hacer su buena obra.

Cuando tuvieron por seguro que no podía oírlos, tanto De Ory como Jordán estallaron al unísono:

—¡No creáis una palabra!

Y el vehemente napolitano continuó:

—Es una depredadora de artistas. Escoge obras de arte por doquier, de calidad, eso sí. Tiene conocimiento. Y va prometiendo fortuna y doblones que lloverán sobre sus elegidos desde la corte imperial, gracias a los desvelos de su bondadoso talante. Pero no hay tal. Sirven para engrosar su ya cumplida colección. ¡Y no veréis jamás un maravedí!

—Mis escasos peculios no me permiten larguezas —se lamentó la escultora—. He de sustentar a mi familia, no puedo dar sin recibir retribución. Vivo de mi trabajo.

Ahí intervino el señor De Ory:

—Hablad más quedo, señor Jordán. Es cierto que alardea de poderío, pero éste es real. No conviene tornarla en enemiga. No os enfrentéis, Roldana.

—¿Qué puedo yo hacer? —inquirió atribulada Luisa—. No tengo condición para tan potente adversario.

—Utilizad la astucia. Es arma en la que las damas son excelsas.

—Buen consejo es —dijo Jordán—. Sí. Cavilemos para dar a luz un buen enredo digno de la Commedia dell'arte.*

—Antes de crear la intriga —apuntó De Ory— he de deciros que podéis quedar descansados, la influencia de estos alemanes inicia su fin.

—Señor De Ory, ¡os lo ruego! Mucho me habéis favorecido en el pasado. ¡No continuéis este parlamento. No en mi taller. No puedo enredarme en facciones políticas. La subsistencia de mi familia depende de la buena voluntad de los poderosos del momento. Espero entendáis mi dilema.

* Teatro callejero tradicional de Nápoles, creado por Pulcinella en el siglo XVI.

—Así es, Roldana. No os aflijáis. Os dejamos en la paz que ansiáis. En otra ocasión pergeñaremos la estrategia que os salvará de la codicia de la Perdiz. Y esta maniobra se hará de airoso modo, para no provocar su ira.

La camarilla
septiembre de 1695

Como bien dijera De Ory, la corrupción de los consejeros de la Reina había hecho nacer una imparable antipatía popular hacia ellos. Era ya tan de dominio público, que por las calles de la Villa y Corte corrían chascarrillos que ridiculizaban —potente arma el ridículo— a la Perdiz:

A la Berlips otros dicen
es la cantina alemana,
que bebe vinos del Rhin
más que sorbetes y horchatas.

No sólo la ironía afectaba a la condesa, y no sólo a ella las murmuraciones. Enrique Wiser, llamado el Cojo por los madrileños, llegó a tales cotas de tráfico de influencias, robo y extorsiones varias, que perjudicó seriamente al partido de los austracistas. Y a la propia Reina. Hasta tal punto llegó el descontento de los madrileños, que un mal día apareció un pasquín en la puerta del mismísimo palacio. Contenía una afrenta directa a ella. Era una pintura de Mariana, desnuda y sólo con un manto que cubría sus partes. Tras ella, el Rey, vestido de forma somera. Un letrero salía de la boca del monarca: «Hasta que eches a Carnero, no tendrás este mortero.»

Convencidos del peligro que se avecinaba, el Consejo de Estado llegó a proponer al Rey la expulsión de la camarilla alemana, de Wiser, Berlips y otros personajillos, por su probada responsabilidad en los abusos cometidos. Así como Wiser, en efecto, hubo de marchar, la protección de la Reina salvó en el último instante a la Perdiz. Mucha había sido la influencia del Cojo sobre doña Mariana, pero ésta, tras la expulsión de su consejero, escribía a su hermano el elector palatino Juan Guillermo de Neoburgo: «Hemos recuperado todos la salud. La marcha de Wiser ha aquietado los ánimos. Lo que le perdió fue el orgullo, porque no quería recibir consejos de nadie, ni aun de mí. Al Rey le fue antipático desde que le conoció, pero yo esperaba remediarlo con el tiempo. Las grandes ambiciones producen siempre estas grandes caídas. Los españoles, orgullosos de suyo, no se dejan gobernar por quienes lo son, máxime si son extranjeros, a los que nunca quieren bien, aun sabiendo disimular su falsía.»*

Esta decisión de salvar a la Berlips fue un error, ya que hizo que la sombra de la duda sobrevolara también alrededor de la Reina. Se comentaba en voz muy queda a propósito de doña Mariana: «En la monarquía española no hay dinero bastante para sostener a todos sus hermanos.»

Y eran veintidós. En un periodo de bancarrota, había de ser letal para el partido austracista. Más aún cuando la Berlips continuó con sus fechorías. Tuvo una idea que consideró feliz y que transmitió a la Reina. No se le ocurrió otra cosa que aconsejar la venta del cargo de secretario de Estado a Juan de Angulo. El afortunado hubo de pagar siete mil doblones de oro. Esta falta de rectitud en los asuntos creó un ambiente de pobreza moral que había de acarrear peores consecuencias.

El enviado de las Potencias Marítimas, Schoenberg, que era compinche de Wiser, fue pescado en negocios sucios. Como era lógico, se decidió expulsarlo de España, dándole un plazo de veinticuatro horas para dejar Madrid. Para salvarse, se defendió con un ataque en toda regla a las autoridades, y en su osadía llegó a referirse al Rey como: «Príncipe sin palabra, justicia ni autoridad.»

¡A buena hora se hubiera atrevido a hacerlo contra un príncipe alemán! Pero la descomposición que se vivía en España producía tal falta de respeto a las instituciones.

* «Carta de la reina Mariana de Neoburgo al elector palatino», en Duque de Maura: *Vida y reinado de Carlos II*. Madrid: Aguilar, 1990.

Para terminar la faena, fueron sacados a subasta puestos de importancia en los virreinatos de Nueva España y el Perú. El gobernador de estos vastos territorios obtuvo así su honroso encargo. El deterioro del Estado había alcanzado estos límites.

El pueblo, cansado de estos abusos, se debatía inquieto. Un día apareció un pasquín en los muros del Alcázar que debía de haber alertado a los gobernantes de las corrientes que agitaban la nación, y que podían originar fuerzas incontrolables:

Viva el rey de Francia,
muera en España el Gobierno,
y para el Rey, un cuerno.

Carta desesperada

La penuria económica de la familia de Luisa adquirió tintes dramáticos. Varias cartas, suyas y de sus valedores, habían recordado sus peticiones. Por el momento, sin resultado. La Roldana, sacando fuerzas de flaqueza, había retomado sus demandas. Y ahora aguardaba.

Era una mañana triste y plomiza; sin embargo, el estudio de Luisa se iluminó con radiante esperanza cuando un paje real le entregó una misiva con el sello de palacio. Rompió el lacre con impaciencia, esperando y temiendo al unísono.

Se le concedía, ¡por fin!, la cantidad de cien ducados al año. La escultora vio el cielo abierto y aguardó anhelante la llegada de su merecido salario.

Pero éste tardaba en llegar y ella había de hacer frente a diversos pagos, originados por las necesidades diarias de su familia y las retribuciones a los proveedores de materiales para su trabajo. Una vez más, la desilusión sucedía a la esperanza.

Con la decisión que produce la miseria, que a ese límite habían arribado sus estrecheces, contestó Luisa al Rey:

A la clemencia de Vuestra Majestad imploro:

No puede el Condestable despachar la concesión, si no es señalándole Vuestra Señoría Majestad. Y así, Señor, por amor de Dios, se tenga por servido mandar con decreto al condestable me despache señalándole de dónde ha de sacar.*

Luisa se interrogaba: «¿Acabará así éste mi tormento?»

* Citada en «La Roldana, una escultora en la corte de Carlos II y Felipe V», en *Amigos del Foro Cultural de Madrid: www.amigosdelforo.es/web/2009/09/04/la-roldana-una-escultora-en-la-corte-de-carlos-ii-y-felipe-iv/*. He variado ligeramente la redacción para una mejor comprensión.

3

EL DESENCANTO
1696-1698

Comenzaron a llegar a Madrid toda clase de personajes de la más variopinta condición. Agentes de un bando o del otro, embajadores astutos y observadores; aventureros en busca de fácil ganancia; nigromantes que proclamaban sus poderes en hechizos y otras diabluras; alquimistas empeñados en convertir el metal en oro y la enfermedad en bienestar. Entre estos últimos, Roque García de la Torre ofreció sus servicios al Rey. Recibido en audiencia, se comprometió a producir un elixir que sería «la panacea universal» y que curaría todos los males. Vivió regiamente durante un largo periodo, y cuando se le exigieron resultados, obviamente, no los pudo presentar. Hubo de escapar como alma que lleva el diablo.

A tal extremo había llegado la confusión: se escuchaba y premiaba a los farsantes, y a los honrados trabajadores se les privaba de aquello que habían ganado con su esfuerzo. Unos acudían con el interés de su señor en mente o una misión que cumplir; los más, por ver de buscar alivio a su necesidad o conseguir la esquiva fama.

La salud del Rey

En medio de estas tribulaciones, hizo su aparición otro grave problema. La salud de Carlos II se deterioró de tal manera, que creyeron llegada su última hora. Tras su estancia en Aranjuez, unas fiebres tercianas palúdicas producidas por la descomposición de agua estancada habían postrado al Rey. Ni tan siquiera apetecía del chocolate, al que era tan aficionado.

La reina madre, Mariana de Austria, también estaba enferma. De zaratán,* dolencia de la que acabaría muriendo.

Pudo, sin embargo, influir por última vez en su hijo, aconsejándole que eligiera como candidato a José Fernando de Baviera, por ser éste, a su entender, quien menos resquemores producía, además de tener en justicia el derecho sucesorio. Baviera no era una gran potencia, con lo que el equilibrio del dominio europeo permanecía intacto. Se enfrentaba así la reina madre a su nuera, que patrocinaba a su sobrino, el archiduque Carlos.

A inicios de noviembre, el embajador de Imperio, el viejo conde de Harrach, mandaba un despacho al Emperador en el que le confirmaba la elección del príncipe de Baviera como único heredero.

El almirante

Se afanaba la Roldana en su trabajo, y ese empeño se reflejaba en una escultura cada vez más poderosa. En este trabajo estaba cuando fue anunciada la visita del almirante de Castilla. Entró Melgar acompañado por el embajador de Venecia.

—Enhorabuena, Roldana, no os dais descanso. Os traigo al embajador Venier. —Y dirigiéndose a él continuó—: ¿No os dije, excelencia, que os mostraría la singular labor de esta artista sevillana? Observad el movimiento, la fuerza, que une a la finura y calidad en sus obras...

—Cierto, cierto. Serían muy admiradas en la Serenísima. Conozco que en esta corte sois muy apreciada. He sabido de la visita que os hizo la condesa de Berlips.

—Gran acierto —intervino Melgar—. La condesa goza de la confianza de la Reina.

* Zaratán: cáncer de pecho.

—Señor Almirante de Castilla —apuntó el veneciano—, vos bien podríais acrecentar la gloria de esta escultora. Sois caballero poderoso.

—Señor embajador, mi poder es limitado. No creáis los rumores de palacio. Muchos hablan de mis reuniones con su majestad para solventar graves asuntos, pero rumores son. —Y ante el gesto de incredulidad del legado continuó—: Mas deseo ayudaros, escultora. He conocido la imagen que realizasteis para la iglesia de San Pedro, en Arcos de la Frontera, la *Divina pastora con Niño Quitapenas*. Es la representación de la ternura. Quisiera una talla semejante para obsequiar a una dama.

En ese momento Venier pidió le excusaran, pues tenía que atender asuntos urgentes.

Una vez que el embajador hubo partido, la expresión del almirante se hizo seria.

—Roldana —empezó despacio—, bien sé de vuestro talento y de la estima en que os tienen personas de mi conocimiento. Estad atenta. Es éste un lugar en el que se paga la fama con un alto precio.

—Excelencia, no busco la fama. Sólo deseo tranquilidad para trabajar en paz.

—Yo anhelo eso mismo —afirmó Melgar ante la sorpresa de Luisa—. Sin embargo, me cerca la insidia. Ésta, con su arma letal, la calumnia, mata sin dejar rastro. Los libelos que corren por Madrid aseguran que no tengo méritos propios, que todo lo debo a mi cuna. Pero yo seguiré en pos del bien de mi país. —Y como meditando, añadió—: No quiero afligiros. La fama trae la envidia, y la envidia, enemigos. Si éstos os atacaran, contad conmigo.

Mientras tanto, el embajador de Venecia, en el silencio de su despacho, se apresuraba a escribir al dux: «El almirante, aparentando siempre no querer disponer de nada, todo lo determina como si fuera primer ministro...»

No habían convencido al sagaz veneciano las modestas razones del almirante de Castilla. Sabía que eran una maniobra de diversión.

Embajador Harrach

Carmen y Luisa iban llenas de ilusión hacia palacio a fin de entregar unas obras y recibir el ansiado pago cuando los alguaciles las hicieron detenerse para dar paso a una carroza engalanada con esmero. Uno de los enterados que hay en toda ciudad les dijo que se trataba del nuevo embajador imperial.

—No es así —aclaró otro—. Es el hijo del embajador. Precede al padre, para preparar su llegada.

—¡Ah! —exclamó el primero—. O sea ¿que vuelve el padre, el conde de Harrach, que ya estuvo enredando por aquí?

—Que sí. Ese mismo.

Se apresuraron las dos mujeres para entrar detrás de la carroza, pues en aquellos años era mejor no entretenerse en conversaciones callejeras, que nunca se sabía cómo podían acabar. Además, deseaba la Roldana demostrar su destreza al conde de Melgar.

Cuarto Chico

Mariana de Neoburgo recibió al joven diplomático en el Cuarto Chico, lugar a salvo de indiscreciones.

—Grande es mi contento al recibiros, y apremiante la urgencia en las disposiciones que se han de tomar.

—Al servicio de la majestad vuestra me inclino. Mi padre no se demorará, pues está avisado de la premura que las futuras acciones han menester.

—Es necesaria la presencia del archiduque en Madrid.

—Un despacho saldrá de inmediato con uno de nuestros mejores correos, con vuestras órdenes.

—Sosegaos, conde, no es agobio sino oportunidad lo que

origina mi cuidado. El Rey mi señor me repite con frecuencia que sus ministros se han aprovechado de su extrema debilidad para precipitar la elección de Baviera. La serena reflexión, añade, habría conducido a otra providencia. Es el momento idóneo para cambiar una decisión que no le satisface. Hemos de actuar con diligencia, pero, sobre todo, con habilidad.

Mientras se desarrollaba esta entrevista a salvo de «ojos y orejas», Luisa entregaba la talla de la Virgen al almirante.

—¡Sorprendente, señora escultora! Cada imagen por vos creada tiene una expresión diversa.

La Roldana miraba a Carmen, que parecía orgullosa de su prima.

—Excelencia —comenzó Luisa—, quisiera agradecer vuestras bondades para conmigo.

No pudo continuar porque un paje anunció al conde de Adanero, presidente del Consejo de Hacienda, que, por su ademán preocupado, tenía necesidad de hablar con el almirante.

—Dejadnos, escultora. Estoy satisfecho con vuestro trabajo. Ordenaré que se os dé, de inmediato, el precio de vuestra excelente labor. ¡Lástima no poder dedicar más tiempo a las artes!

Salieron las dos tras una reverencia, pero alcanzó Luisa a oír que Adanero decía a Melgar:

—¡Feliz vos que habéis cómo pagar lo que debéis! No puedo encontrar dinero para la subsistencia de su majestad, pues todos los ramos de la hacienda están endeudados por muchos años.

La lucha

Luisa, atenta a los sucesos que se desarrollaban en su entorno y dominaban su vida, se veía forzada a usar de extremo tacto para complacer a las damas de palacio, agradecer a sus bienhechores su interés y buscar las ayudas económicas que tanto necesitaba. A veces, se le antojaba un camino demasiado árido, ya que ella sólo pedía la retribución de su trabajo, no regalos ni limosnas. Su sentido de la justicia sufría al tener que reclamar la asignación que consideraba merecida.

Una de las señoras que estaba de visita en su taller, al verla tan abatida, le preguntó solícita:

—¿Qué os sucede, Roldana? ¿No os satisface vuestra honrosa posición en la corte? Mujer alguna pudo alcanzar antes ese honor.

—Reconocida estoy, excelencia, por las mercedes que su majestad derramó sobre mí, mas el honor no da de comer, ni viste ni calza a mis hijos.

—¿Queréis decirme que no recibís vuestros gajes?

—Me hallo en mil trabajos para obtener mi retribución.

—¡Malos son los tiempos, Roldana...! Si vierais la realidad de tantos personajes de la corte... Vivimos queriendo intentar mucha gala sin poseer hacienda. Pero he de mover Roma con Santiago para proveeros auxilio.

Volvió a su casa un poco más animada, pero poco le duró el contento. Al llegar halló la despensa vacía y un marido que protestaba por la necesidad en la que se encontraban.

—¡Mira en qué estado nos hallamos por causa de tu ambición! Ni para comer tenemos. Y tú, atenta sólo a tu fama.

Las recriminaciones eran las mismas de siempre. Hubiera podido responder que él fue el primero en decidir el traslado a Madrid, cuando tan bien marchaba todo en Cádiz, pero sabía que era inútil, que razonar con él cuando pasaba por ese estado de ánimo era estéril. Los altibajos de su carácter hacían la vida muy difícil; a la exaltación por motivos nimios sucedían tragedias por pretextos más pequeños aún. Paseó su mirada por la triste habitación. Contempló las raídas ropas de sus hijos y las suyas propias. Se acordó de su soleada Sevilla, de la casa paterna, de la vida alegre y desahogada de su hogar, y sintió una profunda oleada de desánimo.

De manera súbita, de su ser más recóndito surgió una llamarada de fuerza. No. No se había equivocado al recorrer ese camino. Su única posibilidad era seguir, continuar luchando. La necesitaban y ella no les fallaría. A pesar de la ruina, a pesar del desamor, a pesar de no contar con el respaldo de su marido. El recuerdo de su padre la impulsaba a no dejarse vencer.

Patente legal

En esta corte de los milagros en que se había convertido Madrid, se acumulaban las malas noticias. Entre éstas, Wiser, resentido, había enviado una carta al elector palatino, que, una vez conocida, produciría un enorme escándalo:

> ... Uno de los negocios más lucrativos del contrabando en América consiste en burlar la prohibición del comercio marítimo y directo con Buenos Aires, de modo que si le procurase la Reina patente legal para poder establecerlo lícita y regularmente con dos navíos de su propiedad, esa mina que explotaban contra ley bucaneros y contrabandistas enriquecería muy pronto, ya que no al legítimo dueño, a Su Alteza Electoral.

Hasta el hermano de la Reina miraba sólo por su interés. Harrach sabría cómo actuar en circunstancias tan enrevesadas.

Mariana de Neoburgo, consciente de la terrible situación, decidió llamar al antiguo primer ministro, el conde de Oropesa. Su experiencia y su clara visión podrían dar frutos de nuevo desde el puesto de presidente del Consejo de Castilla, cargo que ya había ocupado años atrás con su habitual brillantez. Pero la decadencia se mostraba imparable. La penuria de la Real Hacienda parecía incurable.

El engaño

La corte era un hervidero de rumores, noticias encontradas y un avispero para quien no se moviera con máxima cautela. Otro caballero, el joven duque de Medinaceli, que desde la muerte de su padre había trabajado con seriedad para su país, había sido nombrado virrey de Nápoles. Necesitaban allí a una persona moderada, con conocimiento de aquellos reinos, donde se barruntaban conflictos de competencia con el Papado. No podían añadir un problema más a los ya existentes, que no haría sino complicar el rompecabezas en el que se había convertido el tablero político. A quien disgustó esta disposición fue a la Roldana, que veía alejarse de nuevo de la corte a uno de sus valedores.

En esa confusión, tanto monetaria como de lucha titánica por el poder, Luisa había comprendido tiempo atrás que su actitud debía regirse por la prudencia más absoluta. Una equivocación, un error de cálculo, y el esfuerzo de tantos años se habría diluido en la nada. La larga marcha hacia una meta difícil había requerido demasiados sacrificios como para permitirse la más mínima distracción. Debía, por tanto, acometer con ingenio todas sus actuaciones, incluso las más nimias, empezando por la cuestión del envío de sus obras a la Berlips. Decidió recordar a Ontañón que le había brindado su consejo, y entre éste y De Ory ingeniaron la siguiente estratagema:

—Querida Roldana —sentenció Ontañón—, la única manera de salvar vuestras obras de las garras de la Perdiz será pedir al marqués de Villafranca que aconseje al Rey la permanencia de dichas obras en estos reinos.

—Idea excelente, sí, señor —apoyó De Ory—. Hemos de redactar una lista precisa de las esculturas...

—¡Eso es! —interrumpió Ontañón—. Y serán ésas, y sólo ésas, las que encomendará Villafranca como imprescindibles para las Reales Colecciones. ¡Manos a la obra, Roldana!

Realizaron la lista entre risas y chascarrillos, divertidos ante la idea de engañar a la codiciosa condesa.

—He de aclararles a vuestras excelencias que de los que ella definió como belenes, dos no son tales. ¿Cómo sugerís que haga la relación?

—Según su verdadero nombre, como la artista lo concibió —sentenció el ayuda de cámara.

Comenzó entonces la escultora:

—*Virgen dando el pecho al Niño, Descanso en la huida a Egipto, Aparición de la Virgen a san Diego de Alcalá, Natividad, Arcángel san Miguel* y *Ángel de la guarda.**

Las citadas obras permanecerían en España.

Princesa Orsini

Mientras tanto, en el castillo de Braciano, a poca distancia de Roma, una mujer de cincuenta y seis años hacía recuento de su vida. Viuda por segunda vez; acribillada por las deudas de nuevo, los acreedores acosándole como perros de presa, se preguntaba si habría alguna probabilidad de salir airosa de ese conflicto. Su existencia había sido una sucesión de adversidades crematísticas. Nacida dentro del círculo de la alta nobleza, para la que el fasto era una obligación, se había encontrado siempre falta de recursos económicos. No así de ingenio, pues era éste el que le había hecho vadear con soltura los traicioneros torrentes de la corte francesa. Nadie más experta que ella en acomodar viejos vestidos; ninguna otra mujer tenía mayor talento para conducir una alegre y despreocupada conversación mientras ocultaba una mente asediada por mil problemas.

Su experiencia en la corte de París, casada con el príncipe de Chalais; su segundo matrimonio, con Flavio Orsini, duque de Braciano y príncipe Orsini, que la conduciría a residir en Roma, así como sus numerosos viajes, le habían enseñado a sobrevivir en un mundo feroz y competitivo, donde la más nimia debilidad era aprovechada por un rival o una adversaria.

Pero ahora, a su edad, se encontraba fatigada, desolada y sin

* Hoy en día las obras citadas están en los siguientes lugares: *Virgen dando el pecho al Niño,* colección particular; *Descanso en la huida a Egipto,* colección particular; *Aparición de la Virgen a san Diego de Alcalá,* Victoria and Albert Museum (Londres); *Natividad,* monasterio de Santa María de Jesús (Sevilla); *Arcángel san Miguel* y *Ángel de la guarda,* monasterio de las Descalzas Reales (Madrid).

apoyos. La última solución era vender su castillo de Braciano, medieval, sólido, altivo, como la casa a la que daba cobijo, la antigua y casi mitológica estirpe de los Orsini.

¿Cómo conseguiría salvar este grave revés? ¿Qué podía ella hacer?

«¿Será que mi vida toca a su fin?», se preguntaba desconsolada.

Pero como la realidad supera a veces la ficción, la princesa Orsini tuvo un encuentro en Roma que marcaría su vida y la catapultaría a la escena internacional. Los ojos de Europa, y si se lo permitían, también sus afiladas garras, estaban clavados en una dinastía que se apagaba de manera inexorable.

Durante una recepción en el Palacio de España, sede de la embajada ante la Santa Sede, fue presentada por el embajador, el conde de Altamira, al cardenal Portocarrero.

A su eminencia lo sedujo la ágil conversación de Ana María de la Tremouille, duquesa de Braciano y princesa Orsini. El cardenal, hombre de notable empaque mas de ojos tranquilos en un rostro redondo, se mostró complacido por la perspicacia y dulce continencia, que él tomó por innata, de la princesa. A ésta le hizo renacer la esperanza la debilidad de su eminencia por la edulcorada adulación.

Ella se vería forzada a vender su amado castillo y retornar a Francia. Mas Portocarrero había quedado prendado de la rápida inteligencia de la princesa Orsini, su conocimiento de las intrigas cortesanas y su pericia para sortearlas. No la olvidó. En la categoría de las luchadoras, otra mujer se esforzaba por salir adelante, por ser reconocida, por sobrevivir. La Roldana y ella se encontrarían en un futuro no muy lejano.

Carta de Luisa
1697

La Roldana sentía una enorme opresión en el pecho. Llegó a pensar que estaba invadida por una mala enfermedad, pero lo cierto es que las carencias económicas la preocupaban de tal manera, que le interrumpían el sueño, no descansaba bien, y como al día siguiente había de trabajar fatigada, entraba en una espiral que la conducía a un gran malestar. Los prometidos salarios no llegaban y la familia contaba sólo con ella para su sustento. La Hacienda Real pasaba por una profunda crisis, pero ella tenía que pagar a sus proveedores cada fin de mes. Así fue como pidió ayuda a Villafranca, quien, desolado, tuvo que contestar:

—No sois persona necia ni desposeída de ingenio. Se os alcanza el desgraciado estado en que se halla nuestra hacienda. Es harto difícil para el Rey cumplir con sus compromisos de gajes y prebendas, que tan gustoso os otorgara.

—Excelencia, sé de vuestro favor, que nunca me ha faltado. No os importunaría si mis circunstancias no fueran en verdad extremas.

—Advierta vuestra merced que he de hacer todo lo que en mi mano esté para socorreros—aseguró él—. Mas vos misma habéis de empeñaros. Recordadle vuestros afanes, escribid una nueva carta.

Y partió hacia sus muchas ocupaciones.

Resolvió Luisa enviar su petición, que mostró a Ontañón para que confirmara que no tenía ningún defecto. Encabezada con las más protocolarias muestras de respeto venía a decir:

> Ha más de seis años que he tenido la dicha de estar a sus reales pies, haciendo y ejecutando diferentes imágenes del agrado y devoción de Vuestra Majestad, y en consideración de que esta pobre y con mucha necesidad suplica a Vuestra Majestad se tenga por servida mandar le den vestuario o ayuda de costa, o lo que fuere de su mayor agrado.*

Atrás quedaban los sueños de gloria y bonanza. Sabía que el momento era extremadamente delicado; oía conversaciones en la corte que le daban idea de la coyuntura adversa por la que

* María Victoria García Olloqui: *La Roldana.* Sevilla: Guadalquivir, 2000.

atravesaba el país. No se le escondía la preocupación de gentes responsables que, perteneciendo a un partido o al contrario, deseaban el bien de su patria. Así lo hizo ver a su buen amigo el ayuda de cámara, que la socorría en todo. Carmen, preocupada al ver deteriorarse la salud de su prima, se atrevió a darle un consejo que ella creyó atinado:

—Luisa de mi alma, ¿no se te ha pasado por la mente tornar a Sevilla, a la seguridad de tu familia, al bendito taller de tu padre?

La expresión de la Roldana le heló la sangre en las venas, sabiendo lo que se le venía encima:

—¿Cómo tú, que dices quererme, puedes sugerirme tal desatino? ¿Quieres empujarme a que vuelva vencida, y que tire por la borda todo el esfuerzo, todos los sacrificios de estos años?

—Luisa, sé que eres señora decidida y valiente, y que has llegado adonde mujer alguna llegó jamás. Eso nadie podrá ya quitártelo, pero tus sufrimientos y preocupaciones están minando tu salud. Has de pensar en ti.

—No, Carmen, no. Mis padres ven mi triunfo, no mis pesares, y deseo que así permanezca.

—Mira, Luisilla, que tu orgullo no te juegue una mala pasada. Mejor será que ellos comprendan que no todo lo que te rodea es tan bonito, que no nadas en la abundancia...

No la dejó terminar:

—Si me quieres, no digas esto nunca más. Llegará el día en que mis penalidades y carencias vean su fin, y lo que he tenido que soportar se desvanecerá como una mala pesadilla.

—Pero, Luisa, es demasiado peso para ti sola, vas a enfermar...

De nuevo interrumpió a su prima:

—Soy la primera mujer que ha visto recompensado su mérito como escultora. Alguien tenía que dar el primer paso, y eso tiene un precio. Aquí me quedo.

En repetidas ocasiones hubo de sacar fuerzas de flaqueza, y esa tensa angustia llevó a la Roldana a crear una de sus obras más significativas: la *Dolorosa* de Sisante.

Como sucediera con el *San Miguel* de El Escorial, Luisa utilizó su trabajo para enfrentarse a sus males y, mediante su expresión en madera o barro, realizar su personal catarsis. Es así en la *Dolorosa*. Una madre hundida por el dolor, el rostro pálido, la carnación exangüe, llora con negras lágrimas la pérdida de su hijo. Esta vez la angustia de la supervivencia está representada por una mujer quieta, entregada a su pena, casi rendida, sin fuerzas ya para luchar.

Al mismo tiempo, la reina de los cielos está vestida con máxima dignidad: finos encajes blancos rodean el exquisito rostro, las mangas largas y toda la túnica. Un manto de severo pero elegante terciopelo negro cubre de tristeza la bella imagen.*

Estaba la Roldana ultimando los detalles de esta Virgen cuando entró su marido con la expresión demudada y la tez cenicienta. Él también cargaba con el peso de las sumas estrecheces que padecía la familia. Su orgullo de hombre, al no poder aliviar con las ganancias de su trabajo la necesidad de los suyos, se rebelaba, pero en vez de intentar conciliar con Luisa una más fértil estrategia, la atacaba con rabia.

—¿Cómo pretendes que te den buenos doblones cuando sólo pergeñas tristezas como ésas? La gente quiere alegría, visiones amables que le hagan desmemoriarse de los muchos pesares que sufre. ¡Y así haciendo nos hundes a todos!

—Luis, yo realizo lo que me piden. Y soy muy consciente de las penurias que sufrimos.

No quería regañar. Estaba cansada. Hubiera deseado olvidar. No recordar. La nada. El vacío. El silencio.

Pero no era posible. Había de levantarse de nuevo, comenzar la pelea una vez más.

—Está bien. Escribiré a la Reina, le rogaré y le contaré mi desesperación. Quizá se apiade.

Sin mucha esperanza redactó otra carta, en la que narraba su angustia:

* Convento de las Madres Clarisas Nazarenas, Sisante, Cuenca.

Por estar pobre y tener dos hijos lo paso con gran estrechez, pues muchos días nos falta para lo preciso del sustento de cada día, y por esto más preciada a pedir a Vuestra Majestad, se tenga por servida mandar nos den una ración de especies para que tenga nuestra necesidad algún alivio.*

Tuvo que ser enojoso para esta artista tenaz describir la miseria que atenazaba a su familia.

El embajador del Rey Sol
1698

Era este embajador, el marqués D'Harcourt, hombre de aspecto amable, rostro ovalado, nariz aguileña y grandes ojos que mantenía semicerrados, lo cual le daba un aire ensimismado que él aprovechaba para no perder ripio de todo lo que a su alrededor sucedía. El porte digno a la vez que afable le granjeó muchas simpatías en la corte. Su innato y desarrollado poder de análisis generaba un buen número de despachos que sería de suma utilidad en Versalles. En marzo, describía así el estado de Carlos II: «Es tan extrema su debilidad, que no puede permanecer más de una o dos horas fuera de la cama; la hinchazón no desaparece; tiene tanto miedo a la muerte que ha llegado a debilitarle el entendimiento...»**

La buena disposición del francés y la altanería del imperial contribuyeron a cambiar las simpatías de los españoles. La propia condesa de Berlips escribía al hermano de la Reina, el elector palatino:

La gente ya no aborrece a los franceses como antaño, porque las innumerables personas que viven del Tesoro creen

* «Carta de la Roldana a Mariana de Neoburgo» (1697), en María Victoria García Olloqui: *La Roldana*. Sevilla: Guadalquivir, 2000.

** Augustin Cabanès: *El mal hereditario en la Historia*. Madrid: Mercurio, 2.ª serie, 1927.

tenerlas más seguras si son ellos los que prevalecen. Así se da el caso de que la embajadora de Francia pasa en Madrid por ser un oráculo y se la festeja y acompaña, mientras no se hace ningún caso de la alemana.*

D'Harcourt, instigado por la experiencia de Luis XIV, cultivaba tanto la amistad del almirante como la de Portocarrero. En una entrevista con su eminencia, éste lo recibió así:

—Bienvenido, excelencia. Sé de vuestro afán en las relaciones con estos reinos.

—Es mi privilegio, eminencia, ser testigo de tiempos de máximo interés que se han de vivir en estos lares.

—Sugestivos, sí —repuso el cardenal—, pero no exentos de peligro, pues es mucho lo que está en juego: poder, influencia y posesión de uno de los más grandes imperios que el mundo vio.

—Señor cardenal, ¡la vida daría por esta noble causa!

—Señor embajador, vos sabéis que, en estas disyuntivas, la mejor arma es la habilidad. Lo que ha de primar nuestro cuidado es el ascendiente de la Reina sobre el monarca.

Así era. Mariana de Neoburgo adquiría cada vez más influencia sobre las opiniones del Rey, quien, por sus problemas físicos y su decadente salud, no acostumbraba ser firme en sus ideas. Además, convertida la Perdiz en la mano derecha de la Reina, auxiliaba a ésta con su enorme fantasía en sus imaginarios embarazos.

Carlos II, obsesionado con la sucesión, deseaba ardientemente creer lo que en el fondo debía de saber era imposible. El pueblo de Madrid, con su pronto ingenio, inventó unas coplas que se cantaban sin rebozo:

* Antoni Simón Tarrés: «El reinado de Carlos III: la política exterior», en *La España de los Austrias I: Auge y decadencia del Imperio español (siglos XVI-XVII). Vol. 6 de Historia de España*. Pág. 569. Madrid: Espasa Calpe, 2004.

La Perdiz, poderosa
más que el monarca,
cuando quiere, a la Reina
la hace preñada.

Tratado de Partición

Quería Luisa pensar que sus continuadas súplicas serían alguna vez oídas, y se encaminó al Alcázar a entregar su petición al camarero mayor. Villafranca la atendió con su afecto habitual, pero las noticias, una vez más, eran malas.

—Habréis de tener paciencia —inició el marqués—. Las nuevas dañosas nos abruman. Hemos tenido noticia de un Tratado de Partición mediante el cual las potencias se repartirían España. Además de un ultraje, supone un serio peligro de guerra.

—¡Dios nos libre del mal! ¡Son ya tantos nuestros pesares!

—Sí, escultora, así es. Seguid trabajando. Ahora la preocupación es grande como para tratar otro asunto. Pero no olvido vuestra tribulación. Tened paciencia. Todo se andará.

Luis Antonio

La Reina, cuando recibió la carta, se sintió conmovida por el extremo pesar de la Roldana. Indagó, se informó y, comprendiendo la suma necesidad de su escultora de cámara, ordenó que se le entregaran doce doblones. Mas los pagos de fornituras y deudas varias a los que había de hacer frente Luisa acabaron pronto con la dádiva de Mariana. Como siempre, el marido atacó en vez de solucionar.

—Y ahora ¿qué vamos a hacer? ¿Cómo hemos de remediar nuestro sustento?

—Ayúdame a encontrar una solución. Algo se nos ha de alcanzar.

—¿Alcanzar? ¿Alcanzar, dices? Ya lo decía yo. Quedémonos

en nuestra buena Sevilla. ¡Pero no! La señora pintiparada quería conocer mundo, osar aquello que ninguna mujer cabal pensó jamás. —Y siguió Luis, con rabia incontenible—: ¡La miseria! ¡Eso es lo que has vertido sobre tu familia, sobre tus hijos!

—¡Por el amor de la santísima Virgen! ¡No laceres más mi corazón! Nada en el mundo me duele más que ver carecer a mis hijos del sustento. ¡Con lo que yo los quiero!

—¿Querer? Ésa sí que es buena. ¡A nadie quieres tú! Ni a mí ni a tus hijos ni a nadie. ¡Sólo te vale tu fama y el amor de tu persona!

Clavó Luisa sus uñas en las palmas de las manos. No quería entrar en discusiones estériles que nada le aportaban. Decidió abandonar el taller y correr a los brazos de sus hijos, hacia un poco de cariño, hacia un poco de ternura. Ya pensaría qué hacer, ya se le ocurriría algo. Mientras tanto, necesitaba unas migajas de paz.

Pasaron los días y esperó a que él se dignara hablarle para intentar transmitirle con calma aquello que ella había discurrido. Por fortuna parecía esa mañana gozar él de buen talante.

—Muy de mañana saliste a trabajar —dijo Luis complaciente.

Vio ella enseguida la oportunidad que había estado esperando.

—Yo he llegado ya a mi límite. El ingenio que yo poseo no me ha de llevar más lejos. Es hora de que hagas valer la industria que te adorna.

—Sí, sí. Así ha de ser —respondió él ya envanecido.

—Es tiempo de que seas tú quien requiera un cargo honroso que sea la solución de nuestros pesares.

Ya se veía él importante, sin necesidad de secundar a su mujer contribuyendo en el taller como dorador y estofador.

—¿Y de qué cargo te han hablado para mi persona?

Nadie le había hablado a la Roldana de puesto alguno, pero pensó que por un lado él calmaría su orgullo herido al trabajar lejos de ella, y por otro la escultora encontraría cierta paz en el taller con la sola compañía de su querida Carmen.

—Redactemos una sensible misiva que llegue a los atentos oídos del Rey.

Comenzaron a escribir, y tras varios intentos y diversas correcciones, la carta quedó así:

> A Vuestra Majestad solicito el puesto de ayuda de furiela, pues dejamos nuestra tierra hace más de diez años, con el solo fin de emplear nuestra habilidad al servicio de Vuestra Majestad. Así lo hemos hecho todo el tiempo referido, ejecutando mi esposa, Luisa Roldán, las estatuas que Vuestra Majestad sabe, y deseoso de ejecutar otras que sean del agrado de la Majestad Vuestra, suplico me honre con la plaza de ayuda de furiela. De Vuestra Majestad leales súbditos...*

Mostró la Roldana la petición al marqués de Villafranca, que, a pesar de comprender su necesidad, no le dio muchas esperanzas. Había sido entregada el 25 de junio. La respuesta llegó el 1 de septiembre: «No hay ninguna plaza vacante.»

Luisa leyó horrorizada la petición denegada. Sería otra vez su culpa. No tuvo mucho tiempo para arrepentirse de su error. Un torbellino de sucesos vino a conmocionar la vida de la Villa y Corte.

* «Carta de Luisa al rey» (1698), en María Victoria García Olloqui: *La Roldana*. Sevilla: Guadalquivir, 2000.

4
EL MOTÍN DE LOS GATOS
1699

Tras la Paz de Ryswick de 1697, el Emperador y Luis XIV habían firmado un Tratado de Partición que, a pesar de sus deseos, no permaneció secreto durante mucho tiempo. Era un desastre para España. Hubiera desmembrado un imperio codiciado por Europa durante largos años.

El príncipe de Baviera tomaría posesión de España e Indias; Milán lo adjudicaban al archiduque y Francia obtendría el País Vasco y las dos Sicilias. Coronaba así Luis XIV el viejo sueño francés de las posesiones itálicas. Esta partición era una insultante injerencia en los asuntos españoles, y el Consejo la recibió como un ultraje.

Estas maquinaciones de nada sirvieron, porque en el mes de febrero de 1699 moría de repente José Fernando de Baviera. Nuevos avatares, nueva confusión atenazaba a los reinos. Los personajes de este drama tuvieron que tomar posiciones una vez más. Tanto Portocarrero como Leganés afirmaban ante el Emperador: «Hemos de felicitarnos de que la providencia se haya declarado tan abiertamente a favor de la causa imperial.»

Habían de complacer a todos hasta que supieran quiénes serían «los nuestros». El interés de Luis XIV por la política ibérica y mediterránea aumentaba a la par que su poder, mientras progresaba también la astuta actuación de sus agentes. D'Harcourt escribía a Carlos II refiriéndose a las tentadoras ofertas austracistas:

> Resiste pues a ellas Vuestra Majestad con toda la firmeza de la que Vuestra Majestad es capaz, porque es el único medio de conservar la paz y de empeñar más al Rey mi Señor a dar a Vuestra Majestad pruebas de su amistad.*

Estas hábiles maniobras dieron por resultado que, a pesar de las recientes luchas con Francia, las simpatías castellanas siguieran abandonando a los austracistas y se dirigieran hacia sus antiguos enemigos. Pietro Venier, embajador de Venecia, lo explicaba en uno de sus excelentes despachos:

> Francia, después de la conclusión de la paz, ha entrado en amistad con los españoles; la facilidad y pronta ejecución de esta paz ha sido hecha para vencer la antigua antipatía de los españoles, y ahora procediendo diversamente del pasado procura cultivar esta amistad.**

La situación se tornaba cada vez más peligrosa. El pueblo sufría de una terrible hambruna, y en la corte, aunque pareciera increíble, se pasaba necesidad. La embajadora de Francia se quejaba amargamente, no sólo de la incomodidad de los palacios españoles, que esto siempre lo hiciera, sino de la pobreza de la dieta, lamentando la falta de carne y otros alimentos de sustancia.

Los salarios de artistas, artesanos, funcionarios y todos aquellos que de la Corona dependían llegaban tarde o nunca; los acreedores se desesperaban, pues no podían cobrar sus deudas; la Real Hacienda no sabía cómo proveerse de los fondos necesarios para los gastos corrientes. Todo esto llevaba a la buena gente a tal desesperación, que un día estallaría un motín que habría de asolar la ciudad con violencia extrema.

* «Carta del embajador francés a Carlos II», en Duque de Maura: *Vida y reinado de Carlos II*. Madrid: Aguilar, 1990.

** Antoni Simón Tarrés: «El reinado de Carlos II: la política exterior», en *La España de los Austrias I: Auge y decadencia del Imperio español (siglos XVI-XVII). Vol. 6 de Historia de España*. Pág. 569. Madrid: Espasa Calpe, 2004.

La Roldana, que sufría como toda la población por la terrible escasez, había salido de su taller para dirigirse a la residencia de alguno de los coleccionistas, con el fin de obtener algún pago que remediara su escasez. Ese fin de abril, con su suave brisa de primavera, invitaba al paseo. Nunca lo hiciera.

Los acontecimientos cotidianos, que a simple vista no tienen mayor trascendencia, ocultan a veces fuerzas imperiosas que, una vez desatadas, conmueven los cimientos de las sociedades en apariencia más sólidas. La mudanza se presenta de manera inesperada, sin avisar.

En Madrid, la tensión crecía imparable, pero nadie imaginaba que el furor y el frenesí que estallarían un mal día estaban tan cercanos. Sólo los más perspicaces percibieron el peligro.

Iba Luisa ya mediada la Plaza Mayor cuando se topó con una mujer que pedía cuentas al panadero sobre el elevado costo del pan.

—Así es —contestó el buen hombre—. La cosecha del año pasado está agotada, y el precio del trigo nuevo está por las nubes.

Tornó la mujer a sus lamentos, y ahí se vio coreada por el gentío, a quien las carencias y la rabia contenida le hacía multiplicar los gritos y su intensidad. Para su desgracia, acertó a pasar por allí el Corregidor, que inquirió por el origen del tumulto. Todas las miradas se centraron en la atribulada esposa, que, al principio temerosa, luego con más seguridad, preguntó:

—¿Cómo puedo alimentar a mi marido y a mis hijos, siendo el precio del pan tan elevado?

En un alarde chulesco que había de costarle bien caro, se dirigió el mandatario a la que había iniciado el revuelo:

—Mandad, señora mía, castrar a vuestro marido, así no os dará más hijos.

La estopa arrojada al fuego no habría causado mayor reacción. Se vio envuelta Luisa por una turba enloquecida que, tras desmontar violentamente al incitador, comenzó a arrasar todo lo que se ponía en su camino. Vociferando, demandaban pan, y culpaban a los austracistas de desmanes sin cuento. Se coreaban mil y una barbaridades de la Perdiz, del deslenguado corregidor, de Oropesa, los consejeros y autoridades varias. Un río de rabia enfebrecida inundó las calles de Madrid a la velocidad del rayo. Desde la Puerta de Alcalá a San Bernardo, Fuencarral y las calles alrededor de Torija, toda la villa se transformó en un campo de batalla donde la razón brillaba por su ausencia. Así fue como comenzó el llamado Motín de los Gatos o Motín de los Madrileños.* Los amotinados, armados de antorchas, corrían de un lado para otro, animando a los ciudadanos a participar en el, decían ellos, merecido castigo. Los hachones fluctuaban a la luz del día como relámpagos de furia.

—¡Aquel que sea hombre de chapa que me siga! ¡Hagamos justicia!

Arrastrada Luisa por la agitada multitud, vio cómo destruían y quemaban el palacio de Oropesa. Una vez terminada la faena se produjo entre la masa un momento de desconcierto, pero al instante uno de los líderes gritó:

—¡Al palacio! ¡Vamos, al palacio!

Al llegar a la hermosa plaza que se extiende delante del Alcázar,** torrentes de hombres y mujeres envalentonados por la reciente hazaña corrían de un lado a otro portando las encendidas teas y amenazando con quemar también el Alcázar al tiempo que bramaban:

—¡Por el mal gobierno! ¡Por las autoridades corruptas!

Llegados a sus puertas, reclamaron ver al Rey. Apareció primero la Reina en el balcón, y con los ojos llenos de lágrimas intentó que la escucharan mientras prometía otorgarles sus peticiones. No la dejaron hablar. El griterío continuaba exigiendo con obstinación la presencia del soberano. Salió entonces Carlos II. Solo, sin sus archeros,*** confiando su seguridad a su pueblo. Se

* La ciudad de Madrid, en el siglo IX en poder de los árabes, fue atacada por los cristianos. Uno de ellos trepó con gran valentía y destreza por la muralla. El alcaide árabe exclamó: «Parece un gato.» De ahí en adelante a los madrileños se los llamó «gatos».

** Hoy Plaza de Oriente.

*** Archeros: cuerpo especial de protección del monarca.

produjo un imponente silencio. Y de esa multitud agresiva, que sólo minutos antes amenazaba con las penas del infierno, comenzaron a surgir voces que pedían clemencia a su rey por los desmanes cometidos. Ahí, Carlos II, con deje de bondad, les contestó:

—Sí, os perdono. Perdonadme también vosotros a mí, porque no sabía vuestro sufrimiento; y daré las órdenes necesarias para remediarlo.

Acompañó estas palabras con un gesto que encandiló al gentío: en señal de consideración hacia ellos se quitó el sombrero dos veces y los animó a que le contaran sus cuitas. La Roldana observaba atónita el cambio de actitud que se estaba produciendo entre los amotinados ante aquel ser enfermo, que, sin embargo, mantenía su dignidad, atendiendo a sus gobernados como era su deber.

—¡No tiene él la culpa! —gritó Luisa entre sus vecinos—. ¡Es hombre que encara las penalidades de la vida con decoro! ¡Hablémosle con respeto!

Fue cosa de asombro ver con qué parsimonia desgranaban sus quejas aquellos que hacía sólo instantes se conducían como luciferes. Escuchó el monarca con atención las demandas de sus súbditos.

Contrito al ver el sufrimiento de su gente, les dirigió palabras de consuelo y promesas de mejor gobierno. La enardecida muchedumbre se calmó al contemplar la patética estampa de su rey, tan débil, tan enfermo, en el fin de sus días, y sin embargo consciente de sus obligaciones y de las cargas que éstas comportan.

Comenzaron por abandonar su actitud beligerante, y tras oír a su soberano y comprender que quien les respondía con tanto interés era sincero, iniciaron el retorno a sus casas.

Así acabaron los intentos de hombres de lucidez y valía como Medinaceli y Oropesa, sin resultados satisfactorios y, desde luego, sin la gratitud de los gobernados. Había sucedido lo que deberían entender gobernantes de toda época: los que gozan de privilegios no aceptan el fin de éstos; y aquellos a quienes se pretende beneficiar pronto lo olvidan.

Luisa miraba horrorizada a aquella multitud desesperada que había necesitado descargar su rabia, su dolor, y sentir que alguien se hacía cargo de la situación.

Vio ante sí la desintegración del país, y sintió que nubes oscuras se habían de cernir aún sobre sus vidas. Un soplo helado agarrotó su corazón, sometiendo su ánimo a profunda angustia. Un presentimiento desgarrador, más cercano, más íntimo, invadió su ser. Tuvo la certeza de que estaba sucediendo o había de suceder algo que cambiaría para siempre su vida, algo terrible, algo irreparable. La cabeza le daba vueltas, la respiración pugnaba por abandonar su cuerpo, y tuvo que apoyarse en un alféizar para no caer. Se abrió camino como pudo entre la gente, y renunciando a los peculios, inició el retorno a casa.

Con gran esfuerzo pudo la Roldana llegar al entorno de su morada. Carmen la esperaba en la puerta con expresión de angustia y, apenas la vio, se lanzó hacia ella sin tener en cuenta su propio temor.

—Mujer, ¿cómo se te ocurre salir a la calle en este fin del mundo? ¡Entra presto!

—¡Ay, Carmencita de mi alma, qué pánico! ¡Qué duelos y quebrantos! Parece el día del Juicio Final...

—¡Que María santísima nos proteja, porque el mundo ha perdido la razón!

—Si tuviera fuerzas, me echaría a temblar, prima de mi alma, porque lo que he visto ahí fuera quita el sentío. ¡Qué odio!, ¡qué miseria padecemos!, ¡qué desastrosa situación la nuestra!

—Nos hallamos a merced de graves peligros. Los hombres descorazonados, los desheredados, los que no tienen nada que perder, son capaces de cualquier cosa.

Al día siguiente, la Roldana se entregó al trabajo como solía hacer en los trances que conmocionaban su vida. Pasó semanas enteras absorbida por su nueva talla. La compañía de Carmen y las visitas de sus hijos, Rosa María y Francisco José, que se incorporaban a menudo al taller, eran como ráfagas de luz que iluminaban su espíritu, cargado de malos presentimientos. La Roldana bautizó la obra resultante de aquellos meses de entrega *Sagrada Familia con Niño dando sus primeros pasos.**

¿Utilizaba Luisa la ternura que mostraban sus protagonistas para exorcizar los males que la afligían? ¿Era un ansia de un mundo mejor lo que palpitaba en esa escultura?

Es sin duda un requerimiento apasionado de vida. Es la urgencia de recordarse a sí misma que existe la belleza, el sosiego, la concordia, la felicidad. Y que quizás, algún día, puedan volver a ser suyos. Ese grupo escultórico, con su dinámica composición en triángulo, es sutil representación de las virtudes teologales. Dos ángeles coronan la escena; sus alas, a punto de emprender el vuelo, encarnan la Esperanza. Los colores, vivos y serenos, entremezclados, además de armónicos, transmiten la fuerza de la Fe. La actitud de las cuatro figuras que rodean al Niño nos hablan del poder del Amor.

Luisa descansó tranquila aquella noche después de muchas semanas de trabajar con ansia, como si le faltara el tiempo, como en trance. Era 29 de junio, el día de San Pedro. A la mañana siguiente se levantó reposada, serena, con fuerzas para empezar de nuevo.

Había escrito días atrás una carta muy afectuosa a su padre, con motivo de su santo. Le decía que le iba muy bien, que la fortuna le sonreía y que cuando acabara los numerosos encargos que se amontonaban en el estudio, iría a visitarlo. Callaba muchas cosas, en parte porque no quería disgustarlo, pero también por orgullo.

Era consciente de lo que Pedro Roldán había significado para ella y no deseaba desilusionarlo.

Él había despertado en su hija la conciencia de su propia valía y, más importante aún, de su dignidad. Le había enseñado el arte de tallar, dorar y estofar, pero sobre todo, había aprendido con él a dar vida a la inerte materia. Su ejemplo le había mostrado la capacidad de no dejarse vencer por la adversidad, de sobrevivir. Y quizás esto último había demostrado ser lo más útil. Pero lo

* Museo Provincial de Guadalajara.

más importante había sido que ella lo amaba y se había sentido amada por él; sin cortapisas, sin pedir nada a cambio, en la cercanía y en la lejanía. Era un amor incondicional.

El mensajero

Pasaron unas semanas y ella seguía trabajando a gusto, serena, pero el recuerdo de su padre la acompañaba por doquier.

—¡Qué sensación extraña, Carmen! Es como si estuviera haciendo recuento de mi vida con mi padre.

Ésta, sin hacer demasiado caso al razonamiento de su prima, se puso a contemplar la nueva escultura. Se llamaría *San Joaquín y santa Ana con la Virgen niña** y era pareja de la anterior: El mismo amor por la vida, la misma búsqueda de felicidad formaban el ser intrínseco de ambas tallas.

Volvió Luisa a insistir:

—No me escuchas, prima. Te repito que es muy extraño...

A menudo a Carmen le resultaban demasiado enrevesadas las conversaciones de su prima, por eso la interrumpió:

—¿Extraño? ¿Qué tiene de extraño que te acuerdes de los tuyos? Hace mucho tiempo que marchamos de Sevilla. ¡Ea, así que acabes estos encargos, te vas a visitarlos! Y en paz.

—Habré de hacerlo. Pero no es tan sencillo. Es como una presencia continua, llena de luz, como si me llamara...

—Bien, bien. Pues has de apurarte, terminar y marchar. Vamos, ¡a trabajar se ha dicho! Antes empiezas, antes acabas.

Tocaron a la puerta, y cuando dieron ellas licencia para entrar, una figura se destacó en el umbral. Tenía el poderoso sol de la tarde tras de sí, con lo que su rostro quedaba en sombra. Avanzó unos pasos; era un hombre joven, fornido y bien presentado.

—¿No me reconoces, tía? ¿Y tú tampoco, Carmen? Soy Pedro.

* Museo Provincial de Guadalajara.

—¡Santo cielo, Pedrito! ¡¿Cómo voy a reconocerte, si tenías ocho años cuando partí de Sevilla?!

—¡Qué alegría tan grande, el hijo de Francisca aquí! —repetía Carmen.

Viva era la emoción de Luisa al ver al hijo de su hermana adorada. Lo acribilló con mil preguntas, mas una expresión entristecida dio paso a la contenta que el muchacho mostraba instantes atrás.

—¿Qué sucede, chiquillo? ¿Qué te aflige tanto que empaña el reencuentro? —dijo Luisa temerosa.

La mirada del joven Pedro le heló la sangre en las venas. Tenía algo que decirle y era algo que sería para ella insoportable.

—Portador soy de malas nuevas. Ha muerto tu padre, mi amado abuelo. Todos lo lloramos.

El mundo dejó de girar. Se paró. Ante el espanto de Carmen y de Pedro, la Roldana cayó al suelo sin sentido.

El orgullo

Prima y sobrino, junto con los hijos de Luisa, se afanaban con sales y remedios en hacerle recobrar el conocimiento.

Entre las nieblas de su alma, un fogonazo le trajo la cruda realidad a su mente. Despertó la escultora, y ante el asombro de todos, consciente como era de la situación, no derramó una lágrima. La pena era demasiado honda, profunda. La noticia le había dejado sin sentimientos, sin sangre; una parte de su corazón había muerto con su padre. En la distancia, ella sabía que él estaba allí, que siempre podría acudir a su razonar sereno, a su mente perspicaz, a su cariño sin límites. Nadie la conocía como él, para bien y para mal.

Había su padre acertado cuando predijo el desastre de su matrimonio, y había de reconocer que él hizo lo posible para impedirlo; la había perdonado después, mientras que ella misma no se había perdonado; le había enseñado todo lo que él atesoraba, esperando que algún día ella lo mejorara... Y ahora se había ido.

—¡Qué vacío, Dios mío! Qué vacío tan grande —lamentó en voz alta.

—Tía, yo he de volver a Sevilla. Quiso mi madre que no supiera la triste noticia por un extraño. Mas he de regresar. Venga conmigo, todos la aguardan.

—Sí, Luisa —intervino Carmen—, ve tranquila, que yo me ocupo de todo. Ve, mujer.

Imaginó por unos instantes su llegada al hogar paterno. La terrible ausencia, patente, más cruel aún. Y las preguntas, que podían desvelar su tristeza. Las mentiras que tendría que contar. La felicidad huidiza, la prosperidad inexistente. Y la acuciaba un problema más perentorio, el dinero necesario para el viaje, que no tenía.

¿Cómo iba a convencerlos de la abundancia que le aportaba su fama como escultora de cámara? ¿Cómo, si no conocía de dónde sacar para alimentar a su reducida familia?

—No, Pedro. Vuelve tú solo. Ahora he de entregar numerosos encargos. Tengo obligaciones que no he de abandonar. Mi prestigio requiere estos sacrificios.

Vio partir a su sobrino con inmenso pesar. Éste le había prometido que, en cuanto ayudara a sus padres a realizar la testamentaria, volvería. Algo había en este muchacho que llamaba poderosamente la atención de su tía: una mirada despierta, preguntas llenas de curiosidad, una atención sincera hacia los demás. Su padre, en alguna de sus cartas, le había mencionado la disposición artística que creía adivinar en el chico.

—¡Torna presto, Pedro! —le había gritado mientras él se alejaba—. Torna, que hemos de hablar de tantas cosas...

Quedando sola con Carmen, ésta le había recriminado:

—¡Porfiada, más que porfiada! No pudimos darte más razones para que con él partieras.

—Prima, a ti no debo mentirte. No tengo lo necesario para el viaje. No sé si tendré para comer mañana.

—Luisa mía, Bernabé y yo te habríamos ayudado. ¿Por qué no lo dijiste? Creí que era tu orgullo, la fama..., esas cosas que yo no sé calibrar como tú.

—Real es que no tengo disposición para hacer el viaje. Ni

material ni del alma. No tengo ni un maravedí, y no quiero que me vean en esa necesidad. Pero es cierto, lo has adivinado que me aterrorizan las preguntas sobre mi elevada posición y la supuesta abundancia que ello conlleva, cierto; que mi orgullo se resiente porque el éxito no es tal, cierto; que mi infelicidad es una infelicidad anunciada, cierto. Y en este momento no estoy capacitada para sufrir otra zozobra. ¡Ahí tienes la verdad!

—¡Qué lástima, Luisa! Tu orgullo te impide en semejante trance consolarte con los tuyos. ¡Qué lástima, mujer, qué lástima!

El dolor de la pérdida

Era necesario iniciar la catarsis. La muerte de su padre la había hundido en la desesperación más destructiva. No tenía ganas de trabajar. Le era imposible hablar, pues, salvo Carmen, nadie la habría entendido. Sus hijos, aunque de buen carácter, eran de escasa disposición. Ella bien los quería, pero el cariño no le nublaba el entendimiento. Con su marido no se permitía ni un desahogo, pues sabía Luisa que en cualquier momento podía él hacer un desafortunado comentario sobre su desaparecido padre que desataría sí, en ese caso sí, su furia incontrolable. Y prefería evitarlo, sabiendo como sabía que aun en el caso de contar con buena intención, él nunca sería capaz de encontrar un pensamiento que pudiera consolarla.

Una vez más, optó por el trabajo. El tema escogido movía a la reflexión: la Magdalena, aquella que tanto pecó, aquella que tanto amó. Aquella que vertió su alma envuelta en un perfume de nardos a los pies de Jesús.

Roma
octubre

Tanto en Roma como en la corte de Madrid, los austriacos se empeñaban en perder adeptos. En la Ciudad Eterna, la labor del embajador del Imperio, el conde de Martinizt, no había sido tan fructífera. Su situación distaba mucho de ser fácil, ya que no había en ese momento ningún cardenal de la nación austriaca. Pero su mayor impedimento había sido su propio carácter: apasionado, poco dado a las sutilezas, que eran consideradas imprescindibles en las civilizadas relaciones de la corte papal.

Su afán de preeminencia le había hecho cometer un grave error. Detuvo la procesión del Corpus Christi porque no se consideraba situado adecuadamente, y se ofendió también porque el protocolo vaticano no concedía el puesto que merecían a los caballeros de su séquito. La disputa que provocó la prepotencia del representante del Imperio se fue enconando poco a poco, y cuando fue sustituido en octubre por el conde de Lamberg, el mal ya estaba hecho.

La disposición de la curia romana hacia el bando imperial se había deteriorado de forma irremediable. La desconfianza era mutua y albergaba desencuentros irreconciliables. El nuevo embajador, titular del obispado de Passau y amigo de Inocencio XII desde que éste fuera nuncio en Viena, no pudo recomponer los desaguisados de su antecesor.

Como venía sucediendo en la corte de Madrid, los imperiales, demasiado confiados en su derecho y poder, se habían comportado con arrogancia, dando por sentada la fuerza de sus razones y sin detenerse a estudiar la idiosincrasia de los pueblos mediterráneos y aquello que los mueve a la simpatía o a la antipatía.

Martinizt, con su soberbia, había resultado, sin él proponérselo, un potente aliado de la causa francesa, liderada por el astuto cardenal de Bouillon. En Madrid, la situación no era diversa. El embajador de Francia, marqués D'Harcourt, había llegado a Madrid en febrero de 1698, y enseguida había llamado la atención de los grandes. Unía a un carácter amable y sutil la plena disposición de generosos medios económicos para llevar a cabo su delicada misión. Su primer objetivo había sido la amistad de Mariana de Neoburgo, a la que colmó de elegantes regalos, a los que ella era tan sensible. Tanto él como la embajadora se repetían con frecuencia el antiguo refrán: *on n'attrappe pas des mouches avec du vinaigre,* que su correspondiente castellano avalaba: «más se hace con miel que con hiel».

Su astuta consorte consiguió estrechar lazos de amistad con la Reina utilizando el interés de ésta por la moda de París.

Así consiguieron, a la chita callando, que la memoria de los españoles fuera olvidando los viejos rencores hacia los franceses y comenzara a encontrar que los embajadores galos eran personas de mucho interés y amable compañía. La marquesa D'Harcourt se convirtió en la dama más requerida de la corte, y la buena voluntad de personajes influyentes empezó a envolver al sagaz matrimonio con su suave manto.

En la corte todos escuchaban y nadie dejaba traslucir su verdadero pensamiento. El disimulo era regla en las conversaciones sobre la sucesión. Confundían así al joven Harrach, que creía ver luz donde sólo le brindaban oscuridad. Su padre había sido nombrado mayordomo mayor del Emperador, y, por tanto, residía en Viena y no volvería a Madrid. En una carta dirigida a su progenitor le decía:

> El Rey está muy inclinado a este partido... Su Eminencia ha adoptado francamente la causa austriaca desde que murió el príncipe de Baviera. Y es hombre de fiar, de quien se puede esperar mucho.

¡Cómo escondía Portocarrero sus verdaderas intenciones! Mal informado, o bien engañado, tenían al joven e inexperto Harrach, entre el taimado cardenal y el hábil D'Harcourt. Contaba éste también con la astucia y experiencia de Luis XIV, que no dejaba de mandarle instrucciones precisas. Además, los austracistas eran pocos y mal avenidos. Podía así el embajador galo escribir a su señor:

> La última audiencia del conde de Harrach con la Reina fue muy violenta. Su Majestad lo trató muy mal y hasta llegó a injuriarlo. El embajador contestó con mucha dignidad. Al día siguiente tuvo otra con la Berlips, no menos accidentada.

Llegados al Alcázar, el legado francés atravesó el Patio de las Covachuelas, que a esa hora presentaba su animación habitual. Anhelantes acreedores, buscadores de oficios y prebendas, escribidores de documentos y necesitados de influencias atestaban el atrio. En un rincón, dos hombres que intentaban pasar por caballeros, pero a la vista estaba que pícaros eran, iniciaban una trifulca:

—Malas artes habéis usado para conseguir vuestros fines, señor.

—¿Así pagáis mis desvelos? ¡Oh, ingratitud! ¿Qué culpa tengo yo si triunfaron mis méritos?

—¿Desvelos? ¡Cínico! Me habéis robado el puesto que me correspondía. —Y con más ira—: Utilizasteis los informes que os proporcioné a fin de hacer llegar mi súplica al ministro en vuestro beneficio. ¡Ladrón! ¡Arda quien con vos me juntó!

No llegaron a las manos y mucho menos a las espadas, pues algunos de los presentes los separaron con rapidez.

Detrás de los ventanales, a salvo del barullo del patio, D'Harcourt conversaba con animación con el marqués de Villafranca.

—Bien deseo, marqués, a vuestros reinos. Cumplida razón habéis de mis sentimientos.

—Embajador, sé de vuestro interés por nuestros asuntos, y espero vivamente que sean los que a nuestra patria convienen.

—Podéis estar descansado. La mejor disposición anima mi ser.

—Así nos informa el cardenal Portocarrero, en quien se me alcanza tenéis un valedor.

—¡Ah, mi querido marqués! —sentenció desolado el francés—, el Rey se nos va poco a poco, y la Reina a su sobrino favorece. El cardenal, cierto es, mira a Francia con simpatía, mas él poco puede aunque intente mucho.

Cuando quedó solo, Villafranca permaneció absorto pensando en el agudo ingenio del embajador. Su propósito de ocultar el poder de Portocarrero tenía clara intención: desviar la vigilancia de los partidarios del Emperador lejos de este arzobispo. Su decidida inclinación hacia la causa francesa comenzaba a ser demasiado notoria. Y esto podía hacer vulnerable la posición de Francia.

La Magdalena

Ontañón y De Ory se acercaron a visitar a la Roldana para admirar las obras que de reciente le habían encargado o aquellas que ya había concluido. La encontraron trabajando en un *Jesús Nazareno* que el Rey le había comisionado como regalo para el Papa. Parecía que iba a ser una imagen de un inmenso patetismo, ya que aun sin dorar y estofar se vislumbraba un hombre aplastado por el sufrimiento. Entonces advirtieron el grupo escultórico que acababa de terminar y quedaron anonadados. *La muerte de santa María Magdalena*, se llamaba.*

La Magdalena yacía con la boca entreabierta, apenas había exhalado el último suspiro. Los ojos fijos miran a la eternidad, mientras dos ángeles reciben amorosos su ánima. Están a punto de elevar sus alas al cielo y llevarse el alma de la pecadora. De nuevo la quietud en movimiento del *San Miguel*. De nuevo la pasión contenida para expresar dos momentos cruciales: la vida y la muerte.

Aún sin resuello debido a la impresión, pudo De Ory articular:

—Es indescriptible. El realismo es tal que me parece estar ante la misma muerte.

—Roldana, has creado tu gran obra —dijo Ontañón—. Además de fuerza expresiva, tiene una poderosa composición, ostenta un marcado realismo y exhibe una admirable armonía cromática. Es tu espléndida madurez.

—Harta razón habéis —intervino De Ory—. Los colores empleados son extraordinarios, elegantes... Esos ocres, verdes y

* Hispanic Society Nueva York.

sienas con ligeros tonos de carmesí... forman una unidad renovadora más discreta, que hace derivar toda la fuerza hacia la terrible temática. No creo que podáis superarla.

—Es vuestra mejor obra —añadió Villafranca entrando en el estudio—. Esos ángeles... son mujeres, ¿verdad? Qué innovador, ¡incluso osado, diría yo! Estoy de acuerdo con vuestros incondicionales. Será difícil que la superéis.

—Ya veremos —respondió la Roldana con aire de fatiga—. Si Dios me da vida, lo he de intentar.

Consejo del reino

El año había sido intenso en acontecimientos, y la luz no se había hecho en los asuntos del reino. Convocó el cardenal Portocarrero un consejo para tratar aquellas tribulaciones que amenazaban la paz, y a él acudieron el duque de Medina Sidonia; los marqueses de Villafranca, Fresno y Mancera; y los condes de Frigiliana, San Esteban, Fuensalida y Montijo. Todos ellos estaban a favor de la solución francesa, salvo uno de ellos, el conde de Frigiliana.

Corría el mes de diciembre y los acontecimientos de abril habían acarreado graves consecuencias. Oropesa había renunciado a su cargo, y ese hombre tan capaz fue desterrado a la Puebla de Montalbán, para infortunio del país. La impopularidad del bando austracista era tal, que el propio embajador del Imperio, el conde de Harrach, había influido para que se expulsase de España a la condesa de Berlips, queriendo atajar la gangrena que afectaba a la popularidad del Imperio. El daño que había hecho a la monarquía austriaca dicha dama era innegable, y el patrimonio que aquí había reunido también lo era.

Marchó de Madrid acompañada de su hija y su sobrina, con una caravana «imperial»: cuatro carrozas, treinta caballerías y escolta militar. Desaparecía hacia un exilio dorado, su señorío de Mylendock, concedido de reciente. Siguiendo la máxima de Maquiavelo «Ten a tus amigos cerca y a tus enemigos aún más cerca», el Emperador decidió llamar a la intrigante, ya que a su libre albedrío podía hacer más daño todavía. Dejaba tras de sí la semilla del mal: corrupción, avaricia y egolatría, y el terreno preparado para los graves acontecimientos que tendrían lugar en el futuro: una guerra civil; de todas las terribles guerras, la más terrorífica y atroz.

[illegible]

LXI

Era 20 de mayo y Roma [illegible]
que sembró la alarma [illegible]
—¡No consentiré [illegible]
nuestra España! ¡Por Dios [illegible]
—Eminencia —acó [illegible]
torne de Aranjuez, temía [illegible]
—Disponedlo así.
El embajador [illegible]
había obtenido una copia [illegible]
de un acuerdo entre [illegible]
el reparto de las posesiones [illegible]

Villafranca [illegible]
vez más habría que [illegible]
no oyó entrar a la Reina [illegible]
primoroso belén que el marqués [illegible] una Virgen cosiendo de impecable [illegible]
—He de admitir [illegible]
para sentir que la borda [illegible]

Colección [illegible]

5

EL JUICIO DE ROMA
1700

Era 20 de mayo y Portocarrero recibió de nuevo una noticia que sembró la alarma y le produjo intensa indignación.

—¡No consentiré que la avaricia de las potencias destroce nuestra España! ¡Por Dios santo, no lo he de consentir!

—Eminencia —aconsejó Villafranca—, así que su majestad torne de Aranjuez, convocad el consejo.

—Disponedlo así.

El embajador español en París, el marqués de Castelldosrius, había obtenido una copia de un documento revelador. Se trataba de un acuerdo entre Francia, Inglaterra y Holanda para efectuar el reparto de las posesiones del último de los Austrias.

Villafranca

Villafranca cavilaba sobre las dificultades presentes, que una vez más habría que remediar con valor y razón. Ensimismado, no oyó entrar a la Roldana, que le traía sus últimos encargos: un primoroso belén que el marqués destinaba a su hija, y una Virgen cosiendo de impecable factura.*

—He de admirar estas tallas —dijo abatido el marqués— para sentir que la cordura continúa en este mundo. Roldana,

* Colección privada, España.

representáis el buen hacer, el tesón, la excelencia. Necesitamos gentes que hagan así su trabajo.

—Este arte es mi vida. Mi existencia ha sido dedicada a mi familia y a la escultura.

—Bien se percibe que os habéis entregado a ambas en cuerpo y alma.

—Señor, os encuentro postrado, ¿nuevas amenazas planean sobre nosotros?

Sintió Luisa haber hecho la pregunta. En tiempos tan revueltos era mejor ignorar, más aún cuando las soluciones eran tan complejas. Pero ya era tarde. El marqués estaba respondiendo.

—El mundo que conocemos se acaba. Los Austrias realizaron mil proezas, pero las dinastías fenecen y otra estirpe reinará en España.

—¡Señor santo! ¿Tan precaria es la salud de nuestro soberano?

—Sí. Así es.

Un relámpago de temor estremeció a Luisa. El andamio de su vida, construido con tanta paciencia y esfuerzo, se desmoronaba. Si el Rey moría, ¿cómo podría mantenerse en su cargo? ¿Podría sobrevivir?

Se miraron protector y artista y pudieron comprobar ambos la desolación que abrumaba al otro.

—Excelencia... —comenzó la Roldana.

Pero en ese instante apareció con evidentes muestras de agitación el marqués de Mancera, que, ante la inmediatez del consejo, venía a intercambiar pareceres con su amigo.

—Vengo de entrevistarme con el embajador de Inglaterra.

La Roldana, que ya se iba, quedó petrificada tras la puerta ante lo que oyó decir:

—Sé de la justicia y oportunidad de vuestro candidato —afirmó Mancera—, mas hemos de estar preparados para la reacción de las potencias. El embajador me ha mostrado en exceso su despecho. Temo que los piratas ingleses redoblen su hostigamiento en Indias, cortando así una vía de provisiones... Y que estalle... —le resultaba imposible pronunciar esa palabra— y que estalle la guerra.

—Habrá que dilucidar aquello que es beneficioso para nuestra nación. Un poder en ascenso como el de Francia puede ser el defensor de días de paz y prosperidad para nuestro pueblo.

El consejo
junio

Estando ya reunido el consejo, a una leve seña de Carlos II, inició Fresno:

—Vuestra majestad cede el todo de la monarquía en un nieto del rey de Francia, con la seguridad de no haber la incorporación de las dos coronas.

—Bien decís —apoyó Portocarrero—. Cierto es que el Tratado de los Pirineos contemplaba la renuncia de María Teresa. Mas el taimado Mazarino introdujo una cláusula, el pago de una dote. Al no ser cumplida ésta, consideran los franceses invalidado el contrato.

—Con la venia de vuestra majestad —intervino Villafranca—. Hemos sufrido repetidos intentos de socavar nuestra grandeza: repartir el Imperio español si el Rey, que Dios guarde, moría sin descendencia. ¡Como si el Imperio estuviera en almoneda! ¡Qué vergüenza, señores!

El conde de Frigiliana, el único partidario de los austracistas, dijo enfurecido:

—¡La dignidad nos impide soportar que otros decidan lo que ha de hacerse en nuestro solar!

—Decidme —preguntó entonces el cardenal—, ¿quién tiene el poder de alzarse con el gobierno, enfrentarse a Inglaterra y evitar la guerra? ¿Cuál es la potencia bajo cuya sombra protectora podríamos vivir en paz?

Por consejo de Portocarrero tomaron la decisión de pedir el arbitrio del Sumo Pontífice para tan espinosa cuestión. La carta del Rey fue enviada el 14 de junio, y en ella se enfatizaban los aspectos que podían influir en la decisión:

> ... Es también una amenaza para la cristiandad, que caería en manos de ingleses y holandeses...

... Para que así tome yo, el más firme, a la seguridad, de mantener inseparables los Reynos de mi Corona, la Sagrada religión y sus cultos...

El consejo había introducido todo aquello que podía producir inquietud en la Santa Sede.

El rencor

Desorientada, confundida y atemorizada, emprendió Luisa el retorno a casa. Los rumores que había oído en palacio junto con las terribles frases de Mancera y Villafranca le habían dejado el alma de sudario. Carmen la vio llegar desde el banco en el que la aguardaba. Era una mañana gloriosa, con el esplendoroso sol de mayo inundando los jardines cercanos al Alcázar. Ante el silencio de Luisa, preguntó:

—Niña, ¿qué mal te aqueja? —Y como no obtuviera respuesta insistió—: ¡No me tengas en ascuas! ¡Dime qué sucede!

—¡Ay, prima! No sabes qué turbaciones nos acechan.

La mirada anhelante de Carmen le hizo continuar:

—Como tú ya conoces, fui a entregar aquellas dos obras que me encargó el marqués. Allí oí que las potencias, o los poderosos, o no sé qué Belcebú extranjero, se quieren apoderar de nuestra patria.

—¿Y cómo es eso posible? El Rey no lo permitirá.

—El Rey se nos muere, Carmen. El buen Carlos II se apaga. En la corte dicen que es cosa de semanas. Se habla también de un nuevo soberano, de un francés.

—¿Un francés, dices? ¡Dios nos coja confesados! ¡Si no han hecho más que pelear con nosotros! ¡Hemos vivido angustias sin cuento por nuestros hombres, que marchaban a luchar en guerras con Francia!

—Sí, pero ahora aseguran que es el único que puede darnos concierto.

—¡Mira tú cómo cambia el mundo! ¡Ahora amigos de los franceses!

—También escuché que los ingleses y sus malditos piratas están cada vez más atrevidos, al ver la debilidad del monarca.

—Eso no me gusta nada. A los ingleses siempre les ha dado por atacar Cádiz. Y Sevilla está muy cerca.

—¡Ay, niña! ¡No aumentes mi espanto!

Y continuó Luisa, como para sí misma:

—Mas el señor de Mancera dijo que el francés podía salvar nuestra paz... Eso quiere decir... ¡que hay peligro de guerra!

Tras unos árboles, una mujer rencorosa observaba a las dos primas. Sentía envidia de la posición de una, de la felicidad de la otra y de la amistad de entrambas.

Y juró vengarse.

Roma
3 de julio

El embajador acababa de recibir la carta que debía presentar con suma urgencia a Su Santidad. El duque de Uceda abandonó su despacho con la prontitud que el caso requería. La embajada ese día estaba tranquila, pues él había anulado todos sus compromisos para dedicarse al grave asunto que le ocupaba. Atravesó la sala donde acostumbraban a aguardar las personas que habían solicitado audiencia; luego la recoleta estancia destinada a la pequeña orquesta que interpretaba tanto la música sacra en las celebraciones pertinentes, como la gozosa, idónea para el baile de grandes ocasiones, o para representar obras de teatro. Cruzó los salones de Cardenales y de Obispos, que habían sido enriquecidos bajo los mandatos del cardenal Albornoz y del duque del Infantado; se persignó ante la bella pintura de Nuestra Señora de la Asunción que presidía el oratorio de la embajada y embocó la escalera de planta cuadrada* que encargara el embajador conde de Oñate a su amigo el genial Borromini, que hizo así

* La magnífica escalera obra de Borromini, única en su estilo en Roma, fue construida en 1646.

mismo la reestructuración del antiguo palacio Monaldeschi para adaptarlo a su nueva utilización como embajada de España.*

La imponente silueta de Uceda se detuvo en el último tramo de la escalera. Un rayo de sol atravesó los arcos derramando una cálida luz dorada sobre los frescos de las paredes. Éstos representaban diversas armas guerreras de la Antigüedad clásica, corazas y cascos en sienas y sepias. Esperaba al duque la carroza que lo conduciría al Quirinal, siendo el tiempo estivo, a fin de cumplir el encargo encomendado. Atravesó el *androne*** y se internó en las calles bulliciosas. Era ya mediada la mañana y los romanos se afanaban en sus cotidianos quehaceres. Un aguador proclamaba las bondades de su líquido elemento; un ciego desgranaba con voz cadenciosa los avatares de la esquiva fortuna, romances de amores y de exóticas tierras, penalidades de devotos cristianos en los Santos Lugares, dolorosos cautiverios de avezados marinos cristianos que anhelaban en su prisión tornar a navegar bajo las estrellas.

Mujeres que piaban como pájaros al hablar se reunían en corros, comunicándose unas a otras las novedades familiares, mientras sus activos mocosos corrían de un lado a otro, jugando a esconderse y encontrarse. El embajador miró distraído esa vida en efervescencia que se repetía a diario alrededor del Palacio de España, que había dado nombre a la plaza. Al pasar la carroza, tres caballeros que charlaban con animación saludaron al duque de Uceda quitándose el sombrero en una profunda reverencia y acariciando con sus plumas el suelo empedrado con los famosos *sanpietrini*.***

La mente del embajador barajaba diversas opciones para presentar a Su Santidad la importante petición que había de transmitir. Era consciente de la magnitud de su misión, y no se le

* Palacio de España, antes palacio de los príncipes Monaldeschi, a quien el conde de Oñate compró el edificio para la embajada de España en 1646.

** *Androne:* zaguán propio de la arquitectura romana.

*** *Sanpietrini:* adoquines de piedra de pequeño tamaño con los que está pavimentada Roma.

ocultaba que se hallaba en una encrucijada que cambiaría la historia. Su acompañante, el agente de preces,* se mantenía en silencio respetando la reflexión del duque. Varios caballeros con aire de poderío y garbo componían el séquito, así como otros carruajes de menor importancia donde se acomodaban los agregados de embajada, que se encargarían de escuchar con la mayor atención lo que en la audiencia se dijera, y de anotar con mayor atención si cabía aquello que se callaba.

Cuando llegaron a su destino, la guardia suiza rindió al embajador los honores pertinentes. Se alzaba la imponente morada donde antaño se elevaba un templo al dios Quirino. Fue fortificado desde la Antigüedad, dada su situación estratégica para defensa de la ciudad. Estaba rodeado el palacio de frondosos jardines y numerosas fuentes que aportaban un refrescante alivio a las altas temperaturas estivas. Junto a una de esas fuentes, el embajador dejó vagar su mirada sobre las dos estatuas romanas de los Dioscuri, allí colocadas desde el siglo XVI. Buscaba así, en intento inútil, distraer su mente, asediada por la preocupación. Uceda hizo notar a uno de los jóvenes de su séquito el magnífico balcón sobre la puerta de entrada, la famosa Loggia della Benedizione, debida al genio del Bernini. Desde allí, el Papa impartía su bendición a los fieles y peregrinos. Subió la espléndida escalera helicoidal. Cruzó la galería de Alejandro VII, donde Pietro da Cortona había realizado la más extraordinaria representación del Viejo y el Nuevo Testamento. Le pidieron pasara a una sala, diciéndole que Inocencio XII lo aguardaba con impaciencia.

Era este papa respetado por todos y querido por muchos. Al sentarse en el trono de Pedro, había tomado algunas decisiones muy necesarias, pero difíciles de ejecución. Para evitar las posibles corruptelas que en el pasado habían originado los sobrinos de los pontífices, *nipoti* en italiano, había instaurado la figura del cardenal secretario, que durante años por venir mos-

* El agente de preces era el representante diplomático de la Corona para los asuntos eclesiásticos.

traría su utilidad, ya que debía éste ser escogido entre los más capaces.*

Fortaleció esta decisión con la bula *Romanorum Decet Pontificem*, destinada a erradicar los abusos de poder de la familia del Papa.

Dejó su huella así mismo como arquitecto para los ciudadanos de Roma, con la construcción de numerosos palacios, entre los que destacaba el que albergaba la Curia Inoccenziana en Montecitorio, espléndido ejemplo del Barroco tardío.** Inocencio XII era alto, de mirada abierta y afable, nariz prominente y una barba cuidada que enmarcaba un rostro alargado. Todo en él rezumaba serenidad y discreta elegancia. Acostumbraba mostrar disposición atenta hacia los argumentos y singular afecto a las personas.

Por su parte, Juan Francisco Pacheco, duque de Uceda, era un personaje que gozaba de la consideración de la corte pontificia, y con entendimiento singular de la situación que le correspondía dirigir. Había presidido una embajada extraordinaria ante este mismo papa en 1698, y durante nueve años, de 1687 a 1696, regido con dedicación los destinos del virreinato de Sicilia, años que le dieron un profundo conocimiento de los reinos itálicos, posición que le hacía imprescindible en la actual ocurrencia.

Tras besar la mano del Pontífice e intercambiar las habituales frases de cortesía, entregó al Papa la misiva de Carlos II. Leyó Inocencio XII la carta del rey de España con atención, deteniéndose en algunos párrafos con expresión dolorida.

Uno en particular concentró su anhelo de justicia:

> Muy Santo Padre... —iniciaba el Rey—, en la menos salud que la que Nuestro Señor en su infinita misericordia ha vuelto a prestarme, y de haber hecho concepto, de que me faltara la sucesión, y la Vida, para cuyos casos, y pretextando

* La institución de los *nipoti* dio origen al término «nepotismo», como sinónimo de abuso por parte de los familiares del Papa.

** Hoy sede del Parlamento.

la conservación de la paz, y reposo de la Europa, y evitar las encendidas guerras, que ocasionarían las pretensiones, de los que intentasen tener mejor derecho de mis Reynos, los separan y distribuyen, como Vuestra Beatitud habrá entendido...

Le causaba agudo dolor la imagen de ese hombre joven aún, martirizado por la enfermedad, rey de un inmenso imperio, y que suplicaba su ayuda, su laudo, para evitar que las ambiciones de las potencias pudieran desmembrar los reinos que sus antepasados habían logrado reunir con tanta fatiga. Suspiró y continuó leyendo:

... Y que sus hijos y fieles no padezcan los peligros, tribulaciones y angustias, en que pudieran hallarse con tan ciertos, y horrorosos riesgos, como se experimentarían con dolor grande, de la Santa Sede, si llegase el caso, de que por mis graves, y muchos pecados, viesen mis Reynos, la fatal desgracia de mi última hora, sin dejarles sucesión mía, o providencia tal, que la supla, sin embarazo y sin oposición...*

Entendió el Papa la tormenta de angustia que soportaba el maltrecho rey, y acabó la misiva, decidido a dar una respuesta a la mayor brevedad.

Aguardó Uceda, observando al tiempo a los cardenales allí reunidos, que podían convertirse en útiles aliados o formidables adversarios. Destacaban entre estos príncipes de la Iglesia: el cardenal Altieri, de probada influencia en la corte papal y su eminencia de Bouillon, que pasaba por haber sido excelente defensor de los asuntos de Francia en su época de encargado de Negocios. Luis XIV le había concedido su estima entonces, hasta que el apoyo otorgado públicamente por este cardenal a Fenelon en su disputa con Bossuet decidió al Rey Sol a destituirle de su cargo.

* «Carta de Carlos II a Inocencio XII». ASV, Instr. Misc. 5933, ff. 5-6, Madrid, 14 de junio de 1700.

Las capas de seda bermellón brillaban bajo la luz romana con empaque y esplendor, en un recinto ya de por sí imponente.

—Excelencia —inició el Papa—, España ha sido y será siempre nuestra amada hija. Es por este afecto que nos contristan los avatares por los que transcurren los asuntos de vuestra patria.

—Santidad, mi señor el Rey, conocedor de vuestros altos sentimientos hacia su persona, confía en vuestra prudencia y sabiduría para que os dignéis conceder vuestro laudo en el grave problema de la sucesión a la Corona. Nuestro amado soberano está sumido en la desolación tras la muerte del candidato José Fernando de Baviera. Carlos II mira con inquietud hacia el futuro de los reinos, que no desea ver desmembrados, ni repartidos, según intereses de poderes ajenos a nuestros lares.

—No se me escapa, señor embajador, la honda preocupación que desata la ausencia de heredero. Las apetencias de los poderes europeos, que ansían cimentar su dominio o aumentar su influencia, hacen que la lucha se intensifique a medida que pasan los años. Nos hemos de velar para que el conflicto se resuelva en bien de los españoles.

—Agradezco en grado sumo el cuidado de la santidad vuestra, pues el monarca sólo mira por el bienestar de sus reinos y desea vivamente acertar con la elección, que redundará en la felicidad y prosperidad de los españoles.

—Que Dios os guarde, embajador. Reflexionaremos con detenimiento y diligencia en favor de España.

El Nazareno

En un pequeño taller en las cercanías del Alcázar, una escultora trabajaba con ahínco en un encargo real. Muchas esperanzas había depositado Luisa en la comisión del Rey. Un *Jesús Nazareno* para enviarlo como regalo al papa Inocencio XII. Era la oportunidad para consagrarse y que nadie pudiera discutir su valía. Tallaba la madera con sereno tesón, cuidando cada detalle y cada movimiento de un hombre aplastado por pesada cruz.

Las piernas apenas sostenían el cuerpo mortificado por la flagelación. El dolor era patente en el rostro surcado por hilos de sangre, que manaba de las heridas producidas por la corona de espinas; los ojos bajos, implorando el fin del suplicio. Pero, sin embargo, los brazos rodeaban el madero en afectuoso abrazo, como símbolo de aceptación de la voluntad del Padre.

Villafranca, cuando vio el resultado, quedó boquiabierto:

—¡Dios me valga! Creí que no podríais superar la *Magdalena*, y ante mí tengo esta talla que es el inicio de algo nuevo en el arte: la expresividad, el movimiento, la veracidad de un hombre sufriente... Su Santidad quedará complacido.

—Excelencia, a vuestras órdenes me pongo para que mandéis buscarla cuando estiméis oportuno.

—¿Cuánto tiempo os habéis de demorar en dorar y estofar la imagen?

—Encomendé la corona de plata a un orfebre de la calle de las Platerías, y el paño de terciopelo escarlata a unas monjas del convento de las Descalzas, que están bordando en fino hilo de oro el manto, con el mayor primor.

—No conviene apremiar a estos dedicados artistas. Tomad las semanas de que hayáis menester, y mandadme aviso cuando podamos recogerla. Quedad con Dios.

Reunión de los cardenales
6 de julio

La prontitud con la que el Papa había convocado la reunión era claro signo de su profunda inquietud. Se hallaban junto a Inocencio XII los cardenales Fabrizio Spada, que había desempeñado con éxito la Nunciatura en Saboya y Francia, y en la actualidad era el influyente secretario de Estado; Giambattista Spínola, cardenal camarlengo;* y por último, Giovanni Francesco Albani,

* El cardenal camarlengo se hace cargo de la jefatura de la Iglesia en caso de defunción del Pontífice, hasta que un nuevo papa es elegido.

inspirador de la bula para atajar el nepotismo, y desde hacía tres años, al frente de la Secretaría de los Breves Apostólicos.*

Roma entera, con la velocidad a la que se difunden las noticias en la Villa Eterna, supo de la gravedad de los asuntos tratados al ver entrar al secretario de Estado varios días consecutivos en el Palacio de España. Causaba estupor ver la asiduidad con la que el cardenal Spada visitaba al embajador, cosa que era inusual. El 6 de julio entregó a Uceda la respuesta de Inocencio a Carlos II. El arbitrio del Papa había de ser definitivo para la sucesión.

Madrid
julio de 1700

La respuesta de Inocencio XII, como había prometido, no se había hecho esperar. Carlos II leyó con ansia la carta: «*Carissimi in Christo filiem nostrem salutem...*»

Buscó aquella frase que podía apaciguar su ánimo:

> *... in caso della mancanza, che Iddio non permetta di Vostra Maestá senza sucessione... come il suo real consiglio, per la sicurezza Maggiore della publica tranquilitá... l'intento il chiamar sucessore alla sua Corona, in mancanza di prole, uno de secondi figli del Delfino de Francia...***

Sintió un poderoso sentimiento de alivio. ¡Por fin una solución! Cada día que pasaba estaba más débil, cada instante le acercaba más al largo viaje que todos hemos de emprender. Su esperanza se había agotado. Su única preocupación era el bienestar de sus gentes. Ya nada tenía importancia, más que la paz que legaría a su pueblo. ¡Había deseado con tanta vehemencia un

* Breve Apostólico: documento sellado por el Papa, de menor importancia que las encíclicas y cartas apostólicas.

** «Copia de la respuesta de Inocencio XII a Carlos II». ASV, Instr. Misc. 5933, ff. 23-25, Roma, 6 de julio de 1700.

cuerpo robusto que le permitiera cumplir con aquello que de él se esperaba! Mas ahora ya sólo sentía fatiga, y una imperiosa necesidad de abandonar, de dejarse ir.

«¡Aún no! —se dijo—. He de ordenar los asuntos pendientes, para mantener los reinos, para salvarlos del caos, para que permanezca la paz.»

La venganza

Luisa vivía angustiada. Sabía bien que en la vida se ha de temer que sucedan malas rachas, pero ésta estaba durando más de la cuenta. Para colmo de males, otra muerte había venido a desbaratar sus esfuerzos. Inocencio XII había muerto el 27 de septiembre. Allí, en el centro del taller, se alzaba la portentosa imagen, con su carga, su dolor, su miedo de hombre y su resolución divina.

La talla del *Jesús Nazareno* en la que ella pusiera tanto empeño y tanto esfuerzo no llegaría nunca a su destino. Formar parte de la colección de escultura de los palacios pontificios habría significado su consagración como artista, y esta oportunidad se había desvanecido. No podía en manera alguna acudir en busca de socorro en esta contingencia. Sus protectores estaban ocupados y preocupados con los acontecimientos políticos que se sucedían a velocidad de vértigo. Mas insistió Luisa para que Villafranca contemplara su trabajo y tomara una decisión sobre el destino de la imagen. El marqués llegó apurado, con la cabeza henchida de preocupaciones. Mas al entrar quedó estupefacto:

—¡Es la más auténtica representación de la divinidad cargando con la Redención! ¡Qué fuerza y majestad!

—Señor, agradezco vuestras palabras. Mas me inquieta en grado sumo el futuro de esta imagen, ahora que el Papa ha muerto.

—Una obra de esta magnitud merece una colección real. He de pugnar para que el Rey la acepte en El Escorial. Es el lugar adecuado.

Su bienhechor no la abandonaba, mas el desánimo comenzaba a invadirla, y por las mañanas levantarse suponía un gran esfuerzo. Intentaba darse ánimos, pero las penurias sufridas pasaban factura. Tenía ganas de rendirse, de que alguien la cuidara; anhelaba un poco de ternura que ella había dado a manos llenas. Sentía un dolor sordo, un peso insoportable que taladraba su ánimo y no la dejaba ni cuando hablaba ni cuando callaba ni cuando andaba, respiraba, trabajaba, o incluso cuando dormía. Se despertaba sobresaltada por la angustia, obsesionada por la idea de encontrar remedio a sus problemas.

Eran los síntomas que sufren todos aquellos a los que la batalla de la vida no ha doblegado el espíritu, pero cuyo cuerpo avisa de que está a punto de rendirse.

Habían de entregar unas imágenes en una casa principal y allí se dirigieron las dos primas. Caminaban en silencio, respetando la una la quietud que la otra necesitaba. Cuando hubieron llegado, les pidieron que aguardaran en una de las estancias. Luisa alzó la vista de la talla que tenía entre las manos y, con voz temerosa, que sonaba extraña en ella, preguntó a Carmen:

—¿Qué será de nosotros con estas mudanzas que han de acaecer?

—¿De qué mudanzas me hablas, niña? ¿Qué ha de suceder que tanto te perturba?

—El Rey está muy enfermo, dicen que está en el fin de sus días.

—Sí, sí. Todo eso es muy de lamentar, ya lo tenemos hablado..., pero ¿qué tiene contigo?

—Me apena sobremanera este pobre Rey, tan sufriente de tantos pesares. Y me desvela lo que haya de acontecer cuando el monarca nos deje. ¿Quién vendrá a tomar cuenta de estos reinos? ¿Qué será de mí sin la protección de aquellos que gozan de la del Rey? ¿Habré de retornar a la pelea por mi posición? ¿Qué será de nosotros?

—Sí, Luisa, se me alcanza tu inquietud, pero aquellos que encargan tus obras aquí permanecerán; y tu talento contigo se ha de quedar. Tu valer será reconocido siempre.

—No sé, prima. Consciente soy de que el cambio es ineludible, pero no acierto a ver si ha de ser favorable a mis intereses. Agradezco en grado sumo el afán de los Reyes por las ayudas que me prestaron, pero no sé qué me deparará el futuro, y me angustia.

—La pena por la muerte de tu padre te ha debilitado; estás exánime y ves el porvenir cuajado de nubarrones. ¡Arriba los corazones! La bienandanza ha de ser de nuevo tu compañera.

—¡Que Dios te oiga, prima!

Detrás de los pesados cortinajes unos oídos malévolos escuchaban las palabras que habían sido proferidas. Corrió con la prontitud que da la animosidad a contar al gran señor la información que había sabido recolectar. Esperaba una buena recompensa a sus desvelos y cuidados. El mayordomo del marqués de Villafranca miró con recelo a la mujer. Dudaba del valor de la información que ella decía poseer. La mujer le entregó con aire triunfal un papel pringoso.

—Ya tenemos noticias de este infame libelo. Nada nuevo me portas.

—Lo que su excelencia no conoce es la ingratitud de quien a él tanto auxilió.

—¡Habla, mujer! ¡No agotes mi paciencia!

—¡A la Roldana me refiero! Escuché una conversación entre ella y su prima en la que renegaban de los favores recibidos del marqués; añadían que los libelos razón habían; que muchos bienes el marqués hubo de los Austrias, a los que ahora abandonaba... Y muchas cosas de sin par malicia, que si vuestra bondad permite, os he de referir.

—¡Quita, quita! No tengo yo inclinación a la insidia. Toma, y vete por donde has venido.

Y entregándole desdeñoso unas monedas, indicó que la pusieran en la puerta. La mujer salió acariciando sus ganancias, pero, ante todo, saboreando su venganza. Había esperado mucho tiempo. La Trini, que no conocía el poder de la lealtad, creyó que había inoculado el veneno de su perfidia.

Villafranca leía con gesto contrariado el libelo que lo atacaba con saña. Él había servido, como tantos otros, con lealtad y dedicación a los Austrias, mas era consciente de que ese tiempo pertenecía al pasado. El futuro portaba en su seno mudanza y reto, desafíos y reformas que cambiarían el país. Así había de ser. Tornó al infame papel:

> El marqués de Villafranca, sobre ser su familia la que más debe a su soberano, que le dio las galeras de Nápoles, el virreinato de Sicilia, los puestos de teniente general y gobernador de las Armas Marítimas del Consejo de Estado y la Presidencia del Consejo de Italia, a un hermano suyo el Generalato de las Galeras de Cerdeña y el Gobierno de Orán, y a otro la Encomienda de Lopera y Abadía de Alcalá la Real. A su madre el puesto de camarera mayor de la reina madre, a su hijo segundo la encomienda de Azuaga, y al tercero la llave de su gentilhombre de cámara, tres gruesas encomiendas y el puesto de su primer caballerizo.

Era un ataque en toda regla; alguien que deseaba cortar de raíz su buen nombre y perjudicar así sus buenas relaciones con Francia. Los ingratos y desleales gozarían de corta gloria. Y no se rendiría por tan poca cosa. Conseguiría aquello que considerara beneficioso para su nación.

—Excelencia, hay algo más, de poca monta, que he de referiros. —Con una indicación de la mano, animó a su secretario a proseguir—: Una fregona ha escuchado, pretende, una conversación de vuestra protegida, la Roldana, en la que de vos aborrecía, olvidando la gratitud que os debe.

Y repitió al marqués las palabras de la Trini, que el mayordomo le mencionara.

—Ha de ser alguna vil venganza, propia de persona de mala condición. Volvamos a nuestros asuntos, que delicados y espinosos son.

El marqués tornó al trabajo, y parecía que había hecho caso omiso de la bellaquería relatada, mas la maquinación había plantado ya la semilla de la duda.

El consejo
12 de septiembre

La zozobra planeaba sobre la corte. El conde de Frigiliana meditaba entristecido por la situación a la que había de enfrentarse. Tenía alta estima por muchos de sus compañeros del consejo, aunque no compartiera sus posiciones con respecto a la sucesión. Conocía que los condes de Fresno y Montijo eran de su parecer, pero sabía así mismo que habían de contar con la disconformidad manifiesta de personajes poderosos como Portocarrero y Villafranca.

Aguardaba a Fresno con el corazón en un puño, intentando discurrir las mejores razones para ganar algún adepto a su causa. Entró el conde y mostró también su honda preocupación.

—¡Que Dios nos ilumine, amigo mío! Es tan enmarañada la situación, tan triste el abatimiento que se cierne sobre la gloriosa dinastía de los Austrias...

En ese momento empezaron a llegar los otros participantes. Se sentaron todos, calculando mentalmente las posibilidades con las que contaba su partido. Portocarrero instó a los consejeros a actuar según su conciencia, y no dejó de recordar el laudo del Papa, que era favorable a la elección francesa.

—Excelencias, estamos inmersos en una emergencia nacional. Apelo a vuestra conciencia para emitir vuestro parecer, en bien de los reinos.

—Mi lealtad con ellos está —aseveró Aguilar de Frigiliana—. Y no puedo olvidar los días de prosperidad y bonanza que los antepasados de nuestro amado soberano nos trajeron.

—Así es —intervino Fresno—. Además, los franceses han sido siempre opuestos a los intereses de España. ¿Creéis que de la noche a la mañana van a mirar en nuestro provecho?

—Causa sonrojo —continuó Frigiliana animado por el parlamento de su amigo— contemplar cómo se hacen trueques con las posesiones españolas, como si nuestras tierras en almoneda estuvieran: Nápoles y Sicilia a cambio de Saboya y Piamonte.

—Soy consciente —comenzó Villafranca con astucia— de los pasados enfrentamientos con Francia. Habréis sin embargo de considerar la profunda mutación de la política europea. Luis XIV detenta el poder, y contribuiría a mantener los reinos unidos. El estado actual de la Real Marina, los ejércitos, la hacienda, y todo aquello que unido en potente organización podría defender nuestro suelo patrio, se halla derrotado.

—Bien sabemos —interrumpió el cardenal— de nuestras grandes carencias, pero este consejo ha de deliberar ahora sobre el mejor candidato. El Rey se nos muere, señores.

—Si queremos evitar la desmembración de España —apuntó Montalto—, habremos de aconsejar a nuestro soberano un sucesor poderoso, capaz de mantener a raya las codiciosas apetencias de nuestros eternos rivales.

—¿Quién es ese candidato omnipotente? —inquirió irónico Frigiliana, que ya conocía la respuesta.

—Es de vuestro conocimiento que Luis XIV posee la mejor Armada —contestó Portocarrero—, que sus arcas han sido incrementadas con buen gobierno, y cierto estoy que, con ellos, el Rey propuesto miraría por la unidad de nuestros territorios.

—Y ¿quiénes son nuestros eternos rivales? De reciente, estábamos aún en guerras contra los ejércitos galos.

La pregunta era retórica, y Fresno la había proferido poniendo énfasis en «eternos» y en «rivales». Le contestó Villafranca, sereno, casi en un susurro:

—Los tiempos cambian, amigo mío; y el enemigo de ayer puede tornarse amigo. Pero difícil será que los intereses de ingleses y holandeses puedan algún día correr parejos a los nuestros. No debéis olvidar que la reina de Francia, la recordada María Teresa, era hermana de nuestro rey. Por tanto su descendencia puede desvelarse de satisfacción para nuestros reinos.

—Señores —Portocarrero demandó—, deseo oír la opinión

de vuestras excelencias, y procederemos a votación. ¡Que Dios nos ilumine!

El testamento
2 de octubre

La salud del Rey empeoraba sin que nadie supiera cómo remediarlo. El doctor Geleen, afamado médico y dedicado a sus majestades que viniera a España en el séquito de Mariana de Neoburgo, no conseguía curar los males del Rey. La situación era agobiante, densa, ofuscada por los malos augurios. El protocolo excesivo e inútil asfixiaba la vida cotidiana; y los funestos temores por la vida del Rey parecían cada vez más ciertos. La insoportable telaraña de la tragedia envolvía salones, recodos y pasillos de palacio, sofocando a sus habitantes. Corrían entre los cortesanos rumores insistentes de que el Rey había otorgado testamento, y que lo había hecho a favor del nieto de Luis XIV, el duque de Anjou.

La Reina

Recién comenzado el otoño, una estrella de rabo, un cometa espléndido, bien visible, surcó el cielo de Madrid. El fenómeno causó un profundo espanto en la Villa y Corte, pues su aparición auguraba cambios drásticos, y para los más pesimistas, era anuncio seguro de males sin cuento.

La Reina se paseaba furiosa en sus habitaciones. Había intentado ver a su esposo, sin éxito. El Rey se refugiaba en su Camón Dorado, cámara y antecámara pintadas en oro, guirnaldas y flores, donde se evadía a un mundo de luz, felicidad y belleza.*

* El Camón Dorado fue construido en el viejo Alcázar para Carlos II. Algunas de las pinturas de Bartolomé Pérez se pueden contemplar en el Museo del Prado (Madrid).

Se debatía Mariana entre la indignación por el engaño a los austracistas y a ella misma, y la prudencia que le imponía el temor por su futuro. ¿Qué le sucedería si ocupaba el trono un francés? ¿Qué alianza podría salvarla del convento al que sin duda le destinarían?

Unos suaves golpes en la puerta la sacaron de su abstracción.

—Majestad —inició una dama—, como vos indicasteis, fuimos a llamar a la Roldana, y aquí aguarda vuestros deseos.

—Hacedla entrar.

Ya tenía la solución. Había de encontrar marido. Mas había de hacerse en el máximo secreto. Si su intención era conocida, sería su fin. Escribiría a su hermano el elector.

—Pasad, señora escultora. Como conocéis, vivimos tiempos de zozobra.

Observó la expresión de Luisa, seria y preocupada.

«Tiene ingenio —pensó la Reina—. Y goza de amigos influyentes; algo ha de saber de lo que se trama.»

—Es mi deseo que pongáis vuestra industria en crear un san Antonio.

—¿Un san Antonio, majestad? Hice uno muy galán...

—No, no, escultora. Quiero que hagáis uno para mí, que tenga su poder intacto. Muchos son los pesares que nos afligen. Confío en vuestro talento y pericia. Y que lo entreguéis lo antes posible. Un san Antonio omnipotente, que conjure los males que nos amenazan. Deseo que lo realicéis con premura.

—Así lo haré, majestad.

Una sonrisa aclaró el rostro de Mariana, iluminado por un pensamiento alentador: «Un marido. Esposo que me libre de todo mal. Es de lo que he menester.»

El Alcázar

Unas semanas más tarde, el 1 de noviembre, moría el Rey que no pudo ser feliz, que no consiguió dar un heredero a la Corona, pero que, a pesar de un cuerpo doliente, tomó el empeño de dejar la paz en sus reinos. En el Real Alcázar se hallaban congregados desde horas atrás los grandes de España, los embajadores y los nobles, temiendo el anuncio de la muerte del Rey. El nuevo legado francés observaba expectante. Se abrió una puerta y el duque de Abrantes se acercó solemne a Jean Denis de Blecourt, embajador interino de Francia, y, sin mediar palabra, se dirigió a continuación al de Austria, el conde de Harrach. Le mostró primero su afecto con un efusivo y prolongado abrazo, para, luego, con perversa parsimonia, decirle sinuoso:

—Señor, es un placer, es un gran honor para toda mi vida, señor, despedirme de la ilustrísima casa de Austria.*

La concurrencia comprendió que lo que acababa de suceder era inevitable y deseable: comenzaba un nuevo tiempo que esperaban traería mejoras para la maltrecha hacienda y que subsanaría la sensación de abandono que atribulaba la nación.

Un nuevo poder se alzaba en el firmamento europeo. ¿Conseguiría la potencia de Francia alejar de una vez por todas la amenaza de la guerra?

* Henry Kamen: *Felipe V, el rey que reinó dos veces.* Madrid: Temas de Hoy, 2000.

6

EL ASTRO SOL
1700-1701

Fontainebleau
9 de noviembre

Los españoles que se hallaban en Fontainebleau eran portadores de una misiva que iba a cambiar el tablero europeo. El duque de Escalona solicitaba al poderoso monarca Luis XIV que aceptara la Corona de España para su nieto el duque de Anjou, a la vez que definía en toda su crudeza la situación:

> El actual estado del reino es el más lastimoso del mundo, porque el débil gobierno de los últimos reyes y la baja adulación de los servidores y ministros han producido un horrible desorden en los asuntos. La justicia abandonada, la policía descuidada, los recursos agotados, los fondos vendidos...*

Y continuaba el recuento de todas las adversidades que afligían a los reinos. El Rey aceptó la carta y prometió leerla con la mejor disposición. A los cuatro días respondió a la regente, doña Mariana, aceptando en nombre de su nieto. Mandó noticia a la

* Antoni Simón Tarrés: «El reinado de Carlos II: la política exterior», en *La España de los Austrias I: Auge y decadencia del Imperio español (siglos XVI-XVII). Vol. 6 de Historia de España*. Pág. 569. Madrid: Espasa Calpe, 2004.

embajada española emplazándoles para cuatro días más tarde en Versalles. El escenario había sido cuidadosamente preparado por el Rey Sol, a fin de mostrar la gloria, poder y refinamiento de Francia, y Francia era él.

El sentido de la propaganda que manejaba Luis XIV con maestría le había inspirado construir en ese lugar, que originalmente no tenía ningún encanto, un palacio que fuera la representación de la potencia de un Rey Sol. Al viejo pabellón de caza, Luis XIII había añadido una construcción ligeramente más amplia.

Con los arquitectos Le Vau y Mansart crearía Luis XIV un fastuoso palacio, que era el que asombraba ahora a los españoles por su opulencia y sus majestuosas dimensiones. Grandes y numerosas ventanas, espejos resplandecientes y colores claros hacían de este moderno palacio un lugar sorprendente.

Queriendo el Rey Sol asemejarse al astro rey, decidió derramar luz y claridad sobre París. Dio en organizar un servicio que ofrecía a los viandantes lámparas de aceite. El éxito había sido inmediato, disfrutando los parisinos de mayor seguridad en las otrora oscuras noches de la ciudad. Avanzó un paso más en bien del progreso: ordenó instalar dos faroles en cada calle, resultando un total de ¡dos mil setecientas treinta y seis luminarias! Comenzó a circular la noticia por toda Europa. Se decía: «Hay en París tanta luz durante la noche, como al mediodía.»*

La Ciudad de la Luz

Los españoles de la misión se hacían lenguas de la prosperidad, limpieza y encanto de la Ciudad de la Luz, como fue llamada desde entonces.

El embajador de España, marqués de Castelldosrius, había sido invitado a pasar al gabinete del Rey. El duque de Anjou

* Gloria Daganzo: «La capital del ocio», en *Historia y Vida*, n.º 496, julio de 2009.

entró a los pocos minutos por una puerta trasera. Se dirigió entonces Luis XIV al embajador diciéndole:

—Podéis saludarle como a vuestro rey.

Castelldosrius cumplimentó al nuevo rey con una profunda reverencia y le hizo objeto de largos parabienes en español.

Al instante, mandó el rey galo abrir las puertas de par en par, y pasaron a una gran sala. Allí estaban los nobles del reino y los embajadores europeos, entre los que se percibía intensa expectación. Los presentes conocían la trascendencia del acto del que iban a ser testigos. Esa mañana cambiaría la historia. Cuando el joven Felipe llegó junto a su abuelo, éste lo cogió del brazo y comenzó a pasear entre los cortesanos. El silencio producido por la emoción del momento era profundo, y entonces se oyó la voz de Luis XIV:

—Señores, he aquí el rey de España. La cuna lo llamaba a esta Corona, el rey difunto también por su testamento; toda la nación lo ha deseado, y me lo ha pedido con insistencia. Era la orden del cielo y lo he otorgado con placer. —Y dirigiéndose a continuación a su nieto, lo conminó—: Sed buen español, ése es ahora vuestro primer deber, pero acordaos de que habéis nacido francés, para mantener la unión entre las dos naciones. Ésta es la forma de hacerlas dichosas y mantener la paz en Europa. —Señalando a su nieto, dijo al embajador—: Si sigue mis consejos, seréis gran señor, y lo seréis pronto. Seguir nuestro parecer sería lo mejor para él.*

El viaje

Los días previos a la partida transcurrieron rápidamente. La vida discurría plácida, en apariencia, en esa corte refinada y culta. Las mujeres cuidaban su aspecto con esmero y usaban la coquetería con agrado. Observaron los españoles la diversidad de

* Duque de Saint-Simon: *Mémoires complètes et authentiques.* París: Delloye, 1842. Tomo V, cap. LXXXIII. (págs. 149-171).

costumbres. El Rey se quitaba el sombrero ante todas las mujeres, incluso ante las campesinas; era poseedor de talento natural, y obraba de manera generosa. Era un hombre bien plantado, un rostro agradable y piernas torneadas que él se encargaba de poner de relieve.

En cuanto al nuevo rey de España, pensaban los españoles que era el mejor de todos los hermanos: rubio, los ojos muy oscuros, la tez blanca, alto y buena figura. Parecía tener un carácter amable y pacífico, mas dada su juventud todavía había de desarrollar otras tendencias de su personalidad. En una de las recepciones previas a la partida, la princesa palatina, dama de acerada lengua, segunda esposa de Felipe de Orleans, aconsejaba al embajador de España:

—El buen Sire tiene mucha necesidad de estar rodeado de personas capaces, pues su natural ingenuo no lo llevaría muy lejos; pero tiene buen corazón y es el mejor hombre del mundo.*

Al tiempo que escuchaba a la princesa atentamente, el embajador observó que Luis XIV se entretenía por largo tiempo con su consejero-secretario Jean Orry. Anotó en su mente la demorada entrevista.

Bien había de valerle.

4 de diciembre de 1700

Toda la corte, encabezada por Luis XIV, se reunió en Sceaux, donde despedirían al rey de España. Partía éste con suntuoso séquito formado por cuarenta carruajes y numerosa escolta que mostraría a España la magnificencia de su nuevo monarca. Muchas muestras de afecto le dio el abuelo a su nieto. La despedida fue triste, ahíta de pena y sollozos. Pero el Rey Sol, ante todo, era el soberano, y en voz muy clara y potente exclamó:

—Ya no hay Pirineos; dos naciones, que de tanto tiempo a

* «Correspondencia de la Princesa Palatina», en Martín de Riquer: *Reportaje de la Historia.* Barcelona: Planeta, 1963 (pág. 175).

esta parte han disputado la preferencia, no harán en adelante más que un solo pueblo: la paz perpetua que habrá entre ellas afianzará la tranquilidad de Europa.

«Ojalá así sea —pensaron muchos españoles—. ¡Que Dios lo quiera!»*

Grande fue la emoción de todos los asistentes ante semejantes palabras, pues todos anhelaban la paz. Sin embargo, la reacción, temida por otra parte, de la corte de Viena, Inglaterra y Holanda oscurecía un horizonte ya de por sí amenazador.

Hacía frío, pero la jornada era clara y quedaban muchas leguas por recorrer, así que iniciaron el camino con el ánimo esperanzado de tiempos mejores. Pronto pudieron comprobar los españoles cuán engañosas son las apariencias. Aquel monarca rubio, apacible, elegante, poseía una resistencia titánica a los vientos gélidos que comenzaron a soplar en la tarda mañana. No consintió en demorarse después del almuerzo y quiso continuar la marcha. Así recorrieron Francia en pleno invierno, con lluvias espesas y rutas enfangadas que demoraban el avance.

El 22 de enero por fin avistaron Irún, la primera ciudad española. Entraron con solemnidad en una gran avenida flanqueada por robustas casas solariegas con hermosos blasones de piedra, mudos testigos de las hazañas realizadas por aquellos esforzados vascongados, que se habían distinguido en la navegación, la milicia o la administración. Homenajearon a su soberano con fiestas y alardes durante dos días, y el 25 pasó a San Sebastián.

Llegaron a esta villa y la primera providencia del monarca fue trasladarse para una solemne oración de acción de gracias a la antigua iglesia de Santa María, catedral marinera, volcada a los pies del Cantábrico. Era un tarde de furiosa tempestad, y las olas batían con saña las piedras del pequeño puerto.

Felipe permaneció unos instantes contemplando la grandeza de esa mar embravecida, que brindaba sutiles tonos de los más variados verdes, profundos, transparentes, intensos o leves,

* Duque de Saint Simon, *Mémoires complètes et authentiques*. París: Delloye, 1842. Tomo V, cap. LXXXIII.

adornados con la espuma que generaba la violencia de las olas. También aquí hubo fiesta de postín el 26, trasladándose luego a Vitoria, donde le ofrecieron, para agasajarlo, la primera corrida de toros. Creyeron le había gustado su experiencia taurina, pues *La Gaceta de Madrid* publicó: «El Rey estuvo tan gustoso, que después de correr veinte toros, preguntó si quedaban más.»

19 de febrero de 1701

Tras cruzar el país que ya era el suyo, arribó a la cercanía de la capital el 16 de febrero. Se preparó el soberano para su llegada a la Villa y Corte descansando unos días en Alcalá de Henares, distante a sólo siete leguas de Madrid.

Partió hacia Madrid el 18 para hacer su entrada triunfal el 19. La expectación de la buena gente se hallaba en su apogeo. La afición de los madrileños por salir a la calle, unida a la curiosidad por atisbar a su nuevo señor, habían atestado las calles. Circulaban las más extravagantes noticias sobre la altura del Rey:

—¡Oye, oye! Que hablan que es..., ¡es un gigante!

Sobre el color de sus cabellos:

—Dice mi señora que sabe de muy buena tinta que parece un ángel, tanto sus cabellos son rubios, y sus ojos, azules.

Y entonces el informante miraba alrededor para gozarse con la admiración que sus palabras habían producido. Los más avisados añadían:

—Parezca ángel o el mismísimo demonio... ¡A mí!..., yo quiero que arregle nuestras miserias.

—Sí, hombre de Dios, ¡que sí! Ya vas a ver cómo estos franceses tan dispuestos otorgan presto concierto a nuestros pesares.

—¡Quita, quita! Ni que fuera el bálsamo de fierabrás —apuntaba otro.

Y así entretenían la espera.

Luisa, entre la gente, observaba con atención, mientras Carmen y Bernabé se dejaban contagiar por el entusiasmo general.

Entre tanto, una comisión integrada por clero, nobles, magistrados, funcionarios y cofrades se aprestaba a recibir a Felipe V a las puertas de la ciudad. Mucho impresionó a esta comisión el boato con el que se presentaban los franceses. Tras las bienvenidas y protocolo de rigor, el séquito se dirigió en primer lugar a Nuestra Señora de Atocha, para un solemne tedeum. La Real Capilla había preparado, como la ocasión requería, una excelente música y un coro extraordinario, y el monarca, tan aficionado a ella, comenzó a disfrutarla. No le fue posible.

La abigarrada multitud lo aclamaba con entusiasmo tal, que no dejaron al buen Rey escucharla.

Desde ahí se organizó la magna comitiva hacia el palacio del Buen Retiro. Se unieron a ella más de doscientos nobles, y tras ellos, un carro empavesado —El Triunfo de la Guerra—, seguido de otro —El Triunfo de la Paz—, que fue aplaudido con frenesí. La ciudad entera se había engalanado para recibir a Felipe V. Por doquier se alzaban arcos triunfales elaborados en artísticos efímeros, que no por fugaces tenían menor simbolismo. Al contrario, representaban mensajes cargados de sentido, que el observador culto habría de apreciar: caballos, realeza; espejos, prudencia y verdad; leones, valor; suaves cortinajes, grandeza, y un sinfín de cuernos de la abundancia, victorias navales y terrestres, alegorías y mitologías que convirtieron la villa en una fiesta. Los músicos enardecían al gentío con clarines y pífanos, y el son de los tambores aportaba el tinte heroico que tal día merecía.

Embocaron la avenida flanqueada por altos árboles aún desnudos que conducía a palacio. En las escaleras aguardaba el consejo del reino en pleno, los grandes de España, infinidad de caballeros, nobles y funcionarios. Se adelantó el cardenal Portocarrero y, besando la mano al Rey, le dio el primer consejo:

—Para poder saciar a la mucha gente que desea lograr vuestra vista, habéis, majestad, de poneros de manifiesto en el balcón.*

* Henry Kamen: *Felipe V, el rey que reinó dos veces.* Madrid: Temas de Hoy, 2000.

Repetidas veces hubo de mostrarse Felipe V ante el pueblo, que parecía no cansarse de mirarlo. Suntuoso en su persona, se mantenía en aquella solemne ocasión con una majestad y un decoro sorprendentes para su juventud. Parecía disfrutar con la circunstancia, pero su continente era reservado y respondía a las cortesías con deferencia y amabilidad. Estaba satisfecho.

En la mañana del día siguiente, una noticia vino a turbar su alegría: la avalancha de gente fue tan desmedida, que en la Puerta de Alcalá murieron varias personas aplastadas. Lo primero que hizo el Rey, mortificado por el trágico suceso, fue organizar la seguridad con objeto de controlar a la multitud, para que no se produjeran estos desgraciados incidentes cada vez que él saliera a saludar. Se iniciaba una nueva era, que todos deseaban fuera de paz.

El taller de Luisa

La Roldana estaba absorta contemplando el *Jesús Nazareno* que hiciera para el Papa por encargo de Carlos II. Su bienhechor, Villafranca, le había prometido que formaría parte de la colección real en El Escorial. La muerte de Carlos II había truncado este deseo. Quedaría el *Nazareno* en su casa hasta que una oportunidad le permitiera recordar a sus valedores la importante imagen.*

Ahora que un nuevo Pontífice, Clemente XI, se sentaba en el trono de Pedro, quizá destinarían esta talla para él. Pero con todos los conflictos e incertidumbres actuales, ¿quién se ocuparía de estos menesteres? En esas cavilaciones se hallaba cuando su rostro se llenó de alegría al ver a su visitante. Venía acompañado de Lucas Jordán, ya consagrado en la corte como artista imprescindible para trabajos de calidad. El napolitano siempre le había mostrado su admiración ysimpatía. El señor De Ory se

* Ahí permaneció hasta que fue entregada al convento de las religiosas Nazarenas, donde se puede admirar hoy día, en Sisante, Cuenca.

había ausentado de Madrid durante largas semanas, y sus otros valedores, tanto don Cristóbal como Villafranca, tenían mil ocupaciones que atender. Quedó don Germán impresionado mirando al *Nazareno.* Luisa, en silencio, esperaba su veredicto. Se sentía intranquila. Finalmente, De Ory sentenció:

—Es una de vuestras mejores obras. El peso del madero dobla el cuerpo del hombre joven, pero maltrecho por el sufrimiento. Le falta el aire, no puede respirar; finos hilos de sangre recorren su rostro y se introducen sinuosos bajo el manto. ¡Qué elegancia la del manto! Espléndido, Luisa. Cara Roldana, esta talla es digna de una colección real. Hubiera complacido al Pontífice. *Ma che pecato!*

—Vuestras palabras sosiegan mi ánimo. ¿La juzgáis digna de ser presentada a nuestro soberano?

—Tengo para mí que otras obras vuestras, más amables, menos trágicas, serían del agrado del monarca. Al menos, que una de ellas sea una Natividad o unos enérgicos ángeles.

—¡Oh, señor De Ory! Sed mi valedor. Sois conocedor de los gustos y preferencias de la Francia. Conducidme por ese laberinto. Y decidme, ¿qué puedo crear que a mi rey pueda complacer? Vos conocéis de mis desdichas. Necesito trabajar para mantener a mi familia.

—Luisa, no sufráis angustia —intervino Jordán—. Tenéis amigos en la corte que aprecian vuestro talento, y apoyos no os han de faltar.

—Confiad en mí —corroboró De Ory—. En breve, se me alcanza que podré ayudaros. Realizad con todo el esmero y cuidado unas obras que presentaremos a Felipe V. Ahora todos están con la mente en graves asuntos. Pero, en unos meses, se presentará la ocasión adecuada. Confiad en mí. ¡Arriba los corazones!

Y se dirigieron hacia la puerta.

Entró en ese instante Carmen, que tras cumplimentar al francés y al pintor, interrogó a su prima con la mirada. Como ella no soltara prenda dijo:

—¿Y bien?

Al no recibir respuesta, insistió:

—¡Luisa, hija! ¡Qué ensimismada estás! ¿Qué te ha dicho? ¿Tienen concierto nuestros infortunios?

—Sí, Carmen mía, sí. Me ha dado mucho aliento. Hemos de trabajar con denuedo para elaborar unas imágenes que sean del agrado del nuevo rey. Don Germán hallará la manera de apoyarme.

—¡No se diga más! Afanarse con brío y esfuerzo. ¡Vas a triunfar de nuevo!

Junta de Regencia

Estando reunida la Junta, se emplazaron el cardenal y los grandes para llevar a cabo una recopilación de los asuntos de enjundia que habían de ser resueltos con la máxima urgencia. Tomó la palabra Portocarrero y con voz grave recapituló:

—Como bien vuestro entendimiento os hace ver, vivimos tiempos diversos, y nosotros todos, siendo fieles servidores, hemos de ofrendar rendimiento y no altivez, que buena consejera no es. —Miró a su alrededor, comprobó la aquiescencia de todos y continuó—: Si vuestras mercedes dan licencia, gustaría comenzar por una loa a nuestro soberano, que Dios guarde. —Asintieron, y su eminencia explicó—: Oriundo de una corte cultivada y de refinados gustos, un tanto frívola y de libres costumbres, es el Rey de probada religiosidad y clemente sentido de la justicia. Innegable es su virtud, y así exige a los que le sirven. Estáis avisados. La providencia nos ha colmado. Tenemos un buen rey. Sirvámosle con lealtad.

—Bien hacéis en señalarlo —sentenció un consejero—, mas hemos trabajado esforzados con los Austrias, y ahora lo haremos con fidelidad para nuestro señor Felipe V.

—No seáis receloso, y desechad vuestra turbación. No hay enojo en mi parlamento, sino comienzo habitual y debido recuerdo. Emprendamos el recuento de lo pasado y el sumario de lo venidero. Señor consejero duque de Montalto, tenéis la palabra.

—Eminencia, uno de los asuntos que debe ocupar nuestro cuidado es la Marina. Estos últimos años de bancarrota no han permitido la renovación de la flota, como hubiera sido deseable. El astillero de Mapil en Usurbil está pronto a la tarea. En el pasado, Pedro de Aróstegui armó buques de calado, como el *San José* y el *San Joaquín*. En el presente, su hijo Francisco está dispuesto a firmar asiento* con la Corona, y siguiendo las indicaciones del superintendente de la Armada, construir naves maniobreras en su navegar.

—No es momento de malos augurios —intervino Villafranca— mas no se os oculta que el Emperador, Holanda e Inglaterra están enfurecidos con el desenlace de la sucesión. Estoy de acuerdo con Montalto. Sería prudente estar preparados. Conocéis la singular reforma que el virrey de Nueva España, marqués de Mancera, realizó en la flota —añadió Villafranca—; gracias a lo cual, pudimos controlar los avariciosos ataques del pirata Morgan y sus secuaces; reforma que hasta hoy protege nuestras naves y respalda nuestro libre comercio. Es de suma urgencia reforzar la Armada Real. Es garantía de seguridad de nuestras naves. La penuria económica que tanto nos perturbó en estos nuestros virreinatos lleva camino de recuperación y de dar los frutos de que hemos menester. De ellos se puede tomar ejemplo.

—Bien decís, señor consejero —prosiguió Portocarrero—. Hemos de esforzarnos para que esto se cumpla. Deseo pedir vuestro concurso para escuchar al virrey del Perú, que noticias trae de aquellos reinos.

La púrpura de la rosa

Entró en ese momento el conde de la Monclova, y decidido, tras saludar con cortesía a sus pares, inició su parlamento:

* Asiento: Contrato u obligación que se hacía para proveer de dinero, víveres o géneros a un ejército, etcétera.

—Sabéis bien el mucho sufrimiento que hubieron de lamentar las buenas gentes del Perú: terremotos, epidemias, tifones, nada nos fue dispensado en los años pasados. El conocimiento y la industria de sus habitantes han logrado la mejora de estos atribulados reinos.

—Señor virrey —interrumpió el cardenal—, como vos habéis sugerido, el conocimiento ha sido pieza fundamental en la maquinaria de esa recuperación. Y ese conocimiento tiene su origen en el saber que se imparte en su sapiente universidad y en los colegios reales o imperiales.

—Así es. La universidad que se fundó en Lima en 1551 ha sido centro de saber y de cultura, originando un anhelo de ciencia y respeto por las artes que ha producido genios de la poesía como Garcilaso de la Vega, y que mantiene teatros y comedias entre los mejores del orbe.

—Bien se ve que amáis en demasía vuestro virreinato —interrumpió jocoso uno de los miembros del consejo—. ¿No creéis exagerar cuando los decís entre los más altos del mundo?

El virrey, sin recoger el guante, respondió sereno:

—Acepto vuestra chanza e incredulidad, y advierto así mismo que no tenéis conocimiento de lo que allí sucede. Ciertamente, resulta arduo comprender la excelsa condición de las artes del Perú. Considerad, sin embargo, que los españoles arribamos a un territorio de gran cultura, en el que el mestizaje de lo mejor de ambos pueblos ha dado el magnífico resultado de hoy. Para celebrar el advenimiento de nuestro amado rey Felipe V, se ha de estrenar una ópera singular, género novedoso aún en Europa, llamada *La púrpura de la rosa.* Mi predecesor, el conde de Lemos, llevó en su séquito a un personaje de industrioso parecer y con musicales inclinaciones, Tomás de Torrejón. Sobre un libreto del insigne Calderón de la Barca, ha compuesto nueva música para esta obra, que narra en armoniosa cadencia de vihuelas, guitarras y voces, los amores de Venus y Adonis. Inspirada en la obra clásica de Ovidio, este mito que fue presentado en el pasado con melodías de Hidalgo, había sido estrenado en ocasión de los esponsales de la infanta María Teresa. Como recordaréis la representación se repitió en los esponsales de Carlos II y Luisa de Orleans. Es tal la belleza de la música y la bizarría de las damas que la interpretan, que mucho placer obtendríais si pudierais escucharla y verla.

—¿Damas, habéis dicho? ¿Son sólo damas las intérpretes? —interrogó con interés el presidente.

—Harto conocéis que, en contra del teatro de Shakespeare, donde no era permitida la actuación de mujeres en papeles femeninos, en España hemos gozado de libertad para que la mujer interpretara en el teatro. En esta ópera hay sólo un hombre, que tiene un papel cómico, el de Chato, que deleita con sus chanzas y chascarrillos a la audiencia, mas todos los otros cantantes mujeres son, e interpretan héroes o galanes masculinos con alegre vivacidad e indiscutible talento.

—Admirado me habéis. Veo en lo que decís profunda influencia de la Contrarreforma —sentenció Portocarrero—, ya que elevando a la Virgen a lugar predominante, enaltecidas son todas las mujeres.

—Así es, señor presidente. Y en cuanto a las intérpretes, que damas son, eran galanas y cumplidas. La trama, como os decía, son los amores de Venus y Adonis, tratados en la pintura y la literatura con ingenio. Los personajes de la mitología, Marte, su hermana Belona, Venus y Adonis, más nutrido tropel de ninfas y furias, son acompañados de la Desilusión, la Mentira, el Tiempo, la Ira, la Sospecha, la Envidia y el Miedo. Vuestras mercedes conocen los estragos que estas dos últimas producen en quien las sufre. La música excelsa, las damas canoras, los decorados y escenarios encarnaban las mejores esencias del Barroco español, entrelazadas con la fulgurante magia de Indias. Sin ánimo de exagerar, he de decir que será un prodigio.

—Bien sirve quien bien ama —apostilló el presidente—. Y a las claras se ve que amáis los territorios que gobernáis.

—Cumple a mi intención relataros que, en la obra en cuestión, participan tanto españoles como indios o mulatos; un solo requisito: que sean ventajosos en la música o elevados en la interpretación.

—Es mi deseo, señor virrey —dijo Villafranca—, referiros que también en la corte damos licencia a damas extraordinarias para que ejerzan su talento. Acercaos; esta talla es de la Roldana, como ahora dan en llamarla. Observad su expresión, la dulzura de la mirada y la firmeza del gesto, prodigio de realidad. ¡Venid, presto!

—En verdad, es singular. Mucho agradecería a vuestra merced que me hicierais la bondad de referírmela, pues tengo en el Perú tallistas que gran provecho obtendrían de este ejemplo.

—La amistad que a vos me obliga me inclina a deciros que está aquí, en palacio, y que al instante mando que acuda a nuestra presencia.

Venus y Adonis

—Pasad, señora escultora de cámara —conminó el cardenal—, es tan grande vuestro nombre, que ansían conoceros desde las Indias.

Sonrió Luisa con la calurosa bienvenida, y permaneció en silencio, en modesta actitud, esperando a que le dijeran qué negocio habían de encomendarle. Su fama crecía, y con ella, también su esperanza. Se dirigió a ella el virrey, preguntándole:

—Señora escultora de cámara, mucha es la admiración que despertáis en mí. Y vengo de Ultramar, donde la imaginería conoce tiempos de esplendor.

—¡Qué evocador ese nombre...! ¡Ultramar! ¿Es en vuestras tierras en donde sor Juana Inés, la monja de singular talento, crea poesía sublime?

Impresionó a Monclova la tranquilidad en el ademán y la curiosidad y conocimiento de ella por las cosas de Indias.

—No, no. Vive en el virreinato de Nueva España. Pero también el Perú habría de complaceros. Pintan unos ángeles guerreros que no tienen igual. Los representan vestidos a nuestra usanza; con jubones de piel, arcabuz en ristre y suntuosos chambergos de coloridas plumas.

—¡Ah, excelencia, ya tenemos algo en común vuestros artistas y yo! Uno de mis primeros encargos fue unos ángeles lampareros, que imaginé volando al encuentro del Señor.

—Podríais tallar para mí unas imágenes llenas de ternura o de pasión, que servirían de modelo para los escultores de allende los mares. O alguno de vuestros belenes, que recién conozco son excelsos.

Intervino Portocarrero:

—Señora escultora, ¿conocéis el mito de Venus y Adonis?

—Sí, eminencia. Creo recordar que trata de los amores de la diosa con el joven dios de la belleza. Sé también que esta leyenda ha inspirado numerosas obras de arte.

—Sois mujer de ingenio. Me dicen que os llaman la Roldana. Este nombre avala vuestra fama. ¿Pensáis merecerla? —preguntó Monclova.

—Señor virrey, Dios me dio un padre que creía en el talento, fuera éste de hombre o de mujer. Cuidó con esmero mi educación, y me enseñó el valor del trabajo. La bondad de sus majestades me alzó a este gran honor. No he de afirmar yo mis méritos. Sólo sé de mi trabajo, que hago con pasión.

Villafranca observaba complacido la escena. Luisa no había caído en la trampa de la vanidad. Permanecía serena, aguardando las preguntas que desearan hacerle.

—Y ¿cómo pudisteis obtener —dijo Monclova— el prestigioso cargo de escultora de cámara? Según me dicen, es la primera vez que una mujer alcanza esta dignidad...

—Tuve maestros excelsos para mi formación: mi padre, don Bartolomé Murillo y don Luis Valdés Leal... Todos amigos de casa. Más tarde tuve mi propio taller...

—Sí, sí, pero la ocurrencia de aspirar a la corte —quiso aclarar Portocarrero— ¿quién la tuvo?

—De mis benefactores fue. Creyeron en mí tan altas personalidades como el marqués de Villafranca, don Cristóbal de Ontañón y el señor De Ory. Ellos me impulsaron a mostrar mi obra en Madrid.

—Señora escultora —intervino el cardenal—, veo con agrado que recibir tan preciado honor no ha nublado vuestro juicio.

Me complace que conservéis gratitud hacia aquellos que os ayudaron a encumbraros.

—Nada hubiera podido yo sola. Sin el favor de Dios, nada soy.

—Bellas palabras que revelan mejores sentimientos —sentenció Portocarrero.

Mas el virrey tenía ya en mente otra idea, que le apremiaba concluir.

—Con licencia de vuestra eminencia —inició Monclova, y dirigiéndose a Luisa—: ¿os inspiraríais para realizar las tallas de la Ira, la Envidia y todas las que aparecen en *La púrpura de la rosa*?

—Alejadas son de mi habitual quehacer, sobre todo la mitología, mas si a vos cumple ordenarlas, así lo haré.

—Roldana —sentenció Villafranca—, de sobra conocemos vuestras virtudes cristianas. Un poco de mitología no ha de haceros mal alguno.

Ahí el cardenal remachó:

—Las colecciones reales poseen pinturas y frescos inspirados en la mitología. Extenderé un permiso, a fin de que podáis documentaros.

—Según me contó Germán de Ory —dijo riendo el marqués—, os causa ligero escándalo el comportamiento de Venus.

—Yo... —Luisa titubeó— percibí la diferencia de edad como tan dispar, que negaría el entendimiento...

Portocarrero no la dejó terminar:

—El emperador Carlos V supo valorar y utilizar la industria de mujeres en bien de la Corona, sin detenerse en la edad.

—Sí, eminencia —respondió Luisa puntillosa—, mas en este mito se habla de amores.

—Roldana —informó el cardenal—, el Rey Sol, respetado y temido por la cristiandad, escucha y aprecia el consejo de dama que le aventaja en edad. Madame de Maintenon, se llama, y es admirada por su buen criterio.

—Disculpad mi audacia, eminencia, ¿tiene el Rey amores con dicha dama?

Rieron todos ante la pregunta y la forma, entre temerosa y atrevida, con la que había sido formulada.

—¡Por Dios santo, Roldana! ¡Las cortes europeas querrían saberlo! Sólo hay de cierto que madame de Maintenant, como es llamada por su poderío,* ilumina las decisiones de Francia.

Esta frase estaba dirigida a los consejeros, pero, sobre todo, para que llegara a su destinataria, la Maintenon.

A una seña de Portocarrero, Monclova concretó:

—Os repito mi encargo de los personajes de *La púrpura de la rosa.* Es obra de mi estima, y deseo plasmarla en imágenes que no desaparezcan con la bajada del telón.

—Roldana —concluyó el cardenal—, acudid a mí si necesitáis de asistencia.

—Señor virrey, será para mí un honor que mis obras lleguen a aquellas tierras.

—Sea, escultora. Aguardo con impaciencia la visita a vuestro taller, y poder contemplar esas tallas.

Y con la misma continencia con que había entrado, la Roldana volvió a su trabajo.

La confirmación

Espoleada por la acogida del consejo, se atrevió Luisa a pedir su confirmación como escultora de cámara al nuevo rey. Decidida a ello, había elaborado para su majestad dos obras, como De Ory le aconsejara, que creía obtendrían el beneplácito de Felipe V. Pusieron, tanto ella como su marido, denodado empeño en que fueran imágenes de notable expresividad, colores elegantes y composición esmerada. Satisfecha con el resultado, envió las dos tallas, añadiendo su solicitud para permanecer en el cargo que ya ostentaba. Esperó con impaciencia la contestación, pero pasaban las semanas y no obtenía la ansiada respuesta.

* Antonia Fraser: *Love and Louis XIV*. Great Britain: Phoenix, 2007.

Determinó entonces escribir a finales de junio una carta, de la que meditó largamente el contenido:

A la Majestad Vuestra pongo en conocimiento, que habiendo sido por la generosidad del rey don Carlos II, que goza de Dios, nombrada escultora de cámara, puse en presencia de Vuestra Majestad dos obras que considero alhajas de la escultura. Hasta el presente, no he sabido si son del agrado de Vuestra Majestad, y como soy pobre, suplico se tenga por servido honrarme con la plaza de escultora de cámara, mandando se me dé casa para vivir, y ración para mantenerme con mis hijos. En consideración de Vuestra Majestad, que sabe ejecuto en piedra, en madera, en bronce, en barro, en plata y en cualquier otra materia.*

Aguardó en vano. Cuando terminó su paciencia y acabaron sus caudales, se decidió a visitar otra vez al marqués de Villafranca, aunque de sobra sabía ella que mil ocupaciones entretenían a su valedor. Él la recibió con la cortesía que brindaba de costumbre, pero Luisa percibió una nota de tenue frialdad que no estaba antes presente en su amistad. Le contó de sus penurias, y de su necesidad de alcanzar la confirmación de su nombramiento. La escuchó con atención y le dijo:

—Señora escultora, lamento grandemente el sufrimiento que os causan las estrecheces que me relatáis. Escribid de nuevo. Mas haced que la carta llegue a éste mi despacho. Yo me ocuparé de que arribe a buen puerto.

Así lo hizo ella. La misiva, como le habían aconsejado, era clara y escueta:

A Vuestra Majestad, que Dios guarde, pongo en conocimiento que hace catorce años que trabajamos en palacio en presencia de Su Majestad, y cuando había de lograr el premio

* María Victoria García Olloqui: *La Roldana.* Sevilla: Guadalquivir, 2000.

a mi trabajo, murió el Rey. Por lo que estoy muy necesitada, así mismo mis hijos, y pido me dé Vuestra Majestad alimentos y casa donde vivir.

Felipe V, compadecido de la situación de tan excelsa artista, pidió consejo al portador de la misiva, Villafranca. Pero nada fue decidido. Insistió el marqués y, tras varios intentos, pidió el Rey a Villafranca que redactara un informe. El monarca había contemplado con atención las esculturas que la Roldana le enviara. Se mostró primero asombrado de la fuerza de la artista y luego interesado en el coraje de aquella mujer.

Había de pensarlo, pero... ¡Era tanto el afán! Su joven mente se esforzaba en comprender aquel país vigoroso, henchido de pasión, cuyos destinos él había de regir.

¿Poseía la pujanza para conseguirlo? ¿Sería capaz de gobernar con la necesaria energía este país noble y recio?

7

BODA REAL
1701-1702

En Versalles, el Rey Sol argumentaba con sus consejeros sobre la idoneidad del matrimonio de su nieto.

—A pesar de su juventud —decía—, o precisamente por ella, ha de estar acompañado. Es menester que encontremos princesa galana, de carácter animoso y porte real.

La princesa Orsini, instalada de nuevo en la corte francesa, había conseguido trabar amistad con la influyente duquesa de Noailles y, por su mediación, con la todopoderosa madame de Maintenon. Las tres damas apoyaban vivamente la propuesta, así como los demás consejeros del Rey. Tras conciliábulos interminables, fue elegida María Luisa de Saboya, prima de Felipe, que tenía tan sólo trece años.

Alta, fino el talle; pálida la tez, donde brillaban ojos vivos; la sonrisa pronta, de dientes muy blancos; con un empaque que revelaba nobleza y majestad, todo en ella resultaba gracia y donaire. Cuando su padre, Víctor Amadeo de Saboya, le comunicó la fausta noticia, estalló en llanto y se negó en redondo a consentir el enlace.

Promesas de dicha y magnificencia nada pudieron ante su negativa. Una amenaza, sin embargo, consiguió disuadirla de su obstinación:

—Serás encerrada en un convento, ¡de por vida!

Turín
11 de septiembre

El retrato de la princesa llegó a Madrid, y Felipe V se enamoró perdidamente de la jovencísima candidata. Decidió que se celebrarían los esponsales el 11 de septiembre, en Turín. La pompa con la que la boda por poderes fue organizada sería oscurecida por la magnificencia con la que el rendido novio deseaba recibir a su amada. Inició Luisa el viaje hacia su destino, y el 27 del mismo mes, se detuvo en Niza, donde la aguardaba Ana María de La Tremouille, apenas nombrada camarera mayor.

Mujer de agudo ingenio, había logrado que Portocarrero intercediera en su favor ante Luis XIV, que no consideraba muy oportuna esta elección. Había utilizado el cardenal el siguiente argumento: «Tener a la princesa Orsini en la corte española sería ventajoso para Versalles, y al no tener ésta ni familia ni apoyos en España, no trabajaría más que para Vuestra Majestad, y no actuaría a dictados de parientes intrigantes.»

La insistencia de madame de Maintenon haría el resto. Y ahí se hallaba la ambiciosa señora, dispuesta a ganarse con su talento y su tesón un lugar de preeminencia en la corte española. Su carácter seductor, su experiencia en los usos palaciegos, su conocimiento de diversos países y culturas, su rápido ingenio y la siempre eficaz adulación cautivaron a la nueva reina, que la hizo su consejera y confidente.

Encuentro con el Rey

A los pocos días llegó la comitiva a Figueras, donde el enamorado rey esperaba a su esposa. La juventud de él deseaba ardientemente el momento de intimidad, pero los pocos años de ella le hacían temer la unión con aquel desconocido. Ya en el banquete, la tensión producida por las diferentes costumbres de ambas cortes había originado un cierto desencuentro. Las damas españolas de la Reina, ofendidas por la preeminencia gastronómica gala, volcaron todas las fuentes portadoras de comida francesa, sirviendo sólo los platos cocinados a la española. Para más inri, la Reina fue separada de sus acompañantes piamontesas. Además, la niña-reina mostraba sus reticencias hacia su cortejador. María Luisa de Saboya, alarmada por la insistencia de su inflamado pretendiente, mostraba decidida sus recelos. Desconcertado por la reacción de su ya esposa, sin que él fuera consciente de su propia torpeza, al insistir, acrecentó el temor de ella.

Llegado el momento de retirarse para consumar el matrimonio, María Luisa tuvo un ataque de pánico, y llorando desesperada, comenzó a dar auténticos alaridos sobre «los salvajes españoles», y corrió veloz hasta su cámara, donde se encerró determinada a no abrir. Nada ni nadie fue capaz de disuadirla. Ni los discursos apaciguadores de un clérigo, ni las hábiles palabras de su amiga la Orsini pudieron rendir la fortaleza de una niña asustada de trece años. Al cabo de tres días, consintió en ver a su confuso galán, cuyo interés se había multiplicado por la resistencia de la bella.

La historia había sido el comentario de todos. Se elucubraba si había sido reacción natural dada su juventud, o pícara estratagema de la camarera mayor, mujer de experiencia y conocedora de artimañas y ardides, a fin de exacerbar el interés del enardecido Felipe. El caso es que los esposos gustaron de su mutua compañía, y las señoras españolas comenzaron a vislumbrar una inteligencia notable tras los graciosos mohínes de María Luisa de Saboya.

Uno de esos días, la Reina se fijó en una hermosa Natividad que habían colocado en su oratorio. Llamó a la Orsini, y le pregunto por el autor de tan encantadora talla.

—Ved, princesa, qué interesante la composición. Forma un triángulo perfecto, que eleva la vista al cielo; ¡qué elegancia de colores, tan tenues!

—Ha de ser un presente realizado para vuestras majestades, pues la corona que sujetan los ángeles a vuestra majestad pertenece, y las armas bajo ella, las vuestras son.

—¡Mirad las expresiones de la Virgen y san José! —continuó la Reina con admiración—. La ternura que expresa el rostro de la Madre y el contento del santo se complementan con la serenidad de un divino Niño.

—Cierto, majestad. Además, los querubines, con su grácil aleteo, imprimen airoso movimiento y generan místico alborozo.

—¿Sabéis quién es este insigne escultor?

—Majestad, no. Mas indagaré para satisfacer vuestro contento y saciar mi curiosidad.

Al poco llegó ufana la princesa:

—Majestad, mis pesquisas han procurado sorprendente resultado: no es hombre el autor. ¡Es una mujer!, y obtuvo la plaza de escultora de cámara con Carlos II.

—¿Una mujer, decís? ¡Qué coraje habrá necesitado para llegar tan alto!

—He sabido también que esta Natividad, en efecto, fue un don para vuestras majestades, y que con ella y otra obra suplicaba ser confirmada en el mismo cargo por el Rey, pues grande es su necesidad, que es ella quien sustenta a su familia y procura su cobijo.

—¿Cómo artista singular puede padecer de esta manera? Su talento a la vista está. Rendido viaje, en Madrid he de conocerla. Entre tanto conversaré con el Rey de este asunto.

Armonía real

Emprendieron ambos esposos ruta hacia la felicidad, en una armonía del todo inesperada tras el accidentado comienzo. Pasarían unas semanas conociendo sus reinos, y luego se encaminarían a la capital. Los esperaba una serie de festejos que se habían preparado con mucho cuidado. Al entrar en la Villa y Corte, encontraron la ciudad sembrada de arcos triunfales que habían creado para los Reyes los mejores artistas. Aproximándose hacia el Alcázar, los envolvió un verdadero túnel de efímeros poblados de ninfas danzantes, guirnaldas de exótica vegetación, personajes mitológicos que simbolizaban los diversos reinos y esbeltas columnas con racimos de frutas que anunciaban la abundancia de las tierras.

Numerosas fuentes cantarinas, colocadas entre cada arco, daban acuática respuesta a las rondallas, creando la bienvenida a los soberanos con intensa alegría.

La imaginación de los dos jóvenes quedó prendada de la vitalidad y energía de este país que les había tocado en suerte. Atrás quedaba el «salvajes españoles» de Figueras. A la chica despierta que dormía en su interior fue revelado un pueblo poseído por las ganas de vivir, un pueblo mediterráneo, con enorme talento para las artes, unas gentes a las que ella no tardaría en amar, y a su vez, se vería correspondida por ellos. Entre la multitud que aclamaba a sus reyes, una mujer madura observaba las festividades con evidentes signos de inquietud. No acertaba a discernir si aquellos fastos eran signo de nuevos tiempos que traerían riquezas y prosperidad, o si, por el contrario, dejarían vacía la hacienda para ocuparse de las artes.

Esa reflexión tenía su fundamento, pues la Roldana no había obtenido respuesta ni a sus dádivas ni a sus cartas. Cuando se halló a solas con Carmen, ésta encontró a su prima muy abatida.

—Luisa, ¿qué te ocurre?, ¿qué terrible afán te turba?

Por toda respuesta la Roldana se echó a llorar. Se odiaba a sí misma por hacerlo, pero sentía una inmensa debilidad; había sido valerosa en muchas ocasiones, en situaciones muy diversas, pero ahora temía flaquear.

—¡Ea, ea! Ven aquí, niña chica. ¡Ya era hora de que te consintieras un desahogo! Dime qué te ronda la cabeza, qué tribulación te produce este desasosiego.

—Prima de mi alma, ¡no sé por dónde empezar!

—Inténtalo, mujer —animó Carmen—. Te hará bien.

—Ante todo, siento mortal fatiga. No sé si son los penares de mi vida, los achaques de mi edad o la inseguridad que ronda mi existencia y la de los míos.

—¿De qué incertidumbre me hablas?

—Conoces que no he tenido satisfacción de las tallas que al Rey donamos, ni de las sucesivas cartas.

—¡Pero, chiquilla, muchas son las mudanzas que en la corte se han operado, ten paciencia!... Que no decaiga tu ánimo. Ya verás cómo en cuestión de días recibes buenas nuevas.

—Sí, pero yo ya no tengo con qué esperar; los acreedores me conminan al pago, y de aquí a poco puedo perder el alojamiento.

—Luisa, tienes una familia próspera en Sevilla. Allí te acogerían de mil amores hasta que soplaran de nuevo vientos propicios.

—¡Parece mentira que tú me repitas semejante dislate! Ya te lo dije. Sabes lo que he luchado por el honroso cargo de escultora de cámara, ¿y quieres que ahora abandone?

—¡Cálmate, prima de mi alma! Sé de tu mérito y de tu batallar para que así fuera reconocido; sé de tu coraje al aspirar a aquello que mujer alguna había obtenido... Sólo te pido que consideres un descanso..., una pausa..., para recuperarte.

—¡Nunca! ¡No me verán vencida!

Madrid
otoño

El sol lucía como sabe hacerlo en el otoño madrileño, aquella tarde. Su luz dorada envolvía los perfiles de la lejana sierra, y se recreaba posándose en árboles y arbustos que rodeaban el Alcázar. El cielo, límpido, sereno, se inflamaba a medida que pasaban los minutos de nubes plenas de cárdenos y bermellones, grises y violetas, regalando a los habitantes de esa ciudad atardeceres inolvidables.

—Como mi corazón —suspiró alborozada la Roldana—, henchido de nuevo de esperanza.

—Mujer, qué trágica eres —reconvino Luis Antonio—. Habías de aguardar un poco, antes de desesperarte y atediarnos con tu disgusto.

Carmen intervino veloz para evitar la querella que veía avecinarse a pasos agigantados:

—¿No te lo decía, prima, que tu buen hacer te sacaría de

apuros, que habían de premiar tu talento? ¡Qué gran contento para mí verte reconocida de nuevo!

Sonrió la Roldana a su amiga. Carmen estaba siempre pronta para ayudarla, para serenarla. Sentía por su prima una ternura que iba mucho más allá del agradecimiento. Era una complicidad que las dos disfrutaban y que los malos momentos no habían conseguido erosionar; era sincera admiración por la generosidad que siempre le había demostrado, y era la comprensión de que su vida hubiera sido diversa si no la hubiera tenido a su lado; si no hubiera gozado de su sentido común, de su manera sencilla de ver las cosas, de su forma indiscutible de quererla. Una lágrima se deslizó por su mejilla.

—¿Qué es esa pena, niña? ¡Hoy es día de celebración! ¿Cuántos reyes han de confirmarte como escultora para que te veas satisfecha?

Rio Luisa con ganas ante la salida de su prima. La noticia que le había transmitido Villafranca la había recibido cuando más la necesitaba. Los caudales terminados, la fatiga dominando su cuerpo, los continuos desprecios de Luis Antonio y el alma transida de desesperación la habían dejado agotada. Pero ahora, era de nuevo escultora de cámara, Felipe V lo había así ordenado, y en breve juraría su cargo. Era 9 de octubre, otra fecha que permanecería grabada en su memoria.

Festividades reales

María Luisa de Saboya recorría las estancias de palacio acompañada de sus damas, sin encontrar ninguna que le mostrara las comodidades que ella deseaba. Conocía de la austeridad de las moradas españolas, pero, ahora que se encontraba en una de ellas, la realidad se le antojaba peliaguda. Echaba de menos los confortables aposentos de su mansión de Turín. Se prometió remediar con la mayor brevedad esta desagradable circunstancia. Una vez sentadas, la animada charla de su camarera mayor, a caballo entre el optimismo, la comprensión y la lisonja, le levantó el ánimo. La Orsini, como en adelante sería llamada por los españoles, conocía ya España, pues la había visitado cuando estaba casada con el príncipe de Chalais. Esto le daba ventaja en el análisis de las actuales circunstancias.

Era así como la sagaz princesa había logrado una posición de relieve en la corte; hasta tal extremo, que no había proyecto que los Reyes no consultaran con ella. Al mismo tiempo se había tornado indispensable para madame de Maintenon, a quien informaba con puntualidad. Esta dama había advertido a la Orsini, antes de que marchara hacia España: «El buen Rey tiene un carácter indeciso y una exagerada falta de confianza en sí mismo.»* La camarera mayor cuidaba de los Reyes a la vez que hacía creer a la poderosa dama que, por mediación suya, gobernaba los asuntos de España. La realidad era bien distinta: Ana María de la Tremouille servía con inteligencia a sus reyes, sí, pero más aún a sus propios intereses y su infinita ambición.

Todas las damas presentes confirmaban los curiosos detalles de la gran recepción que se preparaba en homenaje a los reales desposorios. En el Buen Retiro se levantaban soportes para arcos y efímeros, tramoyas varias y castillos de fuegos artificiales que contribuirían a rendir visiones inolvidables. Al atardecer de un buen día de sol, se encaminaron los Reyes al palacio.

A su paso por las calles contemplaban los soberanos, balcones, miradores y azoteas, adornados con tapices, guirnaldas y colgaduras.

El Salón de Reinos resplandecía en toda su magnificencia.

Los grandes de España, embajadores extranjeros y los leales funcionarios del gobierno, así como las autoridades locales, aguardaban con impaciencia la llegada del soberano y su joven esposa. Las damas se habían esmerado en que su apariencia fuera elegante. La duquesa del Infantado vestía una rutilante basquiña de seda coral de pronunciado escote recamado en oro; las mangas, abullonadas, eran recogidas por lazos bermellón, que anunciaban las amplias sayas del mismo color, bordadas en arabescos de hilo de

* Antonia Fraser: *Love and Louis XIV*. Great Britain: Phoenix, 2007.

oro. Un broche de perlas grises y blancas remataba los oscuros cabellos, que daban realce a unos pendientes de diamantes.

La condesa de Fuenrubia lucía un vestido de brocado de oro con mangas acuchilladas sobre seda marfil. Dos espectaculares broches de esmeraldas sobre escarapelas de un tenue verde almendra ceñían su pelo negro como la noche, peinado en dos airosas cocas.*

La marquesa de Santa Cruz miraba a su alrededor con su intensa mirada, envuelta en terciopelo gris, adornado con encajes y cintas bordadas con perlas y plata. La aparatosa moda del guardainfante había dado ya paso a los usos de Francia. Todos los sutiles colores del arco iris estaban representados en ese salón, en un revuelo de sedas, terciopelos, joyas y perfumes mil.

Aparecieron los Reyes en el umbral. María Luisa de Saboya era en verdad graciosa. Su expresión risueña, sus pocos años, la finura del talle y el ademán complaciente le otorgaban un poderoso encanto. Nadie hubiera podido imaginar al verla tan joven que su temple la llevaría a ser persona sensata, prudente para escuchar y hábil para rectificar; al tiempo que dulce y valiente. El Rey pensaba lo mismo, y no ocultaba lo enamorado que estaba de la Reina. Una corriente de energía gravitaba en el ambiente. Todos los presentes deseaban sentir renacer la esperanza de un tiempo nuevo, de la continuidad de la monarquía y de la paz de los reinos.

Tras los saludos protocolarios y las presentaciones de aquellos a los que el Rey no conocía, se sirvió un convite exquisito, que ofrecía la nueva gastronomía que hacía unos años comenzara a desarrollarse allende los Pirineos. Era una cocina más ligera, con elementos no usados hasta entonces, que sorprendieron a muchos de los asistentes.

El verdadero pasmo vendría después. Fueron anunciados los fuegos artificiales, y salieron los convidados a los numerosos balcones que se asomaban a los jardines y a las lejanas fachadas y tejados. Era noche cerrada, iluminada tan sólo por distan-

* Coca: Peinado que recoge el pelo en dos partes, sujetándolo por detrás de las orejas, de moda en el siglo XVII.

tes antorchas y faroles, cuando, de manera súbita, salvas de artillería anunciaron el comienzo de los fuegos. Unas enormes letras, una F y una L, aparecían entrelazadas en el entenebrecido firmamento, brillando como estrellas matutinas.

Siguieron arquitecturas efímeras que ardían en alegre crepitar; ruedas de fuego de brillantes colores que giraban con frenética velocidad; y abrasadores castillos de agua, que desafiaban la imaginación. Un sinfín de bombas, petardos y cohetes se engarzaba con el tañido de las campanas, el son de los tambores o la dulzura de una melodía. Cerró el fastuoso espectáculo el emblema de los Reyes coronado por las iniciales entrelazadas, las mismas que abrieran estos fuegos artificiales que ninguno de los presentes olvidaría. Harían bien en disfrutar de esos momentos de felicidad, porque el futuro se presentaba denso de conflictos, luchas y penalidades.

La Gran Alianza

No era aún el momento de dar la noticia, pero las malas nuevas no podían ser ocultadas por más tiempo. Como temieron desde el principio, aquello que se anunciaba tan funesto se hizo realidad. Las potencias marítimas, enfurecidas al ver que se esfumaba de sus manos la posesión de territorios hispanos, formaron en La Haya la Gran Alianza.

En documento que había sido firmado el 7 de septiembre, se repartían, con flagrante desfachatez, el botín antes de vencer la batalla.

Inglaterra obtenía Menorca, Gibraltar, Ceuta y un tercio de Indias; Holanda, parte de Flandes y una tercera parte de los territorios de Indias; Alemania se quedaba con el Milanesado; Portugal, con Galicia y Extremadura, quedándose el archiduque con el resto del Imperio español. Se mostraba el acierto de la elección del candidato francés, al estar éste determinado a no dejarse arrebatar un ápice del territorio recibido. La guerra parecía inevitable.

Jura de la Roldana

Fuera porque el Rey gustaba de las obras de la Roldana, o bien por consejo de la Reina, Villafranca, gran maestre de la Casa del Rey, recibió la orden de tomar juramento a dicha escultora. Parecía que se abría un periodo de esperanza para Luisa. No era fácil conseguir ese puesto. Ser confirmada por Felipe V, de gustos tan diversos a su antecesor, significaba entrar en la leyenda. Juró su cargo de escultora de cámara del primer Borbón erguida, sostenida por el legítimo orgullo de los que han tenido que luchar y, no habiéndose dejado vencer, consiguen sus designios. Recuperó el ánimo que necesitaba para continuar su trabajo, para crecer en su profesión, como su padre le aconsejara. Bien lo necesitaba. Su marido la asediaba con insolentes pullas y ademanes groseros. Había de tascar el freno para que su hogar no fuera el escenario de batallas campales domésticas. En uno de sus momentos de ira irracional e incontrolada, llegó a decirle:

—¡Vete! ¡Vete ya! ¡No te necesitamos para nada!

Había creído que nada de lo que él le dijera podía hacer mella en su corazón. Estaba equivocada. Aquellas breves palabras le hicieron sentir el fracaso de su matrimonio. Nada de lo que había hecho había despertado en su marido el más mínimo aprecio, estima, crédito. Ya no pedía amor ni devoción, pero sí respeto, y su dignidad intacta.

«¿Cuáles fueron mis yerros? —meditaba—. ¿Qué habría podido hacer mejor?»

Carmen, conociendo sus desdichas, intentaba ayudarla para que, al menos, se desahogara con ella. Pero bien sabía la sensata prima que el mal no tenía remedio, y procuraba colmar de ternura el vacío producido por el maltrato que Luisa sufría.

—¡Ea, niña, ea! No piensa lo que dice. Los hombres son así, desconsiderados y desagradecidos.

Pero ella sabía que Luisa era demasiado inteligente para consolarse con lugares comunes, y sentía una profunda rabia al ver injustamente tratada a su prima del alma.

—Trabaja, Luisa, trabaja —le decía—. Tus tallas serán admiradas por generaciones venideras. ¿Cuándo una mujer pudo aspirar a lo que tú en tus manos tienes? No pierdas el tiempo con ofensas que no han de dañarte. Tú, ¡a lo tuyo!

Y entonces la Roldana sentía de nuevo el soplo de la vida, y la pasión que bullía en sus manos se encendía para dar aliento a la materia.

Jean Orry

Las novedades corrían como la pólvora. El Alcázar era un hervidero de noticias, reales o inventadas, ya que el mejor conocedor de los asuntos callaba con prudencia, y el que ansiaba pasar por entendido oía mal y repetía peor. Había llegado de París, decían, un consejero del Rey Sol que había obrado maravillas en la corte francesa, poniendo orden en las finanzas y organizando la administración. Se llamaba Jean Orry y venía para aconsejar a Felipe V en la ingente tarea que lo aguardaba.

En Madrid encontró Orry a su amiga la princesa de los Orsini, que lo recibió como agua de mayo. Se trataba de un compatriota, alguien que entendería su mentalidad, pero, sobre todo, era un personaje de probada capacidad y con una extraordinaria habilidad para la economía y el comercio. La princesa, mujer inteligente y de perspicaz intuición, sabía que Luis XIV había designado a un hombre que no tenía ningún tipo de atadura con los intereses de las poderosas familias, que en la corte española se disputaban cargos e influencias. Las controversias recientes sobre la sucesión habían enfrentado a un bando con el otro, y había de pasar tiempo hasta que los ánimos se serenaran.

Jean Orry, que no sufría ningún tipo de yugo, sería la persona adecuada para tomar las impopulares decisiones que era preciso adoptar. En su cartera portaba la reestructuración de la administración, más centralizada, como funcionaba ya en Francia.

Felipe V lo recibió con entusiasmo, y le encomendó de inmediato, como Orry esperaba, la reforma de la hacienda y la razonable reestructuración de la intendencia.

Al poco de llegar se encontró con su primo Germán, que le había precedido en España, donde había trabajado como hábil y confidencial agente de los intereses galos. Mucho se benefició Jean del conocimiento de su primo. Éste había sabido escuchar, templar y observar, y ahora resultaba una fuente inagotable de información contrastada. Además, era su único apoyo, pues bien conocía el recién llegado que la ambición de la Orsini en el presente a él la ligaba, pero que intrigas e influencias podían cambiar el tablero a una celeridad endiablada.

Toros

Según la costumbre establecida en los albores del siglo XVII, el domingo anterior o el siguiente al día de difuntos se organizaba una corrida de toros en la que los nobles alanceaban y rejoneaban, lo que servía de regocijo a la buena gente. De esas filas comenzaron a salir los chulos, que con inmenso valor se atrevían a torear a pie a las imponentes bestias. Corría la voz de que Felipe V, agasajado en Vitoria en su triunfal incorporación al reino de España con una corrida, «había gustado tanto de ella, que acabados todos los toros, preguntó si no había más».

Como parte de las festividades por los regios esponsales, el pueblo de Madrid quiso complacer a sus reyes con un festival de toros, y se organizó especial festejo que había de tener lugar en la Plaza Mayor.

No ha mucho, en la privanza de Valenzuela, éste había restaurado dicha plaza, con tal acierto, que se había convertido en espléndido escenario para cualquier celebración. Bien porque las gentes estuvieran cansadas de las pasadas privaciones y zozobras, bien porque barruntaran que nuevos conflictos estaban por llegar, el pueblo de Madrid se entregó a las fiestas con sincero entusiasmo, en un vivificante *carpe diem*.

El día de autos amaneció soleado, con la fresca brisa de la

sierra limpiando el panorama de inoportunas nubes. La luz singular que esta población disfruta en el otoño envolvía fachadas y tejados, corrales y plazas, contribuyendo con su fulgor a transformar el acontecimiento en algo memorable. Confirmada de nuevo en su nombramiento, Luisa estaba invitada a la corrida junto con Luis Antonio, Carmen y Bernabé. Se acomodaron en sus lugares, y Luisa se dedicó a observar a su alrededor.

La fiesta le inspiraba: un movimiento rápido y certero; un escorzo del caballo que dudaba un instante; los colores tan cálidos y vibrantes; el gesto de expectación, asombro o incredulidad de los espectadores. La vida. Con su caudal inagotable, le atraía con todo su poder.

Aparecieron los Reyes en la plaza y fueron recibidos con el clamor de la multitud. De inmediato se avisó del comienzo de la fiesta. Era la primera vez que María Luisa asistía a una corrida, y los lances del inicio la impresionaron vivamente. El albero refulgía como si fuera de oro, y en eso, varios grandes hicieron su entrada en la arena en sus enjaezados caballos. La sincronización con los sensibles equinos era tal que parecían centauros.

El movimiento de las bestias era tan medido y armonioso, que parecía estuvieran bailando, ofreciendo al respetable un espectáculo de belleza sin par. Al observarlos con detenimiento, se advertía en ellos una gran seguridad, pues se acercaban tanto a los toros que éstos se enfurecían por la burla, momento en que el corcel aprovechaba para hacer una finta y dejar al astado con un palmo de narices.

La Roldana gozaba con la visión, que le recordaba tanto a su tierra. Del sur habían partido esos caballos que eran la gloria de Andalucía. Seguía con atención las evoluciones de los caballeros, cuya vista no se alejaba ni un ápice de los temidos toros, de inusitada rapidez para su gran tamaño.

En los tendidos, las mujeres lucían mantones de los más variados colores; sedosas mantillas elevadas por airosas peinetas, avivadas por flores de restallante carmesí. El temor que la osadía de algunos caballeros producía en las damas era a veces aprovechado para aproximarse un poco más al ansiado objeto de deseo, con el noble fin de apaciguar su espanto.

El duque de Medinaceli, recién llegado de su virreinato de Nápoles, buen conocedor del arte taurino, explicaba a su majestad el origen y avatares de la lidia.

—Decidme —preguntaba el Rey—, ¿qué remoto origen tiene ésta vuestra fiesta?

—Majestad, no ha mucho que se celebra como la veis hoy día. Es la manera de demostrar valor, habilidad y astucia para enfrentarse a oscura contingencia. Pero es también un arte. Ved, majestad, los caballos: además de su sin par galanura, cortejan al toro en un baile casi sagrado que guarda reminiscencias con mitos de la Antigüedad.

—¿Qué mitos son ésos? —preguntó la Reina—. ¿De qué antigüedad remota proceden?

—En la Grecia clásica, en Cnosos, frescos de expresión singular nos muestran a jóvenes muchachos y briosas sacerdotisas burlando al toro con toda suerte de volatines, saltos y acrobacias.

—¡Ah, el Mediterráneo —comenzó Felipe V—, origen de cultura!...

No pudo terminar, pues un clamor general se levantó en la plaza. Un espontáneo se había arrojado al ruedo y ofrecía su cuerpo indefenso a la furia de la bestia, que bramaba enloquecida. El espanto que causó en Luisa fue inmenso: creía haber reconocido al joven temerario. Se parecía de manera sorprendente a su sobrino.

—¿Es él? —preguntó a Carmen.

—No, Luisa. Tiene un parecido, pero no ha de ser él.

Esta reacción hizo meditar a la Roldana: había desarrollado un pánico paralizador ante los peligros que amenazaban a sus seres queridos. La pérdida de cuatro de sus hijos la había marcado para siempre.

«¿O será que la edad comienza a debilitarme?», se preguntó.

Un caballero salió de inmediato al quite, y con la lanza en ristre, cargó contra el toro, que abandonó la fácil presa para seguir al ágil equino. Mirando Luisa al ruedo, vio cómo el experimentado jinete apartaba a la peligrosa fiera del impetuoso espontáneo.

Llegó la suerte de matar, y el Rey, que observaba el tendido con estudiada deferencia, halló dificultades en seguir admirando algo que no podía entender. María Luisa de Saboya se esforzaba por tener puestos los cinco sentidos en la lidia, mostrando interés y satisfacción, pero saltaba a la vista que el espectáculo era demasiado fuerte para ella, que la había impresionado en exceso la violencia de algunas escenas. Así como el Rey, María Luisa de Saboya partió sumida en profunda reflexión. Este país, ahora el suyo, era poseedor de antiguas tradiciones, pero tan diversas a lo que ella conocía, que tendría que esforzarse para entenderlo.

Partieron al acabar la función saludando a todos y agradeciendo los vítores de los entusiasmados madrileños.

El turrón

Con la Navidad vinieron también los fríos, y la Reina se quejaba con la omnipresente Orsini no sólo de la incomodidad de palacio, sino de las corrientes de aire, la humedad y la tristeza del Alcázar. Una tarde le trajeron a María Luisa unos dulces propios de la estación, que decían recién llegados del Levante. Turrón, le dijeron que se llamaba, y procedía de la herencia árabe, pero la Orsini aderezó su encanto contando la hermosa leyenda que acompañaba este confite.

—Dice la leyenda, majestad, que en la Antigüedad un rey del sur casó con una princesa nórdica que añoraba tanto a su familia, los paisajes de su tierra y sus llanuras nevadas que acabó enfermando de tristeza.

—¿Cómo es posible sentir tal pena —interrumpió la Reina—, que quebrante la salud?

—La historia cuenta —siguió la camarera mayor— que el enamorado rey hizo plantar en derredor del castillo miles de almendros. Cuando éstos florecieron, sus blancas flores formaban ondas de alba nieve, transportando a la Reina con la imaginación a sus lares. —Hizo una pausa y continuó—: La abundancia de los aromáticos frutos hizo que hubieran de inventar manera de aprovecharlos, y de ahí nacería el turrón.

—Alcanzadme ese mágico remedio de la nostalgia. He de catarlo.

Era la primera vez que la Reina lo probaba y le gustó mucho su sabor delicado, la suntuosa unión de almendras y miel, y su textura aterciopelada, que se fundía en la boca dejando el paladar asombrado. Comprobó que sentía menos el mordisco de las bajas temperaturas, y que la fragancia de los frutos envolvía el corazón cada vez que degustaba estos postres, y se aficionó a ellos con deleite.

Poco a poco fue conociendo la enorme personalidad de su nueva patria y, casi sin percibirlo, comenzó a amarla, a valorar sus virtudes, a estimar a sus gentes. Y la corte y el pueblo percibían este contento, esta afición que crecía en ella, y que le haría sentir los asuntos de España como lo más querido a su corazón.

Enero de 1702

Aires de conflicto llegaban desde los distintos reinos de Europa, y los españoles dieron en prepararse, ya que parecía imposible evitar el enfrentamiento bélico. La Roldana había recuperado con la confirmación de su encargo real la confianza y el ánimo. Trabajaba de buena hora para aprovechar la luz, pues sus ojos ya no eran tan agudos como antaño, y sus huesos se resentían con las demoradas horas de entrega a su profesión. Realizaba una Inmaculada en la que tenía puesto mucho amor, y un san José del mismo tamaño y hechuras. Había decidido crearlos en barro, pues conocía que al Rey había entusiasmado alguna de sus obras en ese material. Carmen y Luis Antonio finalizaban los últimos toques de dorado y pintura de la Inmaculada* y la

* Monasterio de las Trinitarias, convento de San Ildefonso, Madrid.

Roldana se afanaba con el san José cuando pidió licencia para entrar un paje que traía recado de la princesa de los Orsini. Deseaba conocer a la escultora de cámara, y que portara con ella sus más recientes creaciones. La convocatoria se fijaba para la semana entrante.

—¡Qué dicha, Luisa! —dijo Carmen—. ¡Has de llevarme contigo! Dicen que es señora de mucha industria, certero mando, y que más vale caerle en gracia.

—Alguien ha de acompañarte —sentenció Luis—. Pero entre tanto, continuemos con la labor, a fin de que puedas presentar también estas dos tallas.

—Sí, Luis, trabajaré con ahínco. La serenidad de mi vejez depende de este encuentro.

8

LAS HOSTILIDADES
1702-1703

Naumaquia
abril-agosto de 1702

El buen tiempo del mes de abril invitaba a organizar lo que podía ser una de las últimas celebraciones antes de que comenzara la guerra. Y con esa desazón que produce un porvenir incierto en el horizonte inmediato, y como para espantar los fantasmas del sufrimiento, Felipe V decidió agasajar a su adorada reina con una naumaquia en el estanque del Buen Retiro. Esta ficción de una batalla naval nada tenía del escenario bélico que, temían algunos, se había de producir. El aire tibio de primavera acompañaba la jornada. En el centro del lago había un pequeño islote ovalado, donde tendrían lugar escenas mitológicas, que entusiasmaban a la corte. El estanque se pobló de galeras engalanadas, ligeros bergantines y esbeltas góndolas.

Los gallardetes flameaban en los mástiles; las coronas de laurel aguardaban a los vencedores; un aire de alegría, más voluntariosa que real, sobrevolaba el ambiente.

Mientras se desarrollaba el espectáculo y las diversas embarcaciones se perseguían, se atacaban, retrocedían para volver a intentarlo después, la Reina comprendió que ese juego podía convertirse demasiado pronto en realidad. Un escalofrío recorrió su espina dorsal. Tan joven y habría de permanecer sola; un marido recién hallado y ya la guerra lo iba a enredar en su manto de pólvora.

Así fue. Llegado mayo, las noticias no podían ser peores.

Holanda declaró la guerra a España el 6 de mayo. No tardaría Inglaterra en hacerlo, el 15 del mismo mes. Se temía la incorporación de Portugal al conflicto, lo cual sería catastrófico, pues daría paso a través de su territorio a las tropas coaligadas, que, unidas al Imperio y Brandeburgo, resultaban enemigo formidable. Pero la Reina había de sufrir otra profunda amargura: Víctor Amadeo de Saboya, su propio padre, atravesó los Alpes y atacó el Milanesado. Este príncipe había heredado de su madre, Olimpia Mancini, el gusto por la intriga y el doble juego.

Lo que tanto temía su hija se había cumplido.

Afortunadamente, a pesar del breve espacio de tiempo transcurrido, los funcionarios franceses que Felipe V trajo consigo y los que habían llegado después habían conseguido poner orden en la administración y organizar las finanzas. El Rey partió al mando de las tropas hispano-francesas en el mes de julio. Se dirigía a Cremona, ciudad sitiada por el príncipe de Saboya.

La Reina se sintió más animada al recibir las primeras noticias del campo de batalla: el 15 de agosto el soberano le anunciaba la gran victoria de Luzzara, a la que seguirían otros rotundos triunfos. Le hablaba también su marido de un asombroso *luthier* llamado Stradivarius, que confeccionaba violines de sonoridad excelente. Le decía así mismo que proyectaba encargar a dicho artista alguno de esos instrumentos, para su deleite en los conciertos de palacio.*

Visita a la Reina

Grande fue la sorpresa de la escultora al entrar en la sala a la que la condujeron. Carmen quedó rezagada, impresionada por la concurrencia. Elegantes damas rodeaban a una hermosa mu-

* Los Stradivarius del Palacio Real de Madrid fueron encargados por Felipe V, pagados por Carlos III y recibidos en Madrid por Carlos IV. Son estos violines los que se utilizan en el presente en los conciertos de palacio.

chacha de distinción relevante y mirada inteligente. Todas sus acompañantes la trataban con muestras de respeto, lo que indicaba su alto rango. Era agraciada y, al percatarse de la presencia de la Roldana, la animó con voz cantarina:

—¡Entrad, señora escultora! Elevada estima tengo por vuestras imágenes.

Una señora de edad madura pero que caminaba recta y ágil como una flecha se aproximó para descubrir la primera imagen. Levantó con pausa el lienzo que la cubría y apareció la *Inmaculada.*

—¡Dios sea loado! —exclamó la princesa de Orsini—. *Quel beauté!*

Era en efecto la Virgen más bella que la Reina, acostumbrada a la hermosura y calidad en el arte, había contemplado jamás. Pidió que se la acercaran, y cuando la tuvo a su lado, la inspeccionó en silencio, con sumo interés. Al cabo de unos instantes, se volvió hacia su escultora de cámara:

—Razón hubo el Rey en confirmaros. Mucho me agradó la *Natividad* que colocaron en mi oratorio de Figueras, pero esta *Inmaculada* supera a muchas que he conocido. Ved —continuó María Luisa de Saboya—, mirad —dijo a sus damas—. Mirad el óvalo perfecto del rostro, el ligero rubor de las mejillas de la Virgen, tan natural, tan real, ¡parece que la sangre cálida fluye bajo la tibia piel!

—Majestad —intervino la Orsini—, mucho os complace...

No la dejó terminar:

—¡Cómo no habría de hacerlo! Es perfecta. Observad la pureza de las líneas, la armonía y serenidad de la faz... Y los colores, elegantes y sutiles, ese azul del manto que se enrosca leve como una pluma sobre la túnica de oro, pintada de campestres flores con infinito primor... ¡Bravo, escultora!

En semejante ocasión, la Roldana daba por buenos sufrimientos y penurias, sacrificios y desilusiones. Era la confirmación de su talento, aquel del que sentía debía extraer todas las posibilidades. La reina saboyana, ahora española, habituada a un ambiente de arte donde la calidad era regla, la apoyaba.

Tras una breve conversación, se retiró María Luisa de Saboya, pero la camarera mayor permaneció para observar con detenimiento no sólo las imágenes, sino a la mujer que las creaba. Reconocía en ella a la luchadora. Pertenecían las dos a la estirpe de aquellas que, ante la adversidad, se crecen; aquellas que, como los toros de casta, cuando la vida se tornaba peligrosa, cuando los acontecimientos las zarandeaban sin piedad, sacaban coraje de donde no lo había; y de las que, con una fuerza que ignoraban poseer, hacían de la necesidad virtud. La princesa, en Roma, entre castillos medievales, y en las lagunas de Venecia; la escultora, en las iglesias y moradas sevillanas bañadas por el sol: ambas hubieron de batallar por sobrevivir.

Ahora el Alcázar madrileño las unía en singular simbiosis.

—Sé de vuestros avatares —inició la Orsini—. Creedme si os digo que conozco de la angustia y sobresalto de vuestras demandas. Podéis quedar descansada. Vuestro talento es, y será, reconocido.

—De vuestra excelencia quedo deudora.

—Id en paz. Hacedme saber toda vez que necesitéis auxilio.

Marchaban las dos primas por los corredores de palacio como si un ángel las hubiera tocado con la palma de su mano.

—¡¿Ves, Luisa, ves?! La suerte te acompaña de nuevo. Ya no te abandonará nunca.

—¡Que así sea!

Embajador en París
13 de septiembre de 1702

Las intrigas e insidias continuaban en la corte. Unos venían y otros iban. Portocarrero había conseguido librarse del almirante de Castilla, su enconado enemigo, desterrándolo a Granada. El otrora omnipotente Melgar, enfrentado a Portocarrero, había sido desposeído de todos sus cargos, permaneciendo tan sólo como consejero. Pero el nuevo Rey cambió el destino del almirante: decidió nombrarle embajador extraordinario, o sea, con plenos poderes, ya que consideraba, con sentido común, que no convenía enemistarse con semejante personaje. Mas la inquina del cardenal movió sus hilos, y la embajada fue rebajada a ordinaria. Era más de lo que un grande podía soportar. Y Portocarrero tenía el deber de considerarlo y saber que no se puede arrinconar contra la pared a fiera herida. Hubiera debido escuchar y recordar, lo que a menudo tuvo que oír en la corte papal: *Si puó vincere, ma non stravincere.**

El duque de Medina de Rioseco, almirante y conde de Melgar, puso rumbo a Francia. Se alejó de Madrid con suntuosa comitiva de trescientos cincuenta caballeros y ciento cincuenta carruajes repletos de vajillas, tapices y cuadros. Cuando todos en la corte le hacían llegando a Burgos, camino de la frontera francesa, él se dirigía hacia Portugal, donde se uniría a los partidarios del archiduque. Malos presagios envenenaban el panorama de la deseada prosperidad.

Orsini versus Portocarrero

La que pareciera entrañable amistad entre el cardenal y la camarera mayor se iba deteriorando de manera sutil. La rivalidad solapada fue alimentando un acerbo resentimiento, que acabó estallando con fuerza devastadora. La Orsini ganaba en poder e influencia. Su habilidad para instilar sugerencias en la mente de los Reyes, sin imponer su criterio, y haciendo luego ver que la idea era original de los soberanos, la habían convertido en elemento indispensable de toda decisión. La Reina era inteligente y dotada de reflexión, pero la experiencia y la astucia de la dama madura iluminaban sendas aún desconocidas para la joven señora.

María Luisa de Saboya mantenía una correspondencia regular con Versalles durante las hostilidades, y en ella mostraba el afecto de ida y vuelta que generaba en su pueblo. En carta a madame de Maintenon confesaba: *«Aprés Dieu, c'est les peuples à*

* Se puede vencer, pero no avasallar.

*qui nous devons la couronne. Nous ne pouvons compter que sur eux. Mais, grâce à Dieu, ils font le tout.»**

Jean Orry había conseguido revitalizar las finanzas para sufragar los gastos militares, y organizó, como ya lo hiciera para Luis XIV, los recursos necesarios para el estipendio de las tropas y los pagos de la intendencia. Su poder de decisión llegaría a cotas tan altas que, contrariamente a lo que preveía el Rey Sol, provocó muchas envidias. Una sátira, anónima, como solían ser estas coplas, decía:

Orry a mandar, el Rey a obedecer;
el uno a presidir, otro a cazar,
y desta suerte todo es desmembrar
de España el cuerpo, en vez de componer.

¿Aquesta es planta? No, que es deshacer,
pues van los más peritos a escardar
y los que ignoran vienen a ocupar
lo que en su vida pueden comprender.

El agradecimiento

La Roldana trabajaba con el ansia de quien sabe que su tiempo se acaba. No sentía miedo ni aprensión. Estaba serena, agradeciendo todo aquello que la vida le había proporcionado. Era cuestión de fatiga, de cansancio. A veces, un proyecto, un boceto que apuntaba una manera distinta, le originaba una nueva ilusión. Pero ésta era siempre efímera. Contempló a su hija Rosa María absorta, mirando por la ventana. Habían sido su razón para esforzarse. Dejó que la nostalgia se adueñara de su corazón; dejó que el recuerdo invadiera su mente.

* «Después de Dios, debemos la corona a los pueblos. Sólo podemos contar con ellos. Pero, gracias a Dios, ellos todo lo hacen.» Duque de Maura: *Vida y reinado de Carlos II*. Madrid: Aguilar, 1990.

«¡Ojalá pudiera soñar!», se dijo.

Soñar. Su vuelta al cálido hogar paterno, donde ser querida y respetada era cotidiano; donde cada mañana se despertaba con un nuevo afán de superación; donde había vivido la felicidad de las cosas pequeñas: la embriagadora fragancia del azahar o el aroma del pan recién hecho... Y el abrazo de un amor incondicional...

—Gracias, padre —rezó en voz alta—. Gracias por amarme y darme la seguridad que me haría fuerte. ¡Esa fuerza que necesité para enfrentarme a la vida!

Embajadas de familia

Los embajadores de España en París, pero, sobre todo, el francés en Madrid, gozaban de un trato singular, de prerrogativas que no se concedía a los otros representantes extranjeros. Se llamaban embajadas de familia, y sus legados tenían acceso casi directo y, desde luego, diario, al soberano. En esas circunstancias tan particulares, llegó a la corte española un personaje que protagonizaría una de las intrigas más enrevesadas de aquellos años. El cardenal D'Estrées gozaba de gran predicamento, pues sus misiones diplomáticas en Roma y Venecia habían sido coronadas con el éxito. Venía también avalado por su sólida amistad con Ana María de la Tremouille, la princesa de Orsini.

Mas su eminencia estaba acompañado por su sobrino, el joven abate D'Estrées, que inició rápida inclinación hacia la camarera mayor. Las reticencias de la dama con respecto a la imperiosa autoridad del cardenal y la ambición del muchacho hicieron el resto. Comenzaron la princesa y el abate su particular guerra palatina para socavar el poder del cardenal. La Orsini, con la intención de enviar de vuelta a París a su eminencia, y el abate, soñando con ocupar el puesto vacante que dejaría su tío. Los consejeros españoles se felicitaban en la ocurrencia, pues ya Felipe II, recordando a Maquiavelo, había anunciado «divide y vencerás». El omnímodo poder del bando francés se debilitó.

Mucho se apesadumbró Luis XIV al conocer la actuación imprudente en la que se habían internado sus protegidos. No podía admitir que esos capaces servidores del Estado actuaran con semejante frivolidad, poniendo en entredicho el buen hacer de los franceses. Un análisis escrupuloso del problema habría también señalado que personajes de relieve en la corte aguardaban con paciencia la culminación de errores varios, para atacar a sus adversarios, los todopoderosos agentes galos. El abate D'Estrées, una vez que su tío fue reclamado en Versalles, continuó con las intrigas. No aceptaba ya la tutela de la Orsini, pensando tener él más poder del que en verdad disfrutaba. Pagaría caro su error.

Batalla de Rande
23 de octubre

La realidad, como suele suceder, se impuso por medio de las terribles acciones de guerra. El general y almirante de la Flota Manuel de Velasco tornaba de Indias con sus galeones repletos. Uno de los mayores tesoros provenientes de aquellas tierras se alojaba en las bodegas de sus navíos. A pesar de ir escoltada por buques de la potente Marina francesa, la presa resultaba demasiado apetitosa para que no tentara a la coalición. Los capitanes de la escuadra hispano-francesa, avisados del peligro que se cernía sobre ellos, alcanzaron refugio en el fondo de la ría de Vigo el 22 de septiembre.

Largas fueron las deliberaciones sobre la conveniencia de descargar el valioso cargamento. Estaba claro que así había de hacerse, pero dificultades administrativas al tener Sevilla el monopolio de dicho comercio retrasaron la decisión. Por fin tuvieron tiempo de descargar los tesoros y ponerlos a buen recaudo, mandándolos por tierra. Los ingleses gozaron de la oportunidad de descubrir, mediante información de sus espías, el astuto escondrijo, pero llegaron tarde para apropiarse del botín.* El 22

* Respecto a esta descarga existen dos teorías encontradas; yo me inclino

de octubre la flota anglo-holandesa hacía una impresionante aparición en la ría de Vigo.

La componían más de ciento cincuenta navíos, amén de buques de apoyo y todo tipo de embarcaciones. Las fuerzas de la coalición contaban nada menos que con trece mil quinientos hombres, frente a dos mil quinientos de las defensoras. Esa misma noche los atacantes intentaron varias veces hacer saltar la cadena que cerraba la entrada del refugio. La inquietud ante el ataque se percibía en las fuerzas hispano-francesas en la amanecida del 23. Ignorante del traslado del botín, el almirante Rooke dio la señal de ataque, y comenzó el desembarco de las tropas en las orillas de la ría.

Al mismo tiempo, la nave capitana inglesa *Torbay* se adentró ría arriba, seguida de otros cuatro buques, el *Mary*, el *Kent*, el *Monmouth* y el *Grafton*, con el fin de aniquilar los barcos franceses. La torpe estrategia naval del comandante en jefe francés, conde de Chateaurenault, hizo que, una vez destruidas las naves *Le Bourbon* y *L'Esperance*, el resto de la Armada francesa, colocada en semicírculo, no pudiera resistir el embate de las fuerzas coaligadas. El humo ennegrecido oscureció el cielo; atronadores cañonazos hacían saltar los barcos en astillas cuando los pesados proyectiles alcanzaban su objetivo; bolas de betún ardiente desollaban a los desgraciados marineros. Todo se cubrió de polvo, trozos de madera surcaban el apocalíptico firmamento y cuerpos malheridos saltaban por los aires; mientras lamentos de dolor y desgarradores gritos poblaban el espacio pidiendo auxilio. Cuando los castillos de Rande y Cordeiro cayeron en manos enemigas, el combate estaba perdido.

No fue la coalición un vencedor clemente. Asolaron, saquearon e incendiaron Redondela y la isla de San Simón hasta que todo quedó arrasado, comportándose como auténticos filibusteros. El 30 de octubre, el almirante Rooke dio la orden de partida. Llevaban consigo varios buques apresados, entre

---

por la de Ramón Barreiro, que mantiene que las mercancías fueron descargadas y enviadas por tierra, pues existen documentos al respecto.

ellos un galeón que se hundió a la altura de las islas Cíes, galeón que daría lugar a la leyenda del tesoro hundido en las profundidades.

Las noticias de la derrota alcanzaron la corte con celeridad. Un desolado pasmo se abatió sobre la villa. Se hizo evidente entonces el peligro al que se enfrentaban.

El peligro

El desconsuelo de la Roldana no tenía límites. Por una parte sentía la indefensión a la que estaban sometidos los puertos de mar y ciudades anejas. Temía por su familia, sus hermanas, sobrinos, y por su amada Sevilla.

—¡Ay, Luisa de mi alma, ay! —se lamentaba Carmen—. ¡Mira que vernos otra vez envueltas en guerras! ¿Crees que llegarán hasta aquí?

—Yo ahora tengo el pensamiento puesto en Sevilla. Los puertos de mar y las ciudades cercanas están en sumo peligro. ¿Qué será de mis hermanas, de sus hijos, de mi anciana madre, si esos lobos atacan Cádiz?

—¡Ay, niña, no sigas! ¡Me estremezco de sólo pensarlo!

—Tengo escuchado de la codicia de estos atacantes. Parece que se llevan todo lo que pueden, y lo que no alcanzan a portar lo queman. Imagina el desastre que pueden formar en Sevilla. ¡Allí sí que tienen tesoros que robar!

—Nuestra ciudad queda muy lejos de la mar. No conseguirán llegar.

—¡Ojalá así fuera, Carmen! Pero ¿no has oído las noticias de Galicia? Se metieron por la ría y destrozaron las poblaciones ribereñas.

—¡Qué atrocidad, prima, qué atrocidad! Entonces... pueden —le costaba imaginarlo—, pueden adentrarse por el Guadalquivir y...

—Eso mismo que estás pensando —interrumpió Luisa—. Temo por los nuestros, temo por la ciudad que nos vio nacer y me asusta pensar qué va a ser de nosotros, con un país adentrado en guerra y la precaria situación de las finanzas.

Una recia voz masculina se unió al diálogo:

—No os aflijáis tanto, tía. Están todos bien por casa y ansiosos de abrazaros.

Se volvieron las dos hacia la puerta y observaron al hombre hecho y derecho que les hablaba. Era Pedro Duque Cornejo, el hijo de su hermana Francisca. La Roldana recordaba al muchacho que vino a darle la terrible noticia de la muerte de su padre, pero había madurado, había adquirido una fuerza de varón de buena ley que produjo en Luisa una intensa emoción. Era el vivo retrato de su padre, y Luisa se arrojó a sus brazos, sintiéndose segura. ¡Hacía tanto tiempo que no disfrutaba de esa sensación!

—Vengo, tía, a aprender de su talento. Ése fue el último consejo de mi abuelo. Si no tenéis inconveniente, desearía permanecer con usted y ayudarla en el taller. Aprender a su lado sería mi más ferviente empeño.

—¿Mi padre te envió? —con asombro—. Él podía enseñarte todo lo que necesitas saber para ser imaginero de tronío.

—Insistió en que a usted me llegara.

—Bien está. Trabajarás a mi lado, como yo hice con él. —Y dándole la bienvenida exclamó—: ¡Dios te ha traído a nosotras!

La Anunciación

Siguieron días de entrañable conversación, en la que recordaban a los seres queridos, a la par que trabajaban en dos obras que, por la intermediación de la Orsini, le encargara la Reina. Se trataba de una Anunciación y su pareja, una Natividad.*

En la *Anunciación*, Pedro había ya observado elementos que anticipaban el arte que había de seguir. Quedó perplejo y admirado, analizándolos con deleite:

* Ambas en paradero desconocido.

En este relieve, la Virgen aceptaba el encargo que por medio del ángel se le manifiesta. Pero su rostro demuestra la preocupación que le embarga; el cuerpo se halla sometido bajo el peso de una noticia que le produce angustia, ansiedad. Lejos están las expresiones dulces, las miradas tiernas que antaño la Roldana prodigaba. Es la visión de una mujer madura, que sabe de las dificultades que encierran las situaciones de la existencia, aun las más lisonjeras. El ángel, a su vez, ordena con gesto imperioso el cumplimiento del mensaje del Padre Eterno. Oscuras nubes se ciernen sobre la parte superior de la talla, y la hacen parecer más inquietante si cabe.

El joven escultor se extasiaba ante la sabiduría de su tía, y él insuflaba una nueva energía en la mente de la Roldana. El espíritu de ésta se hallaba fatigado, pero el sobrino, tan parecido al viejo Roldán, le hizo recobrar nuevas fuerzas. El vigor creciente que se apoderaba del ánimo de Luisa no dejaba lugar al hastío. Era como si comprendiera que le faltaba tiempo para transmitir a su sobrino el caudal de sabiduría artística y vital que necesitaría para sobrevivir en un mundo exigente y competitivo. De arteras celadas y envidias aceradas.

De manera imperceptible, poco a poco, ella comenzó a transvasar el inmenso amor que sintió por su padre a este mozo ávido de discernimiento. La inteligencia de su sobrino, su capacidad de análisis, generaban tal clarividencia que tornaban todo asunto en armonioso. Ese chico poseía una cadencia conciliadora que apaciguaba la congoja de ella. Deseaba Luisa traspasar a Pedro todos aquellos conocimientos que había adquirido con los años, pero, sobre todo, darle a conocer los vericuetos e intrigas de la corte, de modo que no tuviera él que sufrir las carencias que ella había padecido.

—Es de suma importancia —le advirtió la Roldana— que te instruya en los modales que hagan de ti pulido cortesano. Has de aprender a desconfiar de las buenas palabras, y creer sólo en los hechos. Te ayudará a subsanar los errores que yo cometí.

Se afanaban ambos en la *Natividad,* que mostraba la madurez que había alcanzado la obra de Luisa. Era una escena donde la pasión, el movimiento y la composición original se unían para establecer una manera totalmente nueva de representar los misterios de la divinidad. Un ángel aún en vuelo entrega el Niño a la Virgen, mientras que otro se arrodilla reverente a los pies de la Sagrada Familia. Tras ellos, un coro de serafines entona cánticos de alabanza, componiendo una espiral de alas y túnicas. Un torbellino de nubes eleva a un enjambre de querubines, que son transportados hacia el cielo en total contento. Por una ventana que se abre en el portal, entra una luz cegadora que anuncia la bienaventuranza eterna.

Pedro observaba el relieve asombrado por la vitalidad que de él emergía. Ante sí tenía a una escultora que lo había logrado todo, el puesto más codiciado de la corte, reconocimiento, notoriedad y, sin embargo, seguía ella esforzándose como si fuera una principiante, como si le fuera en ello la vida. No pudo reprimir el incipiente imaginero una expresión de estupefacción al contemplar los dos relieves cara a cara.

—¡Anhelo descifrar el misterio que impulsa vuestro ser a elaborar estas maravillas!

—Pedro, es la sangre que nos une la que te hace hablar de esa forma encomiástica.

—No. No es así. Es algo superior. Más fuerte que la sangre, más intenso que la familia, más duradero que la vida. Es ese algo indefinible que une dos almas, que no atino a percibir de dónde procede...

Al mirarla, la vio tan pensativa, que pensó el chico que sus palabras podían haber sido inconvenientes, y preguntó contrito:

—¿Qué le sucede? ¿He sido en exceso imprudente?

—¡Quita, quita! Me has emocionado. Me has recordado a alguien a quien mucho amé; a mi padre, tu abuelo.

—Tuve la fortuna de gozar de su compañía, y ahora de la vuestra.

—¡Me enseñó tantas y tan variadas artes! —suspiró la Roldana con añoranza—. Con él aprendí a estofar, tallar y dorar...

—Como yo deseo hacer. Contando con vuestra generosidad.

—Me hizo conocer algo aún más importante: a creer en mí; a tener fe en mí misma. ¡Bien hube menester de ella en mi existencia!

Calló por unos instantes, y el mozo comprendió que había de estar atento y no perder ni una palabra de esta inestimable lección de vida que iba a recibir.

—Fue hombre singular. Me hizo conocer los espaciosos campos de la mente en libertad, y nunca he podido olvidarlo. Habría sentido, si por comodidad me hubiera dejado llevar por el parecer o entender de los demás, que traicionaba la memoria de mi padre y todo aquello que él deseaba transmitirme.

—¿Es pues la libertad el mayor de los dones, tía?

—No. Es la dignidad el bien más preciado, aquel que hemos de defender de quien nos la quiera arrancar.

—Pero, tía, ¿no es la libertad la más alta meta? Usted ha sido libre para poder trabajar.

—No siempre. La libertad hube de ganarla, a muy alto precio. Sólo cuando la has perdido, se te alcanza su inmenso valor. Pero la dignidad es superior. Puedes conservarla en las situaciones más adversas. No depende de los demás. Depende de ti. ¡Nadie te la puede arrebatar!

Pedro la observaba con una mirada tan intensa, que ella interrumpió su reflexión. Parecía que estuviera absorbiendo sus enseñanzas con avidez. Era poseedor de una curiosidad inagotable, pero al tiempo la rodeaba de una ternura que le recordaba a su padre. Amor incondicional. ¿Cómo era posible? ¿Se podía dar ese milagro? Él era mozo; ella se fue de Sevilla cuando él aún era un niño. Esa complicidad, ese entendimiento, ¿de dónde procedían?

Sintió una renovada esperanza: la continuidad de su obra. Intuía que el talento que el mozo mostraba y la buena estrella que había de acompañarlo le harían conocer fama y hacienda saneada. La mano de Pedro Roldán los había unido.*

* En efecto, Pedro Duque Cornejo disfrutó de reconocimiento artístico y holgada posición en la corte de Isabel de Farnesio y Felipe V.

La Orsini, en un tiempo necesitada de apoyos, se afirmaba cada vez más en su privanza. Su afán de mando aumentó a medida que las consultas de sus altezas se hacían más frecuentes. Había ya eliminado al cardenal galo D'Estrées y a su sobrino, a este último sin gran dificultad, pues la mediocridad del joven abate le hacía desmerecer su buena presencia. La vanidad planetaria de Portocarrero y la ambición desmesurada de la princesa habían de enfrentarse un día. El cardenal entendió que la Orsini, a quien había conocido en la soledad de su segunda viudez, le guardaría gratitud eterna. Poco conocía su eminencia la humana naturaleza. La princesa deseaba olvidar cuanto antes su antigua dependencia, pues la presencia de su valedor le recordaba pasados tiempos de necesidad que ella se afanaba en enterrar. Como bien enseñara Gracián, hay quien no perdona el favor concedido.

Las discrepancias, en un principio enriquecedoras, se tornaron enconadas luchas, sin cuartel, sin perdón ni remisión. La guerra, con sus constantes preocupaciones, se adueñaba del pensamiento y alteraba el vivir. Los difíciles asuntos de Estado, la hacienda enmarañada y las premuras de organización y bastimentos para la guerra eran competencia de Jean Orry, que contaba con el apoyo de la Orsini. Juntos formaban una sociedad de intereses mutuos, pero que, en toda verdad, beneficiaban la incorporación a la modernidad de España, muy necesitada de transformación. Portocarrero no percibió que su influencia iba declinando, y en una ocasión en que la Orsini se había extralimitado en sus competencias, se dirigió a la princesa con soberbia y desmesurado enfado, que provenían más de su ira que de su razón.

—No habríais debido inmiscuiros en negocio que no era de vuestra competencia. Vuestra escasa información del asunto tratado os conduce a error.

—Eminencia reverendísima —comenzó mordaz la princesa—, no es mi costumbre intervenir en aquello a lo que no he sido llamada. El Rey consideró oportuno demandar mi leal saber y entender sobre las reformas que Orry intenta llevar a cabo. No ambiciono poder ni privanza, sólo ansío ayudar a mi señor.

—Bellas palabras, princesa. Mas hueras son y ayunas de contenido.

—Señor cardenal, he hablado con recta intención.

Ahí la furia que inflamaba a Portocarrero le hizo perder los estribos:

—¡No emborronéis con hipocresía vuestra natural avidez, señora! Vuestro secuaz y vos misma desconocéis las tradiciones de estos reinos, y así haciendo, cometéis desafueros sin cuento.

—No olvidéis, eminencia, que el señor Orry no toma estas providencias por cuenta propia, sino que acata órdenes del Rey. Desechad la confusión que os aturde. ¿Hasta cuándo insistiréis en desafiarme?

—¿Desafiaros? —gritó Portocarrero mascando su rabia—. Perdéis el sentido de la jerarquía, princesa. ¿En qué desvarío navega vuestra mente febril? No hay lugar al desafío hacia quien no ostenta cargo alguno en el gobierno. Habéis de tornar a la razón, que a todas luces os abandona.

—Calmaos, eminencia. No se ha de gobernar con impulsos sino con la cabeza.

—¿Cómo osáis pretender enseñarme cuál ha de ser mi conducta? ¿Hasta cuándo habré de soportar vuestra insolencia?

En ese momento, la taimada princesa, que había sobrevivido a tantas batallas, anunció con sonrisa sibilina:

—Tal vez vuestros deseos sean escuchados, eminencia.

Portocarrero, comprendiendo la velada amenaza, le espetó:

—¡Válgame Dios, lo que he de escuchar! ¡Pronto habéis olvidado que fui yo quien intervino para procuraros la honrosa condición en la que ahora os holgáis!

—Señor cardenal, sólo los fósiles no sufren mudanza. No podréis detener las reformas que se avecinan. Sólo Dios es eterno.

Carnaval
1703

La Roldana sentía que su amistad con su sobrino iluminaba su vida. Lo que antes le pareciera sin interés ahora comenzaba a intrigarla. Sabía Luisa que el conocimiento que deseaba transmitir a su sobrino, como si de vasos comunicantes se tratara, lo había completado. Era mucha la alegría que Pedro Duque le había traído. Los aromas de Sevilla estaban en su acento cantarín; en su finura en plantear los asuntos; en esa mezcla de antigua sabiduría y gracia innata que es propia de las gentes de Andalucía. Una nueva forma de encarar el trabajo, una inusual mezcla de tonos o el singular escorzo de una imagen incitaban su curiosidad. Este chico trabajaba recio y con tesón. Mas Pedro era joven, y era lógico que deseara también divertirse. Había anunciado a su tía su voluntad de participar en el carnaval, que se celebraba por las calles de Madrid. Pero se hacía tarde y él no regresaba. Quien ha sufrido desgracias imprevistas sabe que la tragedia se presenta de la forma más cotidiana. Dio en pensar en todas las posibilidades funestas que podían acontecer, y su angustia crecía con el paso de las horas.

En contra de la opinión de su marido, salió Luisa a buscar a su sobrino. No era tarea fácil encontrar a alguien en aquel alboroto: canéforas con sus cestas de oro repletas de frutos, flores, sésamo y yedra; bacantes vestidas de pieles de tigre y pantera, coronadas de viña y con tirsos* en la mano; mujeres veladas, enmascarados, embozados, luminarias vacilantes; personajes mitológicos tambaleantes por su afición a Baco, danzantes impetuosos recorrían las calles en un desesperado intento por cumplir con la máxima del *carpe diem*, desgañitándose al grito antiguo del carnaval: «Evohé», «Bacché».

La guerra había de ser olvidada por unos días, por unas horas; el ansia de vivir arrojaba a la marea humana a disfrutar del instante.

* Tirso: vara enramada cubierta de pámpanos usada en carnaval.

Dos damas, escoltadas por algunas gentes de guardia, observaban de cerca la desesperación de la Roldana. Ésta no las reconoció hasta que una de ellas se quitó el antifaz.

Aquel remolino de gente aturdía a la Roldana, hasta tal punto que creyó que la persona que tenía ante sí era un fantasma. Pero el espectro la miró, la reconoció y le sonrió con un gracioso mohín. Era la Reina.

Ante el desconcierto de la escultora, la Orsini la amonestó:

—¡Vamos, vamos, Roldana! ¿Por qué os asombra tanto que una reina quiera conocer a su pueblo?

—Señora, yo...

—Decidme, más bien —apremió la princesa—, qué hacéis vos sola, sin máscara, con ese ademán de aprensión entre esta multitud gozosa.

—Busco a mi sobrino, mozo aún y poco habituado a la villa.

—Venid con nosotras —intervino la Reina—. Estaréis más segura. Disimulados nos siguen guardias que velan por nuestra protección. No quisiera perder a mi escultora de cámara, no antes de que me entreguéis lo que os encomendé.

Se colocaron de nuevo las máscaras e iniciaron la marcha. Siguió Luisa al cortejo, sin dejar de mirar a diestro y siniestro, por ver de encontrar a Pedro. Entraron todos en una venta en la que, al son de las guitarras, se cantaban alegres historias de amores compartidos. María Luisa de Saboya parecía feliz al poder escapar de las muchas preocupaciones que en ese momento la acechaban. Estando el Rey ausente, ella había tenido que madurar y enfrentarse a la vida real, al peligro, al dolor, a la inseguridad, a los dilemas de los graves asuntos de Estado. Pero él había llegado en enero, y la Reina se concedía un poco de asueto entre su pueblo.

El posadero, un tal Malayerba, les trajo unos cuartillos de vino, aceitunas y un buen pan candeal.

Cuando comenzaban a cenar, de manera súbita, se organizó una trifulca en un ángulo oscuro del mesón. Se escucharon voces airadas que gritaban:

—¡Pelafustán!* ¿Quién te has creído que eres? ¡No sabes tú con quién estás hablando!

—No era mi deseo ofender a nadie —oyeron decir a un mozo.

En ese instante, la tía reconoció la voz del sobrino. De inmediato, la guardia había rodeado a las ilustres damas, pero Luisa corrió al rincón donde se desarrollaba el alboroto. En el centro del corro, vio a un hombretón que agarraba a su Pedro con muy malas intenciones, mientras vociferaba iracundo:

—¡Miradlo ahora! Calladito. ¡Te asemejas a un estafermo!** Más te vale que te prepares a pelear, porque a mí me conocen como el Tragahombres.

Una sinuosa mujer de pelo negro y ojos como tizones se colgaba del brazo del bravucón, pidiéndole:

—¡Déjalo estar, Manuel, es sólo un mancebo! Quería un poco de compañía, una miaja de sandunga.***

—¡Ah, ya he entendido! Osease, que el señorón se viene a nosotros para que le hagamos el agasajo, el festejo y el requiebro. ¡Ven aquí, ganapán, que te voy a enseñar cortesías yo!

Una navaja brilló con fulgurante destello y Luisa, sin pensarlo, se abalanzó al ruedo. Unos brazos poderosos la retuvieron.

—¡Quietos todos! ¡Obedeced a la ley!

Varios alguaciles provistos de lucientes espadas ordenaban imperiosos el fin de la pelea. Como por arte de magia, el matón había trocado su aviesa intención por cortés mansedumbre.

—Señor mío, no buscaba yo, ¡Dios me libre!, ofender a este gentil mozalbete. Son chanzas que nos traemos, burlas y chirigotas. ¡Estamos en carnaval!

—Bien está —aceptaron los custodios—. De aquí no marchamos. Venga el sosiego. A tener la fiesta en paz.

—¡Qué zozobra me has causado! —recriminó Luisa.

* Pelafustán: pelagatos, mediocre.

** Estafermo: pasmarote.

*** Sandunga: gracejo, donaire, jocosidad.

—Tía, quería gozar de la mojiganga.* Mis amigos decían conocer a la bailarina.

—Ya es hora de recogerse. ¡Vamos, ligero!

Se dirigió la Roldana hacia la mesa donde se sentaban las egregias damas y, cuando estuvo ante ellas, hizo ademán de besar la mano de la Reina. La princesa de los Orsini la alzó presta, con una celeridad sorprendente.

—¡Aquí no, escultora! Pueden reconocerla.

—Señora, mi gratitud será eterna. Si no es por vuestra guardia, la cuchillada era segura.

—Id en paz, Roldana. ¡Ah!, y que aprenda vuestro sobrino los peligros de Madrid.

* Mojiganga: fiesta pública que se hacía con varios disfraces ridículos, especialmente figuras de animales.

EPÍLOGO

¿FUE UN SUEÑO?
1704

La despedida

Pedro procuraba ayudar a su tía, a la que veía, con desconsuelo, cada día más probada. Era como si poco a poco, subrepticiamente, fuera abandonando la vida. Los acontecimientos se precipitaban. Además del cariño y la estima que había ella despertado en él, mucho era lo que tenía que aprender de la Roldana: su visión de la escultura, tan innovadora y atrevida, su conocimiento de los usos de la corte, su coraje para no dejarse vencer. No. No podía dejarla ir. Había de ayudarla a querer vivir.

Como ha sucedido tantas veces a lo largo de los siglos, las penalidades y desgracias agudizan el genio de muchos artistas. La Roldana había superado barreras, había batallado para que ella, una mujer, ocupara el puesto de escultor de cámara, privilegio reservado hasta entonces a los hombres. Había sabido presentarse sumisa cuando la ocasión así lo requería, y este respeto y su innata inclinación a la piedad le habían abierto puertas que si no habrían permanecido cerradas.

—Tía —rompió su silencio Pedro—, se dice que vuestras últimas obras, la *Anunciación* y la *Natividad,* mucho han complacido a la Reina. Habéis de poneros buena y realizar una talla que será el asombro de todos.

Lo miró agradecida por su devoción. No podía confesarle

que para continuar habría necesitado un valor que ya no encontraba en su interior.

—Mi corazón de mujer ha estado siempre dispuesto a no dejarse vencer. Mas ahora, el coraje ausente de él está.

—No claudiquéis. Habéis enfrentado con brío insospechado en frágil criatura la existencia repleta de pesares que os ha tocado en suerte.

—¿En suerte, dices? Muchas veces me pregunto si fue así, o si decisiones carentes de necesitada reflexión me abocaron a la difícil vida que ha sido la mía.

—De cierto que tomasteis la mejor resolución...

No pudo acabar su frase, pues Luisa lo interrumpió con una impaciencia que desconcertó al chico:

—No, Pedro, no. ¡Discurre! Has de reflexionar en las encrucijadas del azaroso caminar en este valle de lágrimas. Una decisión errónea puede lastrar tu bienaventuranza. Usa de tu tiempo para valorar las situaciones.

—Quejosa estáis. ¡Cuánto me duele veros así!

—No. Ha valido la pena. Honda ha sido mi aflicción, pero, en cierto modo, he sido libre. Mi mente ha forjado aquellos seres que se agitaban dentro de mí. Mis manos los han convertido en arte.

—¿De dónde sacaste la fuerza para continuar? ¿Qué te hizo seguir adelante?

—Es algo inexplicable. Es un hálito que nos arrastra, una confusión armoniosa, una música sublime, un tráfago dulce que lo llena todo, encontrando eco en el alma. Y a la par, un afán de supervivencia que une rabia y desesperación. Y es también un delirio de salir de uno mismo, que propiedad del alma es. Este delirio es mi delirio.

—¿Todo eso os enseñó el abuelo?

—Mucho amé a mi padre, tan clarividente, pero he de aconsejarte que, aunque tengas buen maestro, hay que estar atento a aprender de la vida. Cada día es una enseñanza.

—¿Estar atento? ¿Cada día una enseñanza? ¿Cuál es vuestra intención?

—En el comienzo de tu vida, encontrarás un periodo en el que se debe crear el armazón de la propia existencia. Pero la juventud, con su ansia de vivir, no se detiene a pensar en el futuro.

—¿Por qué no se nos alcanza su importancia?

—Porque en los años mozos, la existencia, con su fulgor, oscurece la reflexión.

—¿Cuál fue vuestra defensa contra las trampas del vivir?

—A veces daba yo en pensar que pedía demasiado a la vida; que ésta, por fuerza, ha de ser dura y asolada por inevitables tristezas; que la clave está en no dejarse vencer. Y continuar... Pero se ha de proseguir con alegría, dando gracias por aquello que permanece o por los dones inesperados que la existencia nos depara. ¿Sabes que en ocasiones tardamos en reconocerlos como tales? Hay que estar ojo avizor, Pedro. Es gran infortunio entender la felicidad cuando ya nos abandonó.

—Qué lástima, tía. ¿Es posible la dicha y no reconocerla?

—Me temo que así es. La precipitación enturbia la mente. El afán por conseguir nuestro anhelo o el dolor por una pérdida nos impiden gozar de otros aspectos de la vida, aislándonos de los seres queridos. La capacidad de amar queda suspendida, anulada, sometida a los hielos de un corazón oprimido. En otras circunstancias las ocupaciones cotidianas nos absorben en demasía, impidiéndonos gozar la dicha del camino.

La mirada de Pedro se posó en la de su tía con tal intensidad, que conmovió a la Roldana. Sensación que ya había vivido con anterioridad. Recordó esa mirada en el taller de su Sevilla natal. Supo que había de avisarle, que su experiencia podía serle útil. Y entonces él preguntó:

—¿Cuál ha sido vuestro bien más preciado?

—Amé mi trabajo, que me hacía ser yo misma; amé a mis hijos, carne de mi carne, con ternura; a mis amigos, elección viva por afinidad o diversidad, pero siempre con estima; amé profundamente a todos aquellos que me hicieron conocer un mundo que no sabía que pudiera existir, que me abrieron las puertas de un horizonte sin fin, que me impulsó a volar tan alto como pudiera. Ahora lo sé. Estoy cierta. Lo más valioso es el amor.

Viéndola de nuevo fatigada, Pedro se aprestó a dejarla para que descansara. Ella quedó pensativa. Quiso continuar su labor, pero el esfuerzo la dejó exangüe. Se recostó en el sillón y cerró los ojos. Sus pensamientos la hicieron volver al pasado.

—Aquel amor ¿fue sólo un sueño, fue una quimera de mi espíritu necesitado de ternura? ¿Fue él una invención de mi mente?

La ternura

Carmen así mismo se preocupaba por su prima, con la que había compartido desde la infancia amistad, complicidad y ternura, en una relación sin fisuras a lo largo de los años. Acudió a su cámara, pues sabía que ese día no había ido a trabajar. No conseguía sacarla a un paseo, ni tan siquiera que contestara a sus buenos amigos Ontañón, De Ory y Jordán, que deseaban visitarla. La encontró reclinada sobre la cabeza de su hija, acariciando su pelo, mientras Francisco abría las contraventanas para que entrara la luz del sol, que le traía aromas de su Sevilla natal.

—Madre, ahora que tiene compañía, y tan de su gusto, me voy a hacer los mandados que me pidió.

Y tomando a su hermano por el brazo, dejó solas a las dos primas.

—¡Has de animarte, Luisa! Te veo muy decaída. ¿Quieres que te cuente noticias de la contienda? Las fuerzas aliadas han desembarcado en Lisboa en furioso tropel, pero nuestro ejército, liderado por el Rey nuestro señor, saldrá victorioso. ¿Sabes que es llamado el Animoso?

—Mucho temo que esta guerra dure largos años. No sé si conservo la fuerza para más tiempos de escasez y miseria como los que tengo conocidos. No sé, Carmen. No sé si quiero vivir más.

—¡No te reconozco! ¡Has sido siempre una luchadora! Recréate en tus logros. Escultora de cámara. Eres la primera mujer que ha logrado tal honor.

—Cierto es que alcancé lo que mujer alguna obtuvo antes, pero los pleitos, las penas y las necesidades han sido muchos. ¿Percibes tú la suerte de tu felicidad?

—Luisa —desgranó con lentitud Carmen—, yo no ambicionaba más que vivir, tú, la gloria.

—No te engañes. Yo no anhelaba entrar en la historia, quería sólo trabajar. Tú supiste siempre del verdadero sentido de la vida. Yo me equivoqué.

—Qué disparates estás diciendo. Mira que es un pecado hablar así. Tus hijos te necesitan; Pedro da la vida por lo que contigo aprende, le estás dejando un legado sin par; y yo, chiquilla, ¡no sabría ni respirar sin ti!

—Mucho te agradezco todo el amor que me has dado. Pero quizás haya llegado mi hora.

—Estás siendo ingrata. Me produce espanto oírte hablar así. Has conocido honores y fama.

—Sí, pero ¡a qué precio! Al precio del desencuentro con el hombre al que amaba; al precio de un corazón herido; al precio de la estima desahuciada.

—Fama es lo que tú perseguías, ¿no?

—No la desdeño. La fama es noble si se obtiene, como se requería en la Antigüedad, con valor, fuerza de voluntad y espíritu de sacrificio, sabiduría y equilibrio. Mas tú sabes que más que notoriedad, yo buscaba reconocimiento. El aprecio hacia mi trabajo, creía yo, habría de procurarme saneadas finanzas para mantener a mi familia y trabajar en libertad.

—Mucho era tu anhelo, siendo mujer. ¡Y nunca el miedo hizo mella en ti!

—Te equivocas. El miedo me atenazó en numerosas ocasiones: en la muerte de mis hijos; en las angustias económicas, en el desamor que me atormentaba. Es lícito tener miedo. Pero nunca fui cobarde.

—Tuviste el valor de plantarles cara a los problemas; nunca te lamentaste. No permitiste que las miserias te cortaran las alas.

—Sí, quise volar muy alto. Pero esta lucha eterna, esta zozobra que da el vaivén entre esperanza y desencanto, este batallar por la mera existencia, con los recursos que llegaban tarde o nunca, han minado mi entereza.

—No has de rendirte, prima. Te espera la gloria.

Luisa entonces desgranó con voz apagada:

—Ya la experimenté, ¡y fue tan breve su fulgor!

—¡Otra vez él! ¡Más te valía no haberlo soñado!

—Al contrario. Fue la causa de mi tesón. La alta estima que de mí tenía me espoleó a buscar la excelencia, a conquistar lo que mujer alguna había osado obtener.

—Entonces has tenido la fama en tus manos. Consérvala.

—Ya no importa. Estoy fatigada. La muerte no me parece funesto trance, sino amable compañera.

—¡Luisa de mi alma! Te lo ruego por lo que más quieras. No hables así, que me rompes el corazón.

La Roldana le sonrió con tal ternura, que Carmen no pudo contener el llanto. Había comprendido que la misma decisión que su prima había demostrado para vivir la destinaría ahora para alejarse del mundo. Tomó Luisa la mano de su prima, transmitiendo en ese sencillo gesto toda la amistad que habían ido tejiendo con paciencia, con generosidad, con inteligencia a través de los años.

—Carmen, has de pensar que voy al encuentro del Padre. Mi felicidad ha de ser la tuya.

El oboe

El canto nostálgico de un oboe elevaba sus notas hasta la ventana de la Roldana. La música se fue convirtiendo poco a poco en un lamento. Se le antojaba a ella una voz humana que narraba lastimera la tristeza de su vida. O una voz melodiosa y varonil, que resonaba en sus oídos, evocando un sueño. Como si la felicidad hubiera sido inalcanzable.

Los latidos de su corazón se hicieron muy lentos; la respiración se fue acompasando a ese latir. Un tibio y dulce calor se fue apoderando de sus miembros, y ante sus ojos apareció el rostro de Pedro. Luisa sintió en su mano algo frío, metálico. Lo miró atenta. Era el icono de la despedida.

Su hija Rosa María la encontró, descansando por fin, con una sonrisa en la faz y una imagen bizantina de san Miguel sobre el pecho, del lado del corazón.

El Quejigal, 27 de junio de 2009, día de la festividad de Nuestra Señora del Perpetuo Socorro

Acabada la primera corrección el 15 de octubre de 2009, día de Santa Teresa de Ávila.

Terminado de corregir el 28 de noviembre, de amanecida, en la mar, navegando entre la isla de Malta y la isla de Sicilia.

PILAR DE ARÍSTEGUI

NOTA HISTÓRICA

Estamos en 1665 y la muerte de Felipe IV, dejando un heredero de corta edad y salud precaria, Carlos II, concita la codicia de las potencias europeas. Luis XIV, casado con la infanta de España María Teresa, hija de Felipe IV y su primera esposa, Isabel de Borbón, aduce el Tratado de los Pirineos de 1659 para sostener sus pretensiones a territorios de Flandes.

Comienzan así las sucesivas guerras con Francia, que conllevan la pérdida del Franco Condado y plazas de Flandes; ataques de terrible fiereza a Cataluña; la gangrena de la Real Hacienda y, con posterioridad, los repetidos intentos de desmembración del Imperio español mediante los varios Tratados de Partición.

La decadencia política y económica es imparable. Pero en el terreno artístico y literario, el florecimiento es evidente. Éste es el contexto en el que una escultora de talento, Luisa Roldán, intentará acceder al puesto que cree le corresponde. Nunca una mujer había intentado ocupar ese lugar, reservado a los hombres. Ella lo hará.

Libro I
1654-1690

Las guerras con Francia y el consiguiente decaimiento de la hacienda marcan este periodo. A la Paz de los Pirineos (1659) sigue el matrimonio de Luis XIV con María Teresa de Austria. Esta unión será trascendental para el futuro de España.

Mazarino, el astuto cardenal y primer ministro francés, introduce en el contrato de esponsales una cláusula que el rey español no podrá cumplir: la entrega de una dote de quinientos mil escudos.

Al morir Felipe IV en 1665, dejando un niño de cuatro años como heredero, se despiertan las ambiciones del Rey Sol respecto a los territorios hispánicos. Comienza la Guerra de Devolución, por la que reclama parte de Flandes. El incumplimiento del acuerdo de esponsales es la excusa para la ansiada expansión. La Paz de Aquisgrán (1668) finaliza la contienda.

Continúan las hostilidades contra Holanda, pero tras cinco años de guerra, la Paz de Nimega en 1678 traerá consigo la boda de Carlos II con Luisa de Orleans. El Rey Sol intentará entonces inmiscuirse en los asuntos españoles. Tras un nuevo conflicto, se firma la Paz de Ratisbona en 1684.

La coalición formada por Holanda, Suecia, Saboya, Inglaterra y España comienza una lucha contra Francia de resultados muy negativos para nuestro país, pues el estado del reino es de suma necesidad. Con la Paz de Ryswick (1697), Luis XIV, queriendo congraciarse con los españoles, y con los ojos puestos en nuestra nación, devuelve Barcelona y todos los territorios catalanes; en Flandes, restituye Mons, Courtrai y Ath.

Dos hombres se esforzarán por ordenar este caos: el duque de Medinaceli y el conde de Oropesa. El primero, de 1680 a 1685, intenta imponer medidas que resultan impopulares, pero que son necesarias; que no contentan a nadie y que terminarán por provocar su caída. El segundo, de 1685 a 1691, procura racionalizar la administración y frenar la bancarrota. Acabará por ser destituido. Era uno de los hombres más capaces de su tiempo.

Ésta es la situación política, pero en las artes y la literatura es el siglo XVII de gran esplendor.

En la literatura, florece el genio de Lope de Vega, Quevedo, Gracián y Calderón de la Barca. En la pintura, liderados por Velázquez, serán admirados Murillo, Valdés Leal, Zurbarán y Carreño de Miranda, y sus obras, requeridas en todas las cortes de Europa. En unión de sus colegas pintores, los escultores Alonso Cano, Simón de Pineda y Pedro Roldán elevan a Sevilla a villa segunda sólo después a Roma. Las prodigiosas riquezas que todavía arriban de Indias a su puerto atraen al Zar. Dos embajadas de Rusia intentarán introducir este país en su próspero comercio.

En esa ciudad vital, culta, puente de Indias, sensual y fascinante, ve la luz en 1654 (1652, según otros investigadores) Luisa Roldán, que recibirá una magnífica educación en el taller de su padre, Pedro Roldán, reconocido escultor. En una época en la que las mujeres trabajan en los talleres de padres, maridos o hermanos y son ellos los que firman todas las obras, Luisa emprende el difícil camino de la independencia y el reconocimiento. Primero en su Sevilla natal, y más tarde en la pujante Cádiz, afianza su posición. Llegará a obtener su propio taller y un insólito honor para una artista: ser nombrada escultora de cámara. Y por dos reyes tan diversos, oriundos de culturas tan diferentes: Carlos II y Felipe V.

Libro II
1690-1691

La lucha por el poder conmociona la madre Rusia. Un joven heredero, Pedro, que acabará siendo llamado el Grande, soporta una infancia terrible; las revueltas de los temibles *streltsi* amenazan de continuo su seguridad y la de su madre, Natalia. La propia hermanastra de Pedro, Sofía Alexeievna, instigará una de esas revueltas.

La Iglesia ortodoxa, que ya había conocido el cisma del obispo Nikon en 1652, heredera de Bizancio, hará todo lo posible por oponerse a las ideas renovadoras de su zar. Pero él cree en Rusia y en su capacidad de convertirse en una nación moderna. Nada lo detendrá en su empeño. A pesar de las convulsiones que produce la transformación.

Para ello, como ya hiciera Isabel de Castilla dos siglos antes, escoge a sus colaboradores según mérito, no por su origen, buscando al mejor para cada cargo. Algunos de sus consejeros proceden de la poderosa clase nobiliaria de los boyardos; otros son hijos del pueblo; los unos ortodoxos, otros católicos extranjeros o judíos rusos. Y se funden en un abrazo de colaboración en esa apasionante época de la historia rusa.

Ayudado por ellos, Pedro impulsará el cambio con estos proyectos: el acceso al mar Báltico por el oeste, vital para la navegación comercial, y por el sur, al mar Negro; la contratación y asesoramiento de científicos, artistas y arquitectos, para que Rusia conozca el nivel de progreso de que goza Europa; la fundación de escuelas y talleres para formar a sus súbditos y espolear el innato sentido artesanal de los rusos.

El sueño de Pedro el Grande se cumplirá, y fundará el 27 de mayo de 1703 una extraordinaria ciudad bañada por las aguas: San Petersburgo.

De todas partes del mundo vendrán a conocer el fruto de la imaginación de Pedro, y el denodado trabajo de tantos seres anónimos.

Construye también los palacios que imaginó: Petergov, al borde del mar, y Tsárskoye-Selo, con su asombrosa Cámara de Ámbar. Se casa en segundas nupcias con una joven mujer enérgica y decidida, pero no la escoge entre las gentes de su rango. Una prisionera de guerra, amante de Alexander Menshikov, enamora al Zar en el primer encuentro. Se convertirá con el tiempo en Catalina I.

Las embajadas rusas, aunque llenas de intenciones, no tendrán un resultado concreto hasta 1723, en que se instala el primer consulado ruso en Cádiz; España manda a su primer embajador permanente, el duque de Liria, en 1727.

Libro III
1692-1704

La decadencia de España es ya imparable. La miseria y el hambre afligen a la población, y la esperanza de un heredero, que brotó tras el matrimonio del Rey con Mariana de Neoburgo, se desvanece. Es el momento en que las potencias europeas renuevan su avidez para arrebatar retazos de España.

El sentido del deber de Carlos II le impulsa a no dejarse influir en un asunto tan grave como la sucesión. Mariana de Neoburgo, además de procurar pinturas, prebendas y objetos de arte para su familia, intentará inclinar el favor del Rey hacia su candidato, su sobrino el archiduque Carlos de Austria. Pero la opción francesa saldrá victoriosa, esto es, Luis XIV. Su nieto, el duque de Anjou, será rey de España con tan sólo diecisiete años. El creciente poder del Rey Sol y la eficiente administración de su reino conllevan poderío económico y ejércitos bien pertrechados y organizados, lo que garantiza al moribundo Carlos II la continuidad del Imperio español tal y como le fue legado por sus antepasados. El laudo de Inocencio XII, que aboga por el candidato francés, será determinante.

La amenaza de una guerra civil inminente se cierne sobre España. A pesar de ello también se abre un periodo de prosperidad. Dos mujeres, María Luisa de Saboya y la princesa de los Orsini, inteligentes y de decidida firmeza en las adversidades, contribuirán al progreso de nuestro país.

Otro factor había sido decisivo para inclinar la balanza del lado francés: la habilidad de los servicios diplomáticos y de inteligencia galos; y la soberbia y falta de visión de sus homólogos austriacos. Ambos favorecen la causa de Francia.

Pero las potencias marítimas, Holanda e Inglaterra, no aceptan esta decisión. Se coaligan con Saboya (¡el duque de Saboya es el padre de la Reina de España!) y Portugal para comenzar otra nueva guerra, la más terrible y cruel: una guerra civil.

De nuevo la Roldana habrá de batallar y templar por lo que ella considera merecido. Una mudanza sin precedentes se produce en la corte y la sociedad española. Los acontecimientos pesarán en la existencia de la escultora. Las carencias en el presupuesto real son la causa de la tardanza, o la inexistencia, en los pagos, ocasionando la enorme necesidad que marcará la vida de Luisa. Accede a la fama, sí, pero no al bienestar.

Las convulsiones que acompañan a los cambios drásticos de la historia afectarán a la Roldana, que no cejará en su lucha por el reconocimiento, abriendo así caminos de libertad para las mujeres del futuro.

LISTADO DE OBRAS APARECIDAS EN ESTA NOVELA

OBRAS DE LA ROLDANA:

San Fernando. Catedral de Sevilla.

Ángeles pasionarios. Hermandad de la Exaltación, Sevilla.

La Macarena. Nuestra Señora de la Esperanza, Hermandad del Santo Rosario, Sevilla.

Eccehomo. Catedral de Cádiz.

San Servando y *San Germán.* Girola de la catedral de Cádiz.

Ángeles lampareros. Iglesia Prioral, Puerto de Santa María.

Huida a Egipto. Paradero desconocido.

Nuestra Señora de la Soledad. Convento de los Padres Mínimos, Puerto Real.

Divina Pastora con Niño Quitapenas. Iglesia de San Pedro, Arcos de la Frontera.

Virgen de la leche. Catedral de Santiago de Compostela.

San Miguel aplastando al diablo. Monasterio de El Escorial, Madrid.

Aparición de la Virgen a san Diego de Alcalá. Museo Victoria & Albert, Londres.

La Dolorosa. Convento de las Madres Clarisas Nazarenas, Sisante, Cuenca.

Sagrada Familia con Niño dando sus primeros pasos. Museo de Guadalajara.

San Joaquín y santa Ana con la Virgen niña. Museo de Guadalajara.

La muerte de santa María Magdalena. Hispanic Society, Nueva York.

Jesús Nazareno. Convento de las Madres Clarisas Nazarenas, Sisante, Cuenca.

Natividad. Monasterio de Santa María de Jesús, Sevilla.

Inmaculada. Monasterio de las Trinitarias, convento de San Ildefonso, Madrid.

Natividad. En paradero desconocido.

Asunción. En paradero desconocido.

OTRAS OBRAS MENCIONADAS:

Retrato de Piotr Potemkin, embajador del Zar, de Juan Carreño de Miranda. Museo del Prado, Madrid.

Niños comiendo melón y uvas, de Bartolomé Murillo. Museo Alte Pinakotek, Munich.

Inmaculada, de Bartolomé Murillo. Museo del Prado, Madrid.

La rendición de Breda, de Diego Velázquez. Museo del Prado, Madrid.

El socorro de Génova, de Antonio de Pereda. Museo del Prado, Madrid.

La defensa de Cádiz, de Francisco de Zurbarán. Museo del Prado, Madrid.

San Jorge luchando con el dragón, icono, siglo XVI. Museo Ruso, San Petersburgo.

Carlos V vencedor de la herejía, de Pompeyo Leoni. Museo del Prado, Madrid.

Alma Beata y *Alma Dannata*, de Bernini. Palacio de España, Roma.

Madre de Dios de Vladimir, de Simón Ushakov. Galería Tretiakov, Moscú.

Madre de Dios de Tijvin, de Fiodor Yelizariev y Gavriil Kondratiev. Catedral de la Dormición, Moscú.

Nuestra Señora: el jardín secreto, de Nikita Pavlovets. Galería Tretiakov, Moscú.

La Trinidad, de Andrei Rublev. Museo de Arte e Historia, monasterio de San Sergio, Rusia.

San Jorge luchando contra el dragón, icono, siglo XV, Nóvgorod. Museo Ruso, San Petersburgo.

Retrato de Mariana de Neoburgo, de Lucas Jordán. Museo del Prado, Madrid.

Techo del Casón del Buen Retiro, de Lucas Jordán. Casón del Buen Retiro, Madrid.

MONUMENTOS:

Casa de Pilatos, Sevilla.

Alcázar, Casa del Océano, Sevilla.

Casón del Buen Retiro (hoy Museo del Prado).

Catedral, Sevilla.

La Judería, Sevilla.

Hermandad de la Santa Caridad, Sevilla.

Museo del Ejército (hoy parte de la ampliación del Museo del Prado).

Palacio del Buen Retiro (hoy parte de la ampliación del Museo del Prado).

Puertas de la Tierra, Cádiz.

Puerta de Mariana de Neoburgo, Parque del Retiro, Madrid.

Plaza del Kremlin.

Monasterio de San Sergio. Sergiev Posad.

Monasterio de Novodevichi. Moscú.

Cámara de Ámbar. Tsárskoye-Selo, San Petersburgo.

Plaza de Oriente. Emplazamiento del Antiguo Alcázar.

Escalera del Borromini. Palacio de España, Embajada de España, Roma.

DRAMATIS PERSONAE

ALCÁZAR, Andrés. Refuerza la defensa e importancia de Cádiz, construyendo un muelle de cuatrocientas varas.

ALEXEIEVNA, Sofía (1657-1704). Zarina, hermanastra de Pedro I, lidera una de las conjuras de los *streltsi.*

ALCALÁ DE LOS GAZULES, duque de (1650-1711), Luis Francisco de la Cerda, IX Duque de Medinaceli, capitán de costas y galeras de Andalucía, embajador ante la Santa Sede y virrey de Nápoles.

ANGUISSOLA, Sofonisba (1532-1625). Maestra de pintura y dama de compañía de la reina Isabel de Valois.

BALBASES, Pablo Spínola, marqués de los (1631-1699). Embajador ante Luis XIV.

BAVIERA, José Fernando de (1692-1699). Príncipe elector, candidato a la sucesión de Carlos II.

BERLIPS, condesa de (?-1723). Dama del Palatinado, consejera de Mariana de Neoburgo.

BERNINI, Gian Lorenzo (1598-1680). Escultor napolitano que encuentra fama universal en la corte de los Papas.

CARLOS II (1661-1700). Rey de España desde 1665, último de los Austrias.

CARPIO, Gaspar de Haro, marqués del (1629-1687). Embajador en la Santa Sede de 1673 a 1677 y virrey de Nápoles de 1683 a 1687.

CARREÑO DE MIRANDA, Juan (1614-1685). Pintor de la corte de Felipe IV y de la de Carlos II y Mariana de Austria.

COUPERIN, Francisco (1668-1733). Compositor, organista y clavecinista del Barroco francés.

CRUZ, sor Juana Inés de la (1651-1695). Juana de Asbaje, hija de un español y una criolla, nacida en San Miguel de Nepantla, Nueva España, autora de poesía innovadora, llamada el Fénix de México.

D'ESTRÉES, César (1628-1714). Cardenal francés y embajador en Madrid en 1702.

D'HARCOURT, Henry, marqués de (1654-1718). Embajador francés ante Carlos II.

DOLGORUKI. Príncipes. Embajadores del Zar en 1687 y 1688.

DUQUE CORNEJO, Pedro (1678-1757). Sobrino de Luisa Roldán, hijo de su hermana Francisca. Escultor de fama y éxito económico en la corte de Felipe V e Isabel de Farnesio.

EVTAKÍA LOPOUKHINA o EUDOXIA (16?-1731). Primera esposa de Pedro I, madre del zarevich Alexis.

FELIPE V (1683-1746). Duque de Anjou, nieto de Luis XIV. Rey de España de 1700 a enero de 1724 y de septiembre de 1724 a 1746.

GORDON, Patrick (1635-1699). Escocés educado en Polonia, sirvió en la Armada sueca. Más tarde, en 1665, se incorpora a Rusia, donde alcanzará el grado de general con Pedro I. Éste le encarga la organización militar.

GUERRERO, Francisco (1500-1553). Es el gran compositor de música polifónica del Renacimiento. Maestro del coro en Toledo, es también en 1545 maestro de capilla en Málaga y Sevilla.

INOCENCIO XII, Antonio Pignatelli, Papa (1615-1700). Por la constitución papal Romanum Decet Pontificem combate el nepotismo en la curia romana. Antes de ser elegido Papa fue nuncio en Polonia y Viena y arzobispo de Nápoles.

JORDÁN, Lucas [Luca Giordano] (1634-1705). Pintor napolitano, autor de los frescos de la cúpula del Casón del Buen Retiro, del techo de El Escorial y bóveda de la basílica, y de retratos de corte.

KURAKIN, Boris (1676-1727). Cuñado de Pedro el Grande,

casado con una hermana de Eudoxia. Fue consejero del Zar y hábil diplomático.

LABBÉ, Louise (1524?-1565?). Escritora y poetisa de la escuela de Lyon del Renacimiento francés.

LUIS XIV (1638-1715). Rey de Francia de 1643 a 1715, casado con la infanta María Teresa de Austria, hija de Felipe IV. Engrandece su país y gobierna con la máxima «El Estado soy yo». Acepta la Corona de España para su nieto, que será Felipe V.

LULLI, Giovan Battista (1632-1687). Francés de origen italiano, fue bailarín, violinista, director y compositor de éxito en la corte de Luis XIV.

MAINTENON, Francisca d'Aubigné, marquesa de (1635-1719). No se sabe de cierto si fue amante y esposa secreta de Luis XIV. Sí es real que fue su consejera en los últimos años del reinado de este monarca.

MANCERA, Antonio de Toledo y Salazar, marqués de (1608-1715). General de Galeras del Perú y virrey de Nueva España.

MANCINI, María (1639-1715). Amiga de María Luisa de Orleans, sobrina del cardenal Mazarino, y casada con el condestable príncipe Colonna.

MANCINI, Olimpia (1638-1708). Condesa de Soissons, hermana de María.

MAÑARA, Miguel (1627-1679). Mecenas y hermano mayor de la Hermandad de la Santa Caridad de Sevilla. En 1667 inicia los trabajos de la nueva Hermandad.

MARIANA DE AUSTRIA (1634-1696). Reina de España de 1649 a 1665, segunda esposa de Felipe IV y madre de Carlos II. Regente de 1665 a 1675.

MARIANA DE NEOBURGO (1667-1740). Reina de España de 1689 a 1700, segunda esposa de Carlos II.

MATVÉYEV, Artamon (1625-1682). General de los *streltsi* y partidario de Pedro y de su madre, Natalia.

MEDINACELI, Juan Francisco Tomás de la Cerda (1637-1691), VIII duque de. Adelantado mayor de Andalucía, primer ministro de Carlos II de 1680 a 1685.

MELGAR, Juan Tomás Enríquez de Cabrera, conde de (1646-1705). Duque de Medina de Rioseco, almirante de Castilla, general de caballería de Milán, virrey de Cataluña.

MENSHIKOV, príncipe Alexander (1673-1729). Amigo y consejero de Pedro I.

MONCLOVA, Melchor Portocarrero, III conde de la (1636-1705). Virrey de Nueva España y del Perú.

MORGAN, Henry (1635-1688). Pirata inglés que acosa, saquea y destruye ciudades de las Indias españolas.

MUDARRA, Alonso (c. 1510-1580). Compositor y vihuelista español. Ordenado sacerdote, fue maestro de capilla de la catedral de Sevilla.

MURILLO, Bartolomé (1617-1682). Pintor sevillano fundador y profesor de dibujo de la Academia de Sevilla.

NARISHKINA, Natalia (?-1694). Zarina, madre de Pedro el Grande.

NAVARRO DE LOS ARCOS, Luis Antonio (?-¿1704?). Marido de la Roldana, oficial en el taller de Pedro Roldán.

NITHARD, Juan Everardo (1607-1681). Confesor y consejero de doña Mariana de Austria.

ORLEANS, María Luisa de (1662-1689). Reina de España de 1679 a 1689, primera esposa de Carlos II, sobrina de Luis XIV.

OROPESA, Manuel Álvarez de Toledo, conde de (c. 1643-1707). Presidente del Consejo de Italia y del Consejo de Castilla. Primer ministro con Carlos II de 1685 a 1691.

ORRY, Jean (1652-1719). Ministro de Hacienda de Felipe V de 1701 a 1713 y Veedor General de 1713 a 1715; encargado por Felipe V del estudio para crear la Guardia Real.

PAYÉ, Plácido. Regidor municipal de Cádiz, que encarga a la Roldana diversas obras.

PEDRO EL GRANDE (1672-1725). Zar de Rusia, desde 1682 gobierna como Pedro I con su hermano Iván V. A partir de 1696, gobernará solo.

PINEDA, Simón de (1638-1702). Escultor sevillano cuya obra destaca en la Hermandad de la Santa Caridad.

PORTOCARRERO, Luis de (1635-1709). Cardenal protector de España en Roma, virrey de Sicilia y arzobispo de Toledo.

POTEMKIN, Pedro. Embajador en España del zar Alejo Mihailovich de 1667 a 1668; segunda embajada, con el zar Teodoro III, en 1680.

QUEVEDO, Francisco de (1580-1645). Además de genial escritor, participó en misiones diplomáticas y dirigió la Hacienda en el virreinato de Nápoles, en tiempos del duque de Osuna como virrey.

RACINE, Jean (1639-1699). Reputado autor francés debido a sus tragedias clásicas.

RENDÓN, Diego. Regidor municipal de Cádiz, que encarga a la Roldana los santos patronos de la ciudad.

ROLDÁN, Francisca (1651-1712). Doradora y estofadora, hermana de Luisa.

ROLDÁN, Luisa (1654-1704). Nombrada escultora de cámara de Carlos II en 1692 y de Felipe V en 1701. Tuvo seis hijos:

Luisa Andrea (1672-1683).
Fernando (1674-1675).
Fabiana (1676-1683).
María Josefa (1677-1678).
Francisco José (1681-?).
Rosa María (1684-?).

ROLDÁN, Pedro (1624-1699). Padre de Luisa, escultor de renombre en Sevilla.

RUBLEV, Andrei (1360-1429). Religioso medieval ruso y pintor de iconos de inestimable valor artístico. Alcanzó en su tiempo fama de santidad.

SABOYA, María Luisa de (1688-1714). Reina de España de 1701 a 1714, primera esposa de Felipe V y madre de dos reyes: Luis I y Fernando VI.

SHEREMETEV, Boris (1652-1719). De la estirpe de los boyardos, consejero de Pedro I. Será a inicios del siglo XVIII embajador ante los caballeros de Malta, con el objetivo de instalar allí una base naval rusa.

TOLSTOI, Pedro (1645-1729). Amigo y consejero del zar Pedro I, al que apoya en sus ideas reformistas.

URSINOS, Ana María de la Tremouille, princesa de los (1642-1722). Camarera mayor de la reina María Luisa de Saboya.

VALDÉS LEAL, Luis de (1622-1690). Pintor y dorador sevillano, presidente de la Academia de Sevilla.

VALOIS, Isabel de (1546-1568). Reina de España de 1559 a 1568, tercera esposa de Felipe II.

VILLAFRANCA, Fadrique de Toledo, marqués de (1635-1705). Virrey de Sicilia, consejero de Estado en el reinado de Carlos II, camarero mayor de Felipe V.

PERSONAJES DE FICCIÓN:

CARMEN. Prima, álter ego y amiga de infancia de Luisa.

ORY, Germán de. Inspirado en Germán de Ory, marqués de Montecorto, hermano de mi abuela, y que sí estuvo como diplomático en la corte del Zar.

GLOSARIO

Airón: tocado de plumas.
Almojarifazgo: derechos de aduanas.
Balalaica: instrumento musical ruso.
Basquiña: saya que utilizaba la mujer para salir a la calle.
Bermellón: color rojo vivo con un toque de luz similar al rojo de Pompeya.
Boyardos: clase dirigente de la nobleza rusa.
Breve apostólico: documento sellado por el Papa de menor importancia que las encíclicas y cartas apostólicas.
Coca: peinado recogido de moda en el siglo XVII.
Escarpín: zapato de una sola suela y una sola costura.
Guardainfante: armazón o «tontillo» redondo muy hueco, hecho de alambre y cintas, que se ponían las mujeres debajo de las basquiñas.
Guarda mayor: encargado de la organización de todo el personal de servicio de la reina.
Patriarca: cabeza de la Iglesia ortodoxa.
Pope: sacerdote de la Iglesia ortodoxa.
Quiebro: composición musical española de moda en el siglo XVII.
Siena: color cálido de las tierras de Italia, castaño más o menos oscuro.
Streltsi: regimiento de guardia de los zares que alcanzó gran poder y protagonizó diversas revueltas.
Sviatki: juego de chanzas muchas veces cruel.

Tientos: composición musical española de moda en el siglo XVII.
Trampantojo: artificio, ficción, habitualmente pintada, de la realidad.
Zarabanda: jolgorio y danza popular de los siglos XVI y XVII.
Zaragatero: alborotador, bullicioso.

BIBLIOGRAFÍA

ALBERTI, Luciano: *El libro de la música.* Madrid: Queromón, 1978.

BAINES, Anthony: *Musical Instruments*. Londres: Chancellor Press, 1983.

BARBACID, Mariano: *Hacedores de Europa: Anton Van Leeuwenhoek.* Madrid: Martínez del Olmo, 1995.

BLEIBERG, Germán: *Diccionario de historia de España*. Madrid: Revista de Occidente, 1968-1969. 3 vols.

BONANI, Filippo: *The Showcase of Musical Instruments.* Nueva York: Dover Publications, 1964.

BROWN, Jonathan; ELLIOT, John: *A Palace for a King*. Yale: Yale University Press, 1980.

CABANÈS, Augustin: *El mal hereditario en la Historia*. Madrid: Mercurio, 1927. 2.ª serie.

—: *Costumbres íntimas del pasado.* Madrid: Mercurio, 1928 y 3.ª serie, Madrid, 1927.

CALVO POYATO, José: *De los Austrias a los Borbones.* Madrid: Biblioteca Historia 16 (n.º 29), D. L. 1990.

CAMPOAMOR, Clara: *Sor Juana Inés de la Cruz*. Madrid: Júcar, 1983.

Crónica de América. Barcelona: Plaza & Janés, 1990.

CRUZ VALDOVINOS, José Manuel: «La mujer en el arte madrileño del siglo XVII», en *La mujer en el arte español: VIII Jornadas de Arte: Madrid, del 26 al 29 de noviembre de 1996*, Madrid: Alpuerto, 1997. Págs. 179-186.

FRASER, Antonia: *Love and Louis XIV*. Great Britain: Phoenix, 2007.

GARCÍA OLLOQUI, María Victoria: *La Roldana*. Sevilla: Guadalquivir, 2000.

GIL DELGADO, Francisco: *Catedral de Sevilla.* Barcelona: Escudo de Oro, 2007.

GRACIÁN, Baltasar: *El arte de la prudencia.* Madrid: Temas de Hoy, 1993.

GUSEV, Vladimir; PETROVA, Evgenia: *El Museo Ruso*. San Petersburgo: Artes, 2001.

HUGHES, Lindsey: *Peter the Great: A Biography.* Yale: Yale University Press, 2004.

KAMEN, Henry: *Felipe V, el rey que reinó dos veces.* Madrid: Temas de Hoy, 2000.

LAGARDE, André; MICHAR, Laurent: *XVII siècle: Les grands auteurs français*. V. III, *Fedra de Jean Racine*, V. II, pág. 623. París: Bordas, 1963.

LYKOVA, Tatiana: *The State Tretiakov Gallery.* Moscú: Scanrus, 2007.

LLEÓ CAÑAL, Vicente: «Historia y arte», en *Jardines de Sevilla.* Sevilla: Ayuntamiento de Sevilla, 1998.

MAURA, Gabriel, duque de: *Vida y reinado de Carlos II*. Madrid: Aguilar, 1990.

MULLER, Priscilla: *Jewels of Spain (1500-1800)*. Nueva York: Ed. Hispanic Society of America, 1972.

OCHOA, Miguel Ángel: *Embajadores y embajadas de la Historia de España.* Madrid: Aguilar, 2002.

ORTIZ MUÑOZ, Luis: *Sevilla eterna.* Sevilla: Guadalquivir, 1975.

PAREJA LÓPEZ, Enrique: «La pintura sevillana del barroco», en *Sevilla en el siglo XVII.* Sevilla: Ministerio de Cultura, 1983.

PIJOÁN, José: *Historia del Arte*. Barcelona: Salvat, 1966.

QUEVEDO, Francisco de: *Obras jocosas.* Madrid: Edimat Libros, 2006.

RIQUER, Martín de: *Reportaje de la Historia.* Tomo II. Barcelona: Planeta, 1963.

SANCHO CORBACHO, Antonio: *La cerámica andaluza: Casa de Pilatos.* Sevilla: Fundación Casa Ducal de Medinaceli, 2008.

SAINT-SIMON, duque de: *Mémoires complètes et authentiques* (t. 5). París: Delloye, 1842, tomos 7 y 8, París: Delloye, 1840.

SÁNCHEZ MANTERO, Rafael: «La Sevilla del XVII: La ciudad y sus gentes», en *Sevilla en el siglo XVII.* Sevilla: Ministerio de Cultura, 1983.

SÁNCHEZ PEDROTE, Enrique: «El Barroco en la música sevillana», *en Sevilla en el siglo XVII.* Sevilla: Ministerio de Cultura, 1983.

SIMÓN TARRÉS, Antoni: «El reinado de Carlos II: la política exterior», en *La España de los Austrias I: Auge y decadencia del Imperio español (siglos XVI-XVII). Vol. 6 de Historia de España.* Pág. 569. Madrid: Espasa Calpe, 2004.

TOVAR MARTÍN, Virginia: «Sobre el gusto artístico de las reinas de España en el siglo XVII», en *La mujer en el arte español: VIII Jornadas de Arte: Madrid, del 26 al 29 de noviembre de 1996,* Madrid: Alpuerto, 1997.

VALDÉS CASTRILLÓN, Benito: «Especies vegetales en los jardines y parques de Sevilla», en *Jardines de Sevilla.* Sevilla: Ayuntamiento de Sevilla, 1998.

VALDIVIESO, Enrique; SERRERA, J. M.: *El Hospital de la Caridad de Sevilla.* Sevilla: 2004.

VALDIVIESO, Enrique; MORALES, Alfredo José: *Sevilla oculta: Monasterios y conventos de clausura.* Sevilla: Guadalquivir, 1991.

VV. AA.: *El buque en la Armada española.* Madrid: Sílex, 1981.

VV. AA.: *Carlos II: El rey y su entorno cortesano.* Ribot, Luis Antonio (dir.). Madrid: Centro de Estudios Europa Hispánica, 2009. Colección Los Austrias.

VV. AA.: *El rey ante el espejo.* LÓPEZ CORDÓN, María Victoria: *Las mujeres en la vida de Carlos II*. ATERIDO, Ángel: *Pintores y pinturas en la corte de Carlos II.* SANZ AYÁN, Carmen: *La fiesta cortesana en tiempos de Carlos II.* LOLO, Begoña: *La música en la corte de Carlos II.*

ZWEIG, Stephan: *Montaigne.* Barcelona: Acantilado, 2004.

ARCHIVOS Y FUENTES
«Carta de Carlos II a Inocencio XII». ASV, Instr. Misc. 5933, ff. 5-6, Madrid, 14 de junio de 1700.
«Copia de la respuesta de Inocencio XII a Carlos II». ASV, Instr. Misc. 5933, ff. 23-25, Roma, 6 de julio de 1700.

RECURSOS ELECTRÓNICOS
Caimán. De «La escultora de cámara y el arcángel femenino», en *www.Caiman.De/spnien/roldana.org*
«Casa de Contratación de Indias», en *Wikipedia: www.es.wikipedia.org/wiki/Casa_de_Contrataci%C3%B3n_de_Indias*
CASTILLO, Antonio: «Carlos II: El fin de una dinastía enferma», en *Artículos interesantes y guía selecta de Arturo Soria: www.arturosoria.com/medicina/art/carlos_II.asp*
«Colección de Carlos II», en *Museo Nacional del Prado, Enciclopedia on-line: www.museodelprado.es/enciclopedia/enciclopedia-on-line/voz/coleccion-de-carlos-ii/*
GONZÁLEZ MEZQUITA, María Luz: «El oficio de cortesano: *Cursus Honorum* y estrategias políticas en el reinado de Carlos II», en Cuad. Hist. Esp. Vol. 78 no. 1. *www. Scielo.org*
HERMOSO-ESPINOSA GARCÍA, Susana: «La Roldana, primera escultora de cámara en España». *www.homines.com/arte/la_roldana/index.htm*
«Historia del Belén», en *Alcaicería: www.alcaiceria.com/alcaiceria/pags/bel/belenes_frames.htm*
«Historia de Cádiz», en *Sevilla Info.com: www.sevillainfo.com/cadiz/historia.php*
«Jean Orry», en *Wikipedia: www.es.wikipedia.org/wiki/Jean_Orry*
«La Monarquía Hispánica», en *Biblioteca Virtual Miguel de Cervantes: www.cervantesvirtual.com/historia/monarquia/*
«La Roldana, una escultora en la corte de Carlos II y Felipe V», en *Amigos del Foro Cultural de Madrid: www.amigosdelforo.es/web/2009/09/04/la-roldana-una-escultora-en-la-corte-de-carlos-ii-y-felipe-v/*

ÍNDICE